圖說 聽雨樓隨筆［人物篇］

高伯雨

圖說 聽雨樓隨筆【人物篇】

編選 董明

OXFORD
UNIVERSITY PRESS

OXFORD
UNIVERSITY PRESS

Oxford University Press is a department of the University of Oxford.
It furthers the University's objective of excellence in research, scholarship, and education by publishing worldwide. Oxford is a registered trade mark of Oxford University Press in the UK and in certain other countries

Published in Hong Kong by

Oxford University Press (China) Limited
39/F One Kowloon, 1 Wang Yuen Street, Kowloon Bay,
Hong Kong

First Edition published in 2018

ISBN: 978-0-19-098263-8 (三卷套裝)

ISBN: 978-0-19-549820-2

圖說
聽雨樓隨筆
[人物篇]

高伯雨著

2 4 6 8 10 11 9 7 5 3

高貞白(伯雨)

高伯雨和家人，1971

高伯雨和夫人同遊桂林，1984

沈尹默題「聽雨樓」(許禮平供圖)

高伯雨和許禮平，1980

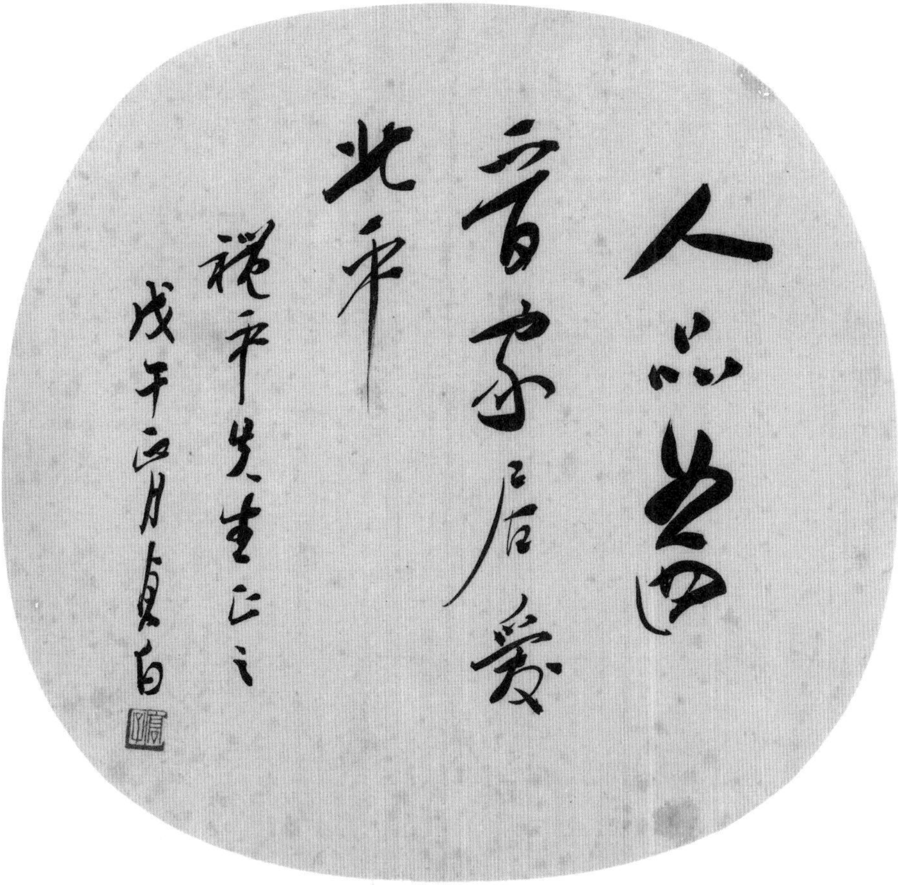
人品如西晉家居愛北平
禮平先生正之
戊午正月貞白

高伯雨贈許禮平墨蹟「人品如西晉　家居愛北平」

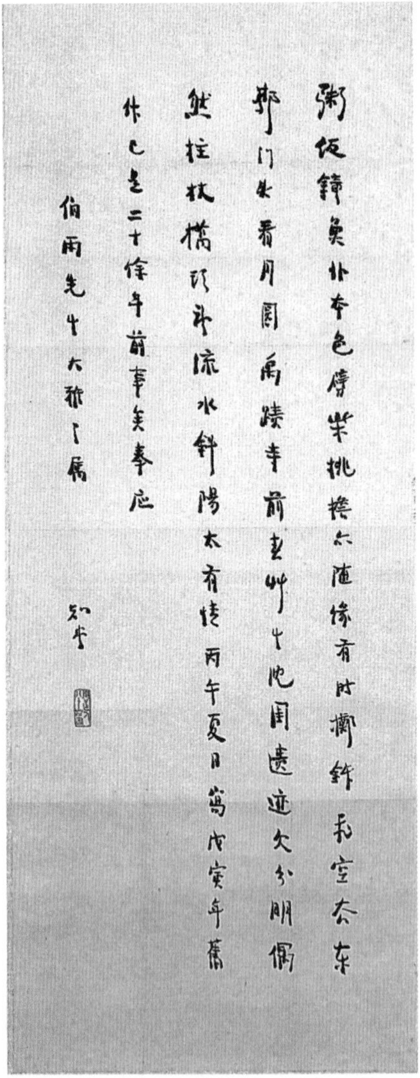

周作人贈高伯雨詩墨蹟 (許禮平供圖)

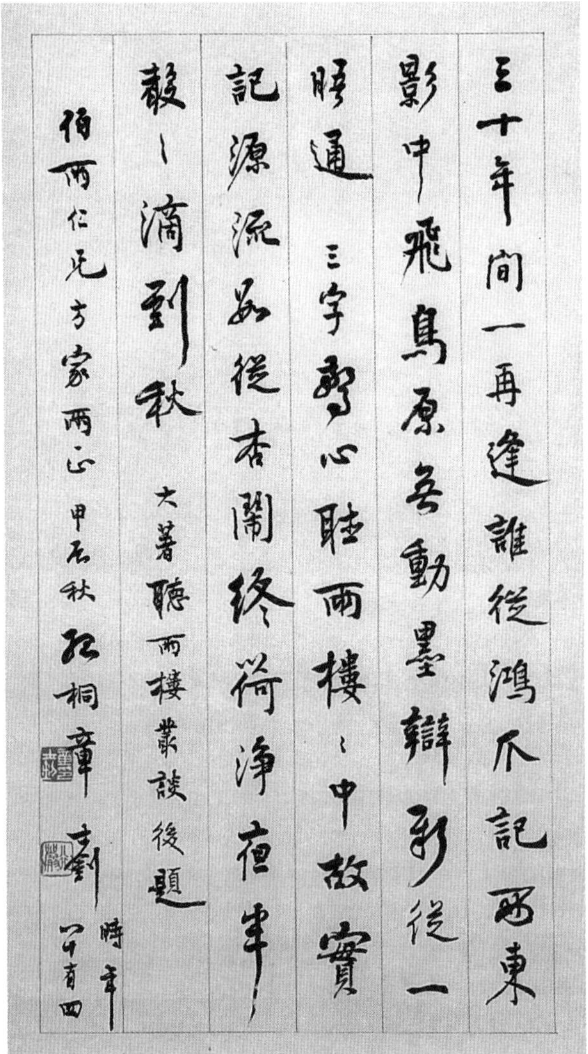

章士釗題《聽雨樓叢談》詩 (許禮平供圖)

高貞白仿石濤山水四開一 (許禮平供圖)

目錄

編者前言

一般說起「掌故」，無非是「名流之燕談，稗官之記錄」。但掌故家瞿兑之卻這麼認為：「通掌故之學者是能透徹歷史上各時期之政治內容，政治社會各種制度之原委因果，以及其實際運用情狀。」而一個深諳掌故的研究者，「則必須對於各時期之活動人物熟知其世襲淵源師友親族的各族關係與其活動之事實經過，而又有最重要之先決條件，就是對於許多重複參錯之瑣屑資料具有綜核之能力，存真去偽，由偽得真……」。在中國近代能符合這個條件的掌故家，高伯雨先生當之無愧。

香港地處南方，常年多雨。高先生賃樓而居，平生喜雨，故筆名伯雨，文章結集也多以《聽雨樓隨筆》為名。高先生的散文隨筆，主要是考述中國近代史事和人物掌故。他既有高深的文化修養，又有豐富的人生閱歷，故能做到事事有來歷，處處有依據，作者所作的掌故隨筆均為不可多得的上乘之作，值得一讀再讀，細細品味。由於高先生文章多發表在香港與南洋的報刊上，內地讀者對高先生知之甚少。

高先生對民國掌故爛熟於胸，且多用原始材料，每每有新知新發現。先生文筆絕佳，半文半白，夾敘夾議，妙趣橫生，娓娓道來。對於一些歷史謎案，高先生既像一說書人，又像一私家偵探，另闢蹊徑，抽絲剝繭，極重細節，大膽假設，小心求證。

高先生發表在香港報章雜誌的文章，或長篇大論，或雋永隨筆，都是精心之作。難怪報人羅孚稱讚高氏說：「對晚清及民國史事掌故甚熟，在南天不作第二人想。」

據陸鍵東《陳寅恪的最後二十年》載，一九五四年，高先生的女兒高守真考進中山大學歷史系。一九五五年秋，高守真選修歷史學家陳寅恪的《元白詩證史》課程，受到陳寅恪夫婦的鍾愛。一九五六年六月，久居香港的高先生到北京觀光，他讓女兒贈送陳寅恪先生一本《聽雨樓雜筆》。陳先生讀了數次對高守真說書寫得不錯，並回贈高先生一本《元白詩箋證稿》。因為高先生返程匆促，終緣慳一面，令人嘆惜。

饒宗頤先生與高先生素有交往，他在《選堂詩詞集》中有《題聽雨樓雜筆為高伯雨六首》七言絕句（見第二卷），用「雨中煙樹憶南村，筆法君家本有源」、「漫同窺日牖中趣，沾溉風流也起予」的句子，讚美高先生的文筆和人品。

一生撰有千萬文字的高先生，留存下來的著作僅有以「聽雨樓」命名的十本文集。對他珍貴的遺稿，加以整理出版，或許是對他最好的懷念。本次，承蒙作者家屬授權，編者以高先生在香港出版的幾部以「聽雨樓」為題的隨筆為底本，精心編選若干文章，新配大量插圖，編為三冊，分人物篇、風物篇、文史篇，所載多為中國近代史事實和人物掌故，試圖用新的角度形象化地來重讀高先生筆下的掌故。

在這三卷「圖說版」《聽雨樓隨筆》的編選過程中得到了許禮平、林道群先生的熱忱指導，和宏明、臧偉強、謝曉冬、黃樂輝先生以及國家圖書館善本部，慷慨地為本書提供了他們收藏的許多歷史圖片及書畫圖片，編者在此一併致謝。

聽雨樓主人的故事

許禮平

楔子

近半年，我參加了「聽雨文餘——高貞白書畫展」的兩場開幕活動，也為配合這個展覽而撰寫了《掌故家高貞白》（牛津大學出版社）一書。當中論師、論友，算是盡後死者之責，算是「發潛德之幽光」了。說是「潛德」，是確實的。因我們潮汕這個地區，近世在香港出現了兩位文化巨人，那就是饒宗頤先生和高貞白先生。饒、高兩先生同是好友，但遭際上卻是一顯一晦。

饒宗頤先生我們暱稱「饒公」，其聲譽日隆，如日中天，這自然是「顯」的代表。但今日我不擬錦上添花了，我要說個「晦」的。

「晦」的代表是高貞白先生。高先生雖然生於富貴之家，但而立之年之後，似乎是不曾怎樣得意過的。本來，他是濁世佳公子，但卻具一種儒家本質的良知，他嚮往於一種理想的社會主義，但現實又未必真能適合高先生浪漫和自由。從他早年衝擊教會學校，可以看到他憤世嫉俗的激情。從加入兄弟會「仁社」旋即要求退出，這又是個人主義者的表現。這就像俄國民粹主義者一樣，不能討好於現實的。

關於他衝擊教會的事，那是我們潮汕地區當年的一件大事，而高先生就是當年的參與者。但猛回頭，又變成遠離現實，繼而害怕現實，但亦因此能專心於文獻叢殘，而成為一個出色的掌故家，當中的心路歷程卻是很分明的。

是最後一位掌故家

高先生幾十年來靠寫稿搵食，他寫的掌故，準確可靠，非道聽途說者可比。不知大家有沒有留意到展覽廳中有一件瞿兑之的墨跡，這是掌故大家瞿兑之在一九六一年六月寫給陸丹林的信，附帶的一段文字，陸丹林在給高貞白的信中，附上瞿兑之這短札。高先生很重視這張小紙片，特別裱裝起來。

這短札對高先生極為推崇。錄如下：

再，貞白兄考訂精詳，下筆不苟，友人中惟徐一士能之，而筆歌墨舞，矯若游龍，則徐君不能及也。弟自問能知此中甘苦，而決不能逮貞白兄之萬一。此非謙辭，亦非為貞白兄進諛詞，所謂文章千古事，得失寸心知，想公亦解人也。如與貞白兄通信，乞以語之。蜕再拜。

（《聽雨樓隨筆》壹，頁二八三《新歲憶舊》）

原件有陸丹林補書一行：「瞿兑之一九六一年六月廿五日來函，丹林識。」陸丹林鈐壓角白文方印「紅樹室」。

瞿兑之寫了這讚語幾年之後，是一九六三年底，高先生出版《聽雨樓叢談》，請瞿先生寫序。瞿先生更深入地説高貞白先生的掌故學：

我所熟悉的掌故專家以隨筆擅長的，一南一北，有兩位。高先生以外，其他一位就是久居北京的徐一士先生。當然，此外一定還有，不過他們兩位著述較多，接觸較廣，而且從事的時期較長。徐先生現在年高，不再能親自動筆，所以高先生的著作就更是大家所先覩為快的了。

言下之意，就是當今談掌故的，僅數高先生一人了。接着瞿氏又説：

他們兩位從事掌故之學所以得到很大的成就，有兩點我們應當注意。第一、他們不是為掌故而掌故，卻是從其他方面兼收並蓄了許多的知識，然後來談掌故的。比如説，他們所談的近幾十年的掌故，實際上是幾百年前的掌故都已羅列胸中，所以談起來原原本本，不是道聽塗説。第二、他們對於資料的運用都十分謹慎。因為資料的來源非常複雜，幾乎可以説沒有任何一種不存在問題。前人的記載常有不經意的錯誤，鈔書刻書當然都可能有錯。著書有時僅憑記憶，或者受到情感的影響，也可能有意無意地錯。甚至自己親筆題署的字也錯，鄭重刻在碑誌上的也錯。尤其是有些人説親身見聞的事也不一定可靠，因為一方面傳述的人儘管説的是親見親聞的事，可是他只看見、聽見當時發生的某一場面，而於事情的全部聯繫未必了然。另一方面，這些人自己有了成見，看問題總不免有點主觀，再加上有些人為了貪圖動人聳聽，不惜以偽亂眞。這種情況就使得掌故好談而又不容易談了。他們兩位卻都是對於鑑別眞偽一點不肯放鬆的，一字之差也必須追根究柢，不容許含糊過去。自己所說的話也總是保持一定的分寸。如果有疑問而實在無法得到正確的解答，也必有一番交代。其謹嚴負責的態度，是符合學術要求的。」

瞿氏是前清軍機大臣瞿鴻禨的哲嗣，他見聞多，積學厚，是老一輩的掌故學家。高先生的《聽雨樓叢談》找他作序和題簽，當中自有所傾佩和推崇。不過，瞿氏始終沒把自己算入掌故家之列。瞿蛻之先生（一八九四－一九七三）是北方掌故家，名輩比高貞白先生更尊。以一掌故家去評論另一掌故家，內行評譽自足為人信服。所以說，高先生是上個世紀最後一個掌故家。

從衝擊教會學校到遠離現實和畏懼現實

高貞白出身富裕家庭，他排行第六，人稱為六少，是地地道道的少爺仔。但他在澄海中學讀書時，與新來的校長杜國庠結為師友，受杜影響而傾向革命，滿腦子馬列主義，開口閉口共產。

杜國庠（一八八九－一九六一）又名杜守素、林伯修等等。廣東澄海人。哲學家、史學家。早歲留日，歸國後在北京大學等校執教鞭。一九二八年二月在上海加入共黨。太陽社成員。中共中央宣傳部文委成員，籌組中國左翼作家聯盟（左聯），復創辦中國社會科學家聯盟，主編左翼刊物《中國文化》。專攻中國思想史。解放後，出任中國科學院哲學社會科學部學部委員和中國科學院廣州分院院長。杜係馬列信徒，致力以馬克思主義觀點治中國古代思想史。著有《杜國庠文集》、和侯外廬等合編《中國思想通史》。

一九二五年八月杜國庠正式接任澄海中學校長。十一月杜奉東江各屬行政委員周恩來之命，與王鼎新等改組國民黨澄海縣黨部，此時杜介紹高貞白加入中國國民黨。（翌月周恩來委杜接任金山中學校長）此時澄海的革命氣氛高漲。高先生曾憶述他在澄海中學時參與了愛國行動，說：

> 一九二五年十月以後，澄海駐有不少黨軍，革命氣氛瀰漫，今日開會打倒土豪劣紳，明日打倒帝國主義和軍閥，到十二月廿三日，學校裏的老師李春蕃（今日之柯柏年）召集一群前進青年，先訓我們一頓，講話內容是基督教是帝國主義者的以文化侵略急先鋒，我們要打倒列強，就要壓止他們傳教活動。我們到教堂搗亂。

這個「我們」，是指一幫前進青年（包括高貞白自己）。而這個所謂搗亂也很溫和。而這位李老師「約好了我們幾十個好事盲從的青年，十二月廿四日到城內外各教堂唱雙簧戲，神父講耶穌，我們在旁講打倒帝國主義。所謂搗亂者，如是而已，甚為溫和，未演成雙方大打。」這是澄海中學時期的革命氛圍。少爺仔也受感染而參與了「革命」行動。高先生說「因為形勢對我們有利，地方上有黨軍，有有怕。」（見《聽雨樓隨筆》肆，頁一二一《聖誕懷舊》）

高先生說的黨軍，是當時開入潮汕的國民革命軍，簡稱民軍、黨軍，又稱東征軍。而陳烱明的部隊則稱為粵軍。而這次領導搗亂的老師李春蕃是潮安人（大革命失敗赴滬改名柯柏年），比高先生大兩歲，是杜校長帶來的人。這位李老師和杜校長除了去教堂搗亂，又成立「汕頭收回教育委員會」，收回汕頭的華英中學（英教會學校）改名南強中學作自辦。這位李春蕃老師，還曾帶領高的廿多位同學，以旅遊的名義，步行去海豐學習農民運動經驗。這些下鄉的同學返校後大多加入共黨，更成為澄海共黨骨幹。

高先生的愛國行動，並不是出於「偶然心事」。高當時確自命為進步，「開口閉口就社會主義，共產主義。當時有位同鄉翁君，在倫敦做抽紗生意的，他曾取笑我道：『六少爺是富家子，共了產你就知味了。』我答道：『我不希罕家產，人人有飯吃，不是好過我有嗎？』」（《從「甲寅雜誌」談到章士釗》《大成》三十七期頁三十五）

這是高先生青年時一種「人饑己饑，人溺己溺」的人道精神體現。可見高伯醉心馬列主義，當中仍有傳統的仁學的存在。因為人道主義的門，是相容相通的。只是歷史弄人，誰料這位參加衝擊教會學校，奪回學校教權的青年，廿五年後卻在殖民地謀生活，更要托人事（中國銀行名建築師陸謙受）介紹女兒投考跑馬地藍塘道的教會學校瑪琍諾中學呢。這也太弔詭了。

六少爺本來想參加共產黨。由於杜國庠在一九二五年還不是共黨（杜一九二八年一月從香港去上海之後，翌月始由錢杏邨和蔣光慈介紹加入中共），所以介紹這位六少爺先參加國民黨（當時毛澤東也是國民黨，官拜中央候補委員）。還介紹他見老蔣。高後來回憶說：

> 一九二五年十一月，我經由杜國庠、李春蕃兩先生介紹，加入國民黨，杜先生說：「你很想加入共產黨，很好，總有你如願的一日，不過我想你先加入國民黨，我和李先生一同加入了，我們可以在同目的下為黨努力。」我就加入國民黨了。（《大成》一九一期頁三十六《民初留美學生的兄弟會》）

當年東征軍開入潮汕，高先生有緣見到己黨的最高領導——蔣介石。高先生回憶說：「一九二五年十一月，蔣偕鮑羅廷、陳潔如一行來澄海中學訓話，我有生以來第一次見蔣，也跟他握手，他稱我『同志』，那是校長杜國庠先生的特別介紹，才有此『殊榮』，因我新近加入國民黨也。」（《聽雨樓隨筆》肆，頁二二四《從陳潔如之死談起》）

高貞白貴為當時執政黨的一名黨員了。但旋即後悔。高貞白記下緣由：「一日，縣書記來訓話，告誡新入黨員，『要服從黨和總裁的命令，黨指定一件事要你做，你不得藉口拒絕。因為既為黨員就沒有個人的自由……』。」

慣了無拘無束的少爺仔，怎麼能夠受得了黨紀的束縛呢。所以「我恭聆之下，大驚失色，深悔加入。」（《大成》一九一期頁三十六《民初留美學生的兄弟會》）

高先生說：「深悔加入」的是國民黨。同樣與此相類的事，卻又曾發生在國外。高先生加入國民黨三年之後，留學英倫時，被老友陸謙受拉入兄弟會「仁社」，高說：

> 我是一九二九年十月（廿七日）在倫敦加入仁社的。當時仁社的「誡條」，要社友嚴守秘密，對外不能承認自己是社友，並且要不知有什麼仁社這回事的，看來頗像秘密組織。但入社纔半年，高貞白已經要求退社了。（《大成》第一九二期頁四十九《六十年前的英美仁社「民初留美學生的兄弟會」續篇》）高先生更鄭重地在文中說：「退出的原因，覺得它雖無伐異的事例，但黨同的事例似乎太多，不合我心目中的『羣而不黨。』」（《大成》第一九一期頁三十三——三十四《民初留美學生的兄弟會》）

其實，高先生自命『思想前進』，只是理想上的認同而已。在朋友眼中，他卻是典型的自由主義者。最足說明的是，他早在一九三九年，已經譯出美國《星期六晚郵報》週刊上《我逃出斯大林的虎口》，該文作者自稱是蘇聯一個將軍，是斯大林的親密戰友。他逃到美國定居，二年後，把內幕刊在《星期六晚郵報》上。

對於這種敏感的題材，按常理，左傾人士都將為此「失語」的。然而自認「左」的高先生卻譯了出來，作為對暴虐者的一種揭露。最初投《星報》晚報沒登出，卻轉在陸丹林的《大風》上刊出了。這當中，無論是高先生或陸丹林，在當時都是需要勇氣。該文譯成用「高貞白」真名發表，是表示他「對於斯大林的種種行事，深惡痛絕。」所以也不怕被《華商報》那批「擁俄的前進戰士斥為反動透頂」。（《聽雨樓隨筆》肆，頁三一一《從一篇舊文談起》）

不過，這種自具風骨，並不是時尚，有時還會吃苦頭。五十年代之初，高先生有稿稱讚外國人的超市的寧靜，卻被些極左的編輯在稿上批寫四字「洋奴思想」，這一上綱，令主管羅孚也無法為之轉圜了。這就令到日後《明報》看不到高先生文稿，因為當時批下那四字的編輯就是金庸。可見崇尚自由，並不是一種「摩登」，而是一種晦澀。高先生幾十年的生涯都是晦澀的。今日我對他的頌揚，就是要「發潛德之幽光」。

高先生的名字和聽雨樓的由來

先談一談高先生的名字。高先生原名秉蔭，後名雨，字貞白，也作貞伯。掌故界的朋友熟知的「高伯雨」大名，係高先生的筆名。高先生的筆名還有許多個，比較常用的除了高伯雨之外，是：林熙、溫大雅、秦仲龢等。而以高伯雨一名最為人所熟知。

高先生的書齋名不多，有：寒翠堂、米齋、薑齋、適廬……，而以聽雨樓最為人所知。現在講一講聽雨樓這個樓名的緣起。

聽雨樓

李義山詩：「留得殘荷聽雨聲」。有讀者以為這或許是「聽雨樓」的出處。其實「聽雨樓」這個堂號古人也有用過，嚴嵩兒子嚴世蕃別墅就叫「聽雨樓」。

高先生幼時在澄海鄉間大宅中有書齋，他說：「因為從小就對書齋培養了感情，後來懂得風雅了，自己雖無能力建一間書齋，但也築了不少空中樓閣的『書齋』，例如聽雨樓便是其中之一。聽雨樓是『建築』在香港清風街廿一號二樓的，倒也名符其實的樓，不過這種樓只是住宅，而非書齋的那種書樓也。」（信報，聽雨樓隨筆一九七九年三月五日）

一九六三年沈尹默以行書寫了個「聽雨樓」橫匾與高先生，高宅由清風街遷入希雲街時，懸掛出來。

其實聽雨樓是空中樓閣，本來只是一個報紙專欄的名字。起源於解放前夕。且看高先生自己的記述。

高先生在一九七九年三月二日的信報《聽雨樓隨筆》專欄《第一樓「落成」》說：

一九四九年三月，我在香港的第二次畫展，假思豪酒店畫廊舉行。第二天下午，楊彥岐忽然在會場出現，使我又驚又喜。他本在上海的《和平日報》當總編輯，一旦跑來香港，上海一定危危乎了，傾談之下，才知他來往香港、台灣、廣州多次了，雖然和他很熟，也不便在會場裏問他僕僕征塵，果為何事。

大約過了兩個月，彥岐來信約我見面，於是我們就在香港大酒店的二樓吃茶。他說，《香港時報》快要出版，他主編兩個副刊，需要很多文章，要我大力支持。我和他是兩代世好，那有不支持之理，何況又是生意上門呢。三四天後，我們又在香港大酒店見面，第一批稿交給他了。正在談天，有個青年人過來，彥岐立即介紹，說是他的老友，又是報館的同事劉以鬯。劉先生知道我也是賣稿的，便對彥岐說好不好也請我為他主編的那個副刊寫些稿。那時候我的生活費來源全靠賣文，那有推之門外之理，便問要些什麼性質的。

彥岐說他主編的那兩個是綜合性的，劉君那個不如寫些掌故的吧。劉君贊成。

我問劉君每篇字數多少，他說不拘。我說不如寫個專欄吧，字數不限多少，我易於安排。談妥後我回家就伸紙命筆，大做文章了。第一篇寫成要安個名堂才可算是專欄啊。用什麼名字好呢？一時實在想不起，我是最不會起名字的人，如果有人請我起個國號或是商號，一定會起得一塌糊塗的。姑且待吃過夜飯才絞腦汁吧，便一心一意吃飯。

飯後忽然瀟瀟夜雨起來，時在盛夏久旱，有些雨就覺得可喜。我驀然想起《古文觀止》有《喜雨亭記》，第一句「亭以雨名，志喜也」，何不用喜雨樓，但又立即認為不好。一會後，雨漸大下，滴篤有聲，靈感一來，遂名聽雨。我的第一個「聽雨樓」就是在一九四九年八月十二日「落成」的。

樓已落成，樓主就要有個雅號才可以和編者相見。這個雅號又要和在其它報紙所用的不同。正在沉吟間，一眼望見牆上所掛的元人張雨的水墨風景畫，這個道士別號伯雨，不妨借來用用，於是在第一篇稿上題了「伯雨」兩字，從此久借不還了。

以上就是這個樓名的最詳盡的解釋，也是「伯雨」這個筆名的來由。而高先生提到的楊彥岐就係楊天驥楊千里的公子，高先生和楊千里老友，所以說兩代世誼。

附說一事是：一九六四年高先生老友章士釗收到高先生贈送的《聽雨樓隨筆》，章書贈兩首七絕中有「三字驚心聽雨樓」句。事緣一九六四年朱省齋拉高先生往大坑道訪章士釗，章書贈送高先生書法，是兩首七絕直幅六行：

三十年間一再逢，誰從鴻爪問西東。
眼中飛鳥原無動，墨辯新從一晤通。
三字驚心聽雨樓，樓中故實記源流。
數從杳鬧終荷淨，夜半聲聲滴到秋。
大著聽雨樓叢談後題。伯雨仁兄方家兩正。甲辰秋，孤桐章士釗，時年八十有四。

高先生在《三十年間一再逢》一文說：

我和朱省齋離開章士釗先生寓所後，緩步下山，打開章先生寫贈我的那兩首詩，邊行邊讀。問朱兄為什麼「三字驚心聽雨樓」，聽雨樓有什麼可驚？我笑道，這三個字的確沒有什麼可驚之處，相反是可愛，以我而論，我是喜歡聽雨的。（一九五六年我在《大公報》寫《聽雨樓筆談》不久，便有人寫篇「聽雨雜談」，引宋人一首詞從少年聽雨、中年聽雨到老年聽雨的各種不同心情來為我張目。我已把它剪下來，可惜事隔二十多年，已不知去向了）。

（禮平按：這當是指宋人蔣捷填寫《虞美人》詞，其題為《聽雨》：

少年聽雨歌樓上。紅燭昏羅帳。壯年聽雨客舟中。江闊雲低、斷雁叫西風。而今聽雨僧廬下。鬢已星星也。悲歡離合總無情。一任階前點滴到天明。」這是標示了人生綺麗、沉雄、平淡的三種境界。）

古今人用聽雨為齋名者，不可勝數。所以此名亦什平庸，沒有甚麼奇突之處，……但我立即知道章先生為什麼說這三字可驚心了。原來嚴世蕃所居名聽雨樓，在北京城南的丞相胡同。嚴世蕃是一代大奸，而才學富贍，聽雨樓收藏的書籍字畫很多，《冰山錄》所載可見。我敢用這三個字來做「齋名」，也可說是膽大而令人驚心了。（信報，聽雨樓隨筆一九七九年三月五日）

方才提及的《香港時報》，聽眾或者不明白是怎樣的一份報紙。且聽高先生的介紹：

《香港時報》的前身是《國民日報》，《國民日報》創刊於民國廿八年（公元一九三九）六月。時國民黨中宣部派陶百川來香港辦的。

此報宣傳抗日，高先生投稿該報，受到賞識，一九三九年十月被聘請為電訊翻譯兼副刊編輯，做了半年。（《聽雨樓隨筆》伍，頁二四七《香港人果醜惡耶？》）

所以高先生說：

它出版的第五天，我就和它有了關係，三個月後，我竟然由投稿而擠入編輯之林，編一個副刊，而且又兼多一個，意氣風發了幾個月，後來我辭去不幹，往海防打工，一九四六年，香港重光，國民黨中宣部派人來香港恢復《國民日報》，總編輯是我在《中國晚報》的同事金滿城，他找我寫文字，我沒有答應，該報……年就停版了，一九四九年改個招牌，名《香港時報》。」（信報，聽雨樓隨筆一九七九年三月一日）

順便扯開講一講高伯這位老友金滿城。金滿成（一八九九－一九七一）四川峨眉人，文學家、翻譯家。金同潮州關係密切，他的太太陳鳳兮（一九〇五－二〇〇二）是潮州庵埠茂龍鄉人。金與陳毅是法國勤工儉學的同學。抗戰間金滿成兩公婆在重慶《新蜀報》任編輯。他們與葛仕翹共住嘉陵江邊一屋，此屋常有年輕人來，是金滿成夫婦不斷幫助年輕人去延安投共。金後來到《香港時報》這家國民黨中宣部的報紙工作，內裏有什麼文章，值得研究。要詳細了解金滿成，可以參看高先生在《大成》第一五一期（頁二二—二三）發表的一篇文章《金滿成坐陳毅的汽車》。

《聽雨樓隨筆》各種版本

《聽雨樓隨筆》有好幾種版本。最早是一九五六年由香港創墾出版社出版。我還是請高先生自己來講更清楚。高先生在一九七九年三月四日《信報》副刊《聽雨樓隨筆》專欄《三字驚心》一文透露：

> ……一九五四年，故友李微塵先生主編《熱風》半月刊，要我寫了很多稿，後來他提議，收集起來由創墾出版社出版一部《聽雨樓隨筆》，而皇甫光兄（是黃六平先生的筆名，他也是後期《熱風》的主編……）更是慫恿，說是一定可以賣點錢的，他還答應給我寫篇序文。後來這篇序文卻在書出版後他才登在新加坡的《南洋商報》，用虞羽的筆名發表，因為他在《熱風》寫文章用這筆名，南洋讀者對它有印象。
>
> 這部書在一九五六年八月十六日出版，名叫《聽雨樓雜筆》，這是「聽雨」書名第一次和世人見面。果然銷路甚好，不到一年二千本賣光了，但我未賺到半文錢（另有原因，有機會再談及）。正在此時，我又和《大公報》寫《聽雨樓筆談》。一九六一年，收集歷年在香港、新加坡報刊所登的文字，由上海書局出版《聽雨樓隨筆初集》，一九六四年另一家出版機構又為我印行《聽雨樓叢談》。

慫恿高先生出版《聽雨樓隨筆》的黃六平先生（皇甫光），後來在香港大學中文系任高級講師，江西人，著有《說文解字敘講疏》，《漢語文言語法綱要》等書。五十年代高先生去北京回港後，黃問高：「毛主席有冇夾嚿雞畀你？」高回以三字經。

上海書局出版《聽雨樓隨筆初集》，則是由李怡兄操辦。李怡與高先生接觸頗多，後來沒有什麼來往了。前幾天與李怡兄飲茶，問高先生辦的《大華》半月刊有沒有共產黨支持，李說沒有聽說。

出版《聽雨樓叢談》的南苑書屋，則是萬里書店的副牌。創辦人是陳琪先生（一九三二–二〇一三，陳澤遜）。陳先生父親陳虞與高先生老友金滿成是留法勤工儉學同學。手邊有封信是陳琪致高先生，談此書再版事。高先生很認真的保存下來，夾在《聽雨樓叢談》之中。

高先生說第一本《聽雨樓隨筆》銷路甚好，「不到一年二千本賣光了，但我未賺到半文錢」（另有原因，有機會再談及）卻未見高先生再談。五十年代，生活艱難，高先生應得的稿費，恐怕是被人挪用了。我曾經見過署名「陳寧」手書致高先生的一封信（兩頁），寫在標明《星島日報》朱絲欄信箋上，內容係先前挪用了高先生稿費一百六十元，但經濟狀況奇困，到期仍無法全數歸還，但已極力張羅得三十元著人送上。並懇求分次奉還。又見有署名「叔子」致高先生手札，寫於「香港麪粉商業總會」信箋上，也是訴說叔子夫人患子宮瘤，籌款醫治，提及「幸蒙《新生》、《骨子》各報同人盡將稿費見挪」惟「尚缺甚多」，雖然知道高先生「亦在經濟同病中。然苟能量力見助，不計多寡。冀集腋以成裘，得靈芝而續命」。那個年代，家家都困難啊。所以高先生「未賺到半文錢」，正常得很。

高先生在這篇文章還提到，「去年（一九七八）又編好近年的文稿三十多篇，交波文書局出版，仍叫《聽雨樓隨筆》，大約年尾才能面世。……」結果交給波文的三十多篇文稿並沒有面世。

高先生生前，最後出得成的一部《聽雨樓隨筆》，就是在坐的小思協助下促成的。而高先生逝世後，將諸種已結集成書和大量散篇文章編成十大冊《聽雨樓隨筆》出版，也是小思提議的。

高先生在小思幫忙促成的《聽雨樓隨筆》後記中，道出了此書三厄的命運：

> ……我在香港賣文為生，凡五十二年之久，寫下了雜文約一千萬字，像樣的不足十分之一，三十多年前曾出版過三本以《聽雨樓》為名的書，目的都是為療貧，也是不忍把少作散失之意。
>
> 後來《聽雨樓》三次遇到「災難」，嚇到我魂不附體，所以近十年不敢以《聽雨樓隨筆》之名出書了。
>
> 去歲我已踏進耄耋之年，體力日衰，幸而記憶力並不消失，還可以筆耕一時，因此對於一九七一年到一九九一年所寫的文字，不忍把老作散失，自費出版《聽雨樓隨筆》一種，敝帚自珍，亦欲以求教於讀者。
>
> 現在出版的《聽雨樓隨筆》，本應加多「二集」字樣的，因為一九六一年上海書局為我出版過一本《聽雨樓隨筆初集》，後來不想再出二集了，我便在南苑書屋出版《聽雨樓叢談》（一九六四年出版。到一九七九年十月已第三版了），自此即未嘗以《聽雨樓隨筆》書名問世，至今已二十六年。
>
> 一九六六年我設大華出版社於家中，並出版《大華》雜誌（初為半月刊，後改月刊，中間停刊年餘，一九七零年繼續出版，到一九七一年停刊），又為朋友出版了十多種書，但自

己的《聽雨樓隨筆》卻無暇出版。到一九七七年大華出版社停止營業，而波文書局老板黃先生，要為我出版《聽雨樓隨筆》，並且可以二集三集出下去，使我非常高興，以為事必成功了。一九八一年，全書已排印、校對竣事，我看過清樣，簽字付印了。怎知等了幾個月，毫無消息，問黃老板，支吾以對，打聽一下，原來書局欠該印刷所一筆賬，印刷所要付清欠款才開動機器。我知道無望，便不再問了。這是《聽雨樓隨筆》第二次「災難」。

第一次「災難」，要遠溯到三十三年前。一九五八年，《文匯報》為我出版《隨筆》，排了三四十頁，忽然把稿件全部失去，為甚麼會失去，李子誦兄莫名其妙，我更莫名其妙。後來賠我以金錢。至於第三次「災難」，則發生在四五年前。朋友介紹一個出版商為我出版《隨筆》，謂此人「誠實可靠」，我已是驚弓之鳥，但以為天下事似乎沒有「壹之謂甚豈可再」的，姑且再試。講妥了價錢，我把編好的稿一帙，交給曾某，他給我稿費全部，言明半年內可以出版。我耐心等候，等到一九九零年，消息杳然，那個曾某也不再見到了，事竟可再，真令人想不到！

為懲前失，不如自費出版，去年十一二月間，我和盧瑋鑾女士通電話，偶談到「三厄」故事，頗有意出版《隨筆》，以娛晚年，她竭力鼓勵，於是託她全盤策劃，得以完成心願，功不可沒，我對她衷心感謝。

昔人說：「一飲一啄，莫非前定」，出版《隨筆》之微，而竟有三次受厄，可謂「奇遇」，書此不免失笑。

小思在牛津版《聽雨樓隨筆》序言《一編苦道去來今——為高伯雨先生眾書重刊而寫》說：

……我認為我是了解高先生晚年心境的。他每談到辦《大華》、辦大華出版社、在不同報刊中寫稿，便耿耿於懷地説，幾十年不遺餘力從事文史記錄工作，是很想為後代留下寶貴文史記憶，可卻往往吃力不討好。為他人出了許多書，晚年自己想出一本愜意的選集，也屢遭波折，特別連原稿也給出版人掉失的那一次，每一説起，便露凄然面容。這也難怪，他在各報刊上寫專欄、寫《聽雨樓隨筆》那麼多年，既受讀者歡迎與尊重，可是自一九六四年後，就沒出版過文集了，他不止一次説很想出一本自選集。直到一九八九年末，他再提起想出版《聽雨樓隨筆》，問我有沒有辦法。我稍向一兩家出版社表示，又得不到回應。他顯得有點急，直截告訴我，想自費出版，問有甚麼門路。我對此事感到很難過，一位在香港從事文史掌故寫作的大家，出版過好書的出版社負責人，到晚年要出版自己的文集，竟那麼艱難！我便着意安排，請林道群設法代辦了。事成不久，我接到高先生兒子電話，説知道父親要自費出書，問要多少費用，因子女都想支付，並要我代守秘密，先別讓父親知道，好等書出來時令父親開心一下。一九九一年書出版後，果然，這事令高先生很高興，還擺了幾桌酒席慶祝。

一九九二年高先生逝世後，我一直以他還有無數文章沒有結集為念。特別在《信報》寫了那麼多年的專欄，倘如流雲消散，不留踪影，實在可惜。

幸好，牛津大學出版社林道群也重視的高先生，能「爽快就答應了為高先生出版共十卷的文集」。其中最重要還是從未結集的文字，「這些未結集的文字，都是高先生親自剪下來貼在小本子中，留給他女兒的。」

高貞白和第三勢力

高先生「寫稿出賣」，純係「搵食」，所以「供貨」不分黨派，也曾為「第三勢力」刊物供稿。高先生曾在《從舊日記談到民國廿一年的上海》一文透露：「一九四九年十二月在香港偶然和他（丁廷標丁文江之姪）見面。那時候，他已是青年黨一個不大不小的幹部。他知道我賣文為活，就拉我為他們的第三勢力刊物寫稿。我先向老丁聲明，政治文章不會寫，反共文章不肯寫，如果是不登大雅之堂的風花雪月，西洋趣味的文字，要定造多少就多少，本廠無任歡迎。」

五十年代初，美國支持反蔣反共的第三勢力，「香港的第三勢力得美元之力，辦了不少刊物，我和這方面沒有關係，但也藉老朋友丁廷標照顧，在此中乞其餕餘養活了一家人，如是凡五年之久。到一九五九年丁君謝世，而第三勢力已是水尾，幾個大頭頭鷄飛狗走，遂成烟消雲散之局，至今在敝笥中　有當年刊出在《中聲晚報》的拙譯西洋幽默剪報十餘頁，聊為紀念，也可見友朋聚散的蹤跡。（《中聲晚報》創刊，初時由該黨派史澤之主持，史君卽邀我大量供稿。這個勢力收檔後，澤之在蘇浙中學教書，近年已移居美國。）」（《大成》一八五期頁四十四《從舊日記談到民國廿一年的上海》）

一九五一、五二年之交，高先生曾應徐亮之之邀，「在一家高舉旗幟反共的三日刊小報名叫《人言報》」編副刊。高表明「我對反共並不感興趣」，徐亮之答應高編的這個副刊，「可以不登反共八股，只談風花雪月。」徐亮之名梗生，江西進賢人。徐嘗語高：「我逃來香港時，身邊只有一兩黃金，不屑求美國人，也不屑求台灣，求他們，不會有自由的。」（《聽雨樓隨筆》叁，頁二五三《我和徐亮之》）高是一九五〇年才認識徐的。徐本身窮書生，也靠賣文為生，那來錢辦報刊呢。原來「這個報的後台老闆是程思遠，更遠的後台老闆是隱居北美的李宗仁。」徐亮之原是李宗仁的秘書（當時與程同住九華徑樓上樓下），由徐出面主持報務。但此報甚短命，「出版四個月就關門大吉」。（《聽雨樓隨筆》陸，頁二二四—二二五《反共與借書》）

高先生為後台老闆李宗仁的《人言報》編副刊，也為後台老闆是蔣介石的《香港時報》寫稿，「伯雨筆名最先用於《香港時報》」。「打從一九四九年六月起，到一九五三年，我經常有稿供它，同時和《大公》、《新晚》、《週末》等所謂左報一樣寫，無分彼此，左沒有嫌我為右寫，不要我的稿，右也如此。大概我賣稿只是做生意，不談政治，尚無大礙之故。」一九五二年開始，高伯為《香港時報》楊彥岐主編的《淺水灣》副刊寫隨筆專欄「南海隨筆」（《聽雨樓隨筆》陸，二五〇—二五三《終於相識的朋友》），兼為左舜生雷嘯岑等人辦的《自由人》週刊撰寫《螢廬隨筆》（數期即止）（《聽雨樓隨筆》陸，二五〇—二五三《終於相識的朋友》），復以「高適」筆名為新加坡《星洲日報》寫《適廬隨筆》等專欄。高先生自己透露：

> 「一九五六年至六二年，我在《華僑日報》有個每天五百字的框框，曼谷的《中原報》、新加坡的《南洋商報》、《星洲日報》則自一九五一年始，便有稿約，不必每天都要一篇，但一個月中每一家都登十多二十篇，而《南洋商報》時時多至三十篇左右。」

「一九五七年初，……那時期，我在《星島日報》兩個副刊……寫了很多文史的短稿。」

高先生既寫又編，馬不停蹄。一九五九年《循環日報》出版主持人是原來《星島日報》的社長林靄民，林約高客串編輯一個文史性的雙周刊。（《大成》八十三期頁五十《陳彬龢與申報及大華半月刊》）

五十年代至七十年代，高先生的寫作量驚人。有一回包天笑問高，每日寫稿要寫多少字，高答：「多則三四，少亦二三千，不能少過此數。」（《大成》第二期頁三十七《記最老的作家：包天笑先生》）常人工作八小時，高伯倍之。那個時候，高先生每天寫稿十六小時。沒有時間運動，所以不敢多吃，少吃多餐，後來飯量太小，用燉盅燉飯。有段時候，晚上九時左右，高夫人饗以小燉盅鹹瘦肉飯。

五六十年代，冷戰時期。報刊雜誌，有左派右派之分，壁壘分明。高先生筆耕地盤，左右兩派兼而有之。他嘗自言：

> 因為那時候我為左右派報刊寫的稿頗多，各派用各派的筆名，河水不犯井水，即如高伯雨也是筆名，後來才「弄假成眞」的（用「聽雨樓隨筆」和「伯雨」一名，始於一九四九年六月《香港時報》創刊之時）。（《聽雨樓隨筆》壹，頁二七二—二七三《〈紫禁城的黃昏〉的版本》）

高先生論古而不論今。有人問高伯「為甚麼不多談今時今日的事」？高應以：「今時今日的事不是『掌故』，未必為讀者所樂聞」，還有更重要的是：「在此時此地，月旦人物，批評社

會，易招愆尤，甚違古人明哲保身之道，暫時敬謝不敏。」（《聽雨樓隨筆》貳，頁一五九《聽雨樓隨筆（初集）自序》）

高貞白和雜誌

高先生曾熱衷辦雜誌。一九四七年中曾與王季友合辦《南金》雜誌，「《只出一期，遂成絕響》」。這本雜誌王季友找來的出資人悔約，欠印刷費幾千元，印刷廠扣着雜誌不讓出貨，《南金》只有高先生早早提取出來的一百冊流通，故存世極罕。

幾年之後，是一九五四年頭，徐亮之拉高先生搞雜誌。常邀高先生和曾希穎、熊潤桐、饒宗頤在家中便飯，「策劃一個高度的學術性期刊，暫定為每季出版一冊，內容以考古、金石、書畫為主，而附有掌故、詩詞。」高先生和徐負責編輯，「熊、曾、饒三人都是特約撰述，還約定在國內的容庚、商承祚、夏鼐、陳夢家等人寫金石考古等文章。」徐亮之是寒士，誰出的錢辦這個刊物呢？原來是戰後自滬來港的大收藏家金匱室主人陳仁濤。「這個刊物每期的經費，粗略估計一下，印五百部要三四千元左右，一年四期，便要開銷近二萬元。」開銷太大，陳仁濤忽然「縮沙」，此刊遂胎死腹中。但原已邀約的文稿如何處理呢？陳仁濤仍請徐亮之編為一冊論古專刊出版，其中刊有高先生一篇文章（高得稿費五十元）。（《大成》一五〇期頁十六《曾希穎與熊潤桐——廣東顒園五子逸事》）

大華

隔了十年，高先生辦雜誌的興趣又來，是一九六五年，高先生預備出版一本歷史掌故的半月刊，「目的不在賺錢，只希望能站得住，不必賠本就好，如果要賠，每月賠它七八百塊錢，我還是賠得起的。籌備成熟，已接近年底了。」當時高先生估計，「初出版的頭一年，恐怕不能站得穩的」，因為沒錢登廣告，「只靠讀者在讀過後，輾轉宣傳，感染到另外一批讀者，那是為時很慢的，說不定三年後才可以達到少賠的地步。」高先生打算「每月拿出一筆小數金錢來賠，就是賠三四年還是賠得起。」（《大成》八十三期頁五十五《陳彬龢與申報及大華半月刊》）高先生要辦的這個半月刊就是《大華》。一九六六年的暮春三月（十五日），高先生創辦的《大華》半月刊誕生了。《大華》由太座林翠寒任督印人（第廿九期起改為龍繩勳），高先生自任主筆，而且是名副其實什麼都幹的「總幹事」，約稿、撰稿、編稿、校稿、跑印刷廠，「一腳踢」。高先生自己是主力，時常一期之中刊多篇文章，所以要用不同的筆名發表。高先生以「林熙」這個筆名掛主編和撰述，另外先後用張猛龍、溫大雅、秦仲龢等筆名發表人物掌故文章。並有同寓居香港的包天笑、曹聚仁、徐亮之、饒宗頤、李輝英、簡又文（大華烈士）、周康燮、趙叔雍、徐復觀、馮明之、黃篤修、李燄生、陳泰來（陳潞），澳門的汪孝博（于今）、新加坡的連士升……，京滬的徐一士、葉恭綽、盧冀野、瞿兌之、鄭逸梅、張靜廬、陸丹林……等來稿。作者陣容鼎盛。

《大華》所刊的掌故文章，如《胡漢民被蔣扣留始末》、《南天王跨台內幕》、《蘆溝橋事變前的一段歷史》、《日本空軍謀炸汪偽組織秘記》、《日軍攻佔香港時的汪精衛》、《戴笠是怎樣子死去的》、《魯迅與狂飆社三子》……，都是頗具分量的秘聞。又有包天笑新撰的《釧影樓回憶錄》、和覓得劉成禺《洪憲紀事詩本事簿注》、《世載堂雜憶續篇》、黃秋岳《花隨人聖盦摭憶補篇》等罕見舊稿連載，深受讀者歡迎，所以能一紙風行。

高先生創辦《大華》時，撰《大華誕生的故事》（《聽雨樓隨筆》叁，頁五九—六一），謂「前幾天在公園看見太陽東升，華光四射我覺得很有生氣，眼前一片光明歡樂的氣象。」高先生喻《大華》「也如太陽起於東方，永久不停，亦可謂善頌善禱矣！」但現實卻並非如此。因為《大華》生不逢時，創刊的時候是香港銀行風潮之後不久，接着碰上天星小輪事件，大陸文革，繼而香港左翼暴動諸大件事，社會動盪，營商環境惡劣，《大華》幾乎無廣告（有一時段封底刊龍門圖書公司廣告），只靠賣刊物本身，每冊八毫（角），所以虧蝕。出版半年蝕了萬元（當年的萬元可以買個幾百呎的小單位）。高先生老友陳彬龢先生出手幫助，支持了半年，也撐不下去了。幸陳氏又找來雲南王龍雲的公子龍繩勳，龍支持了幾個月，也不再幫忙了。所以高先生由第四十期起改為月刊，又勉強出了三期，終因長蝕難支，助資不繼，不得不停刊。

一九六八年二月十日出版的第四十二期，高先生（林熙）寫了《大華停刊的故事》，說明原委，但文末留下他日或者「復刊」的「萬一」。到了一九七〇年七月一日，《大華》果然復活了，是月刊，稱一卷一期，但括號為總四十三期，表示是前段《大華》的延續。而這回是高先生身兼督印人和總編輯，前者打正「高貞白」，後者仍用「林熙」名字。幾個月後，一九七一年一月一日出版的第七期，督印人換了「柯榮欣」。到六月一日出的第十二期，也就終刊了。前後總共出版了五十四期。

高先生出版《大華》半月刊，如前文所述，虧損三年，本已是預算之中。「在出版後的四個月內，平均每月賠八百元左右。」高先生「覺得頗符合我的『理想』。」有些朋友出於好意，向高先生提意見，「他們認為《大華》的風格太高，未必適合一般讀者的胃口，勸我降低一些，多登載趣味性的文字。我多謝他們的好意。但我認為《大華》有它的一種風格，要它一面世就暢銷是絕對辦不到的，只要它有它的固定讀者，我就和他們結文字因緣，也是一件樂事。」半個世紀之後回頭再看，幸虧高先生肯堅持，《大華》才足以傳世。

但《大華》的面世，卻令某方面的人不爽。有人放冷箭。高先生曾撰文講到「《大華》初出版頭兩三個月，銷數還過得去，但不久後就大有逐期減少之象。」高先生「從各方面打聽減縮的原因，然後作一番綜合研究，才知道有人認為我辦這個小小的刊物是受某方面津貼的，他們在口頭上為我『宣傳』，指《大華》談的雖是掌故，但實際上在進行『統戰』。」即是說，《大華》被「有心人」標籤為某黨「統戰」刊物。當年左右陣營壁壘分明，被劃入某陣營的刊物，就會失去另一陣營的讀者。

這些被有心人破壞性的標籤，高先生在《大華》的編者的話（「卷頭語」）也曾反映出來。例如在一九六七年九月十五日出版的第三十七期，高先生以「林熙」筆名發表的卷頭語說：

> 我說過有很多讀者稱讚「大華」，但也許有人會問：「難道就沒有人罵大華嗎？」我可以答道：「有。這一年半中，只有一封信來罵過大華。」這封「信」不寫在信紙上，而寫在第廿五期大華的封面和封底。那一期是今年三月十五日出版的，三月十七日即收到那封「信」。信裏說：「你們在文章中，時時追述舊日中國的官場劣跡，令人們忘記眼前的暴政，試問中

國在滿清軍閥僞權及國民黨時代，曾有過像今日大鬧紅衞兵的惡作劇嗎？你們既然要談中國文化，為什麼不對中國此種暴政口誅筆伐？可見你們是大陸政權的走狗，甚至可以說你們是它的外圍組織。……」這個讀者當然不會署眞名的，我們也無須查究他是什麼人，只覺得他似乎戴上了一種眼鏡看錯了「大華」了。「大華」以不批評現實政治為宗旨，只談近數十年的歷史掌故，以供愛好此道的讀者消遣——如果不自甘菲薄的話，亦可說是向研究歷史者提供一些參考資料。「大華」並無大志，不想做站在時代前頭，一言一論都可以發生作用的一個「權威刊物」。該信的作者看不清「大華」，殊為遺憾，如果照他的「邏輯」，罵過去的官僚軍閥，讚過去的詩人藝術家，有令人「忘記眼前」種種的妙用，是眞有趣之至矣！大抵此公認為在香港辦刊物，非左則右，斷不容有一個窮書生以歷年賣文的微小積蓄，輕於一試，至資金賠光後，有讀者援手之事發生也！

還不止此，一九七〇年《大華》籌備復刊時，又莫名其妙的被誣陷為「與台獨有關」的。有「知情者」謂「台獨近來肯出錢辦期刊，尤其喜歡收買停辦的刊物」。高先生「聽後覺得好笑，《大華》能如此先聲奪人，亦可謂『足以自豪矣！』」「結果《大華》復刊只維持了十一個月，出版後銷路還是不好，大抵與台獨的宣傳有關，而忽然停刊。」這停刊，當然也是與經濟有關。「也因為一個合作的朋友工廠倒閉，不能長期支持《大華》的經費，我見他那種拮据情形，就建議停刊。」《大華》被誣，先後被冠紅帽、獨帽，高先生感慨萬千，謂「香港的『氣候』是很奇怪的，適應它頗不容易。吳梅村詩有『棄家容易變名難』，也許有些道理。」（《大成》八十三期頁高先生這本《大華》，被扣紅帽子。我曾向高先生女兒高季子了解《大華》的資金來源。高季子説是她媽媽平日「打斧頭」積下的「私己」錢，全部奉獻給高先生辦《大華》。細觀《大華》經濟狀態、《大華》發表的言論、高先生的為人和政治取向，可以知道《大華》是沒有政治社團在背後支撐的。

順便説一説先後出資贊助《大華》的龍繩勳、陳彬龢、柯榮欣幾位「功臣」。

龍繩勳是雲南王龍雲的五公子，程思遠女婿（林黛老公），大家都熟知，不必細表。

柯榮欣是羅家倫中央大學的學生，香港新亞研究所第一屆畢業生，與孫國棟、羅球慶、余秉權同學。羅、余教學之餘，兼營龍門圖書公司。柯辦實業，餘暇著述，有《商餘集》行世。

陳彬龢則比較複雜，是《申報》社長，表面落水，實為疑似共產國際人馬。為人手面什闊。在日本病卒。骨灰一半遺日，一半歸國（廣州華僑永遠墳場）。這位奇人三言兩語説不清。將來有機會再報告。

這些當年只是售八毫子的薄冊子《大華》，經歷約半個世紀之後，已無人會關心是否「統戰」刊物，還是「與台獨有關」，通通都變成古董，是古董價錢的舊雜誌。到今天在拍場上，都成為新舊讀者競爭到每冊論百論千的珍本了。《大華》停刊之後，大華出版社仍然運作，陸續出版了好幾種單行本，有《乾隆慈禧墳墓初盜紀實》、《辛丙秘苑·皇二子袁寒雲》、《釧影樓回憶錄》正續編等等。順便説明，高先生在《大華》發表的文章，現在都已經收入牛津大學出版社版十大冊的《聽雨樓隨筆》中。

關於高氏個人經歷的失實

幾個月前，宋浩先生傳來故宮博物院出版高貞白先生的書上面的作者簡介，當中有說高先生是「出生於廣東澄海」，其實高貞白先生是生於香港，謀食於香港，也死於香港，高先生是地地道道的香港仔。他是一九〇六年八月十六日生於香港文咸街元發行樓上。十二歲才返澄海的。他籍貫是澄海，但不是出生於澄海。

還有，故宮出版社那個簡介說高貞白是「一九二六年遊學歐洲」，也是不準確的。一九二六年高伯並未去歐洲，而是在該年的六月下旬乘日本郵船「伏見丸」（坐頭等艙）赴日本神戶，擬投考早稻田大學（也是杜國庠校長推薦的）。而九月喪母，遂自日本返廣州奔喪，十一月回汕頭。高先生到歐洲是在一九二八年，乘法國郵船公司的「亞多士二號」赴英倫，擬攻讀英國文學的。

上述故宮出版社出版了高先生的書，當中作者的簡介只有十三行，為數亦不足二百字，但卻錯了兩處。

但這「粗疏」情況不限於故宮出版社，在香港，那是高先生生於斯、死於斯的地方，而劉以鬯弄的香港作家辭典，高貞白那一條就顯得寒傖。高、劉兩人是認識四十多年，但執業不同，在這位新文學小說家的眼中，對於歷史掌故，當是頗有不屑的。高太太林翠寒收到辭典時翻開高貞白條目，唯只淡然一笑，十分無癮也。

（本文是二〇一七年二月十九日應汕頭市博物館之邀在該館講演的講稿）

俞曲園軼事

新加坡某君致函連士升先生，託他寫信來香港問我：俞曲園先生因何事革職，請我將這件事告知他。因為這件事非數言可了，我作書覆士升先生，把此事的經過大略說一下，並答應他另寫一篇較詳細的文字，以備某君及讀者們參考。

俞曲園先生是道光三十年庚戌（一八五〇年）進士，受知於曾國藩，得以留館授職編修。咸豐五年簡放河南學政。七年（一八五七年），御史曹登庸劾他出題割裂，革職。這是曲園先生被革去翰林院編修的原因。他因為出題割裂，以致蹭蹬終身，（若非如此，則他不致「拚命著書」了。因為他與曾國藩、李鴻章、彭玉麟等皆有密切關係，如果不因此事，做一品大員似乎並不難。）我就得將他出題割裂的事說一下。

甚麼叫做「出題割裂」呢？原來自明朝以來，有些學政考試生童，生怕他們抄襲前人的文字，故意把題目割開，將上句最末一字或一句，與下句最先一字或一句連合起來成為一題目。例如：《孟子》一書的「告子篇」有句云：「交聞文王十尺，湯九尺」，割裂時則為「十尺湯」。這樣可以窘士子的文思。

相傳曲園先生在河南所出的題目很有趣。「論語」邦君之妻一章，有「異邦人稱之亦曰君夫人」之句。接着下一章是陽貨章，有「陽貨欲見孔子」之句。曲園先生出「君夫人陽貨欲」為

俞樾

題。這是以上章末句割「君夫人」三字，下章首句割「陽貨欲」三字成為一題。這無異是說魯國的權臣陽貨欲君夫人，這未免太過荒謬，而且也有侮弄「聖人」之嫌，曲園先生學行醇潔，必不致如此。此題恐怕是人家博會他的。

又傳他二題是割裂《孟子》的。齊人伐燕章有「王速出令，反其旄倪」之句，曲園先生出「王速出令反」為題。又滕文公問四章有「二三子何患乎無君，我將去之」之句，他出「二三子何患乎無君我」為題，他割下句「我」字連上句成一題。這兩題如果曲解之，可說是「國王出令叫人民造反」，及「雖然無君但有我在」。這也是荒謬絕倫的題目。據說曲園先生出這樣的題目後，自行檢舉，才得到較輕的處分，若在雍正乾隆文網森嚴之世，至低限度，也得問斬的。

何以曲園先生出這樣古怪的題目呢？據傳他對人家說：河南學政衙門，向有狐仙，歷任學政到任時，都要拜它。曲園先生不信，當然不去祭狐仙了。怎知仙人責他不敬，在他出題考試生童時，大施法術，使他神不守舍，出了這樣的古怪題目。如果曲園先生真的這樣說過，大概就是他的解嘲之詞，諉過於狐仙了。後來他所作的筆記，有不少談玄說怪的，尤其是那部《右台仙館筆記》更多神怪之事。

曲園先生革職後十三年，又連累了一個浙江學政徐樹銘，相傳後來先生的曾孫俞陛雲（即俞平伯先生之父）得點探花，又靠徐樹銘之力，是則俞徐兩家有這種關係，實為同光間兩個學者有趣的事情。

徐樹銘（字壽蘅，湖南長沙人）是道光廿七年翰林，早曲園先生一科，自入翰林後，飛黃騰達，後來卻因曲園先生而遲滯了數十年。其事的經過頗可一述。

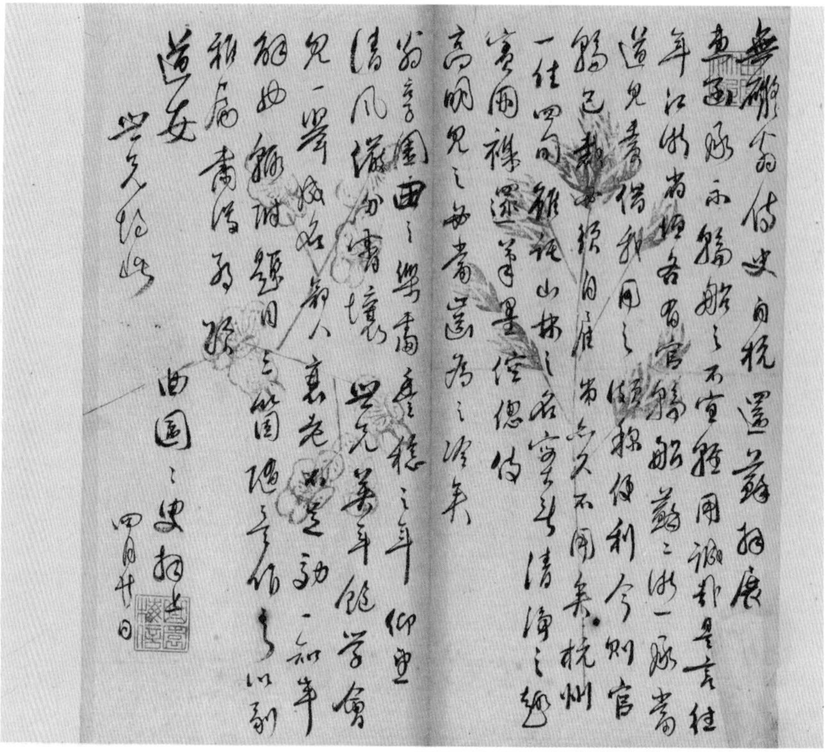

俞樾信札

同治九年（一八七〇年），徐樹銘在浙江學政任內，奏請將已革編修俞樾賞還原銜，聽候錄用，諭旨斥以「俞樾前於咸豐年間在河南學政任內，因出題割裂，荒謬已極，奉旨革職之員，何得擅請錄用？……徐樹銘着交部嚴加議處！」是年十二月廿一日，部議降四級調用，不准抵銷。

徐樹銘以禮部左侍郎任學政，侍郎是正二品官，降四級調用就變為正四品的太常寺少卿了，要升回去二品，也要相當時日的，到光緒十三年（一八八七年）後，他的門生翁同龢漸漸有了勢力，照顧老師，他在光緒十五年才升工部右侍郎，廿五年再升工部尚書，不久即逝世。

曲園先生聽說徐樹銘因保舉他而致降職，有函致其同年謝晉云：（謝晉字晉齋，號孟餘，又號夢漁，江蘇儀徵人，庚戌探花，官至戶科掌印給事中。）

頃閱邸抄，乃知有徐壽蘅侍郎之疏，雖承其拳拳之愛，然多事極矣！弟著書足以自娛……倘不知者謂壽翁此疏，實鄙人慫恿之，則冤矣冤矣！

光緒廿四年戊戌會試，徐樹銘以左都御史（從一品官）充殿試讀卷大臣。老輩相傳，他的讀卷大臣名次第三，照例他可以推薦探花的。恰值曲園先生之孫俞陛雲應試，樹銘便取陛雲做探花，以消一下三十年前的冤氣，亦所以報老友也。但這科的讀卷大臣名次是：崑岡、綿文、阿克丹、徐樹銘。徐樹銘名次在第四。前三人皆滿人，崑岡是同治元年的翰林，是樹銘的後輩，綿文是光緒九年翰林。科場最重前輩，樹銘立心要中俞陛雲而向這兩個後輩力爭，沒有不成功的。

光緒廿八年（一九〇二年），曲園先生以鄉舉重逢，清廷賞還他的原官，准他赴鹿鳴筵宴，到後來他又光復舊物，已非徐樹銘所及知了。西太后在三十年前不肯開復他的原官，還要加罪於人，但這時候，曲園先生已成為海內大儒，這個「人情」，她要做的。曲園先生死於光緒三十二年丙午（一九〇六年），年八十六歲，若活到九十歲，他就可以重宴恩榮，又再升官了。

一九五八年十月廿八日

李鴻章手下兩個紅買辦

買辦這個名詞，在近四十年間如果在文人政客的筆下出現，是個貶詞，給他們罵為賣國的，大概此人如不賣國，亦屬於壞人的一類。但在百年來的香港，買辦階級卻是人上人，他們不止是豪紳，為當政者優禮，甚至進身仕階，協助統治者統治，為一般人所歆羨，他們也藉其貲財，對香港地方亦有貢獻，所以在香港社會中，買辦卻是美詞，萬人仰慕，欲求而未必可得的。

國人對買辦這貶斥當然有些偏見，過去百年，買辦效忠洋主人，為他們的利益服務，有時就不顧一切，做出有害自己國家的事。但這只是早期的買辦如此，後期的買辦，大多是讀書明理的人，懂得民族大義，愛國家，很少有此種禍國行為的，洋人初到中國做生意，只要有人肯聽他的話，為他奔走效命，就信任他，給以相當權力，於是買辦階級構成。故早期的買辦層中，多屬於在洋行服務的工役看門、廚司、管庫等類的人。過了數十年，他們的子孫世襲先人之職，也當起買辦，此為第二代、第三代買辦了，這一代的買辦，因先人發了財，便打發子弟讀書，甚且命其赴科舉考試，進一步復命其出洋留學，因此第二三代的買辦，也有畢業自外國著名大學的留學生，此事例在香港尤多見。此類買辦，幾乎是高級知識分子充當了。

李鴻章任北洋通商大臣、直隸總督的時候，他手下有兩個買辦，在北方近在咫尺的，有匯豐銀行天津分行的買辦吳懋鼎，字調卿；在南方的有上海寶順洋行買辦徐潤（不過他當買辦，亦只數年而已），字雨之。他們在買辦叢中可說是顯赫人物，為國家辦了很多有利有建設性的好事。（吳懋鼎是安徽婺源縣人，徐潤是廣東香山縣人。婺源今改屬江西省，香山則早在孫中山先生逝世後，改名中山縣，本篇行文，提到這兩個買辦，有時不稱他們的名卻稱字，不是對他們特別示敬，因為他們發跡後，社會上一般人多知徐雨之、吳調卿，其名反而不彰，故為行文方便，亦稱其字了。）

徐雨之是早期買辦群中較有文化的人，又屬於廣東幫，而廣東幫又是買辦階級中的老大哥，所以先介紹他給讀者。

這個廣東買辦，可以勉強把他納入讀書人階層，他讀過十年八年書，後來自修，用功古文，居然能寫得一手頗為通順的文章，晚年並自撰年譜，把一生經歷分年記錄，留給後人參考。我們不要以為寫自傳，寫回憶錄等事只屬於文人階層，不知為洋人服務的買辦，也有自著年譜的，可為買辦放一光采。他的書名叫《徐愚齋自敘年譜》，他死後，葉恭綽先生鼓勵其後人印行，遂出版以贈親友。（舊時香港學海書樓藏有一冊，一九五九年前，我常往參考，也摘抄了所需的材料。以後再去借閱，則已不翼而飛，不知去向了，也不便動問俞叔文老師。後來《洋務運動》出版，也節錄此譜，大加刪節，譜主的家庭瑣事及其他往來人物，多被削去。）《年譜》於民國十六年付印，為之校理者闞鐸（字霍初，光緒末年，畢業日本東京鐵路學校建築科，在江南兩湖一帶的官廳工作，任文案、秘書、科長、參事等職，喜與文士交遊。故友章叔醇的岳丈。）有跋文云：

壬戌之秋，訪亡友徐君見綏（廷爵）於上海……見綏出示其先人雨之先生自敍年譜《大事記》、《上海雜記》及中外名人記原稿，屬為理董，謀付剞氏。已而又以所寫副本見寄於天津，爾後把晤時用敦促，輒為參訂體例，編成一帙，以《大筆記》繫之年譜，復於《上海雜記》，依類為次，釐為內外兩篇。甲子冬（甲子為民國十三年，一九二四年）見綏歸道山，乙丙（按：乙為乙丑，丙為丙寅，即民國十四、十五年）之際，少芝（廷鑾）、超侯（廷勳）兩君時來問訊……丁卯（民國十六年）夏日，少芝、超侯乃議定付印，鐸重違宿諾，力任校理，積日盈百，始克蕆事。……共和十六年九月，合肥闞鐸。

現在就徐雨之自敍的年譜（以下凡提到此譜，均簡稱為《年譜》）把他的生平行事，述之如左：

徐潤是道光十八年戊戌十月二十八日（一八三八年十二月十四日）在廣東香山縣的北嶺鄉出生，父親徐佩珩，字寶亭，時年二十二歲，母親年二十一歲。他的伯叔都是買辦，只有父親不是，曾做過軍官，參加對太平軍作戰。伯父徐昭珩，字鈺亭，上海英商寶順洋行買辦，四叔瑞珩，字榮村，上海英商顛地洋行買辦，另一個叔父蕙珩，字琚亭。

譜主出生後，他的父親給他命名以璋，字潤立，又名潤，號雨之，別號愚齋。八歲開學，跟王丹書讀書。到十四歲那年，他的四叔榮村從上海回鄉，見他稍肯讀書，認為可以培植他成材，希望在商場或科舉場中取得成功，徵得他父母同意，帶他到蘇州跟隨名師。他十五歲時，是咸豐

徐潤

吴調卿

二年（一八五二年），和叔父同往上海。《年譜》咸豐二年欄下記事云：

二月初一日，離澳門，下香港，隨同先四叔榮村公乘英公司輪船，二月十二日抵吳淞，晚開到上海。是時官艙客位，每位收船價一百二十八元，散客收三十二元，加飯資兩元。抵申後，寓小東門鹹瓜街亦昌絲茶士號。先四叔雅好文墨，延有楊鏡泉、紀眉峰二夫子，皆飽學士也。詩詞之外，並精星學，推余命，謂有翰苑望，不宜落市井。先四叔送余至姑蘇西園楊子芳老伯家讀書，至五月節，因口音隔閡，不惟書不能讀，話亦不明，於是仍回上海。先伯鈺亭公謂既不讀書，當就商業，因留寶順行學藝辦事，師事寄圃，同學鄭濟東，許與隆與余，三人學絲、學茶，不分彼此。余先學絲，看絲之西人名韋伯氏，茶師西麥氏，皆相待甚優。余黎明即起，習字數百，又學算於闕築甫。韋伯氏見余之勤也，許為志不可量，深相契重。寶順行舊東必理氏去世，韋伯氏即囑余繼寄圃師之任。

這是徐雨之敍述他十五歲到上海讀書，有人算他的命，有點翰林的希望，所以他的四叔送他到蘇州從師，但因口音關係，乃回上海。他的伯父是寶順洋行的買辦，便介紹他入寶順為學徒。咸豐十一年（一八六一年），副買賣曾寄圃病死，行東韋伯派他充任副買辦，是年二十四歲。

寶順洋行在上海早期的洋行群中，營業額之廣，僅次於怡和洋行，有一年生意好時，生意額至數千萬兩，怡和也得讓它首屈一指。徐雨之在這家大洋行當副買辦，地位提高了不少。寶順既是上海數一數二的洋行，就算不是買辦，一個稍高級的職員，也比其他大商號的店夥有面子得多，當咸豐八年他十九歲時，已任職賬房的「幫賬」（即幫理賬務）並兼充各職。是年八月，寶順的大班必理氏在上海病故，由韋伯氏繼任為大班。韋伯氏一向很愛重他，所以徐雨之在行內甚有發展。二十一歲時，雨之回鄉結婚，自記云：

冬，回鄉婚娶。榮村四叔助洋一千元，上海各幫親戚朋友送衣帽、袍料，不計其數，所收禮洋，多至一千六七百元。其時申市生意發達，交往甚多，又藉伯叔餘蔭，行中招牌，自己職守，以致人情如此之多，酬謝之酒，歷四五天，每日在桂花樓設四五十席，可謂一時之盛。又承行東韋伯氏云：「現在君已有家，月給薪洋五十元，俾無內顧憂。」（按：譜主十九歲時，任幫賬之職，月薪為二十八元，現在加至五十，幾於一倍，可謂優厚，其實洋行職員的收入，不恃薪水，而靠佣金及下欄，生意越大的，佣金越多。）

譜主婚後下一年廿二歲，仍任幫賬如故，未任副買辦時（即廿四歲前），因積蓄已有可觀，便與曾寄圃和一個朋友合資做私夥生意，在二年之內，先後開設寶源，立順興、紹祥各貨號，經營絲、茶、麻、煙葉以及鴉片，後來又投資錢莊、布莊，有些生意很順利，能賺錢，也有虧本的。

咸豐十一年，譜主二十四歲，是年記事云：

主賬，上堂督理各職。寶順洋行辦房，先伯鈺亭公主席，曾寄圃師副之，後曾寄圃師因曾乾記訟案，遽傷於酒，遽遺之事，韋伯氏大班派余承之。頭緒紛繁，頗覺累墜，幸幫理有年，尚知條理。韋伯氏云：賬房薪水照舊出支四百，另貼八十兩，各伴照給。並囑留謝介鶴、金子香兩先生籌辦汪乾記未了訟事。至龔孝拱、容純甫兩先生，留之與否，君自決主。以後行中之事，由君一手做去。惟老買辦（按：即譜主的伯父徐鈺亭）在行，必須一一稟告。

譜主於是年記寶順洋行一筆賺錢的生意，可見外商洋行，不論甚麼生意都做，現在摘錄他所記的事：

> 日本所出寬永銅錢，以紫銅為質，字樣清晰，惟份量輕薄，遠不及我華制錢。比時初開橫濱埠，本行由夾板船運到此項錢文，計六十三萬五千零八十二文，初到申時，少見多怪，無人過問，且以數目太鉅，市口不寬，不無疑懼。延積半年，由闞築甫先生運籌，先提數千貫分銷各地，尚可通行，緣其時江浙所鑄爛板私錢，每千值銀五錢外，後來寬永隨銷隨廣，流行內地，竟漲價銀七錢三四分之多。上票生意，滿擬難望得利，不料統盤計算，竟得盈餘銀數萬兩，可謂喜出望外者矣。

寬永是日本一個年統，寬永銅錢，在此之前，已有一些在上海、寧波一帶流通，徐雨之這次辦來獲利，可說機緣湊合。當民國八九年之際，吾鄉尚通行銅錢，銀角子偶然行使，至於銀圓，則在大批交易，或購買貴價物品，價在十元、廿元以上者始用之。當時的每一千銅錢中，必摻有爛板私錢數十，我們選擇較好的銅錢穿在一起，一串為一百文，買物時，賣者必「一五、一十」

數之，看看有沒有爛板私錢摻在其中，如有則剔出不計，而買者往往與之計較。為了省閒氣，所以我們多精選好錢帶出門，寬永錢與好的康熙錢同入選。此種麻煩，一直到民國十三四年（一九二四-一九二五年）後才逐漸消失，因為銅元角子已代替了銅錢的地位，在市面漸通行了。

同治二年癸亥（一八六三年），譜主二十六歲，他私營的生意尚稱穩健，發了些財，便想衣帶榮身，便花錢在江南糧台報銷局加捐員外郎，並報捐花翎，是年韋伯氏職滿回國，他教徐雨之大力投資地產，記云：

> 韋伯氏臨別贈言，與新大班希厘甸同一宗旨，均謂上海市面此後必大，汝於地產上頗有大志，再貢數語，如揚子江路至十六鋪地場最妙，此外則南京路、河南路、福州路、四川路等，可以接通老北門直北至美租界各段地基，爾儘可有一文置一文云云。歷驗所言，果有效果，足徵先見之明。以今計之入地二千九百六十餘畝，造屋二千另六十四間，且謂不免過貪耳。
>
> 鈺亭公六十壽誕，極一時之熱鬧。十一月間，五姨太舉一子，名玉生，老年得子，更為喜歡。

譜主的伯父是寶順洋行買辦，人稱老買辦，他的五姨太太生一子，可見洋行買辦的生活優裕，有妻妾五六人之多，寒士為之羨煞。

徐雨之果然聽韋大班的話，先後買了三千多畝地皮，建造屋宇二千多間，在光緒十年（一八八四年）以前，年可以收租十三萬兩之巨。他投資地產，如果不破壞，他的後人席其餘蔭，繼續添置，到民國十二年以後，上海地產漲幅之巨，令人震駭，哈同見到徐家地皮之多，收入租金之厚，亦為之羨慕不已。

同治八年已巳（一八六九年），雨之三十二歲，《年譜》是年記事云：

榮村公來申，擬做生意，買茶寄番四千餘件，後合開通源雜糧士號，資本二萬五千兩，榮村公五千，潘爵臣、容純甫、李貫之並余名下各五千，派李貫之為經理。榮村公與容純甫同寓號內。甫及兩年，全軍覆沒，誤在貪多嚼不爛之故，以致失敗，莊上往來，由余經手，加虧千餘兩。

這家通源號店舖，股本二萬五千兩，兩年後失敗，錢莊上往來，是由雨之介紹的，大概欠莊款來往賬，雨之除股本五千兩外，更要負擔保之責，賠償錢莊欠款八千餘兩。

咸豐十一年（一八六一年），韋伯氏提升徐雨之為副買辦，告知他以後由他主持辦房，去留職員，但龔孝拱、容純甫二人留與否，由他決定。龔是龔定庵之子，有狂行，但學問極優，傳說火燒圓明園是他帶領英軍往發財的，何時在上海得以在寶順洋行與容純甫為上賓，無可考查。容閎字達萌，號純甫，廣東香山人，道光末年即往美國留學，娶美婦，一八五五年歸國，因為他是香山人，又曾在上海北京的美國官廳做過事，與洋人有關係，所以寓居寶順洋行內為上賓，雨之接任副買辦後，有沒有逐客，不可知，但數年後，純甫又和雨之叔姪合股，經營字號，可見他們仍有關係的。

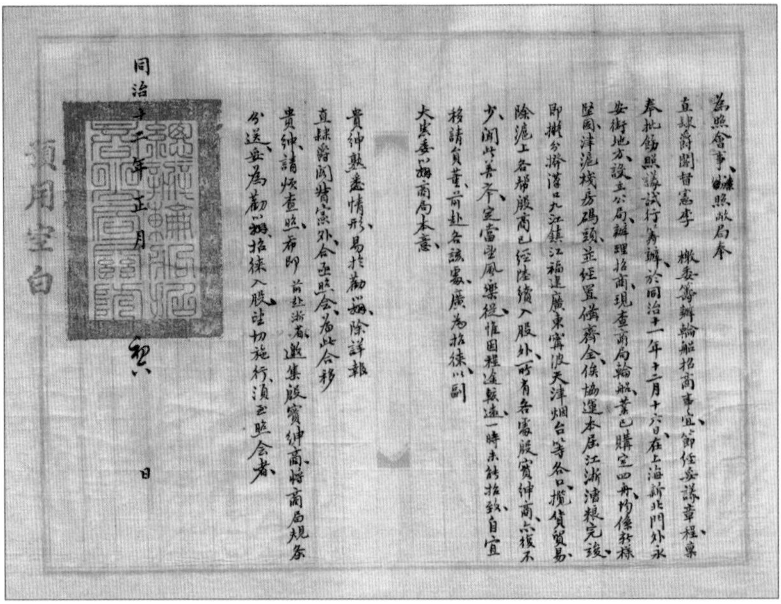

為照會事據照敝局奉
直隸爵閣督憲李　檄委籌辦輪船招商事宜節經妥議章程稟
奉批飭照議試行籌辦於同治十一年十二月十六日在上海新北門外永
安街地方設立公局辦理招商現查敝局輪船業已購定四艘均係新樣
堅固津滬棧房碼頭並經置備齊全俟協運本屆江浙漕糧完竣
即擬分撥漢口九江鎮江福建廣東寧波天津烟台等各口攬貨貿易
除滬上各幫股商已經陸續入股外所有各處殷實紳商亦複不
少聞此善舉定當望風樂從惟因程途較遠一時未能招致自宜
移請貴董前赴各該處廣為招徠以副
大憲委以招商之本意
貴紳熟悉情形易於勸導除詳報
直隸爵閣督憲外合亟照會為此合移
貴紳請煩查照希即　前赴浙省邀集殷實紳商將商局規條
分送妥為勸導招徠入股望切施行須至照會者
同治十二年正月　日
須用空白

招商局照會

容純甫生平，知識界中人大多知道，不必介紹，後來因參加戊戌變法活動，西太后通緝他，他即往美國，死後也葬在美國。容純甫是我國最早提倡西學和改革的人，他曾往太平天國游說李秀成，他的議論不為接納，便回到上海，又往北京活動，後來見曾國藩、李鴻章，向他們獻派遣幼童往美國學習之議，曾、李皆贊成，先後分四批，派一百二十人往美國，這是我國派遣出國留學生之始。

自同治三年以後，寶順洋行的生意漸差，到同治六年，譜主有離開寶順之意。是年《年譜》記事有云：

同治五六年（一八六五、一八六六年）後，寶順洋行獲利頗難，因南北花旗開仗後，各埠生意頗清，東洋、北洋、上江、上海、香港、福州各埠，又復洋行林立，生意四通八達，無可收拾，更值該行股東折股，各處收束，余遂蓄意離行。

下一年為同治七年，譜主三十一歲，他離開寶順後，創設寶源祥茶棧，而較早他在河口、寧州、澧溪等地所設的茶棧，生意極旺，暢銷國外，獲利甚豐。這年，他又和上海的茶商及社會名流，在上海漢口創立茶業公所，他和唐景星都被推選為董事。自此之後，徐雨之漸漸參與社會活動，成為商界名流了。他又愛才，能提攜後進，同治八年《年譜》附記一事，可見他頗能培植人材，今錄之如左：

永平張耔雲，在申充會捕房及新衙門委員來託，有舊交黃愛盧先生後人建筦，字花農，年十九歲，為其門生，薦在寶源祥本號，學習茶務，人甚馴謹，一無嗜好，且工書畫，頗肯用心。迨後同治十二年，余奉札接辦招商局務，因派花農去天津充當總管棧事，公餘之暇，手不釋卷，由此書畫之名益著，不數年提升總辦，代理津海關道，簡放江海關道，仍署理天津關道，補湖南臬司，升江寧藩司，因病開缺，赴滬調理，光緒三十二年，臘月病故，是年五十七歲。此皆李傅相，盛宮保一手提拔，得至於此。乃兄黃建藩，字守谿，同治八年冬來申，寓於本號，九年派赴鎮江，代理通源土號經理，未甚得意，去津當差，迨花農接任關道，乃代理商局遺差，後奉調廣東電報局總辦，因病回申。光緒三十三年九月病故，是年六十七歲。

黃建筦是甚麼地方人，他的出身是甚麼，譜主沒有說明，他以一介寒儒，初出道時是商人，經過李鴻章、盛宣懷大力提攜，居然由天津海關道升湖南按察使（光緒廿八年一月），光緒廿九年五月，又升江寧布政使（光緒三十一年開缺），都是二、三品方面大員，可見他是有點本領的，但徐雨之能賞識他於微末之時，給他一個機會使他得展所長，尤為難得。

上海廣東商人最先有團體組織是廣肇公所，它一直存在到一九四九年（不知是否仍在），已有近八十年的歷史了。這個組織也是徐雨之發起的。《年譜》同治十年壬申（一八七二年）欄下附記云：

創議成立廣肇公所緣起。先時，余與葉顧之、潘爵臣二觀察（按：觀察為四品道員的別稱）合買二擺渡地方吳宅一所，計地基十畝，價銀三萬一千兩，未幾，諸同鄉創議公所時，葉顧之觀察權知上海縣事，同與是議。先四叔榮村公唐景星諸公創捐集款，設席於余之寶源祥號。是晚諸同鄉頗贊成葉公建議，將余三人合置吳宅產業，照原價讓出作公益之用。三人各捐銀千兩，首為之倡。陳善昌、汪裕昌等各踴躍書捐，當晚已集一萬零八百兩，續捐亦近萬兩。所短之數，議將產抵於麥加利銀行。繼由唐茂枝、韋文圃、周雲甫諸君，與余復議創集同鄉三益會，陸續籌還抵款。此後凡廣肇兩府之事，俱歸公所經理……

同治五年（一八六六年），李鴻章卸兩江總督署理之任（因曾國藩往山東剿匪），專主清剿太平軍殘部，調兵到浙江、福建，徐雨之積極幫助轉運餉械，受到李鴻章賞識，奏保四品銜。他在上一年，經李鴻章勸他在上海皖營捐輸分避，報捐以員外郎分發兵部行走了，現在因皖軍屢克城池，他也略有功勞，故李鴻章奏保他為四品官。李鴻章又對曾國藩稱讚徐雨之深通洋務，常與洋人往來，所以曾國藩就派他主持挑選幼童往美國學習的事。《年譜》同治十年辛未（一八七一年，到今年已兩周甲，一百二十年了）。欄下記事云：

冬十月，奉南洋大臣，兩江總督曾札委，辦理挑選幼童出洋肄業，陳荔秋、容純甫帶領去美，每班三十人，共一百二十人，分四年出洋，經費由海關發給，坐辦劉開生觀察。

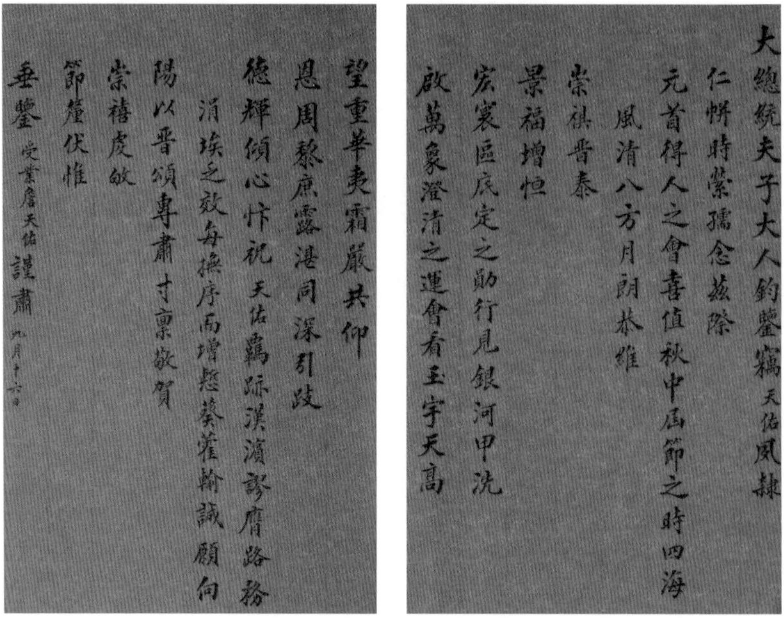

大總統夫子大人鈞鑒竊 天佑夙隸
仁帡時縈孺念茲際
元首得人之會喜值秋中屆節之時四海
風清八方月朗恭維
崇祺晉泰
景福增恒
宏寰區底定之勛行見銀河甲洗
啟萬象澄清之運會看玉宇天高
望重華夷霜嚴共仰
恩周黎庶露湛同深引跂
德輝傾心忭祝 天佑羈跡漢濱謬膺路務
涓埃之效每撫序而增慙葵藿輸誠願向
陽以晉頌專肅寸稟敬賀
崇禧虔敂
節釐伏惟
垂鑒 受業詹天佑謹肅 九月十六日

詹天佑信札

同治十一年壬申七月初八日第一批官學生名單：

曾篤恭（廣東海陽縣，年十六歲，丁巳）
黃仲良（廣東番禺縣，年十五歲，戊午）
梁敦彥（廣東順德縣，年十五歲，戊午）
陸永泉（廣東香山縣，年十四歲，己未）
鄧士聰（廣東香山縣，年十四歲，己未）
蔡紹基（廣東香山縣，年十四歲，己未）
蔡錦章（廣東香山縣，年十四歲，己未）
黃開甲（廣東鎮平縣，年十三歲，庚申）
張仁康（廣東香山縣，年十四歲，庚申）
史錦鏞（廣東香山縣澳門，年十五歲，戊午）
鍾俊成（廣東香山縣中山村，年十四歲，己未）
陳榮貴（廣東新會縣，年十四歲，己未）
石錦棠（山東濟寧府，年十四歲，己未）
程大器（廣東香山縣，年十四歲，己未）
錢文魁（江蘇上海縣，年十四歲，己未）
歐陽賡（廣東香山縣，年十四歲，己未）
何廷樑（廣東順德縣，年十三歲，庚申）

陳鉅溶（廣東新會縣，年十三歲，庚申）
黃錫寶（福建同安縣，年十三歲，庚申）
鍾文耀（廣東香山縣，年十三歲，庚申。西山村，父羽廷，上海道，留派水利局繙譯。）
（按：作者註語「西山村」以下各語，蓋言鍾乃西山村人，父羽廷。「留派水利局繙譯」，指鍾文耀回國後派在水利局工作。）
詹天佑（安徽徽州府，年十一歲，辛酉。寄居廣東省城。父作屏。閩省船政局習機器）
（按：清廷撤回留美幼童後，歸國者尚多學業未成，乃分派往各機關學習，詹天佑入福建船政廠。）
吳仰曾（廣東四會縣，年十一歲，壬戌）
潘銘鍾（廣東南海縣，年十一歲，壬戌）
容尚謙（廣東香山縣，年十歲，癸亥）
曹吉福（江蘇川沙縣，年十三歲，庚申）
羅國瑞（廣東博羅縣，年十二歲，辛酉）
劉家照（廣東香山縣，年十二歲，辛酉）
譚耀勳（廣東香山縣，年十一歲，壬戌）
牛尚周（江蘇嘉定縣，年十一歲，壬戌）
鄺榮光（廣東新寧縣，年十歲，癸亥）
主事陳公蘭彬，同知容公閎帶往。

四批留美幼童，共一百二十人，俱於光緒元年全部出國，他們到美國後，李鴻章奏准清廷，動用美金四萬元在康州的哈德福買下了一幢房子，為管理留學生的委員居住和辦公的地方。隨同留學生赴美的還有廚師、理髮匠、醫生，甚至中文教師都有，可以自成一國。管理留美幼童的委員陳蘭彬，是洋務派，人極開明，三年後回國服務（他極力主張設立駐美公使，及派員遊歷歐美。他本是翰林出身，而十分崇洋又帶領幼童出國，守舊的李慈銘在日記中罵為賣國、漢奸），由一個委員吳子登接任。吳子登見這班留學生漸染洋化，甚麼都是美國的好，覺得很不順眼，乃奏准清廷，於光緒五年把全部一百二十名幼童撤回中國。其中有很多僅完成小學學業，多數讀中學的還未卒業，他們逼於命令，只好半途而廢，其中有幾個家境有能力的就自費留下，繼續學業。詩人黃公度聽到這個消息，為之嗟歎，因賦罷留學生詩一篇志慨。

這四批留學幼童，雖然學業未終，但回國後，多數由政府安排職業，派在海關、船政、礦務等機構一面學習，一面工作，也有不少成為專材，對國家大有貢獻的。

現在把第二至第四批幼童名單，全部列後，以便讀者參考。（第三批第一名的周長齡，即近五十年在香港政壇享大名的周壽臣。四十年前，羅香林先生欲撰留美先生早期史一文，問我索取留美幼童資料，並欲得其名單。我叫他往學海書樓鈔徐潤的《年譜》。現在此書已「失蹤」，大陸亦不見有翻印本，因此這些資料似乎尚有保存價值的。）

同治十二年癸酉五月十八日第二批官學生名單：

容尚勤（廣東香山縣，在美讀書多年）
蘇銳釗（廣東南海廳，年十四歲，庚申，技藝）
丁崇吉（浙江定海館，年十四歲，庚申，中館，閩省船政局用往津習律）
鄺永鍾（廣東南海縣，年十三歲，辛酉，技藝，父美珍閩省船政局習機器）
陸錫貴（江蘇上海縣，年十三歲，辛酉，中館，父秋桃天津習律）
吳應科（廣東四會縣，年十四歲，庚申，技藝，閩省船政局習機器）
吳仲賢（廣東四會縣，年十四歲，庚申，中館，父濟時閩省船避用往津習律）
宋文翽（廣東香山縣，年十三歲，辛酉，技館，父達泉閩省船政局習機器）
黃有章（廣東香山縣，年十三歲，辛酉）
梁普照（廣東番禺縣，年十三歲，辛酉，開礦，父煥南）
李恩富（廣東香山縣，年十三歲，辛酉，入律，兄醴泉天津習律）
張祥和（江蘇吳縣，年十一歲，癸亥，技藝）
王良登（浙江定海縣，年十三歲，辛酉，中館，父賢嵩閩省船政局用往津習律）
溫秉忠（廣東新寧縣，年十二歲，壬戌，技藝，父清溪天津習機器）
陳佩瑚（廣東南海縣，年十一歲，癸亥，港入律、父熾堂天津習律）
王鳳階（浙江慈谿縣，年十四歲，庚申，開礦）
陳乾生（浙江寧波鄞縣，年十四歲，庚申）
廣國安（廣東香山縣，年十四歲，庚申）

方伯樑（廣東開平縣，年十三歲，辛酉，技藝）
曾溥（廣東潮陽縣，自幼習洋文）
梁金榮（廣東香山縣，年十四歲，庚申，中館）
李桂攀（廣東香山縣，年十四歲，庚申，中館，父石泉天津習律）
鄺景垣（廣東南海縣，年十三歲，辛酉）
鄧桂廷（廣東香山縣，年十三歲，辛酉，中館，閩省船政局習機器）
唐元湛（廣東香山縣，年十三歲，辛酉，中館）
梁普時（廣東番禺縣，年十一歲，癸亥，中館，父煥南天津習律）
蔡廷幹（廣東香山縣，年十三歲，辛酉，中館，父召佐天津習機器）
張有恭（廣東香山縣，年十二歲，壬戌，中館，天津習機器）
容揆（廣東新寧縣，年十四歲，庚申）
另有粵東富户子弟七人搭附，委員黃平甫帶往

同治十三年甲戌八月初九日第三批官學生名單：

周長齡（廣東新安縣，年十四歲，辛酉，中館）
唐致堯（廣東香山縣，年十三歲，壬戌，中館）
康賡齡（江蘇上海縣，年十二歲，癸亥，中館）

林沛泉（廣東番禺縣，年十二歲，癸亥，中館）
徐之煊（廣東南海縣，年十二歲，癸亥，小館，父紉秋天津習礦務）
朱寶奎（江蘇常州府，年十三歲，壬戌，入律，父雲山天津習律）
鄭廷襄（廣東香山縣，年十三歲，壬戌，小館）
祁祖彝（江蘇上海縣，年十二歲，癸亥，小館，父照熙上海製造局習機器）
曹嘉爵（廣東順德縣，年十二歲，癸亥）
薛有福（福建漳浦縣，年十二歲，癸亥，技藝，父縈檝閩省船政局習機器）
徐振鵬（廣東香山縣，年十一歲，甲子，小館，父德廣閩省船政局習機器）
宦維城（江蘇丹徒縣，年十歲，乙丑，小館）
程大業（安徽黟縣，年十二歲，癸亥，小館）
盧祖華（廣東新會縣，年十一歲，甲子，中館）
容耀垣（廣東香山縣，年十歲，乙丑，中館，父名開天津習律）
楊兆南（廣東南海縣，年十三歲，壬戌，技藝，父鈺馨閩省船政局習機器）
黃季良（廣東番禺縣，年十三歲，壬戌，中館）
楊昌齡（廣東順德縣，年十二歲，癸亥）
袁長坤（浙江紹興府，年十二歲，癸亥，中館）
孫廣明（浙江錢塘縣，年十四歲，辛酉）
鄺賢儔（廣東南海縣，年十二歲，癸亥）

唐紹儀（廣東香山縣，年十二歲，癸亥，中館）
梁如浩（廣東香山縣，年十二歲，癸亥，中館，天津習機器）
沈嘉樹（江蘇寶山縣，年十一歲，甲子，小館）
吳敬榮（安徽休寧縣，年十一歲，甲子，小館，父子麟天津習礦務）
朱錫綬（江蘇上海縣，年十歲，乙丑，小館）
周萬鵬（江蘇寶山縣，年十一歲，甲子，小館）
曹嘉祥（廣東順德縣，年十一歲，甲子，中館）
曹茂祥（江蘇上海縣，年十歲，乙丑，小館）
司馬祁兆熙帶往

光緒元年乙亥九月十六日第四批官學生名單：

林聯輝（廣東南海縣，年十五歲，辛酉，中館，天津習律例）
陳福增（廣東南海縣，年十四歲，壬戌）
黃祖蓮（安徽懷遠縣，年十三歲，癸亥，小館）
陸德彰（江蘇川沙縣，年十三歲，癸亥，小館）
沈德輝（浙江慈谿縣，年十二歲，甲子）
林聯盛（廣東南海縣，年十四歲，壬戌，中館）

幼童出國

劉玉麟（廣東香山縣，年十三歲，癸亥，中館）
黃耀昌（廣東香山縣，年十三歲，癸亥，小館）
鄺炳光（廣東新寧縣，年十三歲，癸亥）
吳其藻（廣東香山縣，年十二歲，甲子，中館）
陳金揆（廣東寶山縣，年十二歲，甲子，小館）
沈壽昌（江蘇上海縣，年十一歲，乙丑，中館）
王仁彬（江蘇吳縣，年十二歲，甲子，小館）
盛文揚（廣東香山縣，港年十二歲，甲子，小館）
潘斯熾（廣東南海縣，年十一歲，乙丑，中館）
唐榮俊（廣東香山縣，年十四歲，壬戌，中館）
吳煥榮（江蘇武進縣，年十三歲，癸亥，小館）
周傳諤（江蘇嘉定縣，年十三歲，癸亥）
金大廷（江蘇寶山縣，年十三歲，癸亥）
沈德耀（浙江慈谿縣，年十四歲，壬戌）
唐榮浩（廣東香山縣，年十三歲，癸亥，中館）
陳紹昌（廣東香山縣，年十三歲，癸亥）
鄺國光（廣東新寧縣，年十三歲，癸亥，中館）
梁丕旭（廣東番禺縣，年十二歲，甲子，中館）

馮炳鍾（廣東鶴山縣，年十二歲，甲子，中館）
朱汝淦（江蘇華亭縣，年十一歲，乙丑，小館）
周傳諫（江蘇嘉定縣，年十一歲，乙丑，小館）
陶廷賡（廣東南海縣，年十二歲，甲子，中館）
梁金鏊（廣東南海縣，年十一歲，乙丑）
譚耀芳（廣東香山縣，年十歲，丙寅）
參軍鄺其照帶往

徐雨之自三十五歲起（同治十一年，一八七二年，是年李鴻章創辦輪船招商局），可說行了大運，他的事業發展得很快，招商局成立次年（同治十二年），他與盛宣懷同被李鴻章委派為招商總局會辦（總辦是唐廷樞，官銜是道員），他在招商局先後投資四十八萬兩，並向親友招徠入股不下五六十萬兩，被推為商董，成為招商局較有實權的人物。光緒二年（一八七六年），他與唐廷樞等人集股創辦仁和水險公司，後又開辦濟和水火險公司，徐雨之共投資十五萬兩，為我國自辦保險事業之始。後來他們將這兩公司轉讓給招商局經營。

光緒二年冬，美商旗昌輪船公司有全盤出讓之意圖，徐雨之為招商局以二百二十二萬兩把旗昌全部資產購下：

有瑞生洋行卜加士達來云：旗昌輪船公司有機可圖全盤出讓，約銀二百五六十萬兩，數日之內必須定見。適唐景翁（唐廷樞字景星）在福州，盛杏翁（按：盛宣懷字杏蓀）赴湖北武穴，無可與商。乃與司友（按：即公司的同事）嚴芝楣通宵籌計，旗昌全盤何止僅值二百五六十萬，除輪船不計外，即以碼頭棧房而論，如金利源、金方東、金永盛，一連三處碼頭，可泊輪船六七艘；中棧碼頭一處，水步最深，可靠外洋大輪，又寧波碼頭及相連順泰碼頭，並天津棧房碼頭，長江各埠碼頭棧房均係扼要之區，乃即定議商買。越日，還價元二百二十萬，午後得覆讓至二百二十五萬，大有遷就之意，因即加增二萬，共計二百二十二萬兩，兩造允可，先付定銀二萬五千兩，另給憑信，訂定先交銀百萬，其餘分期陸續付解，商定大略，然事後追維，未免出於冒昧，為功則在衆友，為過則一己獨承，戇大之事，此其一也。然彼時電線未通，乃專人至福州促唐景翁返滬，余即持二萬五千之定單赴武穴，就商杏翁，並將此事如何匆迫複述一遍，承杏翁讚許大有識見，乃同回南京。適唐景翁亦至，公同商酌，梅方伯、桂薌亭、黃幼農觀察均以為是，約同上轅稟見。沈文肅公初以無款拒之，繼經杏翁指籌各款，約近百萬，措詞得體，頗動憲聽，然款項仍未足，須再籌商。次日，杏翁復同梅方伯等稟見，又指某處有二十萬金可撥，並經梅方伯等贊助，事得有成，沈文肅公乃一面出奏，一面撥款協助，當於光緒三年正月初五日，照草議合同交銀二萬五千兩，一面收回旗昌輪船十六號，並長江各埠及上海、天津、寧波各處碼頭棧房，由担文律師一手經理，歸商局接管，而商局根基，從此鞏固，皆盛杏翁之力為多也。後查順泰碼頭於光緒九年沽於怡和，得價三十八萬，似此旗昌之產，除淨實付一百八十四萬耳。

李鴻章

光緒二年十二月二十四日，李鴻章有私函給唐廷樞、徐潤，讚揚他們收購旗昌輪船，謂此後雨兄之肩負更鉅，責成更重云云。

徐雨之大手筆收購旗昌洋行陳舊的輪船和上海、天津、寧波各處的棧房、碼頭，得到李鴻章讚揚，寫信勉勵有加，在雨之是一件大快意的事，但據我所知，旗昌公司的輪船已非常殘舊，急欲以低價賣去，獲得現款，再購入三四艘新輪船，故此招商局所得的是舊船，看來並未能獲大利。但旗昌的棧房、碼頭，卻使招商局此後數十年賺了很多錢。當我在上海做事時，三大輪船公司（怡和、太古、招商），招商的輪船不及怡和、太古之多，但碼頭之利，則怡和、太古遠不及招商。話得說回來，雨之為招商局謀百年之利，到四十年後已見端倪了。

招商局收購旗昌事，後來惹起一片政治小風波，為兩江總督劉坤一參奏，指徐雨之購買旗昌舊船，等於以新製之價購入，使招商局吃大虧。又說當時旗昌即將倒閉，股票跌得厲害，而招商局此舉，好像使它吃了人參，股票價值大漲，讓美商獲得大利。

李鴻章立即為雨之辯護，說招商局此舉「利權可漸收回」，「大局轉移，在此一舉」。並說，徐潤是個「殷實明幹」的人材，頗堪信用。從這件事來看，可見李鴻章對他的下屬徐雨之是何等信任，無怪這個紅買辦（其實此時雨之已脫離買辦階級，而是一個指省浙江的候補道，是國家的四品大員也。但雨之並不想投身政海，雖然官職是道員，但並不往浙江報到，仍以商人姿態活動。）紅極一時，北洋大臣直隸總督不斷委他差使。李鴻章之兄瀚章是湖廣總督，光緒十七年（一八七八年）瀚章以徐雨之辦理漕糧海運出力為由，向清廷保奏加雨之二品銜，兩年後，李鴻章又保奏他以道員本班盡先補用。

光緒十七年，雨之奉到北洋大臣李鴻章札委，復回開平局會辦礦務，他又夥合李雲書、周金箴等友，合辦錦州大淩河天一墾務公司，他又倡辦建平金礦，早在光緒十二年，他夥同唐廷樞用招商局公款投資安徽池州煤礦，為股東之一，又得到李鴻章支持在池州礦附近，招股興辦貴池煤礦，想藉此吞併池州礦，但貴池煤礦由於招股未足而停辦，吞併池州礦之目的，因而也未達到。

徐雨之的事業極多，不便一一詳記，但他所經營的各種事業，最值得欣賞的就是光緒八年（一八八二年），他與從弟徐秋畦、徐宏甫合資創辦同文書局，對文化界大有貢獻，同文書局石印的大部頭書，如《殿板二十四史》、《圖書集成》、《佩文韻府》，至今還為讀書界所重，即如所印小說，如《石頭記》、《三國演義》等，至今很值錢。

《年譜》於光緒八年壬午四十五歲欄下的附記云：

查石印書籍始於英商點石齋，用機器將原書攝影石上，字跡清晰，與原書無毫髮爽，縮小放大，悉隨人意，心竊慕之。乃集股創辦同文書局，建廠購機，搜羅書籍，以為樣本，旋於京師寶文齋覓得殿版白紙二十四史全部、圖書集成全部，陸續印出。資治通鑑、通鑑綱目、通鑑輯覽、佩文韻府、佩文齋書畫譜、淵鑑類函、駢字類編、全唐詩文、康熙字典，不下十數萬本，各種法帖，大小題文府等十數萬部，莫不惟妙惟肖，精美絕倫，咸推為石印之冠。迨光緒十七年辛卯，內廷傳辦石印圖書集成一百部，即由同文書局承印，壬辰年開辦，甲午年全集告竣進呈，從此聲譽益隆，唯十餘年後印書既多，壓本愈重，知難而退，遂於光緒二十四年戊戌停辦。

同文書局石印的書，《康熙字典》大陸的書局近年皆有影印發賣，《圖書集成》是大部頭書，頁數眾多，成本極重，以清廷之力，亦止印一百部，除內廷貯藏外，並頒給各省督撫各一部，軍機大臣和六部尚書各一部，《王文韶日記》記所得一部有云。此書每部成本在四千餘兩云云。在百年前已如此，今日售價萬餘元港幣，亦不足為奇也。

光緒十二年（一八八六年）以前，徐雨之經辦各事業很是順利，他又謹遵前寶順洋行大班韋伯氏的話，投資地產，大買上海地皮三千餘畝，建房子數千間，用銀二百二十餘萬兩，即收租年達十二萬兩，地產之多，幾欲奪上海地產大王汪遠澤堂之席（汪為上海麗泉洋行買辦，後來和麗泉洋行鬧翻，為大班士蔑中傷離開，隱居不出，地產業亦失敗），其時哈同尚未發跡也。但徐雨之好景不長，中法戰爭發生，上海受到影響，市場混亂，地產跌價，使他幾乎破產。正在困難之際，他的同僚盛宣懷，因為他欠招商局十六萬多兩，以徐潤「朘公營私，虧欠局款」向李鴻章具稟，將徐潤革職。

徐雨之虧空公款，離開招商局後，很是失意，除籌還所欠招商局款項外，他還雄心勃勃，向朋友借貸二十多萬兩經營茶業，結果還是受到虧損。光緒十四年（一八八八年），台灣巡撫劉銘傳因為徐雨之辦理煤礦有成績，邀請他赴台灣雞籠（即今日之基隆）煤礦，一月後因水土不服，抱病回上海。

光緒十六年（一八九〇年），雨之還清招商局欠款後，經李鴻章向清廷奏請，准予開復原官（即二品銜候選道），於是李鴻章的哥哥兩廣總督李瀚章委他會辦香山縣天華銀礦，後來因為招股不足停辦。

自從還清局款後，徐雨之的事業又再蓬勃起來了，李鴻章卸北洋大臣、直隸總督任後，繼位的是浙江仁和縣人王文韶，他們先後派差事給徐雨之。（當他欠局債時，劉銘傳於十二月下旬，由蕪湖派差官送來元寶一百隻，並無書函，僅由差官傳達口訊，據稱主人吩咐，見徐大人，勸勿灰心，認真行事，發達後還我云云。原來劉於光緒五年時到過上海，和徐雨之見過一面，竟能雪中送炭，甚屬難得。當時劉是直隸提督，後來他由福建巡撫調充台灣巡撫，故有邀徐往台辦礦務之事。）

兩個總督委派雨之的差事，只能大略一說，計有辦理升平局、林西礦、熱河承平銀礦，建平、永平等處金礦（雨之有機會暢遊避暑山莊，並著有《熱河日記》）。同時，他又在天津、塘沽一帶大買地皮，建造屋宇，開辦廣益房產公司，在錦州大凌河與人合辦天一墾務公司。此時他的「買辦底子」已完全洗脱清，是一個如假包換的實業家了。

光緒廿四年（一八九八年）直隸總督榮祿，把雨之撤去永平礦的職務，但他的辦實業雄心未泯，在上海和朋友合資，收購雲彰衫襪廠，改名為景綸衫襪廠，聘用在奧商洋行任買辦的汪少雲為經理。

光緒廿九年（一九〇三年）北洋大臣、直隸總督袁世凱派徐回招商局重任會辦，到光緒三十二年，招商局總辦楊士琦調京服務，袁世凱就委雨之代理總辦。此舉，原想依靠雨之從盛宣懷手中奪回控制權，但盛宣懷把持招商局多年，羽翼已成，不易控制了。

雨之重任招商局總辦後，也想為袁世凱賣力，他拉攏一些香港股東站在自己一邊。可惜他到職只不過幾個月，多疑的袁世凱，於光緒三十三年五月，解除雨之代理總辦之職。

這回的徐雨之，真是「無差一身輕」了。他的官是二品銜道員（捐官只能到四品道員），差是代理招商局總辦。既沒差事在身，於是整頓自己的事業，他把景綸衫襪廠的外股收買，增加資本，改為獨資經營的企業，同時又擴充設備，業務蒸蒸日上。他死後，該廠由其子孫經營，在民國時期一直開辦，為上海數一數二的大衫襪廠。

徐雨之整頓自己的事業後，不久，差事又到，北洋大臣、直隸總督楊士驤，委派他稽查省港招商局事務，他又上天津，到廣州、香港走一遭，這年他已七十一歲。宣統三年（一九一一年）二月初九日，雨之病終滬寓，享年七十有四。

徐雨之一生，最偉大而歷經百餘年不衰，且經後人接手至今仍極輝煌，為人民服務的事業無如他辦理招商局，打好了初期的招商局基礎一事。李鴻章於卸任北洋大臣調入北京內閣辦事後，光緒二十三年（一八八九年），叫他寫一個關於辦理招商局經過的節略，大概是要分給朝中王公大臣閱覽的。細看內容，似乎有點「丑表功」，但按之實際情形，確為事實（節略文長，不錄）。

李鴻章手下的兩個紅買辦，徐潤已談過了，另一個吳懋鼎（字調卿），似乎比徐潤更紅，他的紅是因他得到李鴻章的信任，不斷委任他差事，並且可以和李鴻章當面講私人說話，為李辦一些私人的事，頗類於「豪門走狗」。在伺候李中堂的大大小小群僚中渴望欲得此差遣而不可得者，吳竟得之，這還不是紅到發紫，千萬人所羨仰嗎？徐潤就沒有這「福氣」，大概他讀過一點聖賢書，自有他要樹立的品節。

吳調卿發財後，也拿出一二百萬元來辦工廠，但他辦的實業未如徐雨之的偉大，雨之各事業

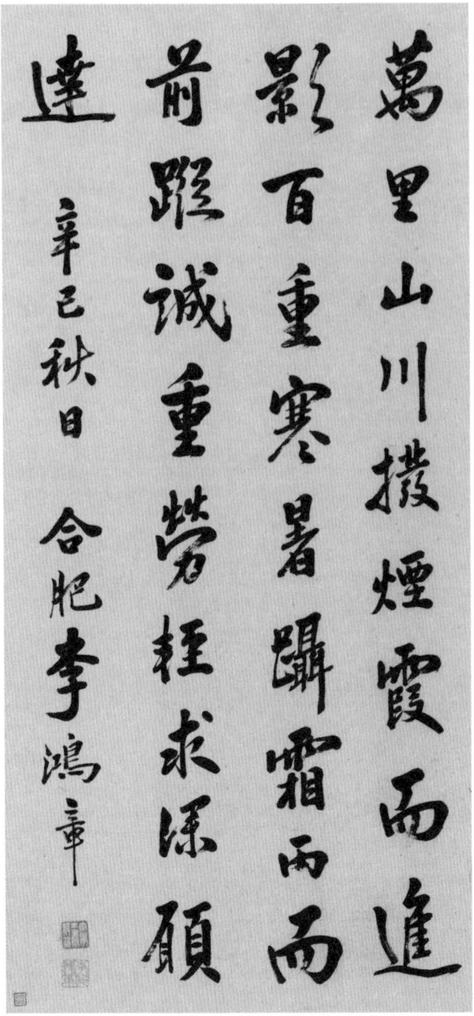

李鴻章書法

中為政府選派幼童一百二十名，往美國留學，和創設同文書局，為文化立下一點功勞。這兩事至今百餘年，仍為人所稱述。吳所辦的工業，在六七十年前已為人所忘記，更沒有人稱引了。兩人成就之處，大有分別。雨之在中國歷史上，尚能佔一小席地位，但吳則歿而名不傳，即以人名大字典所收的人名來說，徐雨之常見，吳調卿不常見，近年中國出版的《近代中國人名大字典》收錄的人名以數萬計，其第五六五頁，就有徐的名字和簡括介紹他的事業。吳則未見其名。

吳調卿九歲時，隨母親移居蘇州，大概他的父親在蘇州當筆工，收入甚微，吳家在安徽很貧困，不得不離鄉井。調卿在十七歲時，經人介紹給上海匯豐銀行買辦席立功，請收錄他做學徒，學習生意。調卿倒也很有上進心，公暇就努力學習英文，以便與洋人溝通。

也可說是吳調卿走了好運，匯豐銀行自光緒二、三年間已有在天津開設分行的打算，不知怎的這個消息被吳調卿打聽到，便拜求席立功提拔，推薦他負責往天津籌備，如果有可能的話，請席立功向東家建議。席立功見吳調卿在行學習已將十年，平日對他恭順、聽話，是個可以隨便差使的人，況且吳為人伶俐，口齒也好，很會巴結上層，英語也頗講得來，便有心提拔他，向東家推薦天津匯豐銀行分行的第一任買辦，經東家答應了。這回吳調卿真是「行運行到腳趾尾」了。

光緒六年（一八八〇年），吳調卿到天津籌備開設分行，兩年後分行開業，吳調卿立即成為商界名流，交官結府，和地方紳士名流交際了。

至於吳調卿怎樣結識李鴻章，傳說這段故事並不曲折，但極有趣。當吳調卿初到天津時，人地生疏，辦事有時不會順利，但已經在上海出發前，由匯豐東家寫信給他介紹天津的各國領事，請予協助。不久後匯豐的大東家又親到天津，看看籌備情形。大東家是金融界鉅子，到了李鴻章管治的地方，不止在禮貌上要去拜見總督，而且還要請求多方面加以協助的。根據吳調卿之子吳煥之近年在天津市政協文史資料研究委員會提供有關他父親的資料，其來源得自父親口述（吳調卿死時是一九二七年，去今已六十餘年，六十年前聽過的話，五十年後重述，多少有些「走樣」的）和家中老人，匯豐銀行辦房的老職員。據説，匯豐大東家拜訪李鴻章，也帶了吳調卿同行，當面介紹吳給總督，説他是天津匯豐銀行的買辦，將來中堂有甚麼吩咐，叫調卿便可。

李鴻章問吳今年多少歲，何方人氏。吳一一謹對。李知他是婺源人（本屬安徽），很高興的説：「啊，我們還是同鄉啦！我這裏辦洋務的人不多，你以後可常來走動。」匯豐銀行的大東家和英國領事，見到吳很受李鴻章的賞識，因此大東家對吳更加倚重了。

自此之後，吳調卿果然常往總督衙門走動，給李鴻章辦了很多公私皆有的事，漸漸得到李的歡心和信任。他給李鴻章統率的淮軍買英國軍火，介紹天津英商謙順洋行辦理買了一批槍炮，甚合李意，稱讚他能辦事。後來又把淮軍銀錢所歷年的積餘銀兩，一部分給吳為他放一放，收取利息。

這個淮軍銀錢所是甚麼機構呢？吳煥之沒有加以説明。原來李鴻章率領淮軍打仗，清剿了捻軍，繼曾國藩為直隸總督，並督練海陸軍，他帶兵三十年，在直督任上二十五年（同治四年四月到光緒廿一年正月召京止，足二十五年。廿五年又外簡兩廣總督，廿六年重任直督，至廿七年死），淮軍的名目當然沒有了，但三十年間節餘的存款，已有百數十萬兩。李因設立淮軍銀錢所和淮軍糧餉局兩個機構，管理這筆餘款。

甚麼叫節餘呢？這是清政府以至民國政府的會計名詞。凡中央政府所屬的衙門，每年收到政府發給的經費，年終要做報銷，政府通過後，一定尚有用不完的款項，這些銀錢，屬主管長官所有，可以自由運用。有些清廉自守，一絲不取的，就留下來為本衙門或地方做福利，很少繳還的。但軍隊每年所領的經費很龐大，帶兵的人，絕不會把節餘歸還政府的。李鴻章帶兵數十年，節餘款項很多，所以他設立這兩個機構來管理。

清末曾任新疆巡撫的袁大化，曾以道員在直隸候補，也在淮軍糧餉局當過差，民國年間亦在北京追隨溥儀，直到民國二十年左右才死去。他曾對某些遺老透露一個故事。據說，李鴻章入閣辦事後，借居賢良寺，門可羅雀。繼直督者為王文韶。文韶是進士出身，操守與官聲頗好。一日，他檢閱前任移交的文件，見淮軍銀錢所與淮軍糧餉局節存餘款千多萬兩，吃了一驚。這筆錢本非公款，前任儘可以攜之而行，不必移交後任的。王文韶不勝浩嘆，對左右的親信說：「我王某做官三十年，非分之財，一向不敢取，但對節餘款項，卻不如李中堂那樣一絲不染。李中堂在京日用浩繁，自即日起，兩局每年分送李中堂五千兩，讓他老人家過得暢快些。」

王文韶這些話是袁大化聞自糧餉局舊人，後來由袁在民國後傳出的。《王文韶日記》去年已由北京中華書局出版，起自同治六年，止於光緒末年，所刊不全，他任直隸總督四年的日記不見，不然的話，便可知袁大化說的是否可信了。（文韶字夔石，浙江仁和人，光緒廿一年，以前雲貴總督召京，正月十九日署直隸總督、北洋大臣，七月九日實授。廿四年四月召京繼翁同龢為戶部尚書，五月入直軍機處。袁大化字杏南，安徽渦陽人，秀才出身。辛亥革命時，被舉為新疆巡撫，但後來他回到北京，卻是擁護溥儀的復辟黨健將。）

淮軍為甚麼有許多餘款呢？似乎應說一說。原來李鴻章與曾國藩皆為「同治中興」頭號功臣，曾死後，就只有他了。西太后和醇親王非常倚任他，凡有李鴻章的奏請，無不批准，很少有駁回的，因此，淮軍的積餘漸多。其次就是李鴻章成立這兩個機構，派可靠的人管理，吳調卿得李信任後，李就派他做淮軍銀錢所的總辦（此說是吳煥之講的），淮軍餘款，由他去放息。

據吳煥之之說，他父得李鴻章信任後，可以直入李的簽押房（清代衙門的一個長官的辦公室，非邀請不得擅進的），吳煥之在天津文史資料研究室提供的資料，有很有趣的描述，今錄如左：

我父遇事拜會李鴻章時，李多是在他的簽押房單獨接待。有時李拿出數萬兩的銀票交給我父說：「調卿，你給我放一放。」由於李信任我父，所以也不要甚麼字據。李鴻章故後，他在匯豐銀行的存款，經計算本息共銀一百五十萬兩。當我父將這筆存款提出面交李鴻章長子李經方時，詎料李經方說：「怎麼，中堂只有這兩個錢嗎？」我父十分惱怒，就對李經方說：「我很後悔把這筆款子送來，我若不送來的話，你能知道嗎？」結果弄得不歡而散。

以銀錢交人放息，而不要有字據，當然這是對其人有信心，但又有一說，清末的大官僚見不得人的銀錢，如果存在銀號生息，多不記名，由銀號掌櫃暗中記下是某某大人的款子，提取時，只認人。這樣可以避免御史彈劾時，派人查賬，露出真相。李鴻章每次以數萬兩的銀票叫吳放一放，到他死時，連本帶利有這個數目，李經方兄弟應該滿足的。

吳調卿憑著李鴻章大力提攜，當了不少紅差，又報捐道員加二品銜，所當的差使先後有關內外鐵路總辦、農工商總局督理，後來因「私通外國」罪名，清廷把他管理農工商事宜撤職，算是他賣國的罪證。這回由吳調卿的後人道出，可見吳效忠祖國不如效忠異國之劣根性，徐雨之絕不會做這等事的。吳煥之前文有一段記事，頗值得一看的，錄如左：

庚子年前，我父與德商興隆洋行合資在天津英租界廣東道，開設「天津打包公司」，我父投入的資金為該公司總資本的二分之一（款額不詳）。庚子年義和團反帝愛國運動爆發後，在津的各國洋人將數百個兒童集中到這個打包公司裏，借以避免發生意外。我父獲悉清軍準備炮擊該公司，即告知英國駐津領事，英租界當局乃將集中在天津打包公司內的兒童全部遷出，後來清軍果然發炮轟擊公司，房屋中彈被焚，但並未傷人。事後，英國公司將這一事件的始末報告其本國政府，因此，《辛丑條約》中賠款項下，遂將天津打包公司損失列入，我父得到賠償五十萬兩。這筆款是由上海匯豐銀行撥給的。此外，英皇還贈與我父「維多利亞」勛章一枚。

袁世凱得悉我父曾將炮擊天津打包公司消息透露給英國領事，遂和郵傳部侍郎、礦務大臣張翼二人聯名，以我父身為國家大員兼充外國銀行買辦、私通外國並有康（指康有為）黨嫌疑為由，向清廷參奏。那時光緒被囚，慈禧太后垂簾聽政，曾召見李鴻章。李鴻章聞知後，遂和領班軍機慶親王、軍機大臣兼武衛全軍總統榮祿共同力保（我父係榮祿的門生）。同時，我父曾借慈禧萬壽的機會納貢銀二十萬兩，修建京師內外城官醫院為太后「造福」，且大太監李蓮英亦從旁援助，所以清廷「上諭」僅是「吳懋鼎毋庸管理工商務事宜，著以三品京堂候補」，原有的頂戴尚得以保持。一九〇四年，我父辭去滙豐銀行買辦，自此以後即未擔任公職。

李鴻章自光緒廿五年陛辭後即往廣東，廿六年又召入京為議大臣，廿七年秋逝世，兩宮回京時經過河南得死訊後即以袁世凱繼任直督，二年之間，君臣未見一面，李何能力保？

吳於一九二七年死於天津，遺產達四五百萬兩。（沈葦窗兄相告：吳的書畫收藏有韓滉「五牛圖」，曾由其子攜來香港，後歸北京。）

李鴻章對待外國人

李鴻章死後，梁啟超著《李鴻章論》，立言極為平允，對李的性格下一評語云：「李鴻章有才氣而無學識之人也，有閱歷而無血性之人也。」這可說是一針見血之論。但在舉世罵李為漢奸為秦檜之時，梁啟超卻說：「中國俗儒，罵李鴻章為秦檜者最多焉，法越、中日兩役間，此論極盛矣，出於市井野人之口，猶可言也；士君子而為此言，吾無以名之，名之曰狂吠而已！」（見《李鴻章論》）因為李鴻章在同治初年已在京外主持外交，朝中有很多頑固的大臣瞧不起和「犬羊」打交道的人，都罵鴻章賣國，甚至以秦檜相擬，說他通番，他的兒子李經方做了日本駙馬。

平心而論，李鴻章的外交政策和手段，固然有很多可議之處，但說他通番、媚外，梁啟超已經駁斥此說了。說到媚外一事，李鴻章不僅不是見到外國人就打躬作揖，口口聲聲 yes 的買辦型，反而是對洋人的詞色特別矜傲。《李鴻章論》說：「李鴻章與外國人交涉，尤輕侮之，其意殆視之如一市儈，謂彼輩皆以利來，我亦持籌握算，惟利是視耳。崇拜西人之劣根性，鴻章所無也。」

現在我不談李鴻章是否漢奸、賣國等等問題，因為這些問題，各張一說，討論起來，就成為個「大問題」，似乎與《大華》專談掌故的宗旨有背。所要談的是李鴻章對洋人的傲慢輕侮的態度。這種態度，當然也是不好的，國與國之間的交往，應該有國際禮貌，如果李鴻章自以為「天

1900年天津的初秋比以往顯得更為悲涼。剛剛經歷八國聯軍蹂躪的天津城，滿目瘡痍，到處都是殘垣斷壁。在已成廢墟的直隸總督府前，七旬老人李鴻章徘徊良久，觸景傷情之際，突然像個小孩子一樣嚎啕大哭。

朝」的大臣，又倚老賣老，對洋人不講適當的禮貌，那是極端不對的。不過，在清朝光緒年間，洋人瞧不起中國，那些外國官員到了中國官廳，居然拍案拍𥌓，目中無人，有個李鴻章敢於給他們點顏色看看，倒也是一件大快人心的事。

吳永口述，劉焜筆記的《庚子西狩叢談》卷四，有一段記李鴻章在總理各國事務衙門（即外務部的前身，簡稱總署，或譯署）一事，很有趣，今摘錄如左：

余（按：此係劉焜自稱）生平未見文忠（李鴻章，以其娛謚文忠也），然無意中卻有一面，至今印象猶在腦際。前清同文館即設在總署，余一日偶從館中偕兩教習同過總署訪友，經一客廳後廊，聞人聲囂囂，從窗際窺之，見座中有三洋人，華官六七輩，尚有司官，翻譯，皆翎頂輝煌，氣象肅穆，正議一重大交涉，着坐一洋人，方滔滔汩汩，大放厥詞，似向我方詰難者，忽起忽坐，矯首頓足。餘兩人更軒眉努目，以助其勢，態度極為凌厲。說畢，出翻譯傳達。華官危坐祇聽，面面相覷，支吾許久，始由首座者答一語，聲細如蠅，殆不可聞。翻譯未畢，末座洋人復蹶然起立，詞語稍簡，而神氣尤悍戾，頻頻以手攫拏，如欲推翻几案者。迨翻譯述過，華官又彼此愕顧多時，才發一言，首座者即截斷指駁，其勢益洶洶，首末兩座，更端往復，似不容華官有置喙餘地。惟中座之洋人，意態稍為沉靜，然偶發一言，則上下座皆注目凝視，若具有發縱能力，而華官之答覆，始終乃只有一二語，面赬顏汗，局促殆不可為地。余當日見此情狀，血管幾欲沸裂。此時忽聞傳呼聲，俄一人至廳事門外，報王爺到。旋聞音吾雜沓，王爺服團龍褂，隨從官弁十數，皆行裝冠帶，一擁而入；氣勢殊烜

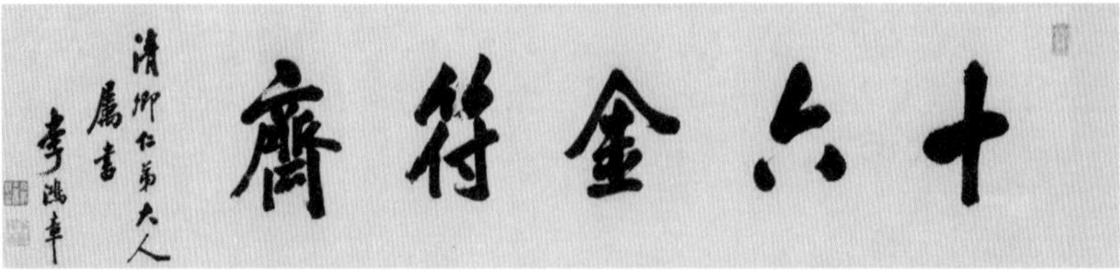

李鴻章為吳大澂書十六金符齋

赫。余念此公一來，當可稍張吾軍。既至廊下，則從者悉分列兩旁，昂然而入。華官皆肅立致敬，顧三洋人竟視若無睹，雖勉強起立，意殊不相屬，口中仍念念有詞。王爺先趨至三客座前，一一握手，俯首幾至膝上，而洋人傲岸如故。王爺尚未就坐，即已厲色向之嘄聒，王爺含笑以聽，意態殊極恭順。余至此已不能復耐，即扯二人共去，覓所見友人告以所見。吾友曰：「中堂在座否？」余曰：「吾不識誰為中堂。」曰：「李中堂也。中堂在此，當不至是。」余乃約其同至故處。友逐一指認，告姓名，曰：「中堂尚未至也；然今日必來，盍再覘之。」余亟盼中堂到；俄頃復聞呼報，余以為中堂至矣，乃另為一人。仍趨與洋人敬謹握手，即逡巡就坐。余乃大失望。正於此際，續聞呼報，一從者挾衣包，先岔息趨入，置於門外旁几。吾友曰：「此必中堂。」既而中堂果入門，左右從者只二人，才入廳數步，即止不前。此時三洋人之態度，不知何故，立時收斂，一一趨就身畔，鞠躬握手，甚謹飭。中堂若為不經意者，舉手一揮，似請其還座，隨即放言高論，口講指畫。兩從人為其卸珠鬆扣，逐件解脫，似從裏面換一衷衣，又從容逐件穿上。公一面更衣，一面數說，時復以手作勢，若為比喻狀。從人引袖良久，公猶不即伸臂，神態殊嚴重，而三洋人仰面注視，如聆訓示，竟爾不贊一詞，喧主奪賓，頓時兩方聲勢，為之一變。公又長身玉立，宛然成鶴立雞群之象。再觀列坐諸公，皆開顏喜笑，重負都釋。余亦不覺為之大快，如酷暑內熱，突投一眼清涼散，胸間鬱火，立刻消降。旋以促飯引去。始終不知所議何事，所言何詞；但念外交界中必須有如此資望，方稱得起「折衝」二字。自公以外袞袞群賢，止可謂之仗馬而已。吾友因為言：「中堂一到即更衣，我已見過兩次，或者是外交一種作用，亦未可知。」同人皆大笑之，謂如此則公真吃飯穿衣，渾身皆經濟矣。語雖近謔，而推想亦不無理致。漢高祖踞洗而見酈生，亦先有以懾其氣也……

這一段描寫得很生動，形容那三個外國人見到「王爺」（即慶親王奕劻），並不把王爺放在眼內，甚至連外交的禮貌也沒有，而所謂王爺者，反紆尊降貴，趨向洋人之前，俯首鞠躬如洋奴然。李鴻章一到，那些外國人立刻改變態度，個個都走到中堂跟前握手為禮，極為恭謹。這樣描寫，也許有些渲染太過之處，李鴻章對外國人確持此態度的。

李岳瑞的《春冰室野乘》有「李文忠公遺事」一則，也是記李鴻章對外國人態度傲慢的，可與上述參看，今摘錄之。

甲午以前，人皆詈李文忠媚外，今溝猶瞀儒，尚持此論。不知文忠卑視外人之思想，始終未嘗少變，甲午以後且益厲焉。其對外人，終不以文明國人待之，此老倔強之風力，今安得復睹其人哉？其使俄也，道出日本，當易海舶，日人已於岸上，為供張行館，以上賓之禮待之。文忠銜馬關議約之恨，誓終身不復履日地。從人敦勸萬端，終不許，竟宿舟中。新船至，當乘小舟以登，詢知為日本舟，遂不肯行。船主無如何，為於兩舟間架飛梁，始履之以至彼船。其晚年值總署也，總署故事，凡外國使至，必以酒果款之，雖一日數至，而酒果仍如初，即此項已歲糜數千金。公至署，諸使來謁，署中依例以酒果進。公直揮而去之，曰：「照例外賓始至，乃款以酒果，再至則無也。」諸使皆色變，然竟不能爭。法使施阿蘭狡甚，雖恭忠親王亦苦之。公與相見，方談公事，驟然詢曰：「爾今年年幾何矣？」外人最惡人詢問年齡，然懾於公威望，不能不答。公掀髯笑曰：「然則是與吾第幾孫同年耳，吾上年路出巴黎，曾與爾祖劇談數日，爾知之乎？」施竟踧踖而去，自是氣燄少殺矣。丁酉歲暮，俄使忽以書來求見，公即援筆批牘尾曰：「准明日候晤。」時南海張樵野侍郎在座，視之愕然曰：「明日歲除矣，師尚有暇晷會晤外人乎？俄使亦無大事，不過攪局耳，不如謝卻之。」公慨然曰：「君輩眷屬皆在此，兒女姬妾，團圓情話，守歲迎新，惟老夫蕭然一身，枯坐無俚，不如招三數洋人，與之嬉笑怒罵，此亦消遣之一法耳。明日君輩可無庸來署，老夫一人當之可矣。」其佗傺如此！

鴻章晚年對待外國人是這樣的倚老賣老，甚至連外交禮節都不講究。李岳瑞述此事，其可信的程度如何，我們且不必查究，然而這事已夠有趣了。（所謂懾於公、威望云云，未免太過肉麻。）中日戰爭後，李鴻章開去北洋大臣直隸總督，以空頭大學士值總理各國事務衙門，後來出使俄國，遊歷歐美，歸後仍在總理衙門任事，這一段時期，是李鴻章一生最空閒之時，再過兩年才外放兩廣總督。（李岳瑞上文說鴻章出使俄國，道出日本，日本政府將待以上賓之禮，但鴻章銜馬關議約之恨，誓終身不履日地云云，這是錯誤的。鴻章於光緒廿二年往俄國賀加冕，在上海乘輪經香港入地中海，換俄輪直駛俄國，並沒有經過日本。但從美國回中華時，經過日本，確實沒有登岸，隨在橫濱轉乘招商局輪船「廣利」號直駛天津。）李鴻章到俄國後，對外國人也時時露出自大的形相。俄國的財政大臣維德，奉命接待李鴻章，後來維德在他的《回憶錄》中，有一段說及李鴻章自大倨傲的故事，王光祈譯文有云：

> 有一次，余（維德自稱——引注）在李鴻章處，忽報土耳其斯坦王公車駕訪謁，李鴻章立刻整飭美觀，嚴肅坐在椅上。當王公與其全部侍從走入客廳之時，李氏本係坐在該廳之內，於是起身向着來賓前行數步，並致問候之辭。因為余與彼兩人皆係熟識之故，所以未曾離去，即與彼等共坐該處。王公見李之自大態度，頗覺被其侮辱，因此特向李氏聲明，彼為一國元首，此次所以前來拜謁李氏者，乃係尊重中國大皇帝之故。該王公在此全部拜訪時間之內，只向李氏詢問中國皇帝以及太后的起居；而對於李鴻章的起居，以及李鴻章這個人，則簡直毫不關心。此種舉動，對於素講儀式之華人，當然認為十分侮辱。至於李鴻章方面，則所有全部時間皆只詢問該王公的宗教一事。李並向彼聲稱，中國人乃係謹守孔子學說者，而且李氏語語不離宗教，總是歸到該王公及其人民所奉究係河教之問題。於是該王公乃向李言曰：彼係回人，因此所奉者為謨罕默德所建立之宗教信條；並將該教內容，加以解說。解說之後，王公即行起身，而李鴻章——或係彼的自己主意，或係由於旁人告彼，——則將該王公伴至車前，而且李氏舉動態度，好像在此王公之前，不禁變成十分卑小一樣。余乃暗思，你

看，王公給與李氏之印象何等深大，該王公不過僅僅表示彼為一國元首而已。當其該王公坐入車中，車身方正開動之際，李鴻章忽然大呼一聲，於是車子復歸停止。時有俄國某軍官係任該王公之翻譯，同坐車中，乃詢曰：「請問，有何見教？」於是李鴻章言曰：「即請轉語王公，余有一事忘去告彼，此時方才想起。彼之開宗祖師謨罕默德，從前曾在中國，其後因罪被罰，揭示於眾，並將彼逐出中國，大約彼即偶然竄入該地，並為伊等建立宗教」。此舉之出人意外，竟使王公對於如此結局，一時昏惑，不知所措。至於余之方面，則十分明白，此乃李鴻章對於該王公做出元首自大樣子之報復手段。於是李鴻章十分滿意，回到客廳，因其時業已不早，余乃辭彼歸家。（見王光祈譯《李鴻章遊俄紀事》，書係一九二八年上海中華書局出版。）

這一段描寫得十分活潑有趣，李鴻章幽默那個土耳其王公，也可稱得上是善於滑稽的了。李鴻章的中堂架子，曾有一次把伊藤博文嚇到心中不快而要施報復。中日戰爭時，清廷派張蔭垣、邵友濂赴日議和，日人拒不接待，伍廷芳時為隨員，曾以私人資格往拜候伊藤（他們在英為同學），伊藤就對伍發牢騷，說他在十年前往天津見李鴻章時，李擺出一副上國宰相的大架子，簡直不把「島夷」看在眼內，其威嚴之處，使人戰慄云云。後來，伊藤向伍暗示，如果李鴻章肯親來講和，當然接待的。伍氏歸後即以所聞電告總理衙門，於是決定派鴻章至日議和，其為浪人狙擊，說不定是伊藤主使的呢。

（署名：文如）

王湘綺勸進的內幕

王湘綺到清光緒末年，在國中已享盛名。到民國成立，在儒林中他的年齡最高，士林仰之如泰山北斗，袁世凱一做了總統，就在民國元年（一九一二年）年底，任命他為國史館館長，目的雖在網羅遺老，但國史館也是一國的重要機構，無論哪一朝代都要有的，我們不能說袁世凱不對。（袁亦於一九一三年設清史館，聘趙爾巽為館長，趙於一九一四年入京就職。湘綺的國史館成立後，他在職不到一年就回故鄉，一直由副館長楊度代理。袁世凱死後數日，北京的報紙就宣傳國史館併入清史館，後來不見成為事實。到一九一七年六月廿六日，國史館才併入北京大學文科，此舉之不合理，無待贅言，亦可見黎元洪之流不如袁世凱遠甚。自此之後，國史館並沒有搞出甚麼成績，倒是趙爾巽的清史館，於一九二八年搞成一部《清史稿》，至今仍為學術界所重。）

民國二年（一九一三年）二次革命失敗，袁世凱的基礎大定，政局稍安，湘綺遂於四月帶領家人入京就職，財政部送去五千元為國史館開辦費，館長就委派了許多館員，以曾重伯（曾國藩之孫，亦名翰林也）為秘書長。開辦費收到後，史館有飯可開，眾人有飯可吃，五月十九日《湘綺樓日記》云：「曾秘書已喫開辦飯矣！」以幽默語句謂侃之，此老玩世不恭，蓋天性也。湘綺到京之後，袁世凱訂期接見，為優禮耆賢，特地定一名詞曰「延覲」，不曰「覲見」，以示尊崇之意。其實延覲與覲見，名異而實同，不過用「延」字，在字面上較為好看而已，雖然咬文嚼字，亦見老袁籠絡的手段。

湘綺回鄉後，楊度搞的籌安會漸趨成熟，他自然要捧老師出來勸進，以收人望。但湘綺年已八十有四，平素嬉笑怒罵，不容易拉他落水的，不得已，只好「偷姦」老師一次，假名發出「刪電」（是一九一五年十二月十五日發的，「刪」是代表十五日），報紙紛紛登刊，人們以為湘綺真的勸進了。電文云：

大總統鈞鑒：共和病國，烈於虎狼，綱紀蕩然，國亡無日。近聞伏闕上書勸進者不啻萬餘人，竊謂「漢語演」有云：「代漢者當塗高」，漢謂漢族，當塗高即今之元首也。又明識云：「終有異人自楚歸」，項城即楚故邑也，其應在公。歷數如此，人事如彼，當決不決，危於積薪。伏願速定大計，默運淵衷，勿委過於邦交，勿撓情於偏論，勿蹈匹夫硜守之節，勿失兆民歸命之誠，使衰年餘生，重睹天日，闓運幸甚！天下幸甚！闓運叩刪。

任何人勸進的電報，袁世凱一概不覆，獨有湘綺此電，特別回覆，說了一堆「匡予不逮」的客氣話，時人甚以為異。此二電《湘綺樓日記》皆不載，但十二月廿六日（陰曆）日記云：又遣孫婿探刪電，云陳仲馴為我作符命，證成莽大夫也，幸不遇朱紫陽，不至爭稻桶耳。然妖詩已驗矣。無名白頭帖云：『此去真成莽大夫』，四年前識也。

上圖：王闓運節錄《陳夷務疏》
下圖：1910年瞿鴻機、余肇康、王先謙、王闓運、黃自元、村上正隆在瞿宅超覽樓前賞櫻花。

到此時湘綺已知被人「強姦」一次，但他年紀已老，早晚就木，也不計較，只説四年前入京就職時，有無名氏的詩「此去真成莽大夫」到今驗了。他的日記載有致袁世凱一函，寫在十一月初七日之後，十一月初七是陽曆十二月十三日，此函亦出以玩世不恭的語氣，他説老袁要做皇帝就爽爽快快的做，不必假甚麼民意勸進，其中有「唐宋篡弒，未嘗不治，群言淆亂，何足問乎」之語。這是他的「政治哲學」。

一九六〇年五月二十一日

慈禧醫病紀實

一九七五年五月，沈葦窗兄來訪，他說：「陳存仁有一冊馬培之的《紀恩錄》送給你，過兩天我帶來。」我說：「不好罷，他千辛萬苦才找到這書，我怎好接受這樣大的禮物。」沈兄說：「書是他託上海的朋友鈔的，用原子筆複寫兩份，陳先生多了一份，他知你有需要，故此相贈。這是他一番好意，不可辜負。」

多年前我在上海曾買過一本《紀恩錄》，香港淪陷時失去，現在重得，使我對於西太后醫病的經過，知道得多些。這書的初版印行似乎是光緒十四五年（一八八八、一八八九年）之間，現在的鈔本，扉頁題「光緒壬辰仲秋重鐫，板藏孟河馬氏宗祠內」，這本書就是根據一八九二年（光緒十八年壬辰）再版本所鈔的了。

首先刊載的是俞樾（曲園）、陳康祺的序文，一作於光緒十二年，一作於光緒十四年，書後一跋，是光緒十二年九月趙彥暉寫的。序文之後，載江蘇巡撫吳元炳奏牘，略說光緒六年六月，接軍機大臣字寄，本年六月初七日奉上諭，慈禧太后病已數月，太醫院所擬藥方，未見大效，飭外省巡撫詳細延訪精通醫理的人，無論官紳士民，立即派員伴送來北京，江蘇省資送的人，即乘坐輪船，以期迅速等因。現查得武進縣孟河鎮地方職員馬文植，素精醫道，遐邇知名，接到徵聘信函，慨然應允，料理行囊，即日就道。但馬文植說：「草茅之士，罔知儀節，且年逾六旬，手戰腿強，運動未能自如，拜跪恐難合度。其子直隸候補同知馬翊廷，亦素知醫，現在天津，擬即攜帶入京。」

《紀恩錄》是日記體裁，除辦公外，也記他和北京一些官僚治病和飲宴應酬，起自光緒六年七月初六日，至翌年四月十八日到家止。馬文植此行，帶第四子紫輝、兩個僕人，初八日到蘇州省城，住金獅巷金養齋親家宅中。初九日，巡撫吳元炳設宴餞行，並晤見伴送入都委員忠誠（字一心，官道員）。十五日在上海乘坐招商局輪船「豐順」號，直放天津。

十七日，辰刻進大沽口，午刻到天津，暫寓紫竹林旅館，夷場風景，與鎮江相似，而華麗則不及歇浦。飯畢，入城晤盛杏蓀觀察，囑致薛撫屏信。薛君名福辰，山東候補道，以醫學為李傅相保薦，六月二十三日晉京，據稱奉詔請脈已一月餘。……

按：薛福辰是薛福成的哥哥，他是直督李鴻章、鄂督李瀚章、鄂撫彭祖賢共同保薦的。又有山西巡撫曾國荃所保薦的現任山西陽曲縣知縣汪守正，也在此時為西太后醫病。馬文植沒有等到把西太后的病醫到完全康復，就稱病懇求准許回鄉，薛、汪兩人，因係現任官員，西太后痊癒後，很高興，賞薛福辰頭品頂帶，補授直隸通永道（他本是山東候補道，並非實職，要候補一個時期的），賞汪守正二品頂帶，調補天津府知府。這兩個以醫術受知的官員，升了官，但安排在直隸境內任事，是有深意的，大抵便於必要時可以迅速入京為西太后治病。

十八日，辰刻，忠觀察招同進城謁李傅相，適盛杏蓀亦以公事見傅相。問何日自家啟行，並沿途一切，謙光盛意，備極周洽，且云：吾四弟婦之病，重賴診治，得慶生全，至今感紉，余遜讓。時以急於進都，不及多留，隨即辭出。忠觀察由水路至通州，余乘車行。八十里，晚宿蔡村。

二十日，申刻到崇文門，稅關查驗，以無貨物，出錢三百六十文，隨即入城。西正到小安南營，住馬松圃太守宅內。兒子翊廷自五月竭選入都，先寓此宅。二十一日，同兒子翊廷至楊梅竹斜街永和店，候盛旭人親家，復進城竭翁叔平、廣紹彭兩尚書，暨吳江沈相國。日暮歸寓。

二十四日，忠觀察到京，囑移寓內城冰盞胡同賢良寺。隨套車同翊廷進城，至賢良寺，住大殿東廂，寺內已有江西保送之趙君德輿，伴送之端石如太守居焉。下午，忠觀察投文，又著家人來寓知照，明日五鼓進內，在景運門外朝房等候，屆時當著人來引導。……時潘蔚如中丞同寓賢良寺大殿東首，亦係吳中丞保薦，先余一日到京，以抱恙未能進內。是日余回寓已晚，未之見也。

這裏的幾個人名，要略說一下的。盛旭人名康，是盛宣懷的父親。叔平、紹彭，是工部尚書翁同龢、兵部尚書廣壽之字，廣壽是滿州鑲黃旗人，後來轉任吏部尚書，光緒十年八月死。吳江沈相國是沈桂芬，江蘇吳江人，字小山，號經笙，道光廿七年編修，官至軍機大臣、協辦大學士，故稱相國，馬文植拜見他後幾個月，沈桂芬就死了。潘蔚如，江蘇吳縣人，監生出身，光緒六年正月，在湖北巡撫任上免職，後經吳元柄保薦入京治病，光緒八年十月，授江西巡撫。至於江西保送的趙德輿和伴送的知府端石如，不詳，待查。賢良寺本是雍正帝之弟允祥的怡親王府，後來捨為寺院，當時外省大吏入京，都喜歡住在那裏，李鴻章入京議和，即死在該寺中。

二十五日。寅刻乘車約里許，進東華門，天微雨，步行至景運門外西首平屋暫憩。忠觀察已先在內相待，時天猶未明也。頃聞恭邸駕至，忠觀察導余在景運門堦前站迎。恭邸問余年歲幾何，且謂聞名已久。其後李、寶、沈三相國，王夔石侍郎先後至，一一見畢，仍至外朝房坐候。卯正，軍機散，忠觀察導至內務府衙門，見恩露圃、廣紹彭、志藹雲三尚書，師繼瞻侍郎，廣孝侯內大臣。繼晤崇心堦郎中，及太醫院院判李卓軒。卓軒問余向讀何書，且云聖躬自二月至今未慶大安，頭緒極多，大要起居飲食，時有不適。余云：李東垣有言，飲食不節，起居不時，病在脾胃。卓軒接云是極。即約明早寅正進內引見。忠觀察偕余退出，從大院經阿哥所，殿皆覆蓋碧瓦，歷箭亭過上駟院、國史館，經大院南行，出三座門，過石橋，出東華門，觚稜高峻，體勢尊嚴，令人肅敬之心，有加無已，夜間過時，昏黑中未及瞻仰也。隨與觀察分道回寓，午飯後詣潘蔚如中丞處問疾，潘中丞囑診脈疏方，並縱談古今醫事。

恭邸是恭親王，李、寶、沈三相國，沈為沈桂芬，寶為寶鋆，武英殿大學士、軍機大臣。李是李鴻藻，因為，在光緒六年的大學士、協辦大學士中，李姓的只有文華殿大學士李鴻章一人，李鴻藻是光緒七年六月才以兵部尚書授協辦大學士的。恩露圃名承，滿洲鑲黃旗人，咸豐三年進士，官至吏部尚書，謚文恪。志藹雲名和，號春圃，滿洲正藍旗人，咸豐二年庶吉士，官至刑部尚書、協辦大學士。師繼瞻名曾。廣孝侯、崇心堦不詳。李卓軒為李德立之字。太醫院的主管長官名「太醫院院使」，漢一人，正五品。左右院判，漢一人，正六品。（太醫院中無滿缺，大概滿人沒有精通醫術的吧。）

二十六日，卯初乘車至東華門，忠觀察家人導引步行入景運門，西行經乾清門，門外金獅二，金缸四。至堂郎中直廬，忠觀察在焉。卯正，慈安皇太后、皇上召見，內務府五大臣、太醫院使李引余至內右門外朝西一間，與堂郎中直廬毗連。門以外有侍衛護守，門以內有兩太監護守。入門歷直衛至月華門，經啟祥宮，過如意門、吉祥門至鍾粹宮，鵠立簷下。宮殿三楹，正中用彩畫玻璃窗隔，闢分前後。頃間，內監傳進，伏見慈安皇太后面東正坐，座前長幾一張，不垂簾；皇上坐几前，行一跪三叩首禮。皇太后問文植何處人？對以江蘇常州府、武進籍。問多少年紀？對以六十一歲。問早道來，水道來？對從水道來。問幾時到京？對二十日到。問在家行醫有幾年？對得之祖傳。又諭云：西太后違和，數月未愈，汝須慎重。應云是，命下去。余起立，退下三步，轉身仍隨諸大臣出內右門，至堂郎中直廬坐。有頃，慈禧皇太后旨下召見，即出直廬，立於堦下，五大臣仍由西來，薛福辰、汪守正從東來，相見各揖，隨內務府大臣至乾清宮後，大臣進內，余與薛汪二君止宮門首恭候。內監款以茶，汪子常見余未掛珠，向內監索珠一串畀余，以符體制。大臣出，余隨至長春宮候懿旨。少頃，劉、李二太監傳進，至體元殿立堦下，內殿與鍾粹宮格制相埒，正中窗格一啟，劉李二監在窗內傳呼，余隨五大臣及太醫院李進內殿。慈禧皇太后面東坐，前設小几，垂黃紗簾幔，行一跪三叩首禮。問何處人及年紀，一如慈安皇太后所問，對亦如前。內務府大臣跪在余左，太醫院跪在余右。慈禧皇太后命文植進診，膝行至幾前，几上置兩小枕，太監侍立兩旁，啟簾請脈，左右如法。私謂內大臣，脈已請過，應否面奏。皇太后問內大臣，馬文植云何？大臣將余言奏上，奉旨著即面奏。對云：「兩寸脈虛細，左關沉弦，右關小滑，兩尺濡細，緣積鬱積勞，心脾有虧，肝氣亦旺，脾經又有濕痰，榮脈不調，當見穀少，頭眩內熱，腰痠肢倦，胸悶不舒脅痛諸證。臣愚昧之見，是否有當，伏乞訓示。」太后復詳諭畢，隨命下去，詳細立方。余退出，仍立堦下，薛汪二君進請脈畢，同隨至東配殿，各立一方。余以面奏之意，先敍原委，次定藥劑，稿成呈內大臣，請侍醫看過，囑醫士有黃箋恭楷進呈皇太后御覽。太醫院將所用之藥，在《本草從新》書上用黃箋標記，由李總管遞進。

上文提到內務府堂郎中，堂郎中這個官名有些特別。清代六部中有郎中一缺，在侍郎之下，官正四品，這是當時一般人所知的，堂郎中就不大為人所熟識了。原來這個缺，只內務府獨有。內務府的堂郎中，又叫坐辦堂郎中，正四品，為內務府中最重要的官員，上可以代總管大臣處理一切事務；下可以指揮群僚，查核七司等處題本、堂稿、黃藍冊、督催、文職銓選等事，因權力大，故只設一人，終清之世，並無增減。堂郎中既是內務府一個大員，所以在朝堂有值廬一所。

七月二十六日，臣馬文植恭請慈禧皇太后脈息：兩寸虛細，左關沉而微弦，右關沉小帶滑，兩尺沉濡，緣積鬱積勞，心脾受虧。心為君主之官，脾為後天之本，二經受病，五內必虛。腎虛不能生木，木失暢榮，脾乏生化之源，榮血內損，以致經脈不調，腰痠、肢體倦怠、穀食不甘、虛熱時作。經所謂二陽之病發心脾是也。謹擬養心調脾之劑進呈。

當歸　白芍　白朮　淮山藥　生地
茯苓　陳皮　川續斷　牡蠣　紅棗
藕　合歡花

頃間，李太監傳旨云：「馬文植所擬方藥甚佳，著大臣議奏，應服何方。」大臣面奏：「臣等不明醫藥，未敢擅定，恭請聖裁。」少頃，內監傳旨：「今日仍用太醫院方，明日同議，著馬文植主稿。」伏念文植蓬廬下士，聞見淺陋，猥以服習經訓，廁名醫學，慈顏初覲，遽沐褒嘉，獎勵逾恒，為諸臣工所罕被，敢不憚竭悃誠，以期仰報高厚於萬一。是日賜飯，設兩筵，中一席內務府大臣，旁一席，外省保送諸醫及太醫院也。珍錯羅列，計四十簋，醇酒酪漿，美逾恒味，小人之腹，得飫天廚，亦云幸矣。未刻，內監傳旨散直，隨內大臣趨出，堂郎中及司員、筆帖式七八人，站內右門外，候諸大臣，並索今日恭擬藥方，抄送軍機及親王府。諸大臣出門，向西至景運門外朝房，余至內務府朝房小憩，司員陪坐，敍談半晌，仍由景運門出……乘車回寓，拜趙德輿郡尉，趙君七月八日到京，連日請感冒假，未曾進內，余略談片刻，回至寓所。

這天所記，是第一次見到馬文植所開的藥方。依舊例，御醫所開的藥，煎成兩碗，由太醫、配藥醫士、內大臣等人嘗後進御，書中沒有提到他要嘗藥之事，據任錫庚所作的《太醫院志》載：

> 凡烹調御藥，本院官請脈後，開方具本奏明，同內臣監視，每一劑備二服，合為一服，候熟分貯二器，本院官先嘗之，次大臣嘗之，其一器進御。亦有將方奏明，交與內藥房按方烹調者。乾隆五年以後，凡藥均由內臣烹調，自是醫官不復製藥。（任錫庚不知何許人，據《中和月刊》第三卷第六、七期所載，他曾在太醫院任事，一直到民國五年才退休）

《大清會典》則仍有御醫嘗藥的明文。

是日日記最後一段，馬文植記他所見西太后所居住的長春宮一般情形，可備掌故。按：咸豐十一年，慈安、慈禧分別進封為皇太后後，慈安居長春宮的履綏殿，慈禧居長春宮的平安室（一九二二年，溥儀結婚，他的淑妃亦居長春宮），現在我們請看馬文植怎樣描繪長春宮：

> 歷想大內規模，慈禧皇太后居長春宮，對面即體元殿，自中霤隔開，俱飾玻璃窗采畫花卉蟲魚，上懸「蟠桃永慶」匾額……後面即太后請脈之處，寶座設於東面，內置矮几，兩旁俱陳設白玉珍玩，西設長几一，八仙桌二，珊瑚兩株，約高三尺餘，左右古鐘鼎彝器，光耀駢羅，皆未幾見之物。體元殿向前即太極殿，左即東配殿，繚曲三楹，每間俱橫安一榻，依窗第一間供白衣大士，蓋太后敬香處也。榻上曲几，置棋盤，水晶墨晶棋子兩筒。中左兩間，

左起：德齡、四格格(慶親王奕劻的四女)、慈禧、元大奶奶(慈禧內姪媳)、容齡

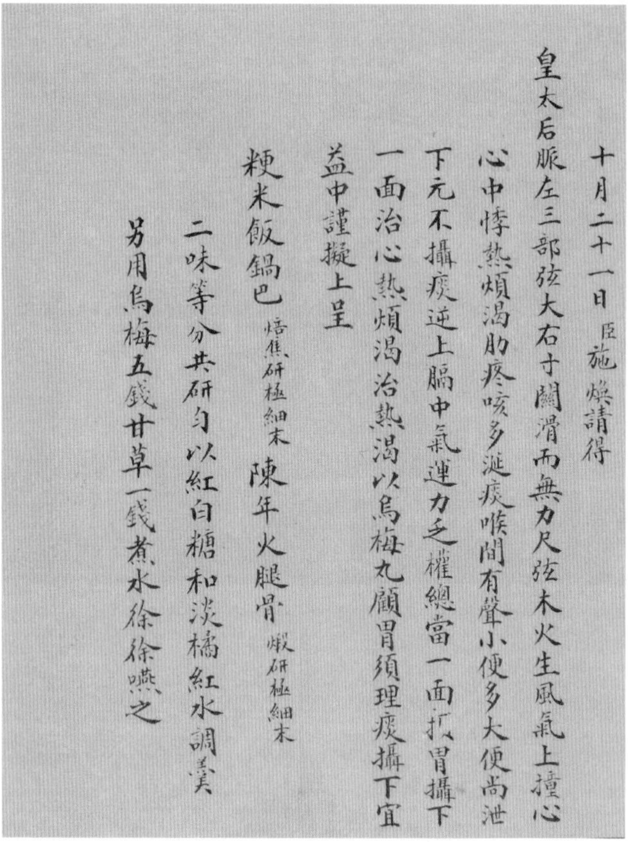

十月二十一日 臣施煥請得

皇太后脈左三部弦大右寸關滑而無力尺弦木火生風氣上撞心

心中悸熱煩渴肋疼咳多涎痰喉間有聲小便多大便尚泄

下元不攝痰逆上膈中氣運力乏權總當一面扶胃攝下

一面治心熱煩渴治熱渴以烏梅丸顧胃須理痰攝下宜

益中謹擬上呈

粳米飯鍋巴 焙焦研極細末 陳年火腿骨 煅研極細末

二味等分共研勻以紅白糖和淡橘紅水調羹

另用烏梅五錢甘草一錢煮水徐徐嚥之

慈禧脈案

陳列杯瓶壺榼，皆白玉為之。最後者金梗梅樹，碧霞梅花，金梗桃樹，碧霞桃子，盆盎俱飾金翠，珊屑為泥。便殿門題楹帖，皆慈禧皇太后御書，中懸龍虎二字。東配殿對面為李太監居的，中一大院，古柏蒼松，中間以繁花如繡，陸離眩目，不啻神仙洞府，為之神往不置。

八月初，又有兩個外省保送入京的醫生，一個是鹽大使薛寶田，字莘農，一個是廣文（按：大使與廣文，皆低級官吏，廣文即府縣的學官。）仲學輅，字昴亭，杭州仁和縣人。他們也住在賢良寺，八月初二日，他們已先和馬翊廷會過面，晚上就要會見馬文植，先探問一下西太后的脈象。（薛寶田著《北行日記》，亦記為西太后治疾事。）

馬文植的長子翊廷對他們說，他往兵部尚書廣壽處診脈，廣壽對他說，他們父子住在賢良寺很不方便，不如搬到他家裏，因為他的府第裏，有空置的屋子五楹，另有門出入，可以供他們父子居住，薪米由他供應，一來可以住得舒服，二來也方便為他診治。

初六日，黎明進內，薛莘農、仲昴亭先到，俱在內務府朝房坐談。卯正一刻，慈禧皇太后傳薛寶田、仲學輅先進問話，退出。慈禧皇太后傳薛寶田、仲學輅先請脈，次則薛福辰、汪子常，再次則趙德輿與余，再次則太醫院。是日分為四班，進診畢，同至東配殿。薛莘農、仲昴亭各立一方，余六人會議一方，涼熱稍減，腹中氣串作響，胸中嘈雜，食不易消，謹呈原方，去柴胡、丹皮、加砂仁、澤瀉二味進呈。賜飯畢，旨下：「明日薛寶田、仲學輅毋庸另立方，合而為一，今日仍服原班公議之方，欽此！」散出後，挈大兒至錫臘胡同廣大司馬處診治外症。大司馬申說移居之意，邀往相宅，面北五椽，甚為爽朗，約十一日移寓。

八月十五日，黎明進內，余與薛撫屏、薛莘農、汪子常請脈。將出宮門，皇上駕到請慈禧皇太后聖安，內務府大臣師曾行一跪三叩首禮，余與諸人站立兩旁，恭候駕過，天威咫尺，幸獲瞻仰，洵為榮遇。……是日賜飯，常饌外加點心燒烤四簋，因中秋慶節，故得此異數也。

十六日。微雨，黎明進內，仲昴亭、薛撫屏、趙德輿請脈，公議立方，去益智仁，加霍石斛一味進呈。賜飯畢，太后旨下，命馬文植至寶公府為福晉診脈。福晉為慈禧皇太后同胞姊妹，故又命佟醫士及內務府司員翁同往，著李總管先行知道。遵旨退出，前往寶公府，門衛森嚴，規模壯麗，文植進診，審是顛病，已十年臥床不起，但食生米，不省人事。診畢，辭不可治。公爺堅命立方，因擬瀉心湯加琥珀、龍齒、麥冬、竹茹。辭出。宮中自十一日起至十六日止，每日皆御賜果碟兩席，蜜餞各種，俱裝花卉。又賞鮮果四盒，白梨、蘋果、牛奶葡萄、白桃，自內務府堂官以次，均可攜歸，矜為寵異。

十七日。黎明天氣甚涼，著棉袍褂進內。余與莘農、子常請脈。面奏寶公爺福晉病情不可治。退出公議立方，去石斛，加蒼術、木香進呈。……

十八日。黎明進內。是日湖南巡撫保薦新寧縣知縣連自華，字書樵到京召見。……

二十日。黎明進內，余與汪子常、趙德輿、連書樵請脈。文植奏云：「昨值秋分大節，脈象和暢逾恒，太后洪福，大安在即矣。」太后聞之，喜形於色。退出會議立方，加牡蠣，去蒼術進呈，旨下命馬文植再至寶公爺府中請脈。趨出即往復診，據云已兩日不食生米，神氣已稍安靜，用原方加減。……

這個寶公爺福晉，據馬文植說是慈禧的胞姊妹，當然不會有錯的，但不知是姊還是妹。我們只知道慈禧有一胞妹，嫁醇親王為福晉。不曾聽說又有一姊妹嫁寶公爺為「福晉」。這個寶公爺是甚麼人，在清廷當甚麼差，據淺陋所知，都未見有文字記載。《清史稿》皇子世系表中，也沒有寶親王的封號。

馬文植為慈禧治疾，到八月以後，漸有起色，但有時又反不見好，他和李德立都歸咎慈禧不節勞，要處理政務（她對於權力是不肯放鬆一時一刻的），又飲食不時，喜歡吃生冷鮮果，以致醫治進度很慢，馬文植往往在請脈後婉言進諫。八月廿六日，湖廣總督李瀚章保薦的程春藻（字麗芬，是湖北的鹽法道）到京，已和馬、薛、汪等醫生請脈。到九月底，慈禧忽然命只留馬文植、薛福辰、汪守正三人診治，各省所保薦的，可以各歸原省。於是薛寶田、仲學輅、連自華、趙向天等人分別離京了。

九月二十七日。黎明進內，撫屏下班，余與麗芬、子常請脈。皇太后詢程春藻進診，何與諸人不同，寸脈確在何處？奏云：高骨乃是寸脈。懿旨復問：本之何書？奏云：本之王氏脈經。

三十日。黎明進內。奉旨：「諸醫各回原省，留馬文植及薛福辰、汪守正照常請脈。嗣後分為兩班，太醫院一班，馬文植、薛福辰、汪守正一班。進診二日，下班一日，欽遵！」……

馬文植的醫學深湛，因此為西太后所賞識，留他在京服務，但馬醫生卻不願久在京師，恐怕一時不慎，出了亂子，那時罪名就擔當不起了。他總是想脱身而走，但又無法擺脱。他曾暗中託翁同龢、廣壽覷機會在慈禧面前為他講幾句話。

十月初五日。黎明進內時，忽覺眩暈，至朝房，臥於炕上。辰正傳進，即起立正冠。暈跌在地。內大臣見余年老失足，命人扶起，許為面奏，謂余且休息數日，再行進內，命蘇扶拉出東華門，升車回寓。

自此之後，馬醫生就請假五日，到十月初十日，他的病還沒有好，又續假十五日。假滿後，他覺得病雖好些了，但身體衰弱，精神煩瞀，決心請退，便具疏交內務府代奏，請放歸故里。

二十六日。翁叔平尚書來云，今早朝面奉慈安皇太后懿旨云，慈禧皇太后聖躬尚未全愈，外來醫生，以馬文植為最，著再賞假十日，不准回籍！

到十一月初六日，馬文植銷假，仍照常入宮請脈，而西太后的病，也在此時漸漸好了，廿九日診畢，兩宮皇太后賜馬文植等三人各白銀二百兩。十二月廿七日，慈禧賜他「福」字和綢緞一襲，白金二百兩，慈安賜白金二百兩。

下一年為光緒七年，二月下旬，太醫院院判李德立病重，廿五逝世，馬文植親往弔唁，大有感觸，加以又得故鄉家信，太太病重，更是歸心如箭。三月初一日請假五日，初七日，兩宮皇太后賜他白銀四百兩。

十五日午刻，志藹雲尚書來問疾，余臥尚未起，尚書私謂四兒云：而翁病劇，吾當代為陳情，不使久留京師也。

二十一日，內監某來問病，晤於臥榻側，少頃即去。

志和於十五日問病後，大概已代為奏明病況，但西太后不放心，派個可靠的太監去看問，看他是不是詐病，再作定奪。

三月二十五日。病益劇，自顧衰朽，重負聖恩，內疚滋甚。不得已，復申請內務府代奏，乞賜回籍調理。是日志尚書面奏，仰蒙太后垂詢臣文植病狀，當時內大臣暨汪守正等等咸以文植委實病重，臣等親見。（按：汪守正於三月十二日往問文植病，見他心神恍惚，言語顛倒，就說，他的病不是短期可愈，答應他可以向內大臣請代奏。）

二十六日卯刻奉旨：「馬文植著回籍，欽此！」是日午刻，又奉旨賜臣文植白鏹六百兩，扶病望闕謝恩。……」

馬文植隨於廿八日收拾行裝，四月初一日離京，取道天津南下，初四日上「保大」號輪船，初五開行，初八日到上海。

四月十一日，抵蘇州。……旋謁吳中丞，告知慈聖漸復康豫，中丞喜甚。……

他在金養齋親家處休息到十五日，才趁小船往無錫，十六日到常州，十八日午後到達孟河家中。這次入京治疾，往返共九個月零二十二天。馬文植回家後兩個多月，七月初四日，西太后就賞他匾額一面，由北京遞至江蘇巡撫，命發交馬氏收領。和馬文植同時醫治的御醫，有薛福辰、汪守正等，他們都得到封官，而馬氏只得匾額，有人竊為馬文植不平。其實始終從事的是薛福辰、汪守正、莊守和，擬方時雖由馬氏主稿，但他卻沒有完成任務，藉口疾病，請放歸鄉里，就此卸責，律以古人所說「君臣之義」，似已大有違背了。數月後，西太后的病已大有好轉，可報「大安」了，她就在六月廿五日用皇帝名義，下一道諭旨，對於曾為她效力的大小臣工，都有賞賜。諭旨說：

慈禧皇太后自上年春間聖體違和，多方調攝，現已大安，朕心實深慶幸。惟念慈躬甫就綏和，仍宜隨時靜攝。……上年寶廷奏請飭各省保送醫士……旋據李鴻章、李瀚章、彭祖賢保送道員薛福辰，曾國荃保送知縣汪守正，吳元炳、譚鈞培保送職員馬文植到京，由總管內務府大臣帶領各該員，同太醫院院判等，每日進內請脈。所擬方劑，均能謹慎商榷，悉臻妥協，允宜特派恩施。前山東濟東泰武臨道薛福辰，著記名以道員遇缺題奏，並賞加布政使銜。知府用、候補直隸州知州，山西陽曲縣知縣汪守正，著記名以知府遇缺題奏，並賞加鹽運使銜。署右院判莊守和，著補授左院判，賞給三品頂戴，並賞還花翎。四品銜御醫李德昌，著補授右院判，賞給三品頂戴，並賞帶花翎。……前署右院判李德立之子、兵部主事李廷瑞，著以本部郎中遇缺即補。並欽奉懿旨，薛福辰、汪守正、莊守和、李德昌、馬文植，各賞給匾額一方，以示優異。總管內務府大臣恩承、廣壽、志和、師曾、廣順，內閣學士寶廷，大學士、直隸總督李鴻章，湖廣總督李瀚章，陝甘總督曾國荃，湖北巡撫彭祖賢，前江蘇巡撫吳元炳，護理江蘇巡撫、布政使譚鈞培，均著交部從優議敍。

薛福辰本是道員，現在成為特旨道員，並賞二品的布政使銜，已是二品大員，可以紅其頂珠了（道員只四品官，不能戴紅頂）。汪守正只是知縣，賞加鹽運使銜，是從三品官了。莊守和的右院判是六品官，賞給三品頂戴。李德昌的御醫是七品官，升為六品。已故右院判李德立之子，本是兵部主事的六品官，升為正四品的郎中，一遇到有人出缺，便可補上實職。西太后一病，大小官員都升了官，真是皆大歡喜。

從前有人說西太后這次生病，患的是小產後血崩，御醫們不敢公然在脈案上寫此一筆，更不敢從這方面下藥，因此屢醫不愈，耽誤了一年多才醫好了，她怎能不高興，「特派恩施」呢。關於西太后小產的傳說，終於是傳說而已，當然是沒有證據可以留給後人作證的，宮幃隱秘的事很多，為了權力鬥爭而進行謀殺的事，更是多到不可勝數。陰謀完成之後，當事人絕口不談，參與行事的人，自然也不敢對外洩漏絲毫秘密。外間即使有所懷疑，也只能是懷疑而已。古今中外的宮廷大都如此，清宮雖然有「較為整肅」之美稱，但也不例外，就以慈禧醫病一事而論，的確有些令人懷疑。傳說馬文植為她切脈時，看出她的脈象是小產後失調，引致流血不止，元氣大傷，他就覺得這差事真不好做，如果對內務府大臣以至太醫院等人說是小產失調，後果將是如何，他是知道的。所以急於設法脫離這個多事的圈子，尤其是太醫李德立病了不過十五天，忽然死去，更使他心驚膽戰。不久後，他獲准歸鄉，還未動身離京，慈安太后甚至未經發表過她有病，而驟然逝世。從這些事情看來，一個太醫死了，十五日後，東太后又死了（三月初十日死的，十五日後，馬文植即奉「著即回鄉」之旨），是不是很令人玩味呢。慈安之死與後來光緒之死為清代二大疑案，一直到今日還沒法揭破此謎，恐怕永遠也不能的了。

《紀恩錄》有一記事，也頗耐人尋味的。八月二十九日記云：

黎明進內，辰到傳進，太醫李卓軒私謂余曰：禁中恒例，凡入月皆遣中使赴藥房取當歸、益母草、焦山楂、艾葉四味。今晨請脈，當加意慎重。

這是李德立私下對馬文植說，西太后月經來潮，叫他用藥時要小心一點，這是否暗示她的血崩症又復發了呢？過了幾個月後，李德立的私語，轉輾傳到西太后耳朵裏，就不免忽然病重，繼而謝世了。

魯迅的祖父周福清

魯迅先生的祖父周福清，是一個翰林，他晚年的遭遇很不好，給魯迅先生的影響甚大。周遐壽《魯迅的故家》一書，第三十一「介孚公」一段，對他的祖父有這樣的寫法（遐壽是周作人先生的化名）：

介孚公本名致福，改名福清，光緒辛未由翰林院庶吉士散館，授編修，後來改放外官，這裏還是散館就外放，弄不大清楚，須得查家譜，但據平步青說，他考了就預備捲鋪蓋，說反正至少是個知縣。最初選的是四川榮昌縣，他嫌遠不去，改選江西金谿縣。翰林外放知縣，在前清叫作老虎班，是頂靠硬的，得缺容易。……

介孚是周福清的號，他的字叫震生，（從前讀書人的習慣往往一名一字，一號，甚至有外號。他字叫震生，是根據他考試時所填的履歷的，見朱汝珍所輯的《詞林輯略》一書）並不是光緒辛未翰林，而是同治辛未科的翰林。辛未是同治十年（一八七一年），光緒是沒有辛未紀年的。

周福清於同治十三年四月散館（即畢業試，此舉關係極大，能留館者，授職為編修、檢討，

魯迅祖父周福清和兩位祖母的畫像。

就是一個資格齊全的翰林；不能留館者，以部曹、知縣用，從此逐出翰林院，但庶吉士頭銜仍在，俗稱半個翰林，也叫「散壞館」。）以知縣錄用，並未授職編修，周遐壽先生記錯了。近日曹聚仁先生寫魯迅年譜，引用《魯迅的故家》這一段，但沒有照周遐壽先生的原文，只摘取「由翰林院庶吉士散館授編修，後來改放外官」這幾句，而把「這裏還是散館就外放，弄不大清楚」略去了。周先生有這最後一句，全文自然沒有毛病，曹先生略去了這一句，就有點毛病了。因為凡是授職的翰林，沒有外放知縣的。翰林留館，編修官七品，在院供職，為清華之選，大考後開坊，升學士，外放可為知府，道員，轉眼間，可至監司，十餘年間，官運亨通者，可至巡撫、總督，所以翰林出仕，大佔便宜。同治十三年翰林散館，浙江籍庶吉士十人，只有周福清改知縣，金保泰（錢塘人，字夔瀚，官至太常寺少卿）改吏部主事。

翰林改官知縣，俗稱老虎班，正式名稱是「即選知縣」，應選縣缺，等這班「老虎」選完後，剩下來的才歸別班選，所以得缺最速。周福清選的榮昌縣，嫌遠不去，大概他沒有向吏部「打點」所以才得到此缺，但此缺並不壞，只是遠一點而已。到光緒元年正月，他還得江西金谿縣了。《越縵堂日記》正月二十二日記云：

> 鄉人周福清以庶常散館，選得金谿知縣，來辭行，言金谿刻書甚賤，可任剞劂之事，此人能為此言蓋窺予所好也。予因屬其購王氏謨所著書。

於此，我們可知周福清在光緒元年（一八七五年）正二月出京赴任的，他何時被劾去職，俟

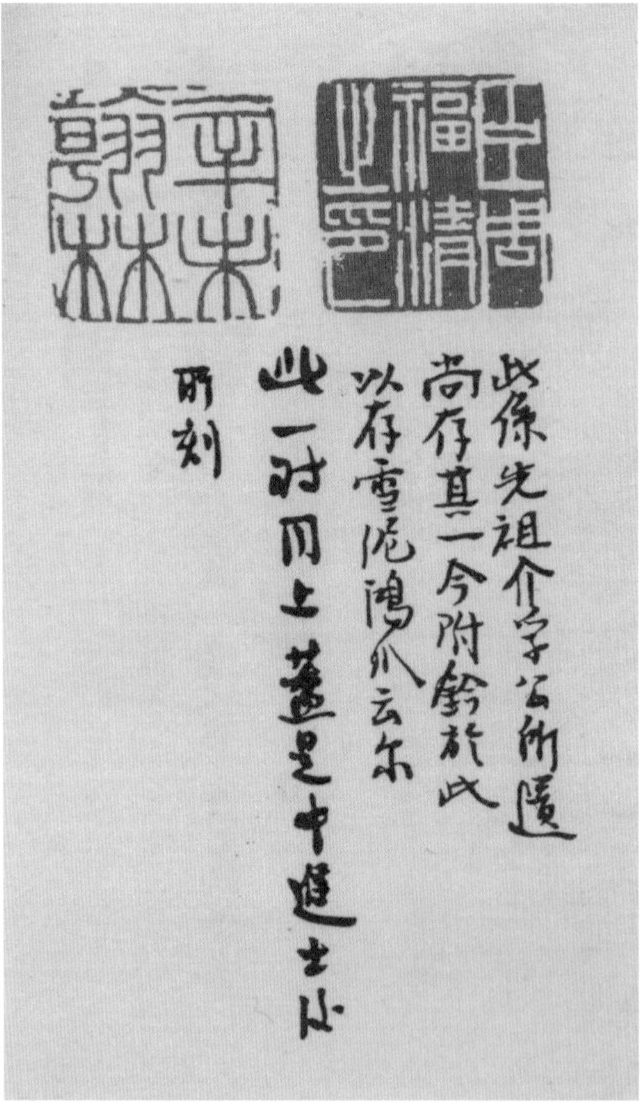
此係先祖介宇公所遺
尚存真一今附鈐於此
以存雪泥鴻爪云尒

周福清遺印

考。但光緒五年二月廿六日《越縵堂日記》有云：

周福清來，以金谿令被劾入都引見者。

那末，他被劾去官，當是光緒四年的事，他大概先回鄉一轉才入北京的。李慈銘和周福清是同鄉，李比周大九歲，周比李中進士早九年，但李慈銘的名氣極大，周福清到北京是要去拜候他的。他們雖同是紹興縣城人，但從李氏日記中，看出他們兩人是不十分投契的。

光緒五年以後，周福清一直在北京等候機會（中間有無回故鄉，未可知），他很少和李慈銘來往，李氏和同鄉徵逐，也很少有他的份兒，大概周福清的家境很不好，不能和他們時常交際。到光緒十年以後，李氏的日記中常記與周福清來往，但不是「鄉人周福清」，而是稱他的號「介夫」「介甫」了（從不書介孚）。

周福清到光緒十四年（一八八八年）才補內閣中書的。是年四月初十日，《越縵堂日記》云：

下午詣周介夫，賀其中書補缺。（六月廿六日，又記云：「作書致周介夫，饋以西瓜十枚，林擒魚乾各一合」。以後兩人的交情更洽，越縵時亦請他吃飯了。）

《魯迅的故家》第八十三頁說到周福清在北京於同鄉中與吳介唐、鮑敦夫似還要好，王子獻不大談得來。遐壽先生說到他讀王繼香日記，光緒十六年那一冊，七月十一日記云：「周介孚東招十三日飲。」十三日記云：「久之，始至廣和居，則周介夫（原文如此）果已與客飲。」周福清的號是可以給朋友隨便寫的（名則不可，否則是不敬了），因為「夫」「甫」同音也。這個王繼香是會稽人，光緒十五年庶吉士，散館授編修，官至開封知府。

關於周福清為幾個親友通關節而入獄事，《魯迅的故家》第八十五頁，寫得很有趣。光緒十九年浙江鄉試正考官殷如璋，副考官周錫恩是不錯的（周遐壽先生彷彿記得副主考是郁崑云，那是不會的，主考只有二人）。書中說周福清派跟班徐福送一萬兩銀子的期票到主考船上，恰值副主考也在坐，因此拆穿了西洋鏡，周福清後來以此入獄。但我所知的可作補充，徐福送銀子到船上時，蘇州府知府王仁堪（光緒三年狀元）也在坐，殷如璋知道不能瞞，又因為王仁堪為人正直，與其他官員不同，就連人與信交給蘇州府辦理。大概周福清事先與殷如璋有接頭過的，只要自己親自送銀子去，就不致戳穿了。殷如璋本是鄙夫，李慈銘罵他不值一文，日記中稱他為無賴殷如獐的。

殷如璋，周錫恩這次主持浙江鄉試（是科為恩科，因為明年甲午，乃西太后六十壽辰，要開恩科。就得在上一年舉行鄉試），試畢，輿論譁然，有謔者集句嘲之云：「殷鑒不遠，周德既衰。」很是天然配合。又有人拿正副兩主考姓名作拆字聯嘲之，也很工整有趣，此聯當日曾刊在上海的報紙上。小說家李伯元把它集起來，收入他的《南亭四話》（一九二五年大東書局排印）卷七裏面，聯曰：「殷禮不足徵。業已如聵如聾，那有文章操玉尺；周人有言曰，難得恩科恩榜，好憑交易賺金錢。」可見他們兩人實在是要通關節的，到事情掩不住，才打官話罷了。

一九五七年九月廿三日

再談周福清

一九五七年九月，我再讀周遐壽的《魯迅的故家》，一時高興，寫了一篇《魯迅的祖父周福清》，寫成後，沒有甚麼地方好發表，發洩了創作慾之後，便也不十分愛惜的擱在抽屜裏，一直到十二月才寄去某報，在是年十二月廿四日刊登出來。

我當日寫那篇文章，純是讀書後偶有所觸，並不顧慮到手頭的參考資料少，僅憑一點點可靠的材料就動筆了。那篇文發表後，我才後悔，為甚麼不找找《光緒朝東華錄》參考一下呢，也許裏面可以找到有關周福清的材料的。於是偷個空，到學海書樓找到了，花了半天工夫，得到四段資料，大喜過望，同時又怪自己偷懶，為甚麼不準備好一些才動筆。我把《東華錄》那些記載讀一遍後。因為文長數千言，實在沒法抄回來，只好將來再說，同時又打算再寫那篇文章的補篇時，才到學海書樓寫。可以省許多抄錄的工夫。

回家後，我又認為單是靠《東華錄》還是不夠的，最好能設法獲得《同治十年辛未會試同年齒錄》，那就可以知得更清楚些了。於是寫信去上海託一位朋友買《東華錄》，又知道友人瞿兌之（宣穎）先生的尊人瞿子玖（鴻禨）先生是這一科的翰林，兌之先生家中一定還存有這科的會試齒錄的。寫信給兌之先生請他找找那部書，如果有，就請他將周福清那一部分全替我抄出來。但瞿先生復信說，他家裏沒有這部書，年來想找來看都沒有找到。不久後，收到朋友來信說，

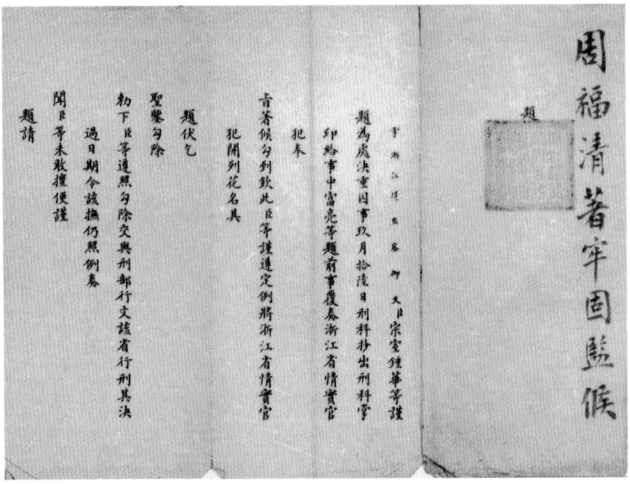
周福清著牢固監候

題

事浙江道監察御史臣宗室鍾華等謹
題為處決重囚事玖月拾陸日刑科抄出刑科掌
印給事中富亮等題前事覆奏浙江省情實官
犯本
旨著候勾到欽此臣等謹遵定例將浙江省情實官
犯開列花名具
題伏乞
聖鑒勾除
勅下臣等遵照勾除交與刑部行文該省行刑其決
過日期令該撫仍照例奏
聞臣等未敢擅便謹
題請

都察院浙江道監察御史鐘華等上奏浙江省犯人勾決名單，光緒皇帝下令將「周福清著牢固監候」。

《東華錄》可遇不可求（我有一部藏在汕頭，現在下落不明），待找到了才替我買。我覺得《東華錄》總有一日可以買到的，倒是那部《會試同年齒錄》不容易找，我就立下了不到黃河心不死的決心，非找到它不可，一直到一個月前，有一位朋友替我從海外一家圖書館抄了寄來，而四月二日。我在香港又買到了一部上海新印的《光緒朝東華錄》。這些參考書到手後，我便再談周福清一次。

一九五九年五月十二日寫記

庚子年談賽金花

今年的陰曆年是庚子，六十年前的庚子是光緒廿六年（一九零零年），至今恰是一周甲。上一庚子中國發生了甚麼事情，讀歷史的人大都知道，我不想在此時談些國家大事，倒是庚子年大出風頭的名妓賽金花不妨談談。她在庚子陰曆八月以後，確實在社會上很活躍過幾個月。她死到今已二十四周年，在庚子年來談談她在上一庚子的故事，也許頗為「應時」罷。

我現在寫賽金花的故事，不像另外一些人所寫的她怎樣在庚子年結識八國聯軍統帥瓦德西，怎樣有義俠的行動，怎樣功在國家，功在北京。我從我和她十餘次會談之後，知道她先後曾撒過大謊，後來並加以觀察和考證，才知道她撒謊也大有原因的。事隔到今已廿六年，現在讓我慢慢道來。

在廿八年前，人們久已忘記賽金花了，到一九三二年二、三月間，京滬的報紙忽然又登載她的名字，於是人們又紛紛說她的故事，友人張競生在上海知道她生活困窮，便發起為她募捐。過了一年，在北京的劉半儂、鄭穎孫、商鴻逵去訪問她，想為她寫一部《賽金花本事》，將版税所得，全部給她為養老之資。劉、商二人我不識，鄭君卻是好朋友，事後我問鄭君，他說這部書未寫成，劉半儂即逝世，後來似乎由商君續成。我雖然也曾買過一冊，但久已失去。她死後，上海有家投機書商請幾個才子急就成書，出版一冊《賽金花故事》，無非從報紙上有關她的記事，

八國聯軍進紫禁城

全盤照剪下來，倒也洋洋大觀，封面還大標「清代紀實史料」，但內容蕪雜非常，編者洪淵，字寄萍（大概是假名字），還在書後附以「改正年表（公曆一八七四年——一九三三年）」，說她生於「同治十一年十月九日」。但同治十一年是公曆一八七二年，她死於民國廿五年，是一九三六年，這個「編者洪寄萍」連這些小事都錯誤，可見其編輯能力。既然「年表」著她出生年月日，但著她死時一條則大書「民國二十五年，卒於平寓，享年六十五歲，葬陶然亭。」他蒐集報紙登載賽金花死時的情形，但卻不從其中考出她死於何月何日，只攏攏統統說她死了，何以只重其生年，而忽略其死日？這也可見其編輯之胡塗。（我的日記記載賽金花死於一九三六年十二月四日，即陰曆丙子年十月廿一日。）

一九三四年三四月間，我從報紙上讀到有關賽金花的新聞，知她貧困，很為她不平，認為她有功於北京市民，現在北京人竟然忘記她，對她略不加以援助，未免太過健忘了。那時候我住在東城燈市口三十七號的北辰宮旅館，主人全紹周為人很熱心，我便對他說想發起同住的客人前往訪問賽金花，捐些錢慰問她。全先生很贊成，教我先將她的故事寫一節略，待他通知住客，願意參加的簽名。我立刻照辦，並在文中聲明，往訪時，必定要送錢或禮物（最好是日用必需品如米麪食物之類）。全先生已託《世界日報》訪出賽金花住址，是天橋附近舊日香廠的居仁里十六號。到訪問之日，參加者共有十一二人，我們僱了兩部汽車前往。我在車中發覺攜禮物的人不足十分之三四，我還以為不送禮的，也許送現錢，怎知大謬不然，這種人也有膽量參加，可見社會上自有些怪人也！

居仁里是一條陋巷，全先生拍十六號的門，主人立刻請進，眾人因為我熟悉賽金花故事，

1907年賽金花由歐洲回國後的留影

推我做代表，我自然義不容辭，向主人說明來意，並將我送她的白米、麵粉兩袋交給她，另一紅信封，封了十塊錢，我對她說，以後我每月幫忙她五元，這是兩個月的「禮」，她千多萬謝收下了，連忙在房裏拿出一盒名片，在座的人每人送一張，上印「魏趙靈飛」四字。我立即掏出手冊，請她簽名留為紀念。她是不大識字的，近年為了應付訪問的人，也專練寫「魏趙靈飛」，但這四個字的筆劃極多（六十多劃），她寫來極慢而且吃力，還要對住名片照寫。單是這樣的寒暄法，已去了半小時。

我不好意思初次見面一開口就問她和瓦德西的故事，因見她的名片冠夫姓，便問她有沒有魏阜歐（名斯炅，字復甌，又作阜歐，江西金谿縣人，曾任國會議員）的遺像，她連說有有，站起來領我進去她的臥室，牆上掛有她和魏結婚所拍的相片一張，其時賽年已四十六七，看來似三十徐娘，並不怎樣美麗，且又身體矮短，實在不合美人標準。魏則人極魁梧，據黃秋岳對我說，魏面目黧黑，亦老醜，賽蓋賞識其另一種本領也。（關於魏的故事，林庚白的《孑樓隨筆》有一段記之。林熟於民初政壇內幕，且曾屢次參加政治活動，故其所記大都可信。他說：「李烈鈞開府南昌時，贛人魏某綰度支，癸丑革命既挫，烈鈞走海外，魏某囊括國帑以他適，其逾量則悉易黃金，南昌翠花街之金，為之一空。洎烈鈞從軍討袁，覓魏某所在，從而貸行李之貲，魏某逆憶黨人必非世凱敵，靳不應。索之急，則展轉浼陳炯明以金鐲一奉烈鈞旅費。烈鈞怒其貪而負義也，璧還之，笑語炯明曰：『為我告魏某，翠花街之金已盡耶？』洪憲顛覆，烈鈞且再起。魏某又趨蹌其門，諂媚如故，烈鈞優容之。尋魏某納老妓賽金花，以淫佚死，附會迷信者謂是負義之報。」（考：賽金花在一九一七年隨魏到北京，正是袁死後之一年，庚白所記殊確，庚白是著名左傾的國民黨員，他這部筆記頗可一讀。）

看過照片後，我才問她有沒有在外國所拍的相片，她說有一些，但已在庚子年失去了。她提到庚子，我便趁勢談起庚子八國聯軍入京事，又問到她怎樣遇着德國軍隊姦淫擄掠，怎樣救了許多良民，一提到這些事，她好像是很高興的，從她走難出京，事略定後回到北京起，一直談到有幾個德國軍官敲她的大門找花姑娘止。這一大堆話足足講了一個鐘頭。和她在報上發表談話的內容大同小異，大概多是事實，否則不會如此前後吻合的。我問她是否和瓦德西同居儀鸞殿，她說絕對沒有這件事，她只見過瓦德西一兩次，而且見面時間極短。因為有德軍到她家裏找花姑娘，聽到她會講德國話，大為詫異，第二天便帶了兩個軍官來她家中談天。但她的德國話講得很壞，不能暢談，又再找翻譯，那些德國兵才知道她是十幾年前中國駐德欽使的夫人。於是對她很是優禮，後來有個比較高級的軍官就帶她去見瓦德西。她這番話我認為是老實話，但也頗失望，因為我心目中早已認定她和那個德國統帥有風流韻事的，她在枕邊一句話，德國軍隊就斂跡，這是多麼有趣的事情，現在她說只是見見面而已，難道她害羞，不敢說真話麼？

過了半個月，我又和一批女學生帶了禮物去送給她，這次只坐了半個鐘頭。此後兩個月內，我去找她談天有好幾次，每次都有禮物，她對我熟落了，彼此談話多不帶客套，她才對我說實實在在只見過瓦德西一次，和他絕沒關係。我就指出上海《申報》的北平通信所記她對記者的談話，其中有記者問她在皇宮住了幾天，她答在儀鸞殿一共住了四個月，瓦德西走時，要帶她回德國，她不肯，他又叫她隨意取宮中寶物，她也不敢。我問她，難道這些話是她撒謊的嗎？她微笑答道：「可不是？」我說為甚麼要這樣呢？她答得很有道理，她說：「新聞記者和讀報的人都好奇，我對他們講真話，他們不信，還疑我不肯說，我只好胡謅一些來打發他們。二來也可以博得一般人同情，幫幫我忙，像先生您既不是新聞界中人，我怎好對您說假話呢？」我才恍然明白她為甚麼要騙人的原因。

賽金花雖然在外國住過幾年，但計算起來，在柏林的時間不過兩年左右，洪鈞是光緒十三年（一八八七年）五月初三日發表為駐德、俄兼奧和四國欽差大臣的，十六年歸國，除來往行程三個月外，她隨洪鈞在柏林最多不過二年（因公使在駐在國輪流居住，以住德俄時間為多），以二年短短的時間，學到甚麼德國話？何況她又未經過德國人教授，怎能會講話呢？公使館裏連廚子也是中國人，她從何學德語？即使學了些門面應酬話，十年後早已忘記淨盡了，所以我敢說她的德語比這兒國際女郎的英語是差十萬八千里的。她既不善德語，怎會和瓦德西調情求情呢？可見她說和瓦德西沒關係，是老實話。她也否認與克林德碑有關係，也是真話。一九三二年二、三月間，《申報》載她談話，說克林德被殺，我國願立碑紀念他，克妻還不肯罷休，賴賽金花勸告瓦德西，使向克妻三番解釋，克妻才不再爭持云云。一九三二年四月四日天津出版的《國聞周報》，有《凌霄一士隨筆》也引某報這段話，一士兄弟（這篇「隨筆」是兄弟合寫的，他們今日尚健存，數月前一士還有信給我，談到病狀）云：

此賽金花與克林德碑之關係也。而克林德碑之變為公理戰勝坊，賽金花亦有可記者。民國七年世界大戰以德國戰敗終，北京協約國方面之群眾，狂歡之餘，毀克林德碑。翌年，中國政府以碑石改建公理戰勝坊於中央公園，昭參戰之績，慶戰勝之榮也。落成之日，舉行盛典，演說者大都作稱心滿意之談，蓋以強橫若德國，陵侮我國已久，今我國竟仗公理之力，居戰勝之列，積年國恥，遂得湔雪，其為榮也至矣。時賽金花為國會議員魏斯炅妻，自請演說，則縱論世界大勢，而謂中國苟不自強，此不過幾塊石頭搬家耳，烏足以言雪恥？語頗警闢，聞者歎異。」（友人張次溪最好事，賽金花死後，他和北京人士設法葬之於陶然亭畔，並請其師楊雲史作「靈飛墓詩碣」。次溪的《北京聞見錄》也有一段記她在中央公園演說的一番偉論，與一士兄弟所引某報所記者同，今不具錄。）

賽金花能說這些話，是令人佩服的，但據她對《申報》記者談話而刊在《賽金花故事》一書者，則完全與此相反。今錄之於此：

問：近來有人又請你演說乎？答：我一生最怕演說。……我還記得歐戰和平紀念會，老段（引注：指當時的國務總理段祺瑞也）率眾位大官，在東城上街上，拆下那塊克林碑（引注：應作克林德碑），我當日同着魏老爺去參觀，他問我為甚麼不說兩句話，你與此碑有關係呢。我即斷然拒其演說之請，僅取回紅花一朵，存我箱中，作為紀念。問：你與此碑的關係如何？答：李鴻章與各國議和不妥，即因克林夫人要求太苛，僅僅立一石碑，她不答應，我乃從中拉攏，對她說，此碑在中國，只有皇帝家能立，平民是不許的……克林夫人經我這一說，始慨然允諾。……

一家報紙說她在演說時發偉論驚人，而另一家則說她並沒有演說，但「功在國家」（即說服克林德夫人）則一。到底我們信哪一個才好呢？其實盡不可信。克林德夫人無論如何都是當日西歐一貴婦，她肯接見一個賤妓賽金花聽其勸告否？即使肯的話，也要賽金花能操極流利的文雅德語，舌燦蓮花，方能感動克夫人，絕不能假力於譯人的，賽金花辦得到嗎？世人不察，以為她住過柏林幾年，便精通德語，必定是她勸服克夫人了，天下哪有這般容易的事！現居台北的齊如山先生，今年八十六歲了，一九五三年他出版一部《齊如山隨筆》，其中「關於賽金花」一章，說到他偶然在瀛臺見到賽金花和兩個軍官，齊如山同賽談話，又遠遠看見瓦德西跟站崗的兵說話，這兩個軍官露出不安之色，其中一個說瓦不會進來的，後來瓦果然走了。這兩次賽都不敢見瓦，所以齊如山測度她沒有見過，就是見過，也不過一二次，時間也一定很暫，至於委身於瓦，那是絕對不會有的。齊如山又說到他在那時候做些買賣，碰到賽也辦些貨，交給德軍的糧臺總管，賽求齊向那個總管翻譯（因齊乃同文館德文科畢業生），講些好話，請他照收了。假如賽的德語講得通，又是瓦的身邊兒得寵的人，她還不直指着那個總管的鼻頭，喝他全部收下麼？齊如山提出這個有力的證據，可以斷定賽以前所說的全是謊言，我極同意他的說法。在庚子年與賽打交道的人，今日生存者恐怕只有齊如山了，所以他的話是值得參考的。楊雲史所作的《靈飛事蹟》也說到李鴻章絕沒有託賽金花之事，楊說，和議時，他父子兩人都在鴻章幕中，如果有這些事，總會知道的。

關於賽金花「功在國家」的事情說得太多了，我現在想引兩段非常罕見的文字，談談賽金花在庚子失勢後入獄的情形。首先摘錄陳恒慶的《歸里清譚》（陳氏是山東濰縣人，為清末名御史，此書是民國六年（一九一七年）上海小說叢報社印行，封面標《諫書稀庵筆記》，而誤署作者為陳慶湝。其實陳恒慶別名「諫書稀庵主人」，書中所敘行事宦歷，皆無不相合，與廣東籍御史陳慶湝絕無關係，今為正之。）於此，以助讀者興趣。

（賽）於是聲名籍甚，車馬盈門矣。至吾家相府請安者數四，余因得識面焉。初見時，目不敢迫視，以其光艷照人，恐亂吾懷也。庚子歲，拳匪起……德國元戎瓦達西者，為八國統領，原與金花相識，一旦相逢，重續舊好，凡都人大户，被洋兵騷擾者，求金花一言可立解，以此得賄巨萬。洋兵既退，其名益振，人皆稱為賽二爺，門前榜曰侯選曹寓，曹蓋金花之本姓也。家蓄雛妓四五人，以代其勞，終日安居樓上，非有多金貴客，不下樓一見也。夜與同夢者，多紫纏黃絆而至，群呼樓上為椒房焉。其性殘忍，一雛妓為其笞死，瘞之樓後，為人控告。時余正巡視中城，委指揮趙孝愚持票往傳。至其家，有娘姨數人婉言進二千金，放其逃走。趙指揮本為安丘富紳，不允其請。又詭云：「夜間被竊，失去中衣，不能行也。」指揮將飭城役往購中衣，彼知不能逃，乃登車至城署。五城御史多與相識，不敢堂訊。咸曰：「此乃命案，例送刑部。」乃牒送之。堂官派一滿一漢兩司員鞫之。上堂時，滿員先拍案恫喝，金花仰面視曰：「三爺。你還恫喝我？獨不念一宵之情乎？」滿員乃由後堂鼠竄。漢司員正人也，諦視其貌久之，心怦怦動，旁有供錄者，筆落於地。司刑隸手軟不能持鎖。司員乃歎曰：「此禍水也，吾其置之死地，以杜後患。」此語傳出，諸要路通函說項者，紛至沓來，堅請貸其一死。乃定為誤傷人命，充發三千里，編管黑龍江，而說項者又至矣。乃改發上海。余聞之笑曰。「蛤蟆送入濕地矣。」例由五城押解，復委趙指揮押登火車，送至良鄉縣，縣官恭迎於車站，告趙指揮曰：「下官敬備宴席，為二君洗塵。」乃同入縣署，賞名花，飲佳醴。翌日趙指揮回城覆命，余曰：東坡有句云：「使君莫忘霅溪女，陽關一曲斷腸聲。當為君詠之。」近聞金花已物故，年不過四十也。

所記很有趣，描寫其艷冶之處使見之者手軟筆落，雖形容未免過火，但不如是不足以見其動人。所謂「相府」，乃恒慶之伯祖陳官俊之舊第也。官俊官至協辦大學士，算是宰相。作者謂金花已物故。其實那時候她正和魏阜歐同居北京，下一年在上海結婚。

另一材料是一首寫賽金花在獄中的詩。作者吉同鈞陝西韓城人，光緒十六年進士，官刑部主事，她入獄時，同鈞正以主事署提牢，其《樂素堂詩存》有癸卯（光緒廿九年）作《獄中觀妓賽金花感賦》五古一首，並有小序，今分別錄左：

……庚子之變，聯軍入都，德督瓦某，僭居西苑，金花以能操德語，前往迎迓，瓦見而狎焉。瓦好殺，居民苦之，金花為緩頰，多獲宥者，由是名傾一時，知與不知皆仰慕之，洋人至影其像以相誇異。其動人欣羡類如此。今夏以斃小嬛逮入獄，人皆指為淫報，而憐香惜玉者流，又復群相惋惜，替花請命。嗟嗟！人各有心，憎花者固為方領矩步之儔，而憐花者亦不盡倚翠偎紅之輩，其用情皆未可厚非也。余久耳其名，觀其像未目睹其容，今聞定讞，擬遞籍，行有日矣。竊謂薛濤蘇小，好事者想象其美，至於累牘連篇，相與歌詠於數百年後，今絕世名媛，近在咫尺，而不一睹芳容，詎非憾事？適代署提牢。入獄察諸囚，次及花，果然麗出肌表，雖秋娘已老，猶嬌嬈如處子，（引注：賽金花是年三十二歲，其入獄在光緒廿九年夏，坊間出版的《賽金花故事》所附的年表，作光緒三十一年，大誤。）洵天生尤物哉！見余遙屈一膝似有乞憐意。夫猛虎在深山，百獸震恐，一入陷阱之中，搖尾而求食，賽金花當得意時，非達官貴人不得一接芳澤，及幽身圜扉，雖以余之卑老，猶若貼耳俯首，望其救援，豈不重可惜哉！詩曰：京都多名妓，艷說賽金花。車馬門如市，賓客列坐嘉。爭求識一面，聲價高雲霞。腰乏十萬貫，徒抱虛願賒。一朝入圜圄，陰院黑雲遮。妖星臨貫索，淚雨濕荷枷。乞憐犬搖尾，束縛兔罹罝。我署提牢職，放飯趁晚衙。雞鶩群爭食，一鶴靜不譁。見我屈一膝，請安禮有加。塗澤去脂粉，艷如碧桃葩。小蠻腰肢細，楊柳新吐芽。花甲年逾半，猶如初破瓜。含情羞掩面，猶似抱琵琶。諦視未了了，忽被禁卒拏。須臾雙扉闔，深鎖不可撾。歸來思不寐，深夜趺坐跏。

一九六零年十月十九日

名妓賽金花的狀元丈夫

清末名妓賽金花的故事，至今還為人津津樂道。三十年前中華書局所編的《清朝野史大觀》卷四，記賽金花出使趣事一則，事很有趣，但不大可靠。書中沒有注明來源，似乎是錄自蔣芷儕的《都門識小錄》，今摘鈔於此。

洪鈞簡俄德奧荷欽使，納名妓傅彩雲，攜之航海，路出倫敦，英皇請公使夫人赴宴，傅盛妝而往。維多利亞頗加青眼，曾用電攝法與之合留小影。故樊雲門方伯增祥《倩雲曲》（應作「彩」——引注）中有句云：「可憐坤媼山河貌，曾與楊枝一例看！」繆祐孫江陰人，派往出洋遊歷者也，洪要之俾充參贊。一日，由俄赴奧，公使夫人上火車，參贊隨員俱須站班伺候。繆曰：「此班諸君能站，我不能站！」於是一倡百和，紛然各散。事後洪銜之刺骨，五年期滿，不為保舉。繆往俄京遊歷，不為咨照，繆大恚。時洪畫帕米爾界，有侵溢處，繆著書立說，盡情攻擊，自是劾洪者日凡三四起，洪以是抑鬱而亡。……

這個說法，除了繆祐孫果有其人而外，頗多不可靠。祐孫字幼丞，荃孫的從兄弟行，他在光緒十五年跟洪鈞出國時，還向李慈銘索畫為紀念。他在俄國三年，著有《通俄道里表》（刊小方

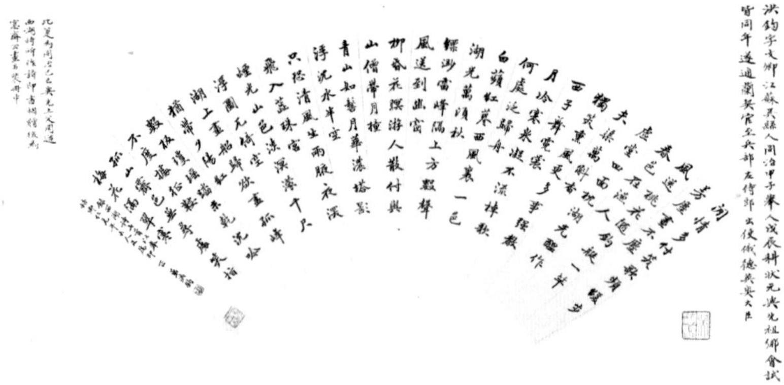

吳湖帆舊藏《清代七十二狀元書扇冊》中的洪鈞所書扇面

壺齋輿地叢鈔），這部書的價值如何，我不敢說，因未見過。至於洪鈞畫帕米爾界有侵溢處云云，其實此圖非洪所畫，而是洪所譯畫，根據俄人之原本也。他所畫的，一為《中俄交界圖》，是光緒初年俄人所製圖的原本，洪鈞譯繪後，攜之歸國，用色印，共三十五幅。一九三四年，北京平民社重印，亦三十五幅，但合為一幅。一為「帕米爾山水形勢圖附說」，今存外交部，是光緒十六年（一八九〇年）洪鈞在俄使任內咨送總理各國事務衙門的。此圖未見印本，不久後，帕米爾爭界事起，大理寺少卿延茂劾洪鈞所譯地圖，畫蘇滿諸卡置界外，致邊事日棘，劾其貽誤大局。清廷下其事於總理衙門研究。同官皆言洪鈞所譯之圖，本來是以備考核，並非用來做證據的，也非專為中俄交涉而譯繪，安能歸咎於此圖?清廷乃置不問。

其實劾洪鈞者只有大理寺少卿延茂及左庶子準良而已，並無「劾洪者日三起」之事。洪鈞以狀元出身，平素留心史地之學，著有《元史譯文證補》

三十卷，光緒廿三年出版，日本明治三十五年也有刊本。此書是他在俄國時所譯關於蒙古史西方所傳資料，以補元史所佚，在史學中有極大貢獻。

李鴻章時主外交，常與洪鈞通訊，每致書洪鈞，皆備極稱許。關於注元史一事，鴻章給他的信有云：

> 近聞博徵西事，以注元史，元太祖用兵西域，最為奇偉，開國既無方略可徵，明初史臣，識限方隅，又不能詳具本末，遂令後之讀史者如墜雲霧，如談鬼神。近代龔魏（引注：龔定菴，魏默深）諸賢，奮然有志於考索，而未能廣致域外之書。前數年，有黃楙材者，著《西徼紀聞》（案：楙材字豪伯，上高人，熟於輿地之學，官至知縣，著輿地測量書十餘種），亦頗能言當時兵事大略，惜足跡僅至印度而止，且亦出於潛行窺測，正有類於前人所論張騫常惠情形，自難詳審。今執事以輶軒大使，徵海國異書，遂使六百年闕略茫昧之遺編，粲然可睹，且因此上溯漢唐舊史，亦各按籍可稽。若使前賢有知，當復如何驚羡？此非絕代通博之才，而值今日開通之會，是豈易言？執事成此盛業，何止突過曉汀（案：錢大昕），卑視仲約（李文田）而已。

對於洪鈞的著述，極為稱讚。《清史稿》洪鈞傳也說他「嗜學，通經史，嘗撰元史譯文證補，取材域外，時論稱之」云云，可見其學問一斑，因為清代百多個狀元中，能講實學者不過數人，洪鈞是其中的一個。他的《元史譯文證補》，影響很大，出版後，東西洋研究元史的學者如法國的伯希和，漢比斯（L. Hambis伯希和的弟子）；德國的葛魯貝（W. Grube），蘇聯的郭真（S.A. Kozin），日本的小林高四郎，白鳥庫吉；我國的歷史學者王國維、陳垣、陳寅恪（三君精於元史，陳寅恪還精通蒙古文、德文）等人，無不案頭置有此書，以備參考。

洪鈞早死賽金花四十多年。她的名字到今日還為人所知，但一代的史學家洪鈞，只為少數研究專門學問的人所稱述，而在一般人的口頭上他還要得力於賽金花，他才被人搬上舞臺，寫入小說，他死後還要藉名妓之力，才能在流俗人口中傳名，這是洪狀元生前萬萬料不到的。

洪鈞事跡，《清史稿》有傳，很容易看到，但他的墓誌銘兩種則不易見。現在我將鈔錄所得，摘要披露，使洪鈞本人整個事跡都易於為人考究，也是歷史資料也。第一種墓誌，是臺灣道顧肇熙撰文，吳郁生書丹，汪鳴鑾篆蓋（吳、汪皆洪鈞翰林後輩）。文云。

國家自道光二十二年始允泰西通商之請，閱二十年乃置總理各國事務衙門，以王大臣領之，又十年而後遣使聘問諸國，慎簡賢能，須給欽差出使大臣關防。三年一任，蓋遮重其事矣。同縣洪公，以閣學奉命出使俄德奧荷四國，遷兵部侍郎，任滿歸，奏對稱旨，充總理各國事務衙門大臣。光緒十九年八月二十三日，疾終京邸。遺疏上，天子震悼，有「才猷練達，學問優長，盡心職守，辦理妥協」之褒，諭賜祭葬，賞延後嗣，飾終之典，視常例有加。孤子洛既奉公之匶歸里，乃郵狀抵余臺灣，言將以明年九月某日葬公於縣之西鄉十一都十二圖墩字墟，贈光祿公塋次，請為之銘……按狀：公諱鈞，字陶士，號文卿，先世自徽州歙縣遷吳。曾祖諱士樹，候選運同，妣王，李。祖諱啟立，國學生，妣巴。考諱垣，候選從九品，妣潘，三世皆以公貴，誥贈光祿大夫，妣皆一品夫人。公年十八入吳縣學，同治三年，舉於鄉，七年成一甲一名進士，授修撰。……凡八遷至內閣學士，兼禮部侍郎銜，時光緒九年也。以母病，疏請開缺歸，明年丁太夫人憂。服除，以原官充出使大臣，轉兵部左侍郎。一為順天鄉試同考官，視湖北江西學各一，典陝西山東試各一。……公性孝友，幼穎異。家道中落，父兄欲令習賈，涕泣跪請卒業。……自廷試第一，未散館即視學湖北，感激知遇，銳志報國。屢司文柄，簡閱精審，惟恐失人。光緒五年主山東試，人文為各省冠。六年視學江西。……九年河決山東，朝廷命侍郎游百川馳往籌度，議開徒駭、馬頰二河。公奏其未諳河務。……臬司潘駿文熟悉河務，新獲譴，無敢舉者，力言其可用。疏入，旋命游百川回京，起用潘駿文，河患漸紓，實自公發之。……出使外洋，廉正自持，守約不撓。……中外交涉繁要，多以電通信，外國用三馬電，中國用四馬電，費倍蓰，公創以干支代一十百千字，亦成三馬電，歲省經費鉅萬。其精敏類如此。既入總理衙門，力持大體，勇於任事。淞江教案起，西人獲謗書，牽涉湖南道員某，欲得甘心，當路亦思重慫，以儆效尤。公持不可，謂徇人意，如國體何，其人卒得保全。……向者使還，道經紅海，感受暑濕，病伏甚深，一旦觸發，遂以不起。……公生道光十九年十二月初八日，年五十有五。配何夫人。子一，洛，縣學廩生，復由蔭生通判改工部郎中。……女一，庶出。公之使海外也，於俄羅斯見元代舊史本回紇文，凡更數譯，審為元代藩屬舊史，詳於西北用兵。公得之甚喜，謂足補元史疏陋，於是遍考元人官私書及關係元史諸記載，手自纂輯，成元史拾遺若干卷。搜異域之佚聞，訂中國之惇史，古未嘗有也。銘曰：「昔班固氏傳西域，慨歎漢使益得職，惟公三年歷四國。

1918年賽金花與魏斯炅結婚照

> 平遷一官依品秩，明修元史病荒率，史臣自責憚考覈。鄂羅斯文本回紇，紀朔漢事頗翔實，公既覯止等球璧。私幸謀於野則獲，爰召舌人通累譯，手自濡染奮大筆。俾闕者完疏者密，千秋袞非一狐腋，彼楮先生何足述。武庫乃有左傳癖，旁行斜上成都帙，宜進史宬藏石室。千秋不朽視方策，吾銘匪私秘真宅。」

我們讀這篇墓誌銘後，知道洪鈞有一子，名洛，又有一女，是庶出，但侍妾姓甚麼，文中沒有說明。照例銘文中有提到他的妻子姓何，提到庶出之女時，應該也說「女某某，側室某氏出」才對，而竟然絕口不提，大概此妾即下堂而去的賽金花，而此女即在柏林所生的「德官」耶？（賽金花對新聞記者說她在柏林誕一女，名德官。）銘辭中的「千秋袞非一狐腋」，原文「秋」字是「金」字，吳郁生書寫時誤作「秋」字，遂不可讀。據聞刻上石後才發覺，但已經來不及修改了，這在金石史中成一趣事。（光緒廿六年庚子，夏同龢修撰在北京為先祖寫神道碑，「宦遊四方」的宦字，誤寫作宧字，遂不成辭，刻成後墨拓視之，才知大誤。後一字與宦字音義皆不近，只形似耳。吳郁主事可謂後相輝映。）

洪洛之死，在光緒二十年，後來洪鈞之孫改葬洪鈞，又請其鄉後輩費念慈（光緒間名翰林）作墓誌銘，今錄後與上文合看。文云：

> 兵部左侍郎洪公既葬西津橋之踰月，公子洛以毀卒。其後二年，孫杲始克改卜於大滾山之麓，奉公之柩而遷焉。……俄羅斯為國，古烏孫地也，公求得古元時舊史所載記，皆畏吾

文，譯歸以校史，多所勘正。成元史譯文證補若干卷。既歿，陸祭酒師為校寫付梓。……子洛……不勝喪而卒，婦陸，事祖姑疾，夜起積寒瘁，聞公凶問，驚哭遽絕，今並祔於公墓。洛無子，何夫人命以公從子濤之子杲為之後。念慈與濤同舉於鄉。……

我們讀後，知洪鈞只一子，子死，以姪洪濤之子洪杲為子。他的遺著《元史譯文證補》，是陸潤庠校寫付印的，洪洛是陸潤庠的女婿。顧撰的誌文說到洪鈞保全湖南道員某，沒有舉其名，費氏誌文說這個道台名周漢。

洪鈞的著作，除上舉《元史譯文證補》外，似乎還有一種未完成的作品，其詳細內容今不可知。李鴻章給他的信有云：「執事擬就西國大政，照中國六曹分門薈萃成書，此真有用巨編，不朽盛業。近述日本政治者，如黃遵憲、顧厚焜等，各有成書，然蕞爾之國，網羅易詳，且係同文，則鈔集尚多原本。若歐西大邦，取材浩博，又無一處不借資繙譯，固非通曉今古而又有大力者不能也。」又云：「近聞槃敦餘閒，殫精著述。曩者采風之使，每多排日之編，然皆敘次行程，略同遊記，未有網羅大政，彙集成書如尊著所擬義例之宏大者。蔚宗六夷之精思，端明海外之奇作，摩挲老眼，以待異書，猶能傚王勝之遍讀一過也。」

可惜洪鈞此書未能問世，內容不知如何，是否比其他出使者所記大有不同，值得李鴻章這樣欽佩。照我忖測，洪鈞大概有此雄心，已定下了「義例」，在外國未寫完就中止，甚至還沒有下筆呢。其實即使著成，恐怕也沒有《元史譯文證補》那樣具有價值，不寫也罷。

李蓮英的艷妹

李蓮英是近代中國宮廷中最有權勢的太監，但卻不是最後的一個（最後的一個，是宣統年間隆裕太后的小德張），他得慈禧太后寵任，不僅是他善伺人意，同時他又善於聚斂，慈禧太后賣官賣爵，不便自己出面，只好交給她的親信太監李蓮英去辦理，得到的賄賂，他們怎樣分配，局外人是無法知道的。但李蓮英以總管太監之「尊」，也不便拋頭露面在外邊公開兜攬生意，他也要找經紀人，在芸芸眾經紀中，他的嫡親妹子宮中呼為「大姑娘」者，也是其中主要的一個。

這個「大姑娘」叫甚麼名字，可惜已少人知道，因為她在光緒末年的名氣極大，人人都只知「大姑娘」是李總管的妹子，她的名字反而沒有人知。另一個原因就是七八十年前中國的少女是不想給外邊的人知道她們叫甚麼名字的，尤其是她們的小名，只許尊長和將來的夫婿叫。

「大姑娘」長的很冶艷，有手腕，又能幹，李蓮英倚之如左右手，當她十二三歲為李蓮英帶入宮中見慈禧太后時，太后一見就喜歡她，如果不是因為她出身寒微，太后真的想撫為己女，封以大公主名號，溥心畬的姑母之寵，恐盡為所奪了。（恭親王之女，於同治初年封為大公主，兩宮太后懿旨，謂咸豐未死時，幾次都要撫養為女兒，未及實行就死了，現在秉承先帝遺志，封為大公主云云。皇帝中宮所生之女封大公主，其他妃嬪所出，只封公主而已。）

光緒皇帝寵愛珍妃，也是人所共知的事，在光緒十六七年之間，慈禧太后已不大過問政治，

李蓮英服侍慈禧賞雪

「隱居」頤和園行樂（不過國家大政，任免大臣還是她抓主意，她雖然住在園裏，但仍時時刻刻注意紫禁城中的動態），因此光緒帝也頗能發揮她的權力，珍妃乘此機會，兜攬些生意，也是人之常情。相傳「大姑娘」在外邊活動，招的一筆大買賣，但被珍妃的心腹人破壞了，「大姑娘」的一塊肥肉不能到口，反而被珍妃吞去，她心有不甘，但她還懂得一些體統，知道自己的力量敵不過光緒皇帝的愛妃，就只好忍氣吞聲，自歎倒楣。

這件事為李蓮英所知，蓮英也勸她忍耐，並對她說：「皇上現在正寵幸珍妃，我們一時處在下風，但也不必為了這些事就告知太后，使她煩惱，待將來有機會，我們再做一筆大的罷。」原來李蓮英胸有成竹，他認為珍妃得寵，不過靠個漂亮面孔罷了，但「大姑娘」比珍妃更為美麗，如果求太后作主，將妹子隨冊封個名號，收入宮中，不難把珍妃之寵盡行奪取過來，那時候打成一片，生意進行就更為順利了。李蓮英並未讀過多少書，但他卻與漢朝的太監李延年的心事暗合。（李延年事漢武帝為狗監，其妹封夫人，有寵於武帝，延年因此漸顯貴。後來李夫人死，延年以罪誅。）

李蓮英把心事對慈禧太后說了，滿以為太后必定贊成，即使皇帝不願意蒙上好色之名，有太后施以壓力，此事十拿九穩。怎知慈禧太后這次居然很是「開明」，她說，收「大姑娘」入宮沒有甚麼問題，問題在皇帝愛不愛她，如果不愛，「大姑娘」豈不是一世守生寡？這種事情是不能用壓力的，待她問問皇帝意下如何。

慈禧太后果然問光緒帝喜歡不喜歡「大姑娘」，如果喜歡，可以立刻收她入宮，伺候左右。有些人說光緒帝不愛色，其實這不是真正的說法，他並非不好色，不過他好色而不濫罷了。如果

慈禧扮成觀音，右邊為李蓮英扮成的善財童子，左邊為宮女扮成的龍女。

說他不好色，為甚麼他愛珍妃呢？但他不愛「大姑娘」，卻是他憎惡李蓮英之故，也許他已瞧穿李蓮英的心事，不想宮闈裏再增加多些黑暗的事情。他對慈禧太后推卻之詞，倒也光明正大得很。他說，宮裏已經有了幾個妃嬪，不想再要了，待將來有此需要時再說罷。慈禧太后也不想過份干涉兒子閨房之事，也就不勉強了。

《清朝野史大觀》卷八，一二六頁也有一則：

清德宗在位，崇節儉，屏嗜欲，尤不喜女色，以受孝欽之脅制，幽囚宮禁，類於漢之惠帝，唐之廬陵王，蓋遭李監蓮英之讒搆也。蓮英有妹貌甚美，性尤慧黠，通籍禁藝，能得孝欽歡，以大姑娘稱之，每進膳必令侍食，且賜坐。孝欽六旬萬壽，蓮英妹列坐聽戲，孝欽妹醇邸側福晉知之，託疾不入賀，孝欽促之，福晉不得已入坐，見蓮英之妹驕踞，仍稱疾避席。文學士廷式有詩記此事。由是蓮英得妹助，與王公通聲氣，威燄迫人，朝士屏息。蓮英初進其妹，本欲效李延年故事，上燭其奸，益疏蓮英，蓮英恚甚，恒於孝欽短上，而兩宮之嫌隙生矣。……

這段記事，不知引自何書，大致上還可信。慈禧太后之妹，並非醇親王的側福晉，而是嫡福晉。（咸豐九年醇郡王年十九歲奉命與懿貴妃之妹成婚。醇親王有三個側福晉，一個顏札氏，是慈禧以宮中秀女賜給他的，生一女，早殤；一個劉佳氏，生載灃、載洵、載濤，另一女，亦早殤；一個李佳氏，生一女，但這個女兒到廿八歲才死。）

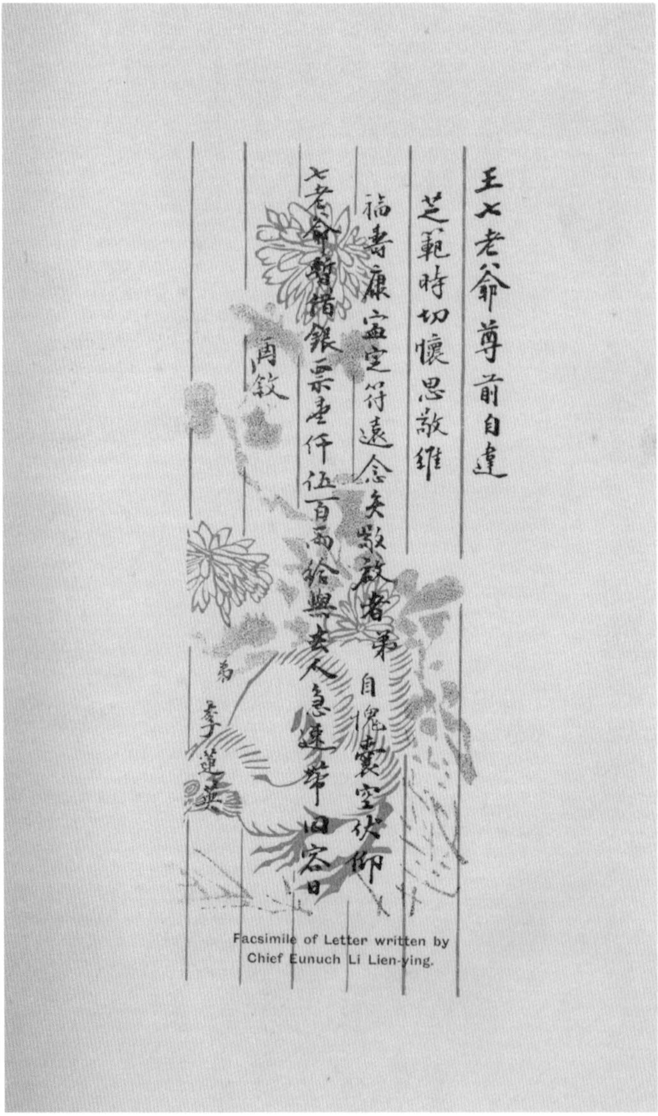

王七老爺尊前自違
芝範時切懷思敬維
福壽康寧定符遠念矣敬啟者弟自愧囊空伏仰
七老爺暫借銀票壹仟伍百兩給與去人急速帶回容日
再敘
弟 李蓮英

Facsimile of Letter written by
Chief Eunuch Li Lien-ying.

署名李蓮英的信札

李岳瑞《春冰室野乘》記李蓮英的妹子一事，比較詳細，現在將全文錄此：

李監蓮英，有一妹，國色也，辛卯、壬辰間，年甫逾笄，尚未適人，李數繩其美於孝欽，召入內，侍起居。李妹故慧黠，善伺人意，孝欽寵之甚，呼為「大姑娘」。每日上食時，惟李妹及繆素筠女士侍后左右，同案而食，皇后及諸妃嬪，皆立伺於旁。一日某福晉入宮候起居，福晉與孝欽為姊妹，入宮相見，未嘗賜坐。是日請安畢，忽賜坐。福晉驚悚，逡巡不敢即坐。孝欽微哂曰：「吾所以賜坐者，登為爾乎？爾不坐，『大姑娘』不敢坐。彼漢裝纖足，那能耐久立乎？」福晉憤其而不敢言，歸即發病。蓮英之進其妹，本欲效李延年故事，而不悟上非漁色之主，所圖竟不遂，蓮英之心上，此亦其一原因也。內務府司員某者，年少貌美，適喪妻，孝欽遂為李妹指婚焉。武進屠敬山水部寄（按：武進是江蘇的一縣，屠寄，字敬山，「水部」指京師六部衙門中的工部。——引注）《結一廬詩集》，中有宮詞二首，其一云：「偷隨阿監入深宮，與別宮人總不同。太母上頭宣賜坐，不教侍立繡屏風。」又某君小遊仙詞中一首云：「漢宮誰似李延年，阿妹新承雨露偏。至竟漢王非重色，不將金屋貯嬋娟。」即詠此事也。

《清朝野史大觀》所說，文廷式學士有詩記這件事，不誤。文廷式作有《擬古宮詞》若干首，葉恭綽先生的《遐庵談藝錄》一〇三頁「文道希擬古宮詞」條，就有這首詩，詩云：

九重高會集仙桃，玉女真妃慶內朝。
末座誰陪王母席，延年女弟最嬌嬈。

（此指李蓮英之妹入宮事，西太后本欲以之為光緒妃嬪，而光緒意不屬，乃罷。）（筆者按：葉先生文前小引云：「道希先生擬古宮詞，蓋指同光間宮闈事，外間傳者不多，茲錄於此，且略加注釋，讀者可與吳士鑑《清宮詞》參看」。）

李岳瑞說大姑娘為西太后指婚一個內務府官員為繼室，可惜他沒有說明那個官員叫甚麼名字，今據所知，名白壽山，官內務府郎中。袁世凱一向是巴結李蓮英的，光緒三十年，世凱在直隸總督任上，派候補道唐小山入京，先見白壽山，對他說，袁世凱打算保薦他做保定所練的旗軍幫辦大臣。並說，現在先通知他一聲，然後告知李蓮英。白壽山雖然一表人材，但不大識字，為人也很謹樸，事事秉承李蓮英的意旨的，當然一力推辭。唐小山沒法打動他，隔日即往見李蓮英，說明袁宮保來意，請蓮英勸白壽山接受。李蓮英正色對唐小山說：「請你回去告知袁宮保，白壽山不敢遵命，是我教他的，請不必再來嘮叨了。」原來白壽山素無大志，而內務府郎中又是一個肥缺，遠比甚麼幫辦大臣好得多。李蓮英在辛丑隨兩宮回鑾後，甚鄙袁世凱之為人，到光緒三十年後，日漸和世凱疏遠，世凱初時還不知何故，其派唐小山入京找白壽山，正是欲向李蓮英表示好感之意，現在抹了一鼻子灰，便改變方針，一心一意巴結二總管崔王貴了。

（署名：文如）

「會逢其適」的狀元張謇

今年是陰曆甲午，六十年前的甲午，是光緒二十年（一八九四年），這一年我國大實業家張季直（謇）以四十二歲中狀元，可說是老狀元了。他中狀元有一內幕的，就趁他中後六十年重宴恩榮的今天，談談他中狀元的趣事。按照科舉故事，中進士後六十年，周甲重逢，皇帝對這個人有種種恩典的。張季直如果不死，活到今年，他是一百零二歲，他就有機會重宴恩榮了，雖然清朝已亡，但有功名的人，還可以來個慶祝的。比如今日在香港那個八十多歲的老翰林桂南屏，他中進士是與張季直同榜，今年陰曆四月，他就可以關門慶祝一番了。

張季直鄉試五次都不中，到三十三歲，才中了順天鄉試的南元。會試又被擯四次，到四十二歲才中了狀元，於是名聞天下。他的自訂年譜說到他甲午年入京應試云：「是年慈禧太后六十萬壽，舉行恩科會試，叔兄於江西奉委慶典隨員，函請於父，命余再應試。父年七十有七，體氣特健，因兄請命曰：「兒試誠苦，但兒年未老，我老而不耄，可更試一回。兒兄弟亦別久，藉此在京可兩三月聚，我心亦慰。」余不敢違，然意固怯，遲遲乃行。二月二十三日至都……三月（按應作四月）十六日覆試……二十四日乾清宮聽宣，以一甲一名引見。……」

當他聽到唱：「一甲一名張謇」之時歡喜到腳軟跌在地上，應試三十五年，忽然大魁天下，無怪他悲喜交集了。

張季直(謇)以四十二歲中狀元

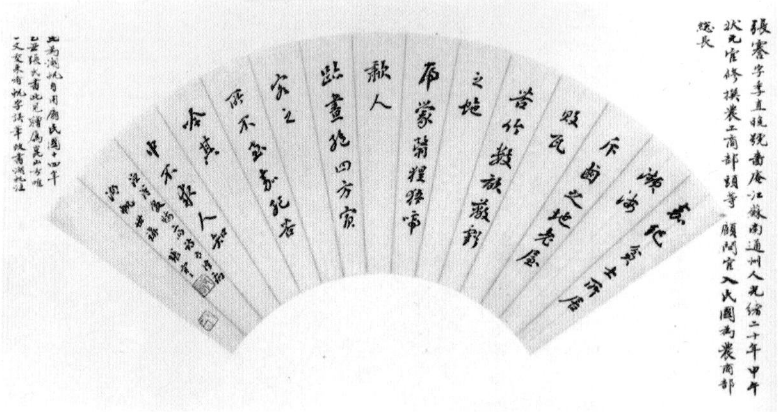

吳湖帆舊藏《清代七十二狀元書扇冊》中的張謇所書扇面

張季直本來這一科還不能中狀元的，若非翁同龢力爭於張之萬之前，而黃思永（光緒六年狀元）助他一筆之力，恐怕張氏連鼎甲也沒希望呢。照殿試的慣例，讀卷大臣八人，以名次推薦狀元、榜眼、探花。這一科讀卷大臣張之萬居首，而且他又是道光二十七年的狀元，此翁同龢是咸豐六年的狀元早許多科，照理翁應讓張才對的，（翁名次第三，可以推薦探花）但翁一定要中張季直，就聯同李鴻藻（石曾之父）迫張之萬讓出來。那時候，翁同龢正在柄政，又是光緒帝的老師，張之萬不敢得罪他，只好聽話了。至於黃思永成全張季直一事，據翁同龢的門生王伯恭在他的《蜷廬隨筆》說：

殿試之制，新進士對策已畢，交收卷官封送閱卷大臣，（案：應作讀卷大臣，因為會試才稱閱卷大臣。）閱之，收卷官由掌院學士點派之，皆翰院諸公也。光緒甲午所派收卷，有黃修撰思永，此張季直繳卷時，黃以舊識，迎而受之。張交卷出，黃展閱其卷，乃中有空白一字，殆挖補錯誤後遂忘填者。黃取懷中筆墨為之補書，此收卷諸公例攜筆墨以備成全修改者，由來久矣。張卷又抬頭錯誤，恩字誤作單抬，黃當為於恩字上補一聖字，補後送翁叔平相國閱定，蓋知張為翁所極賞識之門生也，以此張遂大魁天下，使此卷不遇黃君成全，則置三甲末矣。

這是實在的情形。記得光緒九年陳冕中狀元之時，策卷中「上」字誤作單抬，給收卷官盛昱看出，給他補上一個聖字，作雙抬，與此情形相同。王伯恭於光緒八年與張季直在朝鮮同事，他所說的相當可信。

張季直中狀元，全靠幾個人的大力幫忙，（翁同龢怎樣為他向讀卷大臣力爭，已詳見張氏的年譜及《蜷盧隨筆》，這裏不詳述了。）後來南通人因為本鄉出了狀元，便把水月閣魁星樓改為果然亭，並懸一聯云：「畫檻欲淩雲，風月無邊歸小閣；錦衣今獲得，文章有價屬崇川。」到民國六年（一九一七年），張季直重修果然亭，他自己知道廿三年前中狀元是會逢其適的，亭名果然，似乎太過貪天之功，便把亭改名適然亭，把對聯改作：「世間科第與風漢；檻外雲山是故人。」並題跋云：「余以清甲午成進士，州牧邦人擷唐聖肇詩語為果然亭，世間萬事得其適然耳。丁已余修亭不敢承前意也。適然之事，以適然視之，適得涪翁書，遂以易榜。」

張季直鄉試五次，才中了北闈的南元，後來入京會試，四次都不中，已見上述。北京前門有一所關帝廟，自明朝中葉以來，讀書人最喜歡往求籤，問功名，屢有靈驗，三百年來，筆不絕書的。張氏以久困名場，未能免俗，求得一籤云：「當年敗北且圖南，精力雖衰尚一堪。若問生前君大數，前三三與後三三。」

季直和他的朋友都不懂籤詩之意。但前兩句到他中了狀元才明白，那是說他三十三歲中北闈的南元，精力未衰，尚可一試，果然四十二歲中了狀元，「前三三」之言已驗。「後三三」則到民國十五年（一九二六年）他以七十五歲逝世，距其中狀元之年，恰三十三年，合之為七十五歲，「後三三」到此亦驗。此籤詩是曹經沅在北京時對我說的。

袁世凱求醫記

民國四年乙卯（公元一九一五年），袁世凱搞帝制的時候，那批攀龍附鳳的人，已暗中把袁克定當作太子看待了，後來袁世凱的皇帝做不成，而「太子」的諢號，還落在袁克定身上，很多人在背後提到他都叫他為「洪憲太子」，甚至也有人在「洪憲」之上加「跛腳」兩字，以形容這個過氣太子不良於行。劉成禺《洪憲紀事詩本事簿注》說顏世清於洪憲元旦入新華宮朝賀袁世凱後，即往「青宮」賀太子，顏世清微跛，跪拜後，克定還禮的趣事，注文云：

穀梁傳，郤克升堂，婦人笑於房，謂使禿者御禿者，跛者御跛者，故婦人笑於房也。克定左足病曳，顏世清右足不良於行。洪憲元旦，世清朝賀新華宮，禮成，世清退值，疾趨儲宮賀太子。世清行拜跪禮，克定還禮如儀。克定左跛，杖而能起；世清右跛，亦案地良久，身乃成立。左右各留半膝，有如牴角對蹲之戲。克文克良大笑鬨堂，克定盛怒，痛責諸弟，謂其兒戲朝儀。克良答曰：「汝真以儲君威權凌辱群季耶？世界上豈有跛皇帝、聾皇后者？」並譏克定婦，吳清卿大澂長女，兩耳實聾，充不聞聲也。克定縱怒擲物，世清又跛跪以求息怒。吳江費樹蔚為清卿次婿，故克定薦授肅政使。（江夏汪曦鸞記事）

袁世凱

劉先生是根據汪君記事的，但這件事並不可靠。記得五十年前讀袁克文的《洹上私乘》，說他的大哥在河南故鄉送他的母親登程入京後，騎馬回養壽園時墜馬受傷的。一九六四年四月一日香港出版的《春秋》半月刊，載有薛觀瀾遺著：《我所知道的袁大公子》，中有一段記克定在德國墮馬事，有云：

一日，克定與德太子威廉並轡郊外，乘馬受驚，絕塵而馳，克定踣地，被壓馬腹之下，左腿折斷，克定暈去，差幸德醫技術高明，生命得以挽救，出醫院時，兩足皆跛，回國見父，形容憔悴，項城見其呐呐不能出口，不禁聲淚俱咽。……

薛觀瀾是袁世凱第二女之婿，也即是袁克定的妹夫，雖然他和袁家結親時，世凱已經下世，但他和克定兄弟很熟的，何以所說與克文所記不符？可惜薛君已於一九六四年三月死了，不然的話，我很有機會問問他究竟的。

其實，醫好袁克定的並不是甚麼「技術高明」的德國大夫，而是在中國的一個美國大夫。近日讀薩培醫生（Dr. William Sharpe）的自傳，因為三十年來我的腦海中常記有袁克定這件事，故此拿來一看，試翻目錄，則其中第八章叫《為中國一個貴族動手術》（Operation on Chinese Royalty），我心中一動，難道這就是和袁世凱克定父子有關的那個大夫嗎？連忙翻閱一兩頁，果然不錯，大喜過望，詳細一讀，於是袁世凱怎樣請到這個大夫，他怎樣到洹上養壽園為「太子」治疾，我都清清楚楚了。這一可貴資料，的確是「洪憲」朝一掌故，必為讀者所樂聞，遂參考此

袁克定

書，草為此文，我只譯其大意，但絕對保存作者原意的。

民國二年（公元一九一三年）四月下旬某日早晨，薩大夫正在蘇州一所基督教教會的醫院裏，替一位西洋胖婦割除膽囊。以下便是薩大夫所記的事。

這一天的天氣很溫暖，江南的風景，在暮春時候是特別令人可愛的，我為病家施行的割膽手術已經很滿意的完成了，只是在縫紮傷口時還遇到一些小困難，但我的助手卻能迅速地幫助我做完這項善後工作。正當此時，一位穿著長袍的中國人走到手術室，他把我拉向一個角落裏，放低聲音對我說：「北京袁大總統有急事，要請您入京一行。」

他所說的袁大總統，我是知道的，袁大總統從前是清朝的大臣，一九一二年，他的內閣奉命和南方的革命軍談判，和平轉易政權，結果滿清的皇帝退位，袁世凱水到渠成，做了中華民國的大總統。

我便問那人：「袁大總統為甚麼要叫我進京呢？」

那人說：「沒有甚麼重大事情，我猜不過是一些醫學技術問題要向您請教吧。請您放心，沒有甚麼麻煩的。江蘇的督軍已經為您安排好專車了。」

我坐上為我準備的專車回到上海。為了入京公幹，我便向學校請假一個月（按：薩大夫在上海創辦哈佛醫學院，後來北京的協和醫學院成立才合併），當晚就乘坐一艘為我服務的專輪駛向黃海而去。

袁大總統不知有甚麼重要的醫學問題和我商量，我猜一定很是要緊的，否則就不會花這麼多公家的錢，派專輪來接一個外國大夫了。

航行兩天，我到了青島，火車站上已備了花車，坐上火車，到了濟南府。我這次旅行，行李很是簡單，只帶一隻小皮包和一個小皮篋。

在濟南府停留一宵，第二天我又乘坐花車北駛，到達天津，轉車向北京進發，車將到北京時，我還是不知道我此行的任務是甚麼？把我叫到北京看誰人的病呢？如果不是袁大總統本人，又何必如此勞師動眾？假定是他有病，生的又是甚麼病，為甚麼這樣神神秘秘，陪我同行的人，一絲兒口風都不洩露？

北京的火車站上，早已有幾個人在迎候我了，我只識其中一人是蔡廷幹，他現任總統府英文秘書長，留美學生，一向追隨袁大總統，是親信人物之一。他招呼我坐上馬車，開到六國飯店，我們進入一間佈置得很華美的套房。

安頓下來後，房裏只有我們兩人，到此時，蔡廷幹才告知我生病的人是誰，還再三叮囑我保持秘密，不可向外泄露。原來病人是袁大總統的長公子克定。大約兩個月前，袁克定從馬上摔了下來，自此即不省人事。等到救醒過來，他的左腿左臂已經麻木了。到今日已六十多天，還未能恢復原來狀況。這位三十九歲的袁大公子，聽說很有才幹，能協助他的爸爸處理困難的問題。袁大總統出生於仕宦之家，野心極大，而領袖慾又很強，看他的行事，他很想牢牢抓緊總統寶座，傳之子孫。在他心目中，只有這個跨灶兒才有資格繼承他的「大寶」。現在大公子患上這個半身不遂之症，將來付託無人，豈不是眼光光把總統寶座讓給別人。有此種原因，不得不保持高度秘密把大公子的病早日醫好不可，如果給人知道，就發生壞影響了。

正在這時候，哈佛大學的校長伊利奥脱到北京遊歷，他偶然和駐華公使芮恩施博士說到我從前在哈金斯大學曾接受古成博士指導，專門研究神經學，對於神經系統的解剖，尤為擅長。芮恩施博士忙把這些話向外交總長陸徵祥說了。原來我這次被召入京是出於我國公使芮恩施博士的推薦。袁大總統是中華民國的統治者，為了要救回他兒子寶貴的性命，不惜重金禮聘名醫，到現在為止，已有九個醫生在袁大公子左右了，可是他們都束手無策，不能為總統分憂。袁大總統急到要命，知道我薄有技能，就把希望寄在我身上，希望我能夠把他兒子的病醫好。

我了解這個情況之後，不免有多少慌張起來，袁總統既然這樣期望我，教我怎樣才好呢？把他的公子醫好了，當然再好不過，設使不幸出了事，我個人的名譽有損還不打緊，但怎樣對得起袁總統呢？我正在沉思著，翻來覆去的研討這件事情，而蔡廷幹又再三叮嚀，要我保持秘密，因為袁總統不想他的人民知道他的繼承人得到這個病。（按：蔡廷幹，字耀堂，廣東香山人，清同治十二年官費派赴美留學的第二批幼童，時年十三歲。歸國後，初在大沽炮台魚雷艇服務。甲午中日戰爭，任威海衛魚雷艇指揮，力戰被俘，囚於日本大阪監獄，和議後釋放歸國。光緒三十一年，直督袁世凱奏請，留在北洋差遣，宣統三年任海軍部軍制司司長。辛亥後，任總統府高等軍事顧問，民國十三年任稅務處督辦，民國十五年，杜錫珪以海軍總長兼代內閣總理，以蔡廷幹任外交總長，數月後即下台，下一年辭去稅務督辦，隱居大連，九一八後回北京，一九三五年九月逝世，年七十五。薩培醫生說他是總統府的英文秘書長，出於誤會。不過袁世凱每與外國人談話，或總統府發出的重要英文函件，都是他草擬，甚至親筆書寫。我曾見袁世凱聘莫理遜醫生為公府顧問的信，就出於蔡的手筆。）

第二天上午，蔡廷幹來陪我一同到中南海總統府謁見袁大總統。袁大總統年逾七十（按：袁世凱只活到五十八，未到六十，此時正五十六也），是軍人出身，個子矮胖，看來有些臃腫。

我們談話時，由蔡廷幹繙譯。蔡告訴我，總統多多拜託，請我務必幫忙，盡心醫治他的公子。待斷定是甚麼病症後，就決定怎樣著手治療，馬上要向他報告。

當日我和蔡廷幹又乘專車出發，下一天午後，我們到了彰德府的車站，已是黃昏時分。下了火車，乘坐一輛敞篷的車子，由四頭滿洲小馬拉著走，走了不多久，但到達洹上村的養壽園了。

養壽園是一所頗大的花園，前幾年，當袁總統還是清朝的大官時，攝政王硬説他的腿有病，迫令退休，趕他離開京師，他就在故鄉築這所園林為歸隱之所。據説園子本是天津鹽商何某的別業，前臨洹水，右擁太行，風景幽勝。園的四周，繞以高達十英尺的圍牆，地廣約十六方里。園中的建築很多，有臺榭樓閣，還有湖沼。最使我覺得奇怪的是，園裏不論甚麼地方，都有荷槍實彈的兵士巡羅，很像歐洲古代貴族的堡邸。這批武裝軍隊日夜巡察，大概是用來保護袁總統一家人的生命財產吧。（按：養壽園設有衛兵二百名左右，當辛亥革命及京津兵變時，彰德也有亂事發生，故袁世凱要保護他的家族。又，袁寒雲寫過一篇《養壽園志》，據言地方百畝，有堂、榭、亭、台二十餘云。）

我住在湖濱一所中國式高一層樓的房子里，共有廳房四間。那一晚，我和住在園裏那九位大夫談話，以便了解病人的情況。這九人中，七位是中國人，兩個是外籍傳教士，一個是法國人，一個是德國人。九位大夫中，有三位能講純正流利的英語。他們説：「袁克定是從馬背上摔下來的，頸部受了傷。但除了左臂左腿完全麻木外，病者的精神和肉體和正常人沒大差異。」（按：這七位中國大夫的名字，可惜薩醫生沒有記下來，其中不知有沒有屈永秋大夫？屈大夫是番禺人，字桂庭，久任北洋醫官，受知於袁世凱，慶親王推薦他為光緒帝醫病。民國後，任總統府醫官，一九四五年在北平逝世，年九十一。）

整個晚上我和他們談話，希望得些資料來作參考，但我還不能確定他們的診斷是否正確，因為我還未見到病人，實在無法下一斷語的。病人的母親于氏夫人，是園子裏最高的行政人，換句話說就是一家之主，她具有無上權威，在園裏的人，沒一個膽敢稍逆其意的。我和人們談話中，知道袁大總統有八個太太，于氏是正室，袁克定是她的獨生子。

第二天早上，袁夫人准我和病人見面了。這是第一次診視。當我被領到病房時，前後左右圍著看熱鬧的人可不少啦。有袁夫人，袁總統的兒子們，十來個僕役，還有幾個衛士，當然也有那九位大夫。

置身在床上的病人神智清醒，和一般人沒大差別，他講得一口頗好的德語和英語，他說：除了頭顱感覺到有些沉重，頸中有些僵硬外，並無任何痛苦，至於他的左臂和左腿是不能活動的。

我聚精會神，很小心的為病人檢視一下病況，發覺他的左臉下的筋肉有些不能活動，又看出他的臉肌受到頭部的壓力，而右眼所受的壓力，較左眼尤甚。他左邊的身軀已完全麻木不仁了，就是拿手指輕輕按他一下，或用小針刺他一針，他也沒有一點反應。

我的同事們都一致認為袁克定的病，完全由於脊髓受傷所致。但我對他們的斷語，不很同意。根據我的診斷，病人受傷之處是右腦，脊髓根本沒有受到影響。

當日下午，我又請求再診一次。事後，我把診斷所得，對那九個同事說了，他們都認為很對。於是我們一同退出病房，到另外一個房間作下一步商討。在過去兩個月中，他們診視病人後，作出診斷報告，一致認為病人患的是「頸脊髓受傷」，他們屢次向北京報告都是這樣。我現在診斷所得的結論，乃是右腦受影響，與前說毫無關係。這麼一來，對那九位大夫多少有點丟他們的臉罷。因此，我們同事之間，就少不了有一場鬥爭了。

就在這個房間裏，我和共事的人談論到神經這個問題。一提到這問題，使我十二分驚訝的是那七位中國大夫簡直不懂得甚麼叫神經中樞組織。至於那兩個外國大夫呢，也許他們客居中國太久了，很少見到西方醫學報道的刊物，要不然，就是把以前學習的有關神經組織的課程忘個一乾二淨了。

我不惜開罪同事，給他們上了一課，拿粉筆寫在黑板上給他們看看神經組織是甚麼樣子的，而脊髓又怎樣不會受到損害。我詳細地解說一番後，作出一個決定：應該馬上把病人送入醫院，接受頭部開刀的治療手術。

開刀施行手術的建議，立刻遇到強烈的反對。反對的人包括病人的母親和那九位大夫。尤其是袁夫人，自從她的獨子得此病後，她簡直寸步不離病房，送往天津或上海醫院進行手術治療，豈不是要她的命嗎？後來我對他們再三譬解，說明非動手術不可，並說，袁總統再三囑咐，一經檢驗出病源，就要立刻向他報告，以便決定下一個步驟。現在既然已知是甚麼病，就應馬上向袁總統請示如何辦理了。

我們開會商量了後，結果一致同意，擬好一封電報給袁總統，略說：「我們這群大夫，經檢視袁大公子之後，一致認為他的病，除右腦受傷出血外，脊髓也受影響。為徹底治療起見，非從速把病人送往天津的醫院接受開刀治療，恐不能收效。」

電報由我們幾位大夫共同署名，但七位中國大夫中，有兩人不願意簽名在電稿上。他們有其理由的，認為既然袁夫人不肯讓她的兒子離開病房，又何必多此一舉打電報去請示？我到彰德府不過兩天，在此短期間內，便感覺到中國的封建家庭做母親的人是具有這麼大的權力。

遠在北京的袁總統倒也很能合作，也深明事理，他吩咐蔡廷幹覆電，贊同我們的主張，還大張父權說，如果病人的母親反對此舉，不讓兒子離開病房，那麼就動用「軍隊」的力量去執行任務。至此，我又感覺到，中國的封建官僚家庭，父權尤高於一切。

至於病人又有他的一套理論。他對我很誠懇的說：「薩大夫，我很願意聽您的話，我知道，假如我不接受手術，從此我就成為廢人，我又怎能統治中國呢？但是我的母親又反對開刀的手術，我怎忍違背她的心願？這真使我難做啊。」

電報發出後，在等待覆電期間，為了爭取時間上的勝利，我先行一種預期的減輕治療法，其法是：不給含有蛋白質的食物與病人吃，每日飲瀉鹽清潔腸胃，用冰囊放在傷處，大力按摩，運動左面的手足，使血液流通。

那位中國首席大夫，雖然不敢公然反對我這種措施，但他卻事事不願和我合作，不過在我向病人使用瀉鹽後第二日，竟出我意外，他來個大轉變，用很懇切的態度求我一件事，他說：假如我停止再用瀉鹽，他很樂意盡力幫助我。

這位忽然改變態度的大夫，何以忽有此舉，在初時我的確有些莫名其妙，但這個謎不難解答，不久之後，我把事情弄清楚了，說起來倒也很有趣。

我從某人得到了解。原來中國的封建皇帝，他們處在深宮之中，凡事皆與尋常人不同，吃飯吃藥都有一套把戲的。他們生怕有人陷害，在食物裏暗中放毒，所以在進食時，指定一個太監當面將各種佳餚嚐一遍，看過沒有出亂子了，才放心大嚼。至於生病要吃藥，則「消毒」的方法又略有不同了。太醫院的醫生為皇帝切脈開方，方單給皇帝看過後，又給內廷大臣過目，內務府官員把它登記起來，然後發下御藥房，照方撮藥。一共要配兩份，但兩份藥卻又放在同一藥爐裏煮。煮好後，分作兩碗倒下來，一碗由那個處方的御醫和撮藥的太監分嘗，沒有甚麼毛病了，才將另一碗送做皇帝去喝。袁總統在清朝做了十多年大官，對於這些官廷制度是習知的，一旦貴為中華民國元首，無異為昔日「九九之尊」，當然在起居飲食方面都要摹仿前代的帝王排場了。

袁克定的母親就是恐怕有人在藥裏下毒，陷害「太子」，故此凡是病人喝進胃裏的藥，她也要照清宮之例，藥配二份，一份給那位首席大夫先嘗，另一份給病人服食。那位首席大夫在此二日間吃過瀉鹽，也許曾把他瀉個不停，實在吃不消了，才肯向我投降的。現在細想起來，真是令人可笑呢。

這一個步驟完成後，第二個又要展開了，我要說服袁夫人，使她不要反對開刀的手術。首先我做一項輕鬆而有趣的試驗，使見到的人對我所做出的甚麼事都有信心，有安全感。我的小提包裏有一個乾電池，又有一具試驗神經肌肉的電極器，想不到小小的這一副機器居然能創造奇蹟。

我拿出這些「道具」後，做些把戲給大家看，我的手指頭放在電極器上面，扭開電掣，手指頭馬上就震動起來。我以身作則，顯示這個玩意於人無害，然後請在場眾大夫輪流試一試。袁夫人親眼看見那些大夫試過後，一些兒都沒有損害，她似乎有些信心了。我立即抓緊機會，對她說，不妨請病人試一下，包管沒有害。她聽了大為震驚，忙問：「大夫，僵硬的手指頭，用這個方法可以使它活動嗎？」我說一定可以的。但她還是不大相信，認為這樣的西洋醫病法，未免太過兒戲。

這麼一來，我幾乎要束手無策了，但仍不放棄希望，耐心地去設法說服她。我花去兩天多的時間，請住在園裏的大夫、管家、僕役、衛兵來試驗一下，在一百多個人中，並沒有一個受到電氣的傷害。此時，袁夫人才覺得放心，答應不妨讓病人試試。於是她拿起病人的手臂，戰戰兢兢地把它吊在電極器的上面，然後輕輕地將手臂放下。

在試驗的時候，病房裏擠滿了人，當我把電極器縛在袁克定的手臂上之時，人們都沉著氣，不敢使呼吸有聲，好像要等候有甚麼奇蹟出現把病人拯救的。我把電掣開動了，就在這一剎那間，聽到了「呀」的一聲，病人的手指頭有點活動起來了。於是我又再掀一下電掣，使機器繼續工作不停。

袁夫人見到這些電氣並沒有使病人絲毫損害，似乎又驚又喜。至於病人呢，他看見做母親的沒有驚駭之意，也顯出又驚又喜的神態。大約過了兩三分鐘後，她問病人道：「兒啊，你覺得怎麼樣？」病人說：「媽，很好過，您放心好了。」

初步試驗的反應很好，我便把電極器綁到病人的左腿上，如法炮製。掀動電掣後，不一會，病人的大腳趾能夠活動了。旁觀的人見到這情形，都歡喜到幾乎要發狂起來，而病人和他的母親更是歡喜到笑作一團。自此以後，袁夫人對我有信心了。我在想，這次我可以成功了吧？

然而事情卻不這樣簡單的，一個具有保守思想的人；尤其是女人，很不容易說服的，所以一提到開刀手術這一問題，袁夫人就強烈反對了。

袁夫人很頑固地不許把病人移往有X光設備和附有手術室的醫院治療。醫院的手術室是消過毒的，在裏面進行開刀的手術，包管沒有危險。但她不信這些話，只是死硬地反對到底。我無法可施，幾乎要放棄開刀這個念頭了，但還是作最後一次的努力，希望能把她說服。

我對她說：「既然反對在醫院開刀，那麼，就把這個病房改為手術室吧，我打算用局部麻醉法，在病人的頭部奏刀。」於是我把醫學上的理論全搬出來，慢慢地向她解釋非開刀不可之念。我說，除了用這個方法外，已沒有別的好法子可以阻止袁大公子變成廢人。

她聽後，沒有甚麼表示，但似乎有些活動之意了。我便趕緊把握時機對她說：「我要用一張小小的利鋸向病人頭部的左邊鋸開，這樣便可以減輕大腦向脊髓的壓力，甚而還可以減輕腦子本身的浮腫。」

結果袁夫人同意開刀之舉了。我很高興，立刻準備一切，進行工作。我先從小皮包拿出應用的工具，用開水煮了三十分鐘來作消毒，然後用肥皂把手掌、手指、指甲洗滌乾淨，然後又把手指浸在白蘭地酒內約五六分鐘之久，這一切做妥當後，才把病人移近窗前。

首先，我在病人面部右邊太陽穴上的顱頂骨注射一些局部麻醉劑，然後割開一個約二吋大小的傷口，在傷口的兩旁各安上一個牽引器，那位德國大夫用手輕輕地拉著牽引器的一端，另一端則由那位法國大夫拉著。這樣，我就可以清晰地看見病人頭顱內部的一部分。呈現在我眼前的是一塊凝結著的紫黑色淤血，約有兩茶匙之多。

我輕輕地把那些淤血移去後，見到頭顱的弧形骨頭有斷折的形跡，廣約八分之一吋。從這裂開之處再仔細搜尋一下，就發現有些半凝結的塊狀物出現，當然，這也是淤血了。我小心翼翼地拿鉗子把淤血拿出。但拿去一些後，接連著又有一些冒出來。不消說，這是頭顱裏邊的自然壓力，使淤血湧出來的。我認為只要把這些有害的淤血盡行清除，便可以平安無事了。我有了這個信心，就輕鬆得很，於是耐心地繼續工作。

一到我移去的淤血約有四茶匙的分量後，過了一會，忽然又有大量淤血湧出，約有兩安士左右。把淤血全部除清後，功德圓滿，病人的腦不致再受到毒害，我也不必進一步向深層的地方開刀來探求究竟了。我只用兩個小橡膠的吸乾器放在裂口的兩邊，然後用絲線將傷口略略縫綴。這兩個吸乾器孜孜不倦地工作了整整三天，把傷口裏的淤血全部吸清。這時候，我才把吸乾器拿開。到施手術後的第四天，病人左腳的腳趾，漸漸能活動了，下午的時候，左手的手指頭也能活動了。

到了第八天，袁克定已能夠移動他的左臂、左腳。第十二天，病況大有進步，病人居然能用一根拐杖來幫助，下了病床，就在床前走了幾步。眾人見了無不眉飛色舞，歡喜非常。

這個「奇蹟」出現後，打從袁夫人起以至各位中國大夫，都把我當作活神仙看待。照他們的理論和觀察，一個大夫能在病人的頭顱剖開一小洞，把頭裏的淤血全拿出來，而病人不會因此喪命，那不是「奇蹟」是甚麼？假使依法炮製，不論甚麼病人，只要這個大夫在病者的頭上開個洞，那還不是具有「起死回生」之妙？其實那有甚麼「奇蹟」可言呢？一切都是科學，沒有甚麼「神」在其中主宰的。

做完這件大工作後，我如釋重負。直到今日，我還認為我那一次的嘗試成功，完全要歸功於我的少年氣盛的一股傻勁和愚妄得可以。我以為一個人有經驗便可以為所欲為了。豈知在養壽園裏那個病房來開刀，真是危險萬分呢！然而我竟然沒有闖禍，可說幸運之至。試看，「手術室」裏擠滿了看熱鬧的人，又沒有消毒設備和經驗豐富的助手、護士，而且燈光又不夠亮。種種不合做手術室的條件皆備，而我這個大夫竟然膽大妄為，冒險一試，如果稍有差池，不知將發生了甚麼局面，我現在想起來，真有點不寒而慄。那並不是我事後多慮，當我做完這個手術後，那位中國首席大夫靜悄悄地對我恭賀，他說，假如你的手術失敗，病人不幸丟了生命，哼！那時候，他的母親就要為了復仇，立刻命令衛士把你抓去槍斃來償袁克定一命的。

我聽後覺得好笑，世界上那有這樣野蠻的事呢，他未免危言聳聽跟我開玩笑了。後來在北京，美國駐華公使對我證實此說之可能性，才把我嚇個魂不附體，深幸沒有闖大禍。

我曾問過那位中國首席大夫，袁克定的母親為甚麼要我償命呢？他說，如果袁克定開刀後忽然死了，她的身份就自自然然降低。因為長子既死，次子袁克文就可以當上中國總統的繼位人，生下次子的那位朝鮮籍姨太太，母憑子貴，到了此時，袁夫人豈不是要讓這個姨太太三分嗎？袁夫人在一家之中，便失去主婦的地位了。（按：封建家庭的制度，嫡庶之分甚嚴，袁世凱的正室于夫人，即使她所生之子克定死去，她的主婦地位並不會因此而動搖的。除非袁世凱不恤人言，寵妾滅妻，那又是另外一件事。至於所謂袁克文在其長兄死後，有資格繼承總統之位，這倒是一個有趣的問題。相傳在當日袁世凱也頗有此意，因有此傳說，所以外國人摭拾入文中也。）

手術之後，袁克定休養了一個很短的時間，他左邊的手和腳不但能夠活動如常，就是身體的其它部分也靈活了。袁總統一家人，打從袁太太起，由上至下，無一不感激我，竭力款待我。東方人有一種美德，他們受過人家一些好處，就會終身不忘，一有機會，便要盡其所能使到那個施恩的人歡喜。袁家因為我治療好了他們的少主人，歡天喜地，對我特別客氣，一到晚上，主人就差遣一個年輕貌美的女子到我房裏供我「差遣」，主人的「雅意」何在，並不難明白，他們顯然是以為我在客中寂寞罷了。

這個可憐的少女一踏進我的房間，就一屁股坐在靠近門口的一個墊子上。我們語言不通，沒有甚麼話可談。我就在此時細細地觀看她一下，只見她的臉塗了一層厚厚的白粉，又再塗一遍腥紅色的胭脂，她的纖纖十指，一律留長指甲，塗上了鳳仙花汁，鮮紅如血。她的頭上結了一個長約一吋的髻子，髻子的前後都有黃澄澄的釵環等飾物支持著，使它不會墮下。過份打扮，滿頭滿身都是金銀珠寶，也許是東方女人的一種習慣吧？她往往坐到半夜以後，看看沒有甚麼差遣，她靜悄悄地又溜出去了。

有一天袁總統的第三子克良問我，是否我不喜歡中國女子，每晚派到我房裏的女子，是不是她伺候不周到？他這一問使我覺得很為難，只好含糊其詞地說我生性怪癖，喜歡清靜，但又用盡方法為那個可憐的少女著想，不要使她受到主人怪責，怪她開罪了貴賓。

在我住園期間，也曾到園外騎馬馳騁為樂。初到的日子，我在園外的大路上來往跑馬，有時遇見一些當地人，他們一見到我，大有「生人勿近」之慨，好像遇到瘟神一般，避之則吉。曾經有過一次，在路上見到一個做媽媽的婦人，她一看見我，趕快一手把在路上玩耍的孩子拖回家中，口裏喃喃地說了一大堆我不懂的話，但只懂得「洋鬼子啊！洋鬼子啊」那兩句。後來我的開刀手術完成了，我在大路上跑馬，當地的人不再拿我作瘟神看待，反而把我看作活神仙了。先前那個見到我一把拖她的孩子回家的婦人，現在碰到我，一反從前所為，居然抱著孩子的頭朝著我，口中喃喃有詞，好像要我把甚麼靈符或靈魂放進孩子的腦袋那樣。

養壽園外的情形如此，園裏頭的又怎樣呢？我居住在這所像王宮一樣豪華奢麗的地方，可說是享盡人間富貴，冷眼靜觀一下那班公子哥兒的生活，不禁為中國一小撮「人上人」可悲。袁總統的「龍子龍孫」過的是甚麼生活，大概園外的老百姓完全未知的吧。這批「王孫」，在紅日當空時，正擁著如花美眷呼呼熟睡，像躺在棺材裏毫無知覺一般。一到太陽下山，華燈初上，他們一個個都活過來，精神奕奕了。他們群集在一起呼盧喝雉，飲酒猜拳，絲竹雜陳，譁聲震瓦。飲宴的時間往往從晚上九點多鐘開始，吃的東西千奇百怪，有很多是我生平所未見的。這一頓酒菜整整吃三四個鐘頭才完。我坐在筵前覺得這是一件大苦事，但那班公子哥兒卻樂此不疲，好像開家庭會議一般，叔姪兄弟全部到齊，興高采烈地一邊談話，一邊吃酒。酒罷餘興上場，就是賭錢，賭到甚麼時候才收場，我因為睡去也不管這些閒事了。

這班公子哥兒耽於逸樂，過著不正常的生活，他們看來年齡不過二十歲左右，正是年富力強的青少年，但身體卻非常羸弱，一旦有甚麼疾病向他們侵襲，他們的嬌弱身軀是抵抗不住的。我從未見過他們作户外活動，有之，就只是當太陽將下山時，他們起床後，各捧著一籠心愛的鳥兒，在池邊漫步，逗鳥兒唱歌，不時放些小蚱蜢入籠中，看小鳥啄食為樂。這就是他們的户外活動了。不過，他們在户內的運動多一些，他們高興時，晚晚做「新郎」，請個把女子入園中做侍妾是常事。

我的工作完成後，要回北京覆命了。動身前一天，袁家的主婦在一所寺廟裏舉行酬神大禮，答謝神恩。神廟和一所寺院相對，圍觀行禮的人擁到不洩不通。行禮之時，作法事的大和尚朝著我說了一大堆話，蔡廷幹譯給我聽了。他說，今日的法事是特別為我而設的，所以神壇上擺設的東西，我喜歡哪一樣都可以隨便要，這樣絕對不會對神明有瀆的。我見他們一番盛意，不便辜負，只得指著兩座小神像說：「就這兩個吧。」一個是佛，一個是孔子。一個和尚聽後，連忙將神像拿下來，用紅綾墊子盛著，送到大和尚跟前，大和尚鞠躬如也的接了過來，在神像的額頭，指手劃腳的念念有詞，說的是甚麼，大概是念咒吧？蔡廷幹也沒法翻譯出來，我更不消説了，我根本就不懂。

在我動身回北京那天，我給袁克定作一次最後的全身檢驗，事後，又囑咐照料他的那幾位大夫，最要緊的一件事是按時用勁為他按摩手腳。我對袁克定説，不久後他就會復原，行動一如常人了。我們握手道別。他説，他的病是我醫好的，很感激我，但抱歉的是不能親往車站送行。

火車站上送行的人多如蟻群，密密麻麻的擠滿整個月台。除了蔡廷幹和我之外，同往北京的還有袁總統的第三子克良和五十名衛兵。袁克良又攜同他今早才娶進門的第四房姨太太。

當我們的專車開往北京時，沿途就有人傳說我把已死的袁世凱總統的大公子醫活了，竟然轟動了每個市鎮鄉村，不少人特地跑到各個車站等候，希望能一見「活神仙」之面。每逢專車停留一個車站，月台上就滿滿地堆著成千上萬的人，他們呼呼嚷嚷，好不熱鬧。袁克良和蔡廷幹竭力勸我步上月台，讓好奇的人們飽飽眼福，我只得照辦。

我們到北京後第二天，蔡廷幹來通知我，袁總統約我到中南海的總統府相見。這一天的情景是我畢生不能忘記的。

我踏進袁總統的辦公室時，他一看見我，就掙扎一下站起身來歡迎我。他坐在一張大椅上，在他的面前是一張很大的黃褐木辦公桌。在他的身後，兩旁分站著兩個武裝侍衛。袁總統請我坐下，喝過了茶，抽著紙煙，然後我才把動手術的經過和善後的方法，逐一向他詳細敘述。最後，我對他說，袁克定的健康不久便可恢復，行動和一般人毫無分別。袁總統聽後很高興。這時候，剛好一個侍應員捧著一隻大木桶，桶中堆滿著雪塊，埋著幾瓶香檳酒。我們先為袁克定的健康乾杯，然後為袁總統乾杯。

乾杯後，我們坐下來，一面啜著香檳，一面談天。蔡廷幹對我說，袁總統叫他問我，他很想我留在北京做他的私人醫生，他很願意給我極可觀的待遇，比我在任何地方服務的薪水高出十倍，只要我答應，甚麼都好辦。

袁世凱是一個古老大國的總統，他統治著四五億人口，有無上權威，名為公僕，實乃皇帝，他以為我能在人的頭顱上開刀，治好了群醫束手的頑症，如果做了他的「御醫」，早晚照料他的健康，這對於身體很好的七十老翁總可以延年益壽，做他的總統到死為止吧？（按：作者見袁世凱鬚眉皆白，便以為他是個古稀的人，其實這時候他不過五十多歲，只能算是中年人罷了。五年後袁世凱即「仙去」，未滿六十，更難望七十了。）

這一請求真出我意外，我不得不老實對他說。首先我謙遜了一下，說開刀成功，只不過是僥倖而已，這是客氣話。然後又對袁總統說，我的手術，完全是從科學訓練得來，其中並沒有甚麼神秘之處，任何一個在醫學校受嚴格訓練的學生都可以學得到的。我又說，現在上海的哈佛醫學院也有這種訓練設備，正在訓練第一批學生。那家醫學院也很需要我，所以我不便捨一群莘莘學子而去。

袁總統聽後頻頻點首，連忙叫人拿一幅上海地圖放在桌上。他看了一會，就指點給我看，他很樂意劃出某地區的一幅十五英畝的地皮，用中國政府名義，贈予上海哈佛醫學院，指定為建築新醫院的課堂、實驗室之用。我很感動的多謝袁總統的盛意。

末了，袁總統問我這次的出診手續費一共多少錢，請我開個數目，以便致送。這個問題倒令我有點難以回答了。我躊躇了一會才說，這個問題頗不易答覆，但袁總統高興給多少就給多少，我同樣樂於接受的。

問題似乎得到了解決，大概過了十分鐘左右，蔡廷幹從外面再進來，他遞給我一個信封，彼此心照，我們互相點首為禮，默默無言。我隨手把信封塞進口袋裏，繼續喝酒。我們的酒喝到何時停止，我不知道，只記得下一天我一覺醒來，才知我在總統府過了一夜。

我起床後不久，蔡廷幹來陪我回去六國飯店，稍作休息，他對我說，前清宗室有一個公主病得很厲害，中外名醫都請遍了，但他們一致認為沒法可以挽救她的生命，她的母親聽説我在養壽園表演過「起死回生」的本領，想請我去診視。我答應了，便約定下午前往，蔡廷幹説就三點鐘吧，屆時將有三位大夫來和我一起去。

客人辭出後，我記起口袋中那個信封，就伸手到口袋裏掏出來，打開一看，是一張面額十萬兩銀子的支票，約值美元七萬餘元，自從我執業以來，這是我所收最大的一筆手術費了。

下午，我到了某王府，有人領我走過了好多重門户，才到達公主的病房，但看不見病人，我正在疑訝之間，有人對我説，公主的母親要「垂絲診脈」。我不懂是甚麼把戲，經解釋後，才知是甚麼一回事。據説古代中國貴族女子，不輕易被陌生人所見，但有起病來，不能不給醫生摸她的手，摸她的額，為避免彼此「授受不親」，發明了一種用絲線按在病人的關寸上，引出簾外，大夫隔簾，按著絲線，便可探出病源是甚麼了。這樣的切脈法是可笑的，我生平未做過，也不信這樣做會有效，當然拒絕了。我説非見病人，無從得知患的是甚麼病，否則我只有敬謝不敏了。結果病人的母親不再堅持，讓我親手摸摸病人。當我的手觸及病人的手時，只覺得它冷冰冰的僵硬地一點生氣都沒有，至少死已兩三天了。她的母親為甚麼要請我醫治，大概以為我是「活神仙」，能起死回生呢？（按：這個「公主」不知是哪個滿州貴族的女兒，書中沒説明，大抵是王公、貝勒的後人吧，外國人對於王族的女兒一律稱以「公主」，其實此時清室中除了溥心畬那個姑母大公主外，咸豐、同治、光緒都沒有女兒，何來公主呢？）

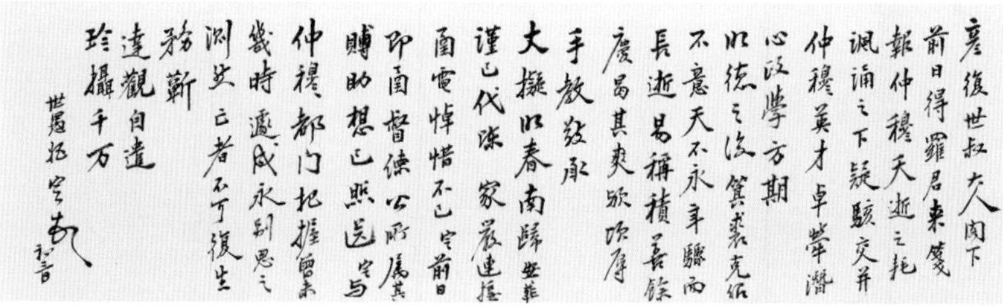

彥復世叔大人閣下
前日得羅君來箋
報仲穆夭逝之耗
諷誦之下疑駭交并
仲穆英才卓犖潛
心攻學方期
以德之後箕裘克紹
不意天不永年驟而
長逝易稱積善餘
慶曷其爽歟
手教敬承
大擬以春南歸安葬
謹已代陳 家嚴速擬
函電悼惜不已 定前日
即函督催公所屬其
賻助想已照送 定與
仲穆都門把握曾未
幾時遽成永訣思之
惻然 已者不可復生
務祈
達觀自遣
珍攝千万
世愚姪定克

袁克定致吳彥復信札

薩大夫在北京的故事，至此為止。現在略介紹他的生平。他出生於一八八二年，家境不很好。他們一家人先後曾在芝加哥、費城、匹兹堡等大城市的貧民區居住，所以他最憎恨那些歧視黑人的美國人。他在哈佛大學醫學院四年畢業後，往德國柏林大學深造。回國後，在巴的摩爾的哈金斯醫院為非駐院助理醫生，在著名腦病專家以開腦著名的顧申醫生（Dr. Havey H. Cushing）手下工作，因此獲得很多經驗，學業日進，顧醫生倚之如左右手，在顧醫生指導下工作兩年期滿，轉往紐約羅斯福醫院工作。

某日，薩大夫接到他的母校校長伊理略（Charles William Eliot）一封信，説哈佛大學決定在上海辦一所醫學院，他記得當一九〇六年暑假時，薩大夫曾在大學裏為一班中國留學生補習功課，和他們的感情很好，所以聘請他做這所學院的外科主任教授，任期自一九一二年一月一日開始。

一九一二年的元旦，薩大夫到了上海，知道哈佛學院已開課了，校址在租界裏是一所舊式辦公廳的建築，聖約翰大學的課室和圖書館，可以借用，附近一間醫院也可供學生實習。他為袁克定治病後仍回上海繼續教學，一年期滿，他回美國了，醫學院當局希望他在例假之年再來上海教學一次，但沒有實現。後來洛克斐爾基金委員會在北京設立協和醫學院，上海的哈佛學院歸併該校了。（按：光緒三十二年，即一九〇六年，學部已批准協和醫學堂立案，何時始為煤油大王出資辦理，尚待查考。）

總統南海賣魚

一九六二年至樂樓主人在香港大會堂展覽所藏的明遺民書畫，其中有一幅八大山人畫的水墨魚。這幅畫並沒有八大山人題款，只有「八大山人」一印，籤為吳昌碩所題，畫外題跋有清道人、王荄、蔣節等人。

清道人是李瑞清的外號，他是民國初年在上海做遺老的人。民國六年丁巳（一九一七年）溥儀復辟，封他為「學部侍郎」，他題這幅畫是戊午七月，戊午為一九一八年，正是復辟失敗後的一年。（李瑞清字梅庵，江西臨川人，光緒廿一年乙未進士，選庶吉士，未散館，改江蘇候補道，辛亥革命時，做過短期的江寧布政使。民國成立，在上海賣字，署名清道人。民國九年死，年五十四歲。溥儀因為他是遺老，又參加復辟，諡為「文潔」。）他的題字是這樣的：

處處安流成險灘，桃花雨急獨行難。春來無限滄桑淚，愁向山人盡裏看。竭澤方愁用國虛，搜金端合到池魚。可憐雪壓烏龍膾，零落金牌御字書。戊午七月朔日，為一亭先生題八大山人畫魚，今年春，聞總統賣畫南海子魚，英使購得一尾，上有明嘉靖及我朝高宗金牌，未忍烹食，送還外部，請蓄之御池，於是始申網罟之禁，故詩未及之，清道人題。

馮國璋

清道人既然是遺老，又在馮國璋做代理大總統的時候，有賣中南海（即舊日清宮的西苑，其北則為北海公園）魚之事，因為馮國璋會參加復辟密謀，舉事時，他卻沒有表示，所以復辟黨人對他是咬牙切齒的，清道人文中沒有對他破口大罵，已算萬幸了。

北宮的故宮三海，自明朝以來就是禁苑，每年帝后生日，循例放生，所放的水族動物，各種都有，但以魚類為多，放生時，多以金牌穿在魚鰭上，三百年來，南海的魚滋生日多，一向禁止獵取。

馮國璋於溥儀復辟失敗後，入京就代理大總統，當時有人向總統府的庶務科長獻計，謂中南海的魚很可以賣錢，賣得的錢，對公府財政不無小補，科長便把此事請示馮國璋，馮立即批准，即以二萬元代價，批給某商人，將三海的魚賣清。不久後，這個消息傳遍京師，好事者製聯嘲之云：「宰相東陵伐木；總統南海賣魚」，一時傳為笑話。（東陵是清朝幾個皇帝陵墓所在的地方，因在東，故名東陵。東陵樹木甚盛，傳說當年的「內務府大臣」和前大學士那桐、尚書載澤等人將陵木偷斬出賣，獲利甚豐，並有人說載澤獲二千萬元，不免言之過甚。）

總統府賣魚，那些老魚大多數被北京天津的酒館以高價買去，亦標高價製為名菜，索性學廣和居的潘魚、吳魚、總統雜碎等等名目，稱為「總統魚」。這也是北京菜館一段小掌故。

賣魚之時，英國公使館買得紅鯉魚一尾，重三四十斤，魚鰭上繫有兩面金牌，英公使本想運往英國贈給倫敦動物園陳列，使異邦人士，得瞻皇宮產品，後來因恐運輸途中死去，乃轉以魚贈給外交部。外交部尷尬非常，呈請馮國璋取消賣魚一事，免傷國體。當時報紙喧騰此事，貽笑中外，葉玉森因仿吳梅村體，作「打魚詞」七古一首記其事云：

老漁破笠鬢眉白，江上年年寄鷗跡。本來射鮒逐潮兒，忽地釣鼇稱海客。海子分明太液波，當時唯見六龍過，鷹臺日暮君王獵，猶憶梅村海户歌。七十二橋圍廿四，上林有福官仙蔚，近侍鸞衣摘草花，遙看鳳艚搴菱蔆。天上何愁碧海乾，錦鱗戢戢伏安瀾，緣圖曾負占靈錄，芳餌無憂絕釣竿。雙珠偶入深宮夢，依蒲在藻承恩重，便是文鴦不願飛，若為仙鯉真能控。

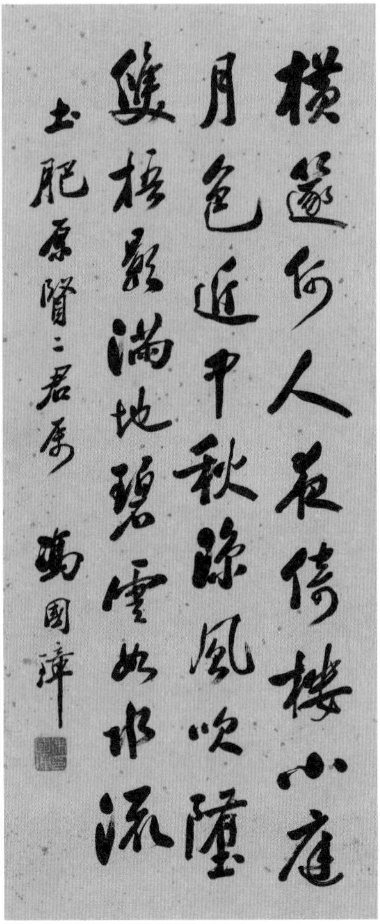

馮國璋書法

自殷墟泣黍離油，頳魴瑣尾感飄流，昆明誰復哀殘甲，公子先愁下大鉤。果然府海遵齊軌，太息甘泉仍竭水，范蠡爭陳萬利書，漢昭全付長安市。但見眾師日日來，千夫放眼看瀛臺，大人龍伯休驚問，男子羊裘無浪猜。峨車轆轆聯翩出，忉利天宮一朝失，正是群飛海水時，奈何殃及池魚日。碧眼相逢忍割鮮，垂頭翻乞外臣憐，零星綴尾金牌字，嘉靖遙遙四百年。去魚幸返還珠浦，贏得遠人騰笑語，靈沼方知眾樂難，清冷不許漁歌聚。無復銀花九鯉跳，荷簑歸去有餘驕，料知醉臥蘆根月，猶夢金鰲玉蝀橋。（按：葉玉森字葒漁，江蘇丹徒人，工詩詞，民國年間曾在安徽省做過縣知事，民國廿二年逝世。葉氏晚年致力甲骨文字的研究，著有《殷墟書契前編集釋》、《鐵零藏龜拾遺》、《研契枝譚》（此書與「説契」一卷合裝，先刊於民國十三年《學衡》第三十一期），《殷契鉤沉》（刊民國十二年《學衡》第二十四期，後來與「説契」皆有自寫印本，民國十八年北平富晉書社影印本。）

關於三海賣魚事，劉成禺的《洪憲紀事詩本事注》（刊民國廿五年十二月五日出版的第十九期《逸經》半月刊）頗有記述，文極有趣，現在摘錄於左，以備讀者為談助資料。文云：

（上略）項城賓天，北海樓臺，鞠為茂草，馮國璋入繼總統時，北海禁人遊覽。其嬖人李某，異想天開，殃及池魚，説國璋曰：「三海魚類，可值十萬金，明清以來，未施網罟，是為總統私有產。」國璋乃令某招商捕魚，議價七萬元，網得明嘉靖金牌放生魚一尾。其使館出重價購去，回視洪憲時代，雄風何在？誦老杜「昆明池水漢時功，武帝旌旗在眼中」之句，俯仰今昔，為之黯然。天門周沈觀先生樹模，曾賦「三海賣魚歌」長句，其詞曰：「金牌魚，白質黑章尾鬚朱，子孫孕育三海水，珠泉汲引昆明湖。人間釣餌不敢到，那來漁者施網罟？夜半藏舟負之走，天池神鯉都成俘。金牌深刻大明嘉靖字，想見厥初亦王餘，一朝斗水不能活，垂五百年遭毒痛。白龍宛頸困豫且，老龜待烹桑已枯，於嗟乎！膾肝吞膽人為鮮，一網盡此猶區區」周沈觀世丈曰：「聞府中舊人語，洪憲時，豫省進黃河鮮鯉，項城擇巨鯉重二十餘斤者，翅貫銀環，環上鐫洪憲字，放生三海。余詩初有『銀環貫鰭亦鐫洪憲號，其魚未獲難為書』之句。此次捕魚所獲，以明嘉靖為最早，銅環未刻朝代者，亦有數尾。洪憲銀環魚，未見捕，故刪去此韻云」。成禺記。（筆者按：劉成禺的記事詩是這樣的：「雁翅湖樓障帝居，平明金鼓動紅蕖。眼看故府歌鐘歇，淥水蘋花喚賣魚。」首二句詠袁世凱往北海檢閱所練的虎賁軍。末二句即指馮國璋賣魚事。周樹模是湖北天門縣人，字少樸，號沈觀，為劉成禺的鄉先輩。他是光緒十五年己丑進士，選庶吉士，散館授編修，宣統元年授黑龍江巡撫，民國初年，做過袁世凱的平政院院長，著有《沈觀齋詩集》，一九二五年逝世。）

從清道人的題字來看，知道馮國璋賣魚的事，是在民國七年春初，魚身有嘉靖、乾隆兩朝金牌，與葉玉森、周樹模詩所說的相合。周所說的「嬖人李某」，不知是甚麼人，民國十二年曹錕做總統時，總統府還有個「嬖人」也姓李，名彥青，可謂先後輝映。

（署名：竹坡）

蔡元培在廣東打秋風

蔡元培於光緒十八年壬辰（一八九二年）補行殿試後，點了庶吉士，那時候他廿六歲，便在鄉先輩李慈銘家中教書，一面又在庶常館讀書。（因為庶吉士要在庶常館學習三年，經過散館考試後，才分別授以編修、檢討之職，然後才是一個資格完整的翰林，不能授職的庶吉士，只是庶吉士而已。蔡元培散館，得編修。）但庶吉士生涯清苦，不得不想方法來補助，這年秋冬間，蔡元培忽有潮州之行，他為了甚麼事遠至潮州，恐怕現在已很少人知道。據我猜測，大概他有甚麼親友在潮州做官，他要去打些秋風，因為新科翰林是有資格往各省寫字賣錢的。

我小時候，在書齋中發見有蔡元培寫給我父親的一副對聯，聯語我還記得是「遇事虛懷觀一是；與人和氣察群言」。下款署「鶴廎蔡元培」。到我年紀稍大，有一次曾與麥兄陳殿臣（名汝南，光緒廿九年舉人，在香港經商。又是香港的太平紳士。他的父親陳春泉是我家住香港元發行的經理，一九二二年逝世後，由殿臣繼任，殿臣一九三九年逝世。）談到這一聯，他說，提到蔡元培，倒也有一故事（按：殿臣兄在香港先死蔡元培四個月）。原來蔡元培寫給先父的那一對聯，多少有點「秋風」意味的。他從上海乘輪船先到香港，然後入廣州。到香港後，經人介紹，住在元發行。因為先父是光緒十四年舉人，和蔡元培同是科甲人物，彼此皆愛重，主人自然力為招待。其時殿臣兄不過是個廿一二歲青年，和廿六歲的翰林蔡元培更容易談得來，兩人既談得投

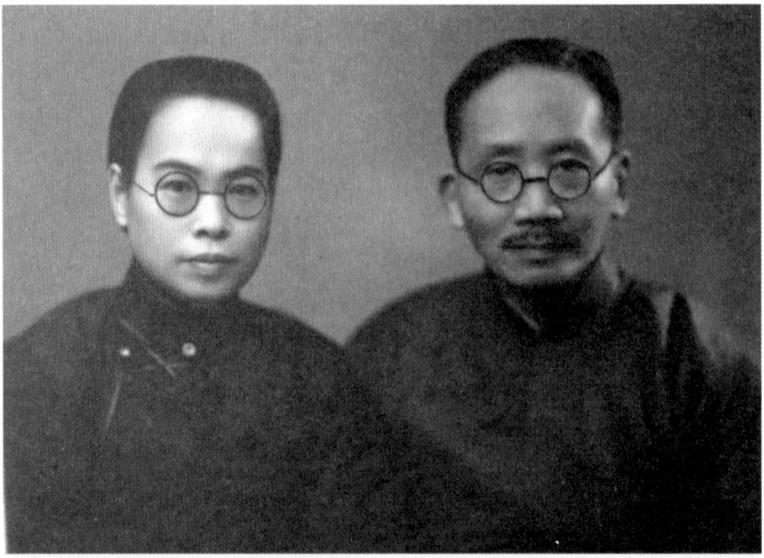

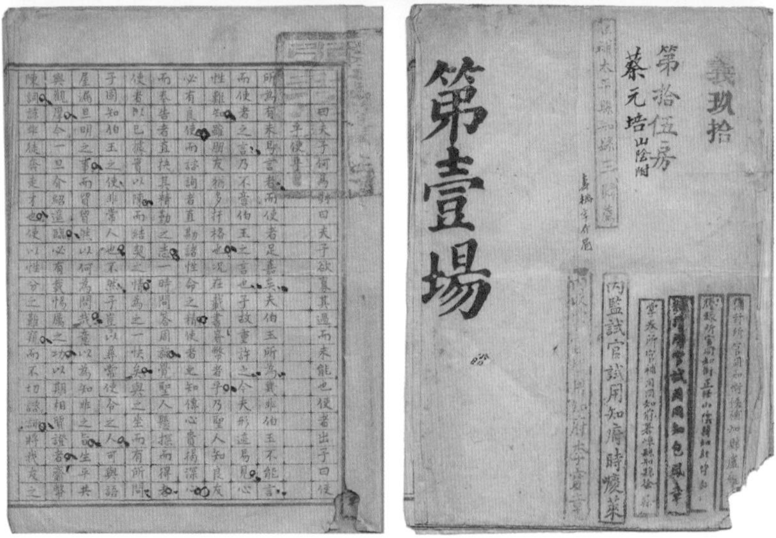

上圖：蔡元培夫婦；下圖：蔡元培試卷

機，就拜把子義結兄弟。

我問殿臣兄後來蔡翰林成為民國偉人，又進而為「黨國元老」，還有來往嗎？他說自蔡元培主張廢孔，提倡白話文後，他就和蔡絕交，不再是金蘭兄弟了。（殿臣兄尊孔子，與陳煥章、盧湘父等人在香港創孔教會，宣揚聖教故與蔡元培開明的思想不同也。）

殿臣兄又對我說，你休小覷元發行，這所小小的商店，在一九三〇年以前那六十年間，許多大人物都曾在其中作客，尤其是來往廣州、潮州之間的官員，到香港後，常假此為旅舍，他數出的人物有：丁日昌、方耀、裴景福、岑春煊、吳永、許南英（許地山之父）、黃思永等數十人。（按：元發行在文咸西街十號，十五年前已改建為廣東銀行西區分行。）

（署名：高伯雨）

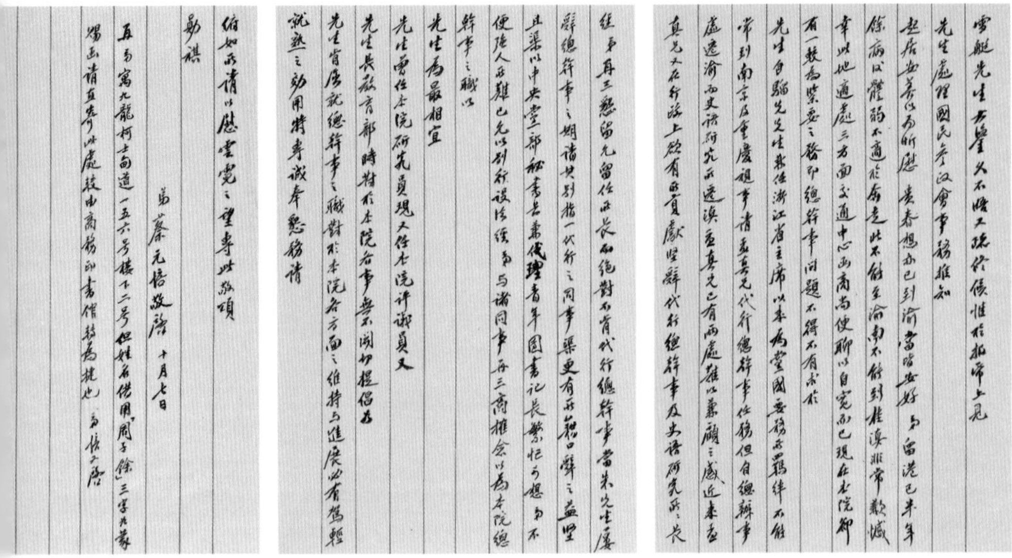

雪艇先生大鑒：久不晤，不勝懷念。惟於報端上見
先生處理國民參政會事務，并知
起居安善，以為祈慰。貴恙想亦已到渝，當皆安好。弟留港已半年，
餘病以體弱，不適於旅走，此不能至渝，亦不能到桂、滇，非常歉憾。
幸此地適處三方面交通中心，函商尚便，聊以自寬而已。現在本院卻
有一緊要之務，即總幹事問題，不得不有求於
先生。自騮先先生兼任浙江省主席以來，為黨國要務所羈絆，不能
常到南京及重慶視事，請孟真先生代行總幹事任務，但自總辦事
處遷渝，而史語所研究所遷滇，孟真先生已有兩處難以兼顧之感，近來孟
真先生又在參政上欲有所貢獻，堅辭代行總幹事及史語所所長。
經弟再三懇留，允留任所長，而絕對不肯代行總幹事。當求先生屢
辭總幹事之期，請其別推一代行之同事，渠更有所藉口，辭之益堅。
且渠以中央黨部秘書長兼代理青年團書記長，繁忙可想，弟不
便強人所難也。允以別行設法。經弟與諸同事再三商榷，念以為本院總
幹事之職，以
先生為最相宜。
先生曾任本院研究員，現又任本院評議員，又
先生長教育部時，對於本院各事無不關切提倡，若
先生肯屈就總幹事之職，對於本院各方面之維持與進展，必有駕輕
就熟之効用，特專誠奉懇，務請
俯如所請，以慰雲霓之望。專此，敬頌
勛祺
弟蔡元培敬啟 十月七日
再，弟寓九龍柯士甸道一五六號樓下二號，但姓名借用「周子餘」三字，如蒙
賜函，請直寄此處，較由商務印書館轉為捷也。弟培又啟

蔡元培致王世杰函

戊戌狀元夏同龢

光緒廿四年戊戌（一八九八年），這一年有維新運動，正在要展開這運動的時候，光緒帝的師傅翁同龢被西太后驅逐回籍，而三日前的殿試揭曉，狀元夏同龢，恰與翁同龢同名。據陳夔龍的《夢蕉亭雜記》說：

> 當戊戌廷試後，德宗御太和殿傳臚，禮成駕還宮，召見軍機，謂協揆（按：翁氏為協辦大學士，故稱之協揆）曰：今科狀元夏同龢與師傅同名，誠為佳話。

可惜「佳話」只停留了三日，到四月廿七日，翁氏生日，西太后迫光緒帝降旨斥逐他了。珠巖叟《金鑾瑣記》有詩云：「執贄摳衣大卷呈，春闈畢後避師名，誰知臚唱魁多士，借用師名永不更。」就是指夏同龢中狀元後，不肯改換名字的事，詩附注語云：

> 某君大課卷，為常熟所拔取，會試前，贄見常熟曰：僭師相名，例應改避，禮部試前不允，請俟闈後。常熟領之，喜其知禮。及殿試後，常熟去位，此君遂永不改。或謂常熟丙辰得殿撰，某尚未生，非誤同名，實假借耳。今不改，是久借不歸也。余笑曰：今之久假不歸者多矣。一某君蓋指夏狀元也。（珠巖叟是四川人高樹的筆名，以進士考御史，有名於時，一直到民國二十年後才逝世，年八十餘。）舉人入京會試，先經過一次覆試後，始能應會試，會

試中舉，名為貢士，又再經一次覆試，始應殿試，戊戌科新貢士覆試，派出閱卷官十二人，翁同龢為第二名，取一等八十四名，夏同龢第一，翁、夏師生關係大抵如此，似無夏同龢答應翁同龢改名的事。

夏氏為貴州士族，貴州在清代是邊省，被稱為「文風」不振的地方（所謂文風，指某地方出產科名多少而言，出舉人進士多的，叫文風盛，少則文風不振），光緒以前，未出過狀元，到光緒十二年丙戌，才出了一個趙以炯，這次又出了一個夏同龢，有人說，那是執政的人要向邊區民族拉交情之故。

狀元之為物，在舊社會中最為人所欽羨，一經高中，類多飛黃騰達，獨有光緒一朝十二個狀元中，做到特大官職的，只有兩人（一為光緒二年狀元曹鴻勳，官至陝西巡撫，官二品，一為光緒二十年狀元張謇，官至農商大臣，官從一品），其餘只不過中級官吏而已。迷信風水的人就說，清朝氣運已盡，連狀元也不「發達」了。（同治一朝雖只得十三年，但也出了六個狀元，其中有兩個官至宰相，而尚書、侍郎亦有人，比光緒朝好得多。）

夏狀元確實不夠運氣，偏偏中在光緒朝，到散館試後，遇到庚子年義和團運動，他奏准回鄉辦團練，以備將來同洋鬼子打仗。據說他出京時，沿途以「欽差」自居，牌匾大書甚麼「奉旨回鄉辦理團練」等字樣，威風十足，光緒廿八年五月為御史高枏（高樹之弟）參他一本，幾乎把修撰也丟了。西太后把這件事交給裕德、孫家鼐查辦，下一年五月查明後覆奏，說並無其事，後來夏狀元雖然回去翰林院供職，但官運從此並不亨通，到光緒廿八年壬寅補行鄉試，夏狀元得放湖南副考官（正考官為翰林院侍講李士鉁，天津人），算是給狀元一點面子了。（清代科舉故事，新科狀元，大都在下一屆鄉試時放副主考的）自此之後，他未嘗升過官，依然是個六品的翰林院修撰。

為甚麼夏狀元這樣倒楣呢？這也許與翁同龢垮台有關。據說西太后一見「同龢」兩字就憎厭。另一說是他曾經被御史參過（即上文所說）。其實這兩項皆非重大因原。最致命傷的還是夏狀元做「槍手」（即代人作文）被肅親王善耆瞧穿了，肅王認為他人品不端，向執政諸公說他壞話。這件事是夏狀元的拜門弟子馬武仲對我說的。（馬君順德人，一九六五年十月廿七日在香港逝世，年八十六，他對我說時是八十五歲。）

馬先生說，光緒戊戌科點的一個廣東翰林鍾錫璜（南海人，字彤階，散館授編修）是有資產的人，但不通文墨。相傳廣東名翰林潘衍桐致仕家居，一日大宴廣州名士，鍾錫璜也在被邀之列。席間行酒令，以「花」字為首，每人要用個花字為句中的第一個字。這是極容易的，古人詩詞中有第一個花字的，不可勝數，而鍾翰林卻念出一句「花花公子遊街去」，庸俗惡劣，一時鬨堂，傳為笑話。他能得點翰林，是花了四萬兩銀子請夏同龢槍替的。怎知殿試交卷時，肅親王在殿中巡查，問夏同龢道：「你叫鍾錫璜嗎？」夏的一卷早已交去了，這一卷是替鍾錫璜寫的，經肅親王這一問，作賊心虛，面色大變，只得硬着頭皮，答道：「是。」善耆已瞧破他的狼狽神情，知道其中必有古怪，但又恐怕引起大獄，便不說穿。過了此關，夏中了狀元，鍾也點了翰林，這是出乎夏意料之外的，他恐怕肅親王揭破秘密，不敢在京久留，溜往日本讀速成法政。但在未東渡之前，他到廣州，住在鍾錫璜的瀓綺園（在十五甫，其後鍾家破產，

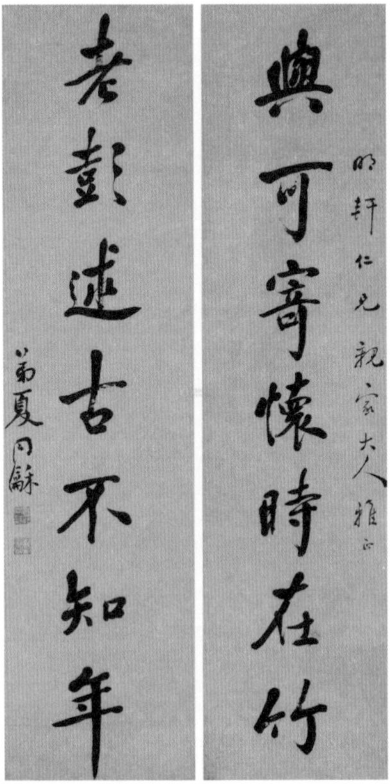

夏同龢所書對聯

一九一八、一九一九年間，充公拍賣，歸還公款，此後即以一部分地方收為酒家，三十年前的銀龍酒家即在此也），和一班紳商搞得頗為融洽，「秋風」不少。

此說未必可靠。夏與鍾同應殿試，照常理，一定是夏作好自己的文章，謄寫後交了卷，才能替人家執筆寫作的。但殿試的時間很迫促，到太陽下山後就不准點燭寫作的。應試的人，作一篇文章尚不難，難在寫成後要恭楷鈔在卷上，所花的時間不少。文士能寫作俱快的雖然大不乏人，但自己寫作後還能替人寫作，那是萬萬不能的，因為時間不許之故。殿試請槍替，只能由槍手冒名頂替，槍手絕不能身兼二職的。況且殿試揭曉後，應殿試的貢士，才中了進士，過了十天八天後，又舉行一次朝考，經過一番淘汰，成績優異的才點為翰林。所謂夏狀元以一人而代人中進士，點翰林，是絕不可能的事。鍾錫璜之能高中，或另有作弊方法，與夏同龢無關。

光緒廿三四年間，岑春煊在北京做冷官，和夏同龢來往很密，夏氏做過一任湖南副考官後，仍在翰林院供職，沒有多大前途，恰好岑春煊做兩廣總督，要辦法政學堂，就請他來做監督。夏狀元倒有自知之明，認為做一校之長的人，連法政都不懂，怎可以主持校務，便先往日本學速成法政，大約一年半載便算畢業，於光緒三十年甲辰（一九〇四年）春到廣州就職，馬武仲以二百兩銀子為贄敬，拜他做老師，即在此時，我的三兄子固，也是在這時候奉命拜他為師的。

這時候夏狀元住在我家的後樓（我家在十八甫富善西街三巷，門牌二十四號，一九二五年後又改為二號），偶然同我父來香港，也住在南北行街的元發行二樓。當時我家請有一位女教師徐太太（即徐綽生、淡文兄弟的祖母，一九一五年，淡文的父親星輝先生，也在我家處館，我亦從學），教我的庶母、姊姊讀書，晚飯後，夏狀元常到東書房閒坐，徐太太向他問字，又問寫字方法。星輝先生也隨在母側，得接狀元風采，謂係人生一樂事。徐先生未謝世前，常向我提起。

夏狀元在廣州為甚麼這樣得人歡迎敬仰呢？說來也頗有趣。貴州本是貧瘠的省份，文化水平不很高，但在光緒年間，也出過兩個狀元，而富庶之區的廣東省，則自道光三年癸未（一八二三年）出過一個林召棠後，七十四年間，未再出過狀元，迷信的人就歸咎於風水不利，故於夏狀元在光緒廿五年到廣州、香港打秋風時，那批科甲出身的士紳，把他捧鳳凰似的，巴結得十分周到，意欲沾其「文風」之光，使廣東在廢科舉之前出多一兩個狀元，為廣東人爭光。怎知光緒廿九年會試，及末科會試，狀元皆出在山東、直隸兩省，廣東人雖然失望，但忽然夏狀元來做法政學堂監督，顧名思義，「法政」是官僚培植所，畢業後有資格做官來顯親揚名的，怎可不巴結夏狀元呢。（夏氏會試時，廣東人張學華以翰林院檢討充同考官，夏氏一卷，幾乎落在張學華房中，但後來沒有，否則夏高中後，就稱張為老師了。夏初次到廣東打秋風，是張學華寫信介紹與先父相識的，張先生和先父是戊子舉人同年。）

廣東法政學堂地址在舊日仙湖路附近（民國後，改為西湖路、教育路），當時的大馬站（街名）有一家小飯館名叫泉香，以「及第粥」著名，法政學堂的教員有朱執信、古應芬等，他們大部分是日本留學生，每早往上課之前，多往泉香吃一兩碗及第粥。同事之間早晨相見，往往會問「及第不及第」。那是問有沒有往泉香吃及第粥，而暗中則幽默夏監督以狀元及第而在日本卻得到不及第也。原來清末的進士舉人，多往日本學速成法政，混個資格，夏狀元在日本混了幾個月，日文日語完全不懂，畢業時，得到一個「不及第」（日本稱考試不及格為不及第）。

清朝垮台後，不少人組織政黨，希望在議會中佔一席位，當時的國民黨佔的議席最多，後來國民黨分裂，另有人組織五個小政團，超然社便是其中之一。該社是國民黨議員夏同龢、郭人漳等人組織的，有社員三十多人，眾議院中的超然社代表就是夏狀元。民國二年（一九一三年）憲法起草委員會開始工作，夏以眾院議員兼超然社首腦，於是年七月十九日被推為七理事之一。二年後，因為袁世凱厲行獨裁，抑制政黨，超然社奄奄一息，殊無生氣，不久也滅亡了。但夏狀元仍靠他的頭銜足以歆動人，歷屆總統都聘他為秘書、顧問之職，拿乾脩不做事，倒也舒舒服服的過日子，中間曾一任江西省實業廳廳長，則頗賴廣東人江天鐸之力。做了不久即下台，但仍住在北京，晚年學佛，一九二五年在某寺逝世。

表伯陳春泉先生（廣東澄海人，名德輝）於一九二二年六月在香港逝世，表兄陳殿臣是商界名流，又是太平紳士，對於喪禮竭力鋪張，先在羅便臣道的花園大廈辦喪事（此宅本是李準故居，一九二〇年，李準派他的弟弟來香港出賣所有產業，將現金匯往天津，此屋遂為殿臣兄所買，今尚存，惟易主已四十年矣），然後移柩回故鄉。一面又打電報往北京，請夏狀元來點主。夏是做過主考官的，經他筆下點出來的富貴人物自然不少，他到後，就有很多人請他寫字，收了不少筆金。

夏狀元仍然住在十多年前他所常住的元發行二樓，這時候三兄子固也從廣州來了（春泉伯是元發行經理，死後，我們各房公推殿臣兄繼任，因殿臣兄扶柩回鄉，子固三兄遂來香港坐鎮），師弟多年不見，談了整夜。這年的陰曆九月十六日，先父舜琴先生的靈柩，移葬龍田鄉，三兄也回澄海會葬，住了三十多天，他每晚必在書齋裏排筵席請客，高朋滿座。有一晚，他同客人談及夏狀元扶乩事，我坐在一旁靜聽。他說夏狀元晚年專修密宗，以佛法扶乩，不同於道教的那一派，因此他就請夏狀元表演給他看。

扶乩的日子擇定後，即在元發行二樓舉行。由夏狀元和他的兒子肅初（今尚在北京）扶乩筆。據三兄說，他首先請父親來談話。不久後，乩筆大動，大書「高舜琴到」四字。三兄見了，連忙跪拜叩頭，於是光讓夏狀元同他死已多年的老友「筆談」了一會，當時三兄還恐怕是夏氏父子搗的鬼，故意在心裏暗問一些家事，而乩筆寫出來的，一一皆符，不免大驚，認為真是父親的靈魂降壇了。

送去先父「靈魂」之後，三兄因為春泉表伯新死，就請夏狀元請表伯來一談。表伯也應請而至，他說，他一生為善，忠恕待人，閻正已派他往跑馬地做「土地老爺」了。

以上鬼話連篇，是三兄在四十年前說的，三兄為人迷信鬼神，思想腐化，他所說的絕不可信，不過，當時元發行設壇扶乩，靈驗非常之說，遍傳香港，又有《華字日報》、《循環日報》兩大報為之推波助瀾，夏狀元扶乩之名大著。

最後，三兄說一件奇事，倒值得一記。他說，因為伍廷芳新死，他就請夏狀元懇請伍博士降壇。洋博士果然尊重土博士，一請便到。三兄見伍博士筆談用中文不很流暢，知道他慣用英文，就建議請用英文，伍廷芳馬上答應，用英文寫了一大堆字。在座諸公沒有一個懂英文的，連忙打電話去找英文文案巢瑞霖來翻譯（巢君在元發行任船務部英文文案數十年，一九一九年，其第七子登瀛與二姊結婚，夥記東家，遂為親家矣）。後來三兄問伍博士死後用甚麼葬禮，乩筆忽書「大不敬」三字，就不再活動了。觀眾都怪三兄衝撞了伍博士，但因為他是元發行主人，都不敢形於顏色。他們研究為甚麼伍博士怪人家問他的葬禮呢，後來才記起他是火葬的，在五十年前，人們的頭腦還很守舊，以火葬為離經叛道的一件事。

我並沒有親眼見夏狀元扶乩，對三兄所說的事，半信半疑，一九五七年我在香港和勞緯孟先生相識（勞君為廣州香港的報界先進，以秀才專為富家子作槍手，曾任香港《華字日報》主筆，一九五八年逝世），我知道他和先八叔父、大兄、三兄、殿臣表兄都很熟。偶然談及夏狀元洋文扶乩事，他說那一晚他也是觀眾之一，的確見伍博士的「鬼魂」生氣。他為我補充伍博士降壇故事如左。

香港有個名流郭鳳儔居士，聽說夏狀元在元發行扶乩，連忙趕往赴盛會。這個居士是篤信日本扶乩的密宗法的，他扶乩之法，在乩壇一旁放一木凳，用「鳳爪印」（即以十指輕按凳上）按之，默念準提咒，然後祝道：「如果伍廷芳部長降壇，就請木凳移動五次。」不一會，木凳移動五次，人們知道伍博士駕到了，夏狀元、高子固兩人輕扶乩手的橫木，寫出「伍廷芳到」四字。寫時極遲緩，好像不大會寫字一樣。夏狀元向空中作揖道：「伍博士如果寫中國字不大便當，可否改寫慣用的英文？」乩筆立刻用英文寫伍廷芳三字，運筆如飛。夏狀元問道：「伍博士在天堂上過日子好嗎？」因為在場眾人都不識英文，便打電話找巢瑞霖來翻譯，譯出的英文是：「我現在住地獄，並非天堂」。眾人都覺得奇怪，夏狀元問：「博士一代人豪，也要入地獄嗎？」乩筆寫道：「不錯，這又有甚麼奇怪的？一個人無論他是甚麼身份，死後一定要先入各層地獄，參觀一切狀況後，才能升入天堂的。」子固問以廣州政局如何（按：三兄並非留心國事，實乃留戀廣州西關的生活，不樂居香港，希望能早日回廣州）。乩筆寫出：「不願多談國事。」如是者筆談了一個多鐘頭，還談些甚麼，已記不起了。

夏同龢

夏狀元這次到香港，本想重遊廣州舊地，但因當時陳炯明（陳亦夏狀元的學生）炮轟總統府後不久，廣州情形不大安穩，所以沒有去。當他將回北京時，留下一幅全身照相贈給三兄，矮矮胖胖，留有長鬚，迷信相法的人說他是龜形，貴不可當，然而他官止六品，是一個「清貴」的狀元而已，至於壽命也沒有到六十歲，有失龜形之相。

（署名：文如）

章太炎救劉師培

前記劉師培受知於鄭洪年（見《鄭洪年愛才》），這個大名鼎鼎的國學大師，死得很早，只活了三十六歲，但他留存下來的著作已是千古不朽了。他的學問和章太炎相伯仲，只是為人胡塗，骨頭又輕，後來竟然做了袁世凱弄臣，搞籌安會把戲，以致身敗名裂。

劉師培的曾祖名文淇，字孟瞻，是戴東原的再傳弟子，孟瞻的兩個孫子，一名壽曾，字恭甫，一名貴曾，字良甫，都能傳字學。師培就是良甫之子。師培很年輕便中了舉人，因為他是精研春秋左傳，講九世復仇之義的，曾與黃節、鄧實、章太炎等人在上海創立國學保存會，出版《國粹學報》。這時候，師培已改名光漢，含光復漢族之意。後來他到日本留學，受到老婆何震的影響，做端方的特務，刺探留學生排滿的言論和行動，因此不齒於士類。章太炎非常傾佩師培的學問，覺得他這樣誤入歧途，很是可惜，寫信給孫詒讓，請他勸師倍歸隱，潛心學術，不要管外事。《章太炎政論選集》上冊三九二頁，《與孫仲容書》末段說：

儀徵劉生（舊名師培，新名光漢，字申叔，即恭甫先生從子），江淮之令，素治古文《春秋》，與麟同術，情好無間，獨苦年少氣盛，喜受浸潤之譖。自今歲三月後，讒人交搆，莫能自主，時吐謠諑，棄好崇仇，一二交遊，為之講解，終勿能濟。（以學術素不逮劉生

章太炎
劉師培

故）。先生於彼則父執也。幸被一函，勸其弗爭意氣，勉治經術，以啟後生，與麟戮力支持殘局，度劉生必能如命。僂僂陳述，非為一身毀譽之故。獨念先漢故言，不絕如線，非有同好，誰與共濟？故敢盡其鄙陋，以浼先生，惟先生少留意焉。……後學章炳麟頓首。五月初三日。

本書編者對於這封信的說明如左：

此書撰於一九〇八年六月一日（光緒三十四年五月初三日）曾於《國粹學報》刊布。……以後「制言」第十三期復將原函影印。其中浼請孫詒讓（仲容）《勸說》劉師培一段，《國粹學報》和《文錄》均予刪節。今據原函勘補。

劉師培……一九〇三年赴滬，與章相識，次年任《警鐘日報》撰述。一九〇六年，中國同盟會派高旭為江蘇分會會長，在滬組會討論時，劉亦參加。旋又赴日參加同盟會，並在《民報》撰文。後來劉因「與會中辦事爭權，大恨黨人」（陶成章：《浙案紀略》上卷《紀事本末》第四章，第三節）。一九〇八年劉由日返國，妻何震為端方秘密偵探；不久，劉本人亦成為端方之偵探。此書係章氏恥其行而「深愛其學」，故仍「移書勸其歸隱」（錢玄同語）。

劉師培得章太炎勸他歸隱，致力學術那封信，沒有作答。後來端方升任直隸總督，繼任人不

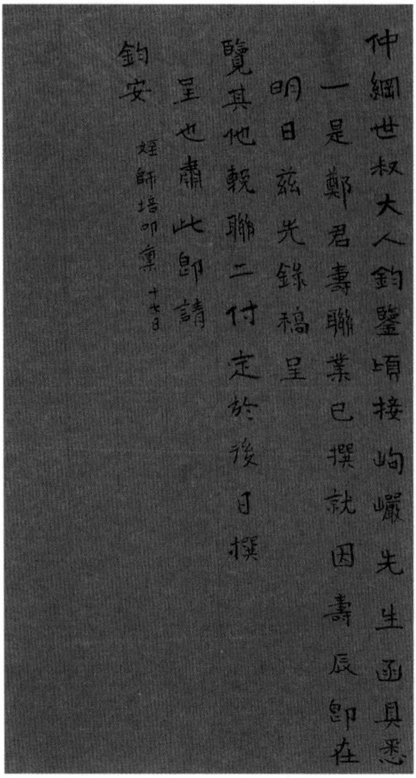

仲細世叔大人鈞鑒頃接岣嶁先生函具悉
一是鄭君壽聯業已撰就因壽辰即在
明日茲先錄稿呈
覽其他輓聯二付定於後日撰
呈也肅此即請
鈞安 姪師培叩稟 十七日

劉師培信札

章太炎書法

重視他，他才入四川。

劉師培到四川，是為了衣食，在四川國學院教書，辛亥革命時，恰值端方帶兵入四川鎮壓，未到成都，就給他的部下殺死，不久清政府垮台，中華民國成立了，他的光復漢族的志願達到了，但他還不能歡天喜地過日子，因為國民黨的馬仔認為他是端方的偵探，又說他是端方的心腹走狗，非置之死地不可。

武昌起義後不久，章太炎從日本歸國，到了上海，便在《民國報》第二號（一九一一年十二月一日出版）發表「宣言」九則，第五則宣言有說：「昔姚少師語成祖云：『城下之日，弗殺方孝孺，殺孝孺，讀書種子絕矣。』今者文化陵遲，宿學凋喪，一二通博之材，如劉光漢輩，雖負小疵，不應深論。若拘執黨見，思復前仇，殺一人無益中國，而文學自此掃地，使禹域淪為夷裔者，誰之責耶？」

章太炎知道黨人量小心狹，因為以前劉光漢在同盟會中和他們有意見，現在「革命成功」，黨人還不馬上報復嗎？所以太炎就公開呼籲叫黨人切不可加害劉師培，又於同年一月十一日，在上海《大共和日報》登刊「求劉申叔通信」告白，連續登刊多日，文云：「劉申叔學問淵深，通知今古，前為宵人所誤，陷入樊籠。今者民國維新，所望國學深湛之士，提倡素風，保持絕學。而申叔消息杳然，死生難測。如身在他方，尚望先通一信於國粹學報館，以慰同人眷念。章炳麟、蔡元培同白。」

章太炎、蔡元培同登的尋人告白刊出後，不久，章太炎知道劉師培在四川，備受民黨人馬侮辱，連忙電請南京的臨時政府，赦免劉師培。一月二十六日，總統府教育部各有電報給四川都督，請將「劉君護送到部」，電文分別如次：

四川都督府轉資州分府：報載劉光漢在貴處被拘，劉君雖隨端方入蜀，非其本意，大總統已由貴府釋放。請由貴府護送劉君來部，以崇碩學。教育部，宥。

四川資州軍政府鑑：劉光漢被拘，希派人妥送來寧，勿苛待。總統府。宥。

這兩封電報把劉光漢的性命保存了，於是劉得以離開四川，回到故鄉住了一個短期，又由章太炎介紹他到北京大學教書。民國四年（一九一五年），袁世凱委他為參政院參政，雖無實權，但位置極高，究其實，無非做袁世凱的「轎夫」罷了。籌安會事起，劉師培又列名發起人之一，這個時候，劉師培已撈到風生水起了。只是好景難常，袁皇帝一死，政府通緝洪憲禍首，劉也避禍出京，後來還是那個愛才若渴的李經羲向黎元洪總統為他講情，說他是書呆子，他之擁護老袁，無非受人利用，殺他無補於事。從此劉又安居下來，活多三年，到民國八年（一九一九年）十一月二十日逝世，只得三十六歲。不久後，他的老婆何震也死了。

批孔健將吳虞

五．四後陳獨秀、胡適、錢玄同等人帶頭搞的新文化運動，批孔也是一幕很好看的把戲，當時衞道之士如林紓、辜鴻銘等人大力反對，把他們看作洪水猛獸。胡適一九二一年七月二十日在上海時的日記說，馬寅初在都益處請他吃飯，見到東南大學的校長郭秉文。日記中有這些話——

郭君要我留在商務而兼任東南大學事。我說：「東南大學是不能容我的。我在北京，反對我的人是舊學者與古文家，這是很在意中的事；但在南京反對我的人都是留學生，未免使人失望。」

所謂「留學生」是指當時在東南大學教書的胡先驌、吳宓、梅光迪等人（胡、梅、吳三人皆哈佛大學出身，胡為科學博士，梅、吳為碩士。吳、梅是治西洋文學的）。照胡博士的說法，似乎凡是留學生都要同意他的新文化運動，打倒孔家店的才是。其實深於西洋文學的留學生未必一定擁護新文化運動，相反，讀古書，有科名的老學究，亦有竭力擁護新文化運動的，例如吳虞教授就是其中的一個。

吳虞字又陵，四川華陽人，前清拔貢生，是個飽讀孔孟的讀書人。五．四時代，吳虞正任北

吳虞

京大學國文系教授。他一生最痛恨孔子、孟子，少年時代就把孔孟批判一文不值。他説：「孔孟儒家所提倡的孝悌，是宗法家族制度的基礎；而家族制度，則為專制主義的根據。」

他又認為：「自來民賊必崇儒教，儒教必闢異端。叔孫通、董仲舒之徒，雖或斥為希世，或詆為大愚，固已擁聖人大賢之徽號，以籠罩天下後世，相推相演，以迄於今。儒教之弊，與專制之禍，俱達於極端。」

章士釗先生一九四三、四四年在重慶時，有《論近代詩絕句》若干首，我所見到的只十幾首，還是載於一九四六年上海出版的《京滬週刊》的。這個週刊是兩路局長陳伯莊搞的。當時李微塵幫他做事，李藏有合訂本，一九五四年我曾借看，其中有詠吳虞兩首云——

異代同書李卓吾，世人欲殺亦何殊。
卻觀秋水軒中句，萬卷曾無未破書。自注：「君撰李卓吾傳，自詡必傳之作。所刊詩名秋水軒。」

行盡天涯吟盡秋，一生唯恐不風流。
庚嬌去後朝華歇，夢裏髯蘇已白頭。自注：「庚嬌，北京南妓。集中贈嬌詩數十首。陳朝華蜀妓，有《朝華詞》一卷。胡薇元、玉津、方旭、鶴齋、鄧鴻荃、林思進、山腴俱和之。訪庚嬌不遇詩云：『淒涼空鎖樓中燕，祇許髯蘇夢裏尋。』」

章士釗先生詩中的《秋水軒詩》，大概是在成都印行的，我未見過，但他的艷詩十幾首，早在我會讀《吳虞文存》之前兩年，我已經拜讀了。

所謂「艷詩」也者，即章先生所指的贈庾嬌詩，因為寫得太過冶艷，衞道之士固然鳴鼓而攻，而新文學家也罵他下流。左右夾攻，使他的教授飯碗砸碎了，他不得不回到四川老家，息影林下。一九四九年四月廿九日在成都逝世。

我知道吳虞教授的大名，不是得自「健康的、進步的、有建設性的」報刊，而是得自「反動的、腐化的、下流的」小報（我這種筆調，蓋學某某派，凡不與其同流合污一律斥為反動、落伍、下流）。一九二四年我在《晶報》上就讀到有人大力攻擊吳虞，罵他做新文化領導大師胡適的走狗（大概因為《吳虞文存》有胡博士寫的一篇序文，大捧吳虞之故）。從一九二三年開始，上海三大報，一小報（大報者《申報》、《新聞報》、《時報》；小報則是三日刊《晶報》）是我日夕相依的課外最佳讀物。這四家報紙，立場和言論都極端守舊，對於新文化運動所呼叫的「打倒孔家店」和「打倒舊禮教」都竭力反對。《晶報》以小報作風，對新文學家如胡適、魯迅、周作人、錢玄同、劉復等，更是破口大罵，有時還進行人身攻擊。

《晶報》某一期，「選登」吳虞贈庾嬌的一首詩，罵他既然是新文學家，又是打孔店的勇士，打倒舊禮教的先鋒，原來也是一個口是心非，「一生唯恐不風流」的腐化分子。

《晶報》所引的一首，至今六十年，我還記得。詩云：「偶學文園賦美人，肌膚冰雪玉精神。乍探〇〇如墳起，雜事還應續秘辛。」

在二十年代初期，這種大膽描繪的舊詩，如果公開刊布，必定受到一般人攻擊的，也和羅倫斯在一九二七年所寫的《查泰萊夫人的情人》同樣被人攻擊。

我讀過這首艷詩之後，覺得《晶報》似乎太過小題大做。吳詩雖然不能算好，但他只是描寫與妓女交往，私人行為不檢而已，即使是他寫成後要向人炫耀他的「艷福」，公開發表，又經人引述在《晶報》復刊一次罷了，實在犯不着扳起道學面孔向他惡意攻擊的。

我因好奇，就想窺其全豹，但又不知他是否出有詩集，曾託朋友設法為我抄錄他惹禍的那十幾首艷詩來欣賞。過了許久許久，我幾乎忘記了，忽然朋友從上海寄來所抄的吳詩十首，讀後覺得了無新鮮之處，除了先前所引那我會背出的那首較為寫實外，亦不過是舊詩中常見的，沒有甚麼值得大力聲討，視為離經叛道的。

吳虞惹禍的那十首艷詩，我略看一遍後，就隨手把它夾入書本中，已有四五十年不見它的「芳蹤」了。前些時，無意中翻書，它突然出現，紙張已由白變黃，而墨色尚新，有一種光彩撲人眉宇，這是原子筆、鋼筆所辦不到的。（中國的墨，好處就在這裏，一經上紙，年月愈久遠，愈見墨彩，原子筆、鋼筆寫的字，一二十年後，已黯然無色了。）現在把這十首七絕錄出來，請讀者評一評有多少「兒童不宜閱讀」的成份。

嬌聲才叫果盤開，紅燭雙燒照玉台。
入手三盤梳掠好，盈盈含笑拜年來。

碧玉回身怯抱郎，戲抛毛毽粉流光。

久知性愛甜甜味，纖手親分蜜棗嘗。
入月懨懨倚繡牀，細摩羅襪暗生香。
閑來低唱新翻曲，不是傷春杜麗娘。
試摩素足惹嬌嗔，若使凌波勝洛神。
低語阿儂生怕癢，叫郎規矩莫撩人。
鏡裏春容鬥小喬，閑舒皓腕卷輕綃。
最憐新剝雞頭肉，肯給書生艷福消。
親解羅衣見玉肌，如雲香髮枕邊垂。
問郎每日相思否？一日思君十二時。
長向妝台伺眼波，天花還着病維摩。
分明白玉觀音像，止恨楊枝露不多。
一種柔情百樣痴，風懷端為李師師。

也知解渴新橙好，卻感霜華點鬢絲。
天生麗質不須誇，貧賤西施憶浣紗。
難得蛾眉知節儉，米鹽他日慣當家。
吹斷人間紫玉簫，年年春恨總如潮。
英雄若是無兒女，青史河山更寂寥。

這些艷詩，不過是吳虞寫他在秦樓楚館中跟倌人打情罵俏和日常的為雲為雨的情思而已，古今詩集中有的是，實在沒有甚麼新奇，最多只能使高級知識分子讀後會飄飄然想入非非，一般人未必會欣賞，所以還是不值得大張旗鼓來保衛名教的。吳虞經人攻擊後，曾為自己辯護。他說：

我的詩集刻於未到北京以前，綺艷之詞不加刪削，本無避諱，何所用其苦肉計，何所用其假面具？我非講理學的，素無兩廡豬肉之望。若曰「痰迷」，則中國人之詩詞戲曲痰迷者真汗牛充棟，足下能一一舉正之乎？若曰痰迷，則梁任公之於王凌波，蔡松坡之於小鳳仙，固彰彰在人耳目。陳獨秀、黃季剛諸先生之韻事特多，足下亦能一一舉正之乎？……

吳虞在北京大力批孔孟的時候，魯迅已在《新青年》發表他有名的小說《狂人日記》。在這

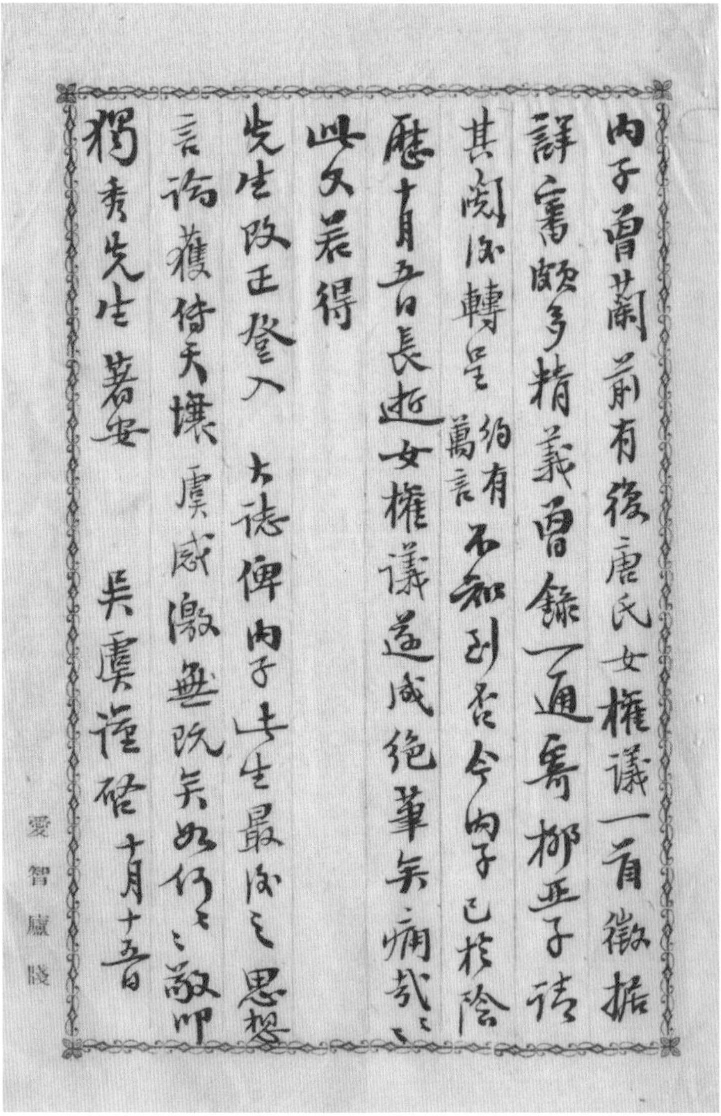
內子曾蘭前有女權議一首徵據
詳審頗多精義曾錄一通寄柳亞子請
其閱後轉呈 約有萬言 不知到否今內子已於陰
歷十月五日長逝女權議遂成絕筆矣痛哉痛哉
此文若得
先生改正登入 大誌俾內子生平最後之思想
言論獲傳天壤 虞感激無既矣如何如何敬叩
獨秀先生著安 吳虞謹啓 十月十五日
愛智廬隱

吳虞信札

篇短短的小說中，作者把舊禮教和舊綱常予以徹底的否定。這進步的思想給予吳虞的影響很大，自此之後，吳虞就發表了很多抨擊舊禮教的文章，後來收入《吳虞文存》中，和當日風行一時的《獨秀文存》、《胡適文存》同為好學深思的青年讀物。我僻處窮鄉，家庭又十分守舊的，接受新文化洗禮很遲，直到一九二五年六七月間才開始讀胡適、陳獨秀等人的文字，進一步才知有《吳虞文存》。吳虞攻擊舊禮教的一篇文章中，有很「精闢」的幾段。他說：

> 我們中國人最妙是一面會吃人，一面又能夠尊重舊禮教。吃人與禮教本是極相矛盾的事情，然而他們在當時歷史上，卻認為並行不悖的，這真怪極了！

又說：

> 禮教講到極點，就非殺人吃人不成功，真是殘酷極了！一部歷史裏面，講道德說仁義的人，時機一到，就直接間接的吃起人肉來了。

這些話實在平淡膚淺得很，只是在二十年代初期滿街都是衞道之士，舊勢力極度龐大的社會裏，他竟然大膽發表抨擊舊禮教的文字，在五四時代的「文化大革命」中，的確起了很大的作用，他對當時的思想啟發運動，是立下了相當功勞的。但吳又陵這個人，思想言行卻又有時不能一致。他一面參加「文化大革命」隊伍，向前邁進，一面又保存着他的浪漫派的名士行動，私生活很不嚴肅，和與他同時的郁達夫的性格有些相似。（郁達夫在二十年代、三十年代早期的私生活，浪漫頹放，但因為他同情受政府迫害的左傾人物，又忝與魯迅為密友，於是在他死後三十年，也得「推恩」及之，而不予抨擊。如果吳虞遲死六七年，也許亦蒙「推恩」，念其打孔店之勞績也。）

吳虞在北京戀着一個南妓庾嬌，便是他給人攻擊的對象。他曾用筆名寫了十幾首贈庾嬌的詩登在北京某報的副刊，他的動機，無非想發表一下，同時又捧捧這個南妓，讓她出名。後來給人查出是吳教授的大作，就有人寫信寫文章到《晨報副鐫》裏，對他大加攻擊，罵他的贈妓詩太過香艷淫靡，還罵他痰迷心竅。有兩篇文字罵得最兇，一篇的題目是《吳虞先生休矣！》另一篇《孔家店裏的老夥計》，把他罵個狗血噴頭。吳虞有文字反駁，已見上引。這一樁艷詩公案，雙方筆戰了一個時期，在北京的文壇中平空起了一陣子熱鬧，為新文化運動中點綴了一下，後來也就鳴金收軍，好戲收場了。

民國二十五年（一九三六年）十月，馬敍倫先生遊成都，吳虞在家中請他吃飯，後來馬先生對我說，吳又陵還很活潑，無頹唐氣。

早年的胡適博士是竭力提倡打倒孔家店和舊禮教的，當吳虞大聲疾呼這個口號時，胡博士大聲喝采，稱吳教授為「打虎老英雄」。曾幾何時，胡適已成為社會名流，進一步又成為國際知名人士，為了維護自己已獲得的地位，他不再主張打倒孔家店和舊禮教了。學而優則仕，在政海中又成為紅人，擁護他的老闆。

胡博士逝世前八九年，台北忽然大吹大擂，把孔子捧到半天高。其時台北有個齊如山不談梅蘭芳，而大談「清朝北平祭孔禮節」，清朝的國都叫北京，而齊老先生因為反共反到頭昏腦脹，搬個北平出來以媚當權者，已經有趣之至。他的文中有這幾句：「民國祭孔之禮，稍稍淡薄了幾年，經總統蔣公提倡，始又隆重起來。」（齊如山全集第七冊《清朝北平》那篇文字）胡博士見到隆重祭孔那些古代禮節，氣到不敢出聲，一句話都不敢說，打孔家店也好，打蔣門神也好，收斂豪氣，明哲保身為妙。不久後，胡博士逝世，香港即有一位衞道善士，捐款重印陳煥章的尊孔小冊子，《印書緣起之二》中，對已死的胡博士，大拍手掌，其中有這些話：

……正氣常存於天地，對於破壞孔教之人，已千夫所指，不疾而死矣。天下之亂，必先亂其是非，近來有一個平素以打倒孔家店，毀滅中國固有文化之人，死後竟稱之為文化導師（夫中國文化，以孔子為中心，苟無孔子，則中國文化史上必黯然無光矣），乃明明是文化罪魁，竟妄稱為一代完人！

胡適博士做人真難，甚至在死後也有左右為難之苦，明明是不反對台北尊孔，死後仍要被「聖徒」臭罵一頓，亦生前所不及料的。

國民革命軍拿下南京後，定為國都，當時國民政府曾明令廢止祀孔和沒收曲阜孔廟的祭田，正如齊如山所說的「稍稍淡薄了幾年」。後來又發還祭田，又改衍聖公為「至聖先師奉侍官」，官階與部長同級。於是湖南、廣東紛紛提倡讀經尊孔。

民國廿四年（一九三五年）胡博士來香港大學接受所贈的博士學位，順便應邀上廣州在中山大學演講。後來中山大學當局因胡博士在香港失言，取消演講會，其時陳濟棠在粵稱雄之日無多，但仍然竭力提倡讀經尊孔，聽說胡博士是打倒孔家店的文化導師，於是就請他相見，意欲以經書給博士一個下馬威。

他們見面時，陳濟棠當面駁斥他的「批孔」和反對讀經的種種不是。怎料胡博士是滿腹詩書之輩，豈讀書無多丘八出身的南天王可比。

博士搬出學術論據，把老總反駁到啞口無言。這一幕趣劇就在尷尬的場面下閉幕了。

談末科狀元劉春霖

中國之有狀元，真是封建帝王籠絡天下士人之心的一個最好不過的辦法，所謂「英雄盡入彀中」是也。在科舉時代，狀元是一件神秘的古董，這古董是天下五大洲所沒有，只有亞洲的中華才產生。狀元是不必講學問經濟的（自有清中葉已如此），只要有先人的風水庇蔭，和祖德陰騭加上本人的私德，和寫得一手好字，便可以大魁天下，引起萬人歆動，當臚唱之日，最尊嚴不過的皇帝，也抬高「龍目」，向他偷偷的瞟一眼，其他的人，更無論矣。北宋之末，已處在強鄰迫境自居偏安的地位，而據宋人筆記說：

每殿廷臚傳第一，則公卿以下，無不聳觀，雖至尊亦注視焉。自崇政殿出東華門，傳呼甚寵，觀者擁塞通衢，人摩肩不可過……至有登屋而下瞰者。庶士傾羡，讙動都邑。洛陽人尹洙意氣橫溢，嘗曰：狀元登第，雖將兵數十萬，恢復幽薊，逐強藩於窮漠，凱歌榮旋，獻捷太廟，其榮不可及也。

這時候，北宋積弱已甚，恢復華北已是夢想的話，而狀元之榮，似乎比恢復失地還有過之，可見宋人之不長進，但狀元魔力之大，令人心醉，則可見一斑。

劉春霖

我國自唐以來就有狀元，到清朝光緒三十年甲辰科的狀元劉春霖，而結中國千餘年狀元之局，此後中國永遠沒有這件古董了，而這最後一件古董，又在幾年前已打碎，（聽說劉春霖在一九四三年前後死於北京）則今日讓我來談談末科的狀元，也許是讀者所樂聞的罷。

從前中國各地和香港南北行街稍為大一點的舊式商號，都喜歡找末科的狀元、榜眼、探花，傳臚寫四條幅，掛在客聽，這四個人便是劉春霖、朱汝珍、商衍鎏、（現居南京，一九五六年已八十三歲。）張啟後。他們的字是否寫得好，那卻是另一回事，然而過此以後，便沒有狀元字了，所以世人還是珍重它（上海的榮寶齋等南紙店，仍有這四人的屏條出賣，真假暫勿論）。

甲辰會試是結中國科舉之局的一科，所以這一榜的進士，還算人才濟濟，後來多有出類拔萃的人。大概是因為過了此次便沒有機會了，所有英才集中在一起罷。（不只是考試的士子作如此想，即試官也何嘗不是呢？徐世昌以卿貳充這一次的朝考閱卷大臣，他所作的《甲辰同年錄序》有云：「策論之試，肯定於寅科，科場之制，遽迄於辰年，余於是科獲襄閱卷，含元殿上，曾瞻金鏡之持；光範門前，細數曉鐘之列；馬融晚性，惟愛琴音，徐演殘牙，猶思餅啗。……」大有感慨系之，而又自喜之意，蓋往時士人以得一掌文衡為榮，而何況又在末科也？）可是這科的鼎甲三人，並沒有甚麼出色的人才，反而進士則出了不少大名鼎鼎的人物，（如名記者黃遠生、大政客湯化龍、王揖唐、張其煌、譚延闓等）越顯出這一科的「龍頭」的黯澹無色了。

據聞這一科的狀元原本屬於廣東的朱汝珍，而殿試前的會試，譚延闓得元，也是他的同鄉張百熙力爭才得到的，現在把金梁和陳夔龍（清末官至直隸總督，北洋大臣，鼎革後，以遺老自居，隱於上海，一九四八年逝世）兩人所記的，分別錄下。金梁《光宣小記》云：

殿試派讀卷大臣八人，復試及朝考各派閱卷大臣八人，傳閱試卷，排定甲乙，以前十卷進呈。聞是科初以朱汝珍卷列第一，及發下，則第一為劉春霖，而朱卷第二，餘卷亦有更動，謂由欽定，實則卷上隨手翻閱，次序微亂，發下時，即據以為定，不得擅易，一甲二甲，出入在此頃刻間也。

又，金梁的《瓜圃述異》云：

又是科第一，原定朱汝珍，太后閱卷始改劉，已屢見近人記載矣。而余卷本第三，李姚琴先生（伯雨案：李名稷勳，是科會試同考官，金梁出其房。）題記曾詳言之。相傳太后觀字，喜疏淡而惡烏方，朱擅楷法，惟用筆較重。太后閱第一卷，不甚合意，見第二卷為細筆，而第三卷尤瘦硬，將置諸首，即余卷也。及閱策首有痛哭流涕句，是屆為七十萬壽恩科（伯雨案：上一科癸卯為正科，狀元是山東濰縣王壽彭。）太后以為不祥，竟擲於地，遂改第二為第一，於是劉為狀元，朱為榜眼矣。左右既知第三卷不為太后所喜，查係旗卷，乃急易一旗卷為探花，即商衍鎏，然外間早已傳余為第三，捷報竟至余寓，其時京津各新聞皆喧登焉。事之確否不可知，而余寓鴻陞店，確曾高懸探花之報，則人人皆目睹而艷傳者也。

陳氏的《夢蕉亭雜記》云：

> 甲辰會試，借豫闈舉行，余以豫撫派充知貢舉。總裁為長沙裕文恪德相國，長沙張文達百熙尚書，吳縣陸文端潤庠總憲，南海戴文誠鴻慈侍郎，滿知貢舉為長白熙閣學瑛，其餘同考監試提調等人，均由京奉派來豫，贊襄其事。揭曉日，余與諸公齊集至公堂，升座拆卷填榜。陸文端手持一卷語余曰。此卷書法工整，為通場冠（時已廢謄錄），廷試可望大魁，揭封知為肅寧劉君春霖，其同鄉閻太史志廉，亦係同考官，謂劉君平日所書大卷不下數百本。正欣羨聞，張文達又執一卷示余曰，吾鄉本朝二百餘年，三鼎甲俱備，獨少會元，場中得湖南一卷，寫作皆佳，以正大光明次序而論，我班次居二，例中會魁，科舉將停，機會難得，情商裕相，懇將此卷作為會元，庶使吾鄉科名免缺陷，承裕相允讓，即此卷是也。揭彌封，乃茶陵譚君延闓，為前粵督譚文卿制軍之少子，咸慶主司得人。迨殿試臚唱，劉君果獲大魁，譚君亦以高第入詞館，私揣兩君異日文章業位，正未可量，詎數年間，時局日非，國步已改，而此兩人者，一則憔悴京華，仍效牛馬之走，一則馳驅嶺表，徒為蠻觸之爭，已忘其為故國詞臣，先朝仙吏，國家二百餘年養士之報，如此結局，尚何言哉！

陳氏以河南巡撫得參與闈事，故能詳言如此。它的末段說到劉春霖默默無聞，和譚延闓的飛黃騰達，不免加以抑揚，遺老口吻如此。（案此書作於一九二四年溥儀被逐出故宮以後。）

到一九三五年，劉春霖可不寂寞了，那時宋哲元開府北平，忽然心血來潮，要拜劉做老師，請他每星期講經二次。舊時軍閥的頭腦，以為狀元都是有學問的人，這和張宗昌請狀元王壽彭做山東教育廳長兼山東大學校長相同。宋哲元對劉很尊敬，每次都派了自己的汽車迎送劉入府「講

盧山奇秀甲天下山∴北峯日香爐峯北寺曰遺愛寺介峯寺間其境絶大甲盧山元

和十一年秋太原人白樂天見而愛之若遠行客過故鄉戀∴不能去因面峯腋寺作為草堂明

年春草堂成三間兩柱二室四牖廣袤豐殺一稱心力洞北戶東面峯腋寺作為草堂納陽

日虞祁寒之木斷而已不加丹墁徹而已不加白墨堦用石冪用紙竹簾紵幃蕭絜華是為堂

中設木榻四素屏二漆琴一張儒道佛書各兩三卷又起來為主仰觀山俯聽泉旁睨竹樹

雲石自辰及酉應接不暇俄而物誘氣隨外適內和一宿體寧再宿心恬三宿澉瀡然熔容

然不知其然而然自問其故答曰是居也前有平地輪廣十丈中有平臺半乎地廣而

方池倍乎臺環池多山林野卉池中生白蓮白魚又抵石澗夾澗有古松老杉大柱十

人圍高不知幾百尺傍有瀑布水懸三尺瀉階隕落石渠噴春曉如縷

崖積石嵌空峭壁樵木異草蓋覆其上綠陰蒙∴朱實離離不識其名四時一色又有飛泉

植茗就以烹燀好事者見可以永日堂東有瀑布水懸三尺瀉階隕落石渠春曉如綠

色夜中如課俯拾其四倚此崖右趾以剒竹架空引崖上泉脉分線懸自簷注砌

景∴如貫珠霏微如兩露滴瀝隨滴逶迤四季有餘風夏有

石門澗雲秋有皓月冬有爐峯雲晴顯晦昏旦含吐不可彈述觀綠而言故

云甲盧山者憶凡人豐一屋華一簀而起居其間尚不兔有驕穩之態合我為物主物至

致知乎顛至又安得不外適內和體寧心恬哉昔永遠宗雷十八人同入此山老死不返去我

千載我知其心以是我划余自思徒勞逸進左右白屋若朱門凡兩山雖一日二日卿慷蓋丢臺縣

奉石為山課十水為池其喜山水病㿃∴如∴一旦豢剒東佐江郡∴守江憂容撫我盧山以靈

勝侑我是天與我時地共殽兩好又何來焉餘景木盡或杜或來遺寧康

待余其日弟妹婚嫁畢行止得以自遣則山石手左右引琴手右左抱琴綠素作

斯以成就我生平之志清泉白石實聞此言時三月二十七日始居斯新堂四月九日與河南元集盧范陽

張允中南廬張次之東西二林長老湊公朗滿晦堅等其寄集茶果以樂之因為草記

致遠大兄夫人雅鑒并正

丙午七月中旬潤琴弟劉奉雲書於京師

學」的，遇到「政躬」不假，還要向老師請假呢。這麼一來，宋哲元在平津很得到人們稱讚，說他「尊師重道」了。

狀元的字，是否寫得好呢？這真是一個有趣的問題。一般人當然說，做了狀元，還寫不得一手好字麼？這當然也有些道理。清朝自乾隆以後，殿試全以字寫得好壞為獵取狀頭的標準，既然中了狀元，寫的字必定很好的了。其實狀元翰林們的字多是館閣體，齊齊整整，正如趙撝叔所說的好像算盤珠子一樣排列在一起，絕無風雅及新意可言。清朝的狀元，遠的不說，以光緒一朝言之，一共出了十幾個狀元狀，能夠寫得好字的已不多，張謇寫得算不壞，但還有些館閣氣味，未能完全解放。光緒廿四年戊戌狀元夏同龢比較能解放，他在光緒廿六年給先祖寫的阡表，（立在曼谷的祠堂，本應立在墓前的，但因風水關係，改立在暹羅。）完全用北魏和略帶隸法寫的，一變本來面目，在狀元書法中算是解放的了。至於劉春霖的字，體格甚卑，殊無足觀。他在一九三一年到上海給死了的猶太富商哈同題字，得到一大筆「利市」之外，海上人士還傳為美談，一般以耳當目的人，不惜拿出大筆錢來求他寫字。據他的同年金梁說，劉久患手震，不能執筆，只有在夜裏十一點到十二點半的時候，偶然能寫字，所以人們更寶貴他的書法了。我想這恐怕是劉狀元故作「奇談」，使人們寶貴他的墨寶吧？否則便是他的太太代筆的。

提到狀元太太，我順便講講他們結合的一段趣史，說來風流得很。劉太太是前山東河務局局長張慶澐的長女，張是河北滄縣人，與劉為同鄉，（劉為肅寧人，字潤琴）張向來會寫字，他的大小姐也喜歡臨帖。劉春霖得拔貢之後，即書名噪一時，他的石印小楷，為張大小姐平日所仿臨者，幾能亂真。光緒三十年甲辰，張以浙江候補知縣任寧波釐金差，有一天，門房拿進新科狀元的大名片來求見。他們雖是同鄉，但素未謀面，照理可以不睬的，但新科翰林到各地以聯扇打秋風，本係常事。張即請他相見，寒暄後，不免恭維他的書法一頓，恰好桌上有柄摺扇，張便請他揮毫。那知劉狀元見了變色，支吾者久之。張覺得奇怪，請之愈力，客人不得已，勉為之書，寫不到幾個字，狀元的跟班跑進來向他耳語了一會，客人便說寓所裏有緊要事，立即辭去。張看他所寫的字雖然尚端正，但和劉的相差甚遠，知道是寒士所冒充，企圖空手打秋風的，也不追究。張後來對他的同寅談及此事，其中有與劉狀元相識者，說張大小姐既喜歡仿劉狀元的字，劉狀元近日正斷絃不久，何不兩家聯婚呢，眾皆稱善，遂由提議之某君作合。假狀元向張行詐不遂，反促成張氏得一狀元做女婿，這可說是末科狀元的韻事了。

梁啟超求勳位

民國元年（一九一二年）七月二十九日，大總統袁世凱，以總統名義頒佈「勳章令」和「頒給勳章條例」。主要內容如左：

勳章等級：（一）大勳章，大總統佩戴。（二）嘉禾章，一等至九等，授給有勳勞於國家之人，或有功績於學問、事業之人。

是年八月八日，袁世凱又公佈「勳位令」，主要內容如左：

凡民國人民有勳勞於國家或社會者，皆可授予勳位。勳位共分六等：大勳位、勳一位、勳二位、勳三位、勳四位、勳五位。勳位由大總統用親授式授予。

勳位終身保有，但依刑法受褫奪公權宣告者不附帶其它特權。

最妙不過的是勝朝的王公貴族，也共沾民國總統的恩澤，「勳位令」中規定：

梁啟超

各種世爵均以授有勳位論，其對比如下：（一）親王、郡王、貝勒、貝子，同大勳位；（二）公爵同勳一位；（三）侯爵同勳二位；（四）伯爵同勳三位；（五）子爵同勳四位；（六）男爵同勳五位。

這樣，在青島的「恭親王」溥偉，在大連的「肅親王」善耆，他們在租界裏搞顛覆新政府活動，大可以戴起大勳位來增加聲勢了。不過他們都是復辟派的領袖，對於中華民國的名器是不屑一顧的。

中華民國的大勳章是授給大總統一人佩戴的，但可以頒贈給其他友好國家的元首，以睦邦交。民國元年雙十國慶，是中國第一次舉行的授勳典禮，和前清的皇帝以花翎頂戴賜予臣工同一作用，得者視為無上光榮。

元年國慶盛典，大總統以大勳位授予孫文、黎元洪，而以勳一位授予唐紹儀、伍廷芳、黃興、程德全、段祺瑞、馮國璋等，孫文雖曾為中華民國臨時大總統，但今已卸職，故無接受大勳章的資格，即有，孫文亦必拒絕。

民國元年八月，孫中山入京，曾與袁世凱晤談十三次，根據梁士詒所說，每次談話時間，從下午四時至晚上十時或十二時，更有三、四次談到兩點鐘後的。每次見面，只有孫、袁、梁三人，屏退侍從。兩位民國偉人所談的都是國家大政，談得很是融洽。九月九日，袁總統發表孫中山為籌辦全國鐵路督辦，因為孫中山向袁講過他的抱負，要築鐵路二十萬里，改善中國的交通。這個銜門雖然成立，但未辦一事，數月後，二次革命發生，袁且下令通緝前臨時大總統了。

孫中山在京勾留約月餘，即返上海，民元雙十節授勳，孫中山授大勳位，孫中山和黃興都敬辭不受。孫的辭電說：

奉真電特授文大勳位，無任慚惶，去歲民軍起義，東南十餘省，已次等光復，文甫歸自海外，其於國內同胞，感情尚有隔閡，須急謀統一，組織臨時政府，勉從眾議，承乏南都。後賴我公以救國決心，力全大局，幾經辛苦，乃有今日，文始終因依其間，實無功可述。今承大勳特授殊榮，中夜捫心，適以滋愧。且文十餘年來，持素民主義，不欲於社會上獨佔特別階級。若濫膺勳位，殊與素心相違。務乞鑒玆微悃，收回成命，實深感荷！

這個時候，孫袁之間尚未發生裂痕，袁向孫大施攏絡手段，以國家元首之禮接待他，國慶授勳，以大勳位授予孫先生，是合情合理的。但孫中山婉卻，理由也很充份，所謂武昌起義，各省光復後，他剛從外國歸來，暗示「無功」，這恐係孫先生自謙之詞，但北方的人也多持此說，袁世凱心中必然也有此想存在，故此孫中山不妨自己說出。至於所謂「不欲於社會上獨佔特別階級」，倒是孫先生的崇高志趣，故在此向袁表白一下。

孫中山先生給袁世凱的信，其中一句最為我欣賞的是他「十餘年來，持素民主義，不欲於社會上獨佔特別階級」。不料十多年後，他的黨徒生怕他同於素民，竭力為他塑造一個特別階級，請他安安穩穩坐在裏面，種種封建制度都貢給他去獨享，他生前的形象完全給破壞了。

袁世凱頒授大勳位給孫中山，照例必附有授勳證書相伴著的。證書用泥金書寫，內文尊稱他為「前大總統」，由袁世凱親自簽名，按照授勳條例，勳位由大總統親自授予的，但孫中山敬謝不受，證書就放置在總統府裏成為歷史文物。此物下落如何，實為一有趣問題。一九四八年，薛大可在上海《正言報》寫「蒼松閣筆記」，中有一則，即記此事，我讀後才知道這個證書的下落。（薛大可字子奇，民國初年在北京辦報，也是洪憲餘孽，一度流寓香港，後來到了台灣，據聞死去久矣。）現在把薛文錄左：

中山既不受（大勳位），此證書置於總統府，後由袁氏幕府夏壽田君持以相贈。余認為名貴史料，珍藏至今。茲將證書原文錄出如下：

蓋聞赤松緣圖，古有尊崇之典；紅鷹金綬，今多投贈之文。實惟前大總統孫文，艱難卅載，奔走五洲，提挈華夏之群豪；蹤躡法美之盛軌。遂建共和基礎，肇造民國規模。本大總統依勳位令第一條，親授大勳位，以彰殊績。無前偉業，挽歷代慘黷之風；對天鴻庥，登斯民太平之世。此證，袁世凱。民國元年月日。

授勳證書，文辭典麗，居然有前清南書房侍從儒臣的氣息。袁世凱時代的總統府裏，養著一批前清狀元、榜眼、探花，而翰林更是一大堆，授勳孫中山證書的文字，也許出自秘書長梁士詒之手。（梁為光緒二十年翰林，夏壽田則為光緒廿四年榜眼，至於狀元夏同龢、王壽彭、劉春霖皆任秘書，人才甚盛）

民國二年二月十二日，是當時稱為「南北統一紀念日」的，即是清隆裕太后簽署退位詔書之

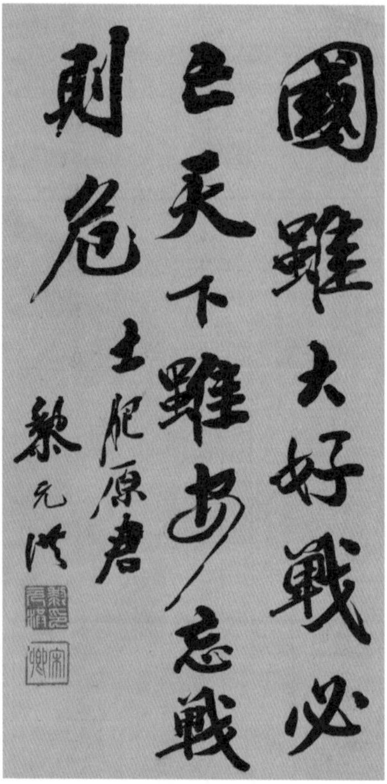

黎元洪書法

日，袁世凱紀念此日，亦舉行授勳典禮。梁士詒得勳二位。《梁燕孫先生年譜》記其事有云：

南北統一紀念日，授先生勳二位。其文為某名士手筆，淵雅可誦，玆錄於下：

蓋聞運遘雲雷，乃有非常之業；志安區宇，端資不世之才。秘書長梁士詒，識貫韜鈐，籌深帷幕，軼唐家之房杜，謀斷兼長；失漢室之蕭曹，指揮若定。敦槃會合，泯群雄猜忌之嫌；輪軌交通，肇一統車書之盛。尤念艱難之締造，彌懷密勿之經綸。本大總統依勳令第一條，授以勳二位，以嘉乃績。春風衣錦，慷慨登尉侘之台；天漢洗戈，巍峩式伏波之柱。

果然是淵雅可誦，所謂出某名士手筆，恐係夫子自道，我恐怕授孫中山的證書，其文也是出於梁秘書之手的，梁士詒的年譜又記他的四弟士訏得到袁世凱授以勳五位事。年譜民國三年條下，記事云：

正月一日，先生四弟士訏授陸軍中將銜，勳五位，先是，項城恆訏先生不為子弟乞恩，以為其人不受羈勒，其實先生向不喜人之夤緣攀附，非有他也。至是以保衛地方，協和諸將，異常出力，經人陳請，遂有此授，先生曾代力辭二次不獲。

士訏於二次革命時，以協和「諸將」，趕走陳炯明，取消獨立，有功，袁世凱於是年八月授以陸軍少將。梁士詒不為子弟乞恩，袁世凱覺得有點奇怪，梁啟超託梁士詒為自己乞恩以娛親，

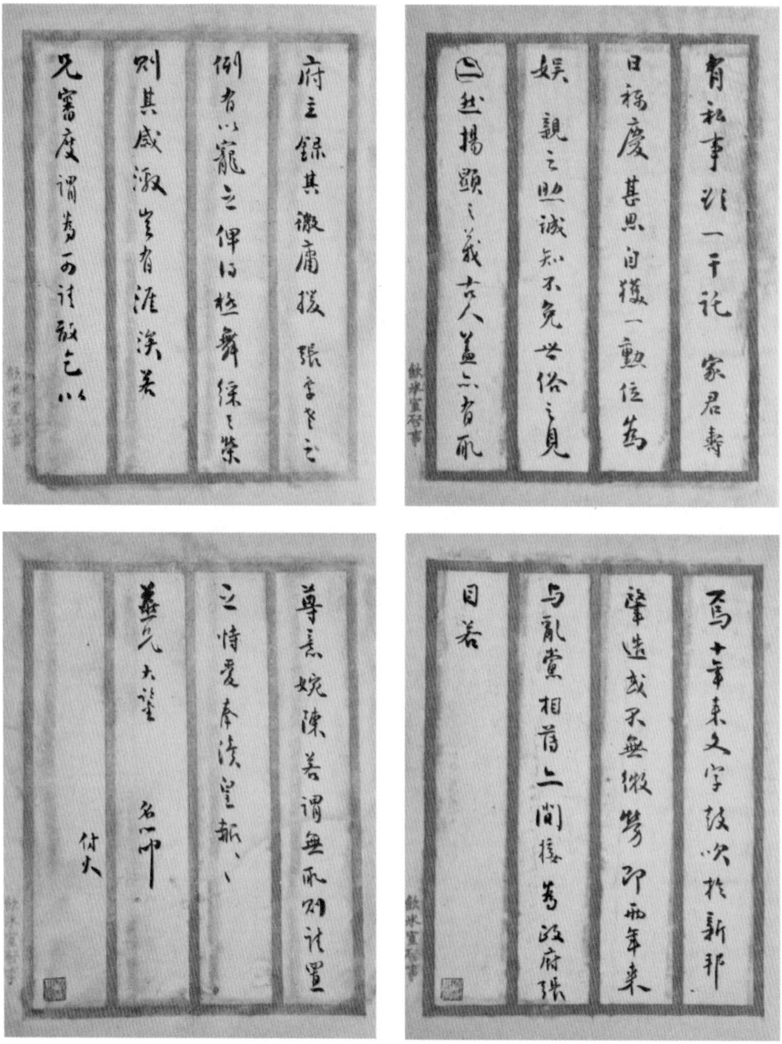

有私事乞一干託　家君壽
日稱慶甚思自擬一勳位為
娛親之點識知不免世俗之見
已赴揚顯之義古人蓋亦有取

府主錄其微庸攷　張季直之
例者以寵之俾得拄舞綵之榮
則其感激豈有涯涘矣
兄審度謂為可請敢乞以

為十年來文字鼓吹於新邦
肇造或不無微勞即兩年來
與亂黨相首上間接為政府張
目者

尊意婉陳若謂無可請置
之待愛奉法豈敢、、
燕兄大鑒　名心印
付丙

梁啟超致梁士詒函

恐怕袁世凱也不會覺得訝異。此乃人之常情也。

孫中山、黃興、吳稚暉都不接受總統授予的勳位，梁啟超卻寫信託梁士詒為他謀一個勳位，使老父高興一下，亦顯親揚名之道。從這兩件小事，我們可以看出中華民國剛成立，建國偉人表面上口口聲聲同心協力要把國家弄好，骨子裏卻是互相猜忌、不信任，處處為自己的黨派打算。孫黃之拒勳位，梁啟超之求勳位，使我們可以見微知著。

梁啟超有一封親筆信寫給總統府秘書長梁士詒，託他設法為他謀求勳位，這封信現在收入《梁譚玉櫻居士所藏書翰圖片影存》書中。這位女士是梁士詒的第八姨太太，前幾年在香港謝世，遺囑指定由蘇文擢先生編印此書。內容很是豐富，尤其是民國初年三山五岳人馬寫給她的家主梁士詒的信，使我讀後大樂，得知所未知，聞所未聞也，錄梁啟超信如下：

> 有私事欲一干託，家君壽日稱慶，甚思自獲一勳位，為娛親之助。誠知不免世俗之見，然揚顯之義，古人蓋亦有取焉。十年來文字鼓吹，於新邦肇造，不無微勞，即兩年來與亂黨相薄，亦間接為政府張目。若府錄其微庸，援張季老之例，有以寵之，俾得極舞綵之榮，則其感激，豈有涯涘。若兄審度謂為可請，乞以尊意婉陳，若謂無取，請置之。恃愛奉瀆，惶郝惶邦。燕兄大鑑，名心叩，付火。

函末無署名，還請閱後「付火」，豈知收信人偏偏珍惜任公先生的墨寶，為我們保存了七十多年，得與世人見面，誠一大快事也。任公先生的父親名寶鍈，字蓮澗。

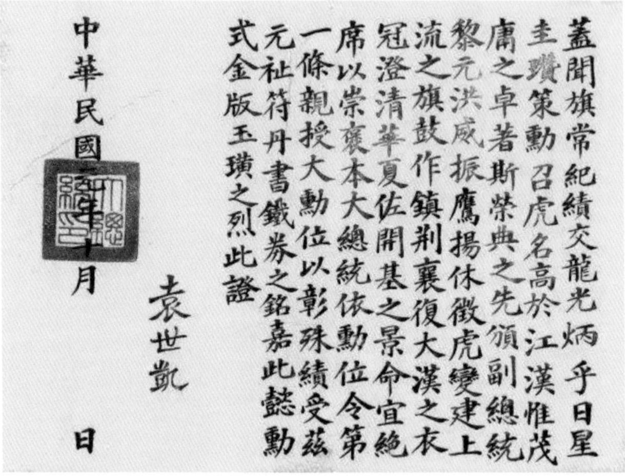

蓋聞旗常紀績交龍光炳乎日星
圭瓚策勳召虎名高於江漢惟茂
庸之卓著斯榮典之先頒副總統
黎元洪威振鷹揚休徵虎變建上
流之旗鼓作鎮荆襄復大漢之衣
冠澄清華夏佐開基之景命宜絶
席以崇褒本大總統依勳位令第
一條親授大勳位以彰殊績受茲
元祉符丹書鐵券之銘嘉此懿勳
式金版玉璜之烈此證

袁世凱

中華民國元年十月　日

黎元洪大勛位證書

梁啟超萬牲園雅集圖

民國二年癸丑（一九一三年）三月初三日，梁啟超在北京邀集名士三十多人作修禊之會，地址在萬牲園的暢觀樓，這是東晉永和（公元三百五十三年）後二十六癸丑，人生難得逢此佳會，因為六十年才碰到一個癸丑，一個人如果稍為短命，也許不會遇見的。

雅集當然有詩，梁啟超以「群賢畢至，少長咸集，崇山峻領，茂林修竹，清流激湍，映帶左右，天朗氣清，惠風和暢」三十二字分韻賦詩。梁啟超得「激」字，詩云：

自我去國為僇人，屢辜佳晨墜絕域，哀時每續梁五噫，忤俗空傳傳七「激」。秋虫聲繁亦自厭，春明夢碎何當覓。竭來京國儼在眼，起視山川翻沾臆。政恐桑田會成海，豈真長安嗟如奕。即茲名園問銀牓，已付酸淚話銅狄。江湖風波況未已，龍蛇玄黃知何極。……吾黨夙昔天所囚，今日不樂景既迫。瀲瀲酒光漸氾甕，的的花枝更照席。虎頭尺縑能駐顏（姜穎生先生繪圖紀勝），賀老四絃解勸客（唐生瑤華，二十年前以琵琶名樂部，今日招與會）。侵鬢忍放日月邁，蹉跎應為芳菲惜。他年誰更感斯文，趣舍恐殊今視昔。

梁啟超除作詩外，又有小記云：

吾生有極，駟隙不返，徒顧影而悼歎，寧假日以遊娛，始吾墜地以還，逢癸丑之上巳，山陰禊事、正屬今辰，逋亡歸國，山川猶昔，撫茲令序，尚全今我。風景不殊，玄鬢非故，落落舊侶，藹藹新知，遊心於爽塏，假物於陽春，永一日之足，據千年之慕，群賢不遺，就我呴沫，和以醇醪，拾此芳草，流傳觴詠，寧遠永和，何必天地為大，而枋榆之足小也。癸丑三月三日，梁啟超記。

癸丑萬生園修禊後，梁啟超和雅集諸人同攝一相，凡參與的人都有一張，梁題字在相片的紙版上，文云：「晉永和後第二十六癸丑，集群賢修禊萬生園留影。啟超記。」相片中共三十六人。《嚴幾道年譜》（王蘧常著）民國二年條下云：「上巳，先生與鄭叔進秘書沅，王書衡參議式通，李木齋總長盛鐸……等數十人，修禊京師萬生園，觴詠流傳，不減山陰蘭亭之會。」但照片中並不見有嚴復，似乎是他因為沒有去，只是分韻賦詩而已。（王蘧常此段記事，係引自陳灨一的「新語林」一書，此書記事有不少是得自傳聞而未經證實的。）

丁文江編《梁任公先生年譜長編初稿》四一六頁，有記癸丑修禊事，現在摘錄如左：

四月初九日，即舊曆三月三日，先生邀集一時名士四十餘人修禊於京西萬牲園。先生次日給梁令嫻女士的信裏言發起其事的緣起說：「卅八號四十號稟悉。我尚留京數日，十四五乃返津，返後即命任發行，衣裙等即帶去。今年太歲在癸丑，與蘭亭修禊之年同甲子，人生只能一遇耳。吾昨日在百忙中，忽起逸興，召集一時名士於萬牲園修禊賦詩，到者四十餘人

（原注：有一老畫師為我像，尚有二十年前名伶能彈琵琶者），老宿咸集矣。竟日遊讌，一滌塵襟，歸國來第一次樂事。園則前清三貝子花園，京津第一幽勝地，牡丹海棠極多，頃尚未花，我恨不得汝即日歸來，挈汝同遊，然行期無論若何迅速，歸來總在花謝後矣。大亂在即，明年花時，不知更作何狀，故我望汝速一睹此盛，但今既無及矣。法源寺主持今日來請往看牡丹丁香，數日後當一詣也。極樂寺海棠，團匪之亂及去年兵變，戕毀無算（原注：唐時所植），其最大者又移入頤和園，隨分尋芳，不勝今昔之感。黨事極棘手，合併已中止，我亦將褰裳而去之耳」。（民國二年四月十日與嫻兒書）又十二日一信裏論當日所為詩（江注：詩見《庸言報》第一卷第十號，又乙丑重編本《飲冰室文集》卷七十八）說：「修禊詩錄一分寄汝，共和宣佈以後，我第一次作詩也。同日作者甚多，我此詩殆壓卷矣。方將畫南中名流各為題詠（原注：有圖兩幅，一為姜□生畫，一為林琴南畫□□□□□□□師也），蘭亭以後，此為第一佳話矣。再閱六十年，世人亦不復知有癸丑二字矣，故我末聯云云，感慨殊深也（原注：蘭亭集末句「後之覽者，亦將有感於斯文」，又云：「後之視今，猶今之視昔」。）（民國二年四月十二日與嫻兒書。）（按：梁啟超詩已見上揭。

按癸丑萬牲園修褉，確實是辛亥以後修褉盛會，到一九七三年，太歲又在癸丑，距上一癸丑為一花周甲，屆時海內外文士，亦必有踵山陰故事，未必「不復知有癸丑二字」也。民國二年癸丑，上海有詩人樊樊山亦在樊園修褉，會者十人，賦詩皆以杜工部麗人行韻。（又按：漢朝的人，修褉不限於三月，有八月舉行，亦有在正月、七月，皆見《漢書》、《西京雜記》、《宋

梁啟超萬牲雅集圖

書》等。自曹魏以後，始習慣於三月三日。）

癸丑萬生園修禊照相，我藏有一張，相中三十六人，大半為海內知名之士，到今日已沒有一人存在了。今將照相製版印在這裏，三十六人中，我可以認出的三十四人，其餘二人是誰，我曾問過與會的唐恩溥先生，他也不知道。現在我試把這三十四人的名字、籍貫、簡歷、卒年分述於左：

前排坐地上的四個人，由左至右：

時慧寶（蘇州人，原名炳章，字智儂，為咸同間著名青衣時小福次子，以唱鬚生著名。一九四三年二月廿八日死於北京，年六十二歲）。

夏壽田（字午詒，湖南桂陽人，光緒廿四年戊戌榜眼）。

秦稚芬（京劇名伶，小名五九，梅蘭芳的姑丈）。

羅惇曧（字掞東，號癭公，廣東順德人，光緒廿九年癸卯順天副榜，一九二四年死於北京）。

第二排，由左至右：

陳慶佑（字公穆，陳蘭甫先生之孫，前數年死於北京）。

顧　瑗（字亞蘧，河南開封人，光緒十八年壬辰進士，選庶吉士，授編修，官理藩部右侍郎。民國時代，趙秉鈞任內務總長，薦為秘書。著有《西征集》）。

楊增犖（字昀谷，江西新建人，光緒廿四年戊戌進士。詩人，著有《昀谷詩存》）。

鄭沅（字叔進，湖南長沙人，光緒二十年甲午探花，官至侍讀，入民國任總統府秘書）。

姜誥（不詳）。

關賡麟（字穎人，號梯園，廣東南海人，進士出身。一九六二年三月死於北京，年八十三歲。他很年輕就在北京郵傳部做事，以後歷任各鐵路局局長等職）。

姚華（相中穿長袍束腰帶的那一個。他是貴州省貴筑人，字重光，號茫父，光緒三十年甲辰科進士，工詩文書法詞曲）。

唐采芝（即梁啟超詩注所說的唐生瑤華，他是羅癭公帶來的，是秦稚芬的學生。在相片中只見其頭，在姚茫父後）。

姜筠（相中白鬚戴眼鏡者。梁啟超給他的女兒信中注語「姜□穎生畫」即此人，他的別字叫穎生，號大雄山民，安徽懷寧人，工書，山水師王石谷，亦善花鳥。他參加此盛會時已七十一歲，一九一八年逝世）。

陳士廣（字翼謀，湖南湘鄉人，甲辰科進士，官郵傳部主事、秘書，民國初年著有《長安夢》小說，馳名文壇）。

袁勵準（相中黑鬍子穿馬褂者。字鈺生，號中舟，河北宛平人，光緒廿四年戊戌進士，選庶吉士，授編修，官至侍講）。

袁思亮（字伯夔，湖南湘潭人，光緒廿九年癸卯科舉人，官印鑄局局長。在相片中僅見其頭的胖子）。

易順鼎（相中穿馬褂叉手者。字實甫，號哭庵，湖南漢壽人）。

黃孝覺（黑帽短鬚者。字孝覺，廣東人，舉人出身，官法部，入民國官至潮循道尹）。

李盛鐸（相中僅見其頭。字椒微，號木齋，江西德化人，光緒十五年己丑科榜眼，官至山西巡撫，民國六年一任農商總長，一九三七年二月逝世，年七十七歲）。

顧印愚（字印伯，號所持，四川華陽縣人，舉人出身，官湖北武昌知縣，工書法，能詩。他參加此會後，即於陰曆六月死於北京，年五十九歲）。

王式通（相中僅露一頭。字書衡，山西汾陽縣人，光緒廿四年戊戌科進士，前清時代歷任大理院推事，大理院少卿。入民國任政事堂機要局長、國務院秘書長、清史館纂修、禮制館總纂。工詩文，一九三一年逝世）。

夏曾佑（相中光頭穿馬褂者。字德丞，號穗卿，浙江錢唐人，光緒十六年庚寅會元，選庶吉士，散館改禮部主事，官至安徽泗州知州。精史學，著有《中國古代史》等書，一九二五年逝世）。

譚天池（相中穿西服者。廣東人，光緒末年的留美學生，在康奈爾大學習農科，得碩士學位，他的詳細履歷待查）。

林志鈞（字宰平，號北雲，福建閩縣人，工詩，善書法，一九六〇年死於北京，時任中央文史研究館館員，享年八十一歲）。

郭則澐（字養雲，號嘯麓，又號蟄園，福建閩縣人，光緒廿九年癸卯進士，選庶吉士，授

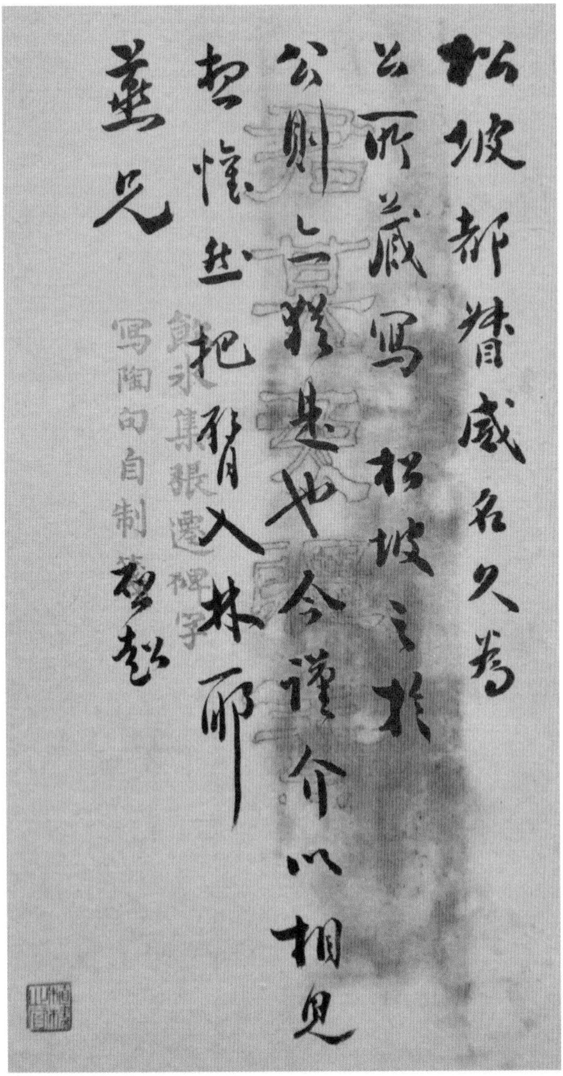

梁啟超致梁士詒函。梁士詒與蔡鍔相識竟然是梁任公介紹的，一個是帝制的始作俑者，另一個是革命護法元勛當然不可能「把臂入林」。

編修，官至浙江提學使，入民國官國務院秘書長，兼銓敘局局長，僑務局總裁等，工詩文。一九四七年逝世）。

×××（相中穿長袍戴小帽者。不識）

×××（相中露一頭者。亦不識）。

姚梓芳（字君慤，廣東揭陽縣人，京師大學堂卒業，一九五二年逝世，年八十餘）。

第三排：

黃　濬（倚樹手扶樹枝者。字哲維，號秋岳，福建閩縣人，京師大學堂卒業。一九三七年八月，以通敵嫌疑被槍決）。

梁啟超（立易順鼎身後高出者）。

第四排（全在山石上）：

藍公武（倚樹而立見半身者。字志先，廣東澄海縣人，自認江蘇吳江人，為梁啟超進步黨健者。一九四八年任華北人民政府第二副主席，政協委員，國務院法律委員會委員。一九五七年逝世，追認為共產黨員）。

楊　度（字哲子，號虎公，湖南湘潭人，一九三一年死於上海）。

羅宗震（小童，瘿公長子，早死）。

唐恩溥（坐於羅宗震之右者。字天如，廣東新會人，光緒廿九年癸卯科舉人，清末任山東肥城知縣，入民國任粵海道尹，清史館纂修，又曾任吳佩孚的秘書處處長。一九二六年後隱居香港，一九六一年二月三日逝世，年八十一歲）。

梁鴻志（字眾異，福建長樂人，一九四六年伏法）。

朱聯沅（字芷青，浙江海鹽人，京師大學卒業，學部小京官。黃濬、梁鴻志和朱聯沅都是陳石遺的學生，皆工詩。朱最早死。黃梁亦不善終，各有詩集行世。）

（署名：温大雅）

辜鴻銘趣事

近日台灣某書賈偷印辜鴻銘的遺作《張文襄幕府紀聞》，改名為《辜鴻銘的筆記》，在香港以港幣一元出售，賺了不少錢，於是談辜鴻銘者又大有其人，到底辜鴻銘是怎樣有趣的人，我也想把我所知的寫些出來。《清史稿》是官書，它的辜鴻銘傳是這樣說法的：

辜湯生，字鴻銘，同安人。幼學於英國，為博士（伯雨案：「為博士」三字，不通），遍遊德法意奧諸邦，通其政藝。年三十，始返而求中國學術，窮四子五經之奧，兼涉群籍。爽然曰：「道在是矣！」乃譯四子書，述春秋大義及禮制諸書。西人見之，始歎中國學理之精，爭相傳譯。庚子拳亂，聯軍北犯，湯生以英文草《尊王篇》，申大義，列強知中華以禮教立國，終不可侮，和議乃就（和議成立，乃係「列強」知我以禮義立國，真妙論也！「史筆」如此，歎觀止矣！）。張之洞周馥皆奇其才，歷委辦議約濬浦等事。旋為外務部員外郎，擢左丞。……湯生好辯，善罵世，國變後，悲憤尤甚。窮無所之，日人聘講東方文化。留東數年歸，卒，年七十有二。

史稿這篇傳，是出於金息侯（梁）之手的。金梁本是復辟派的健將，清亡之後，在在皆與民

辜鴻銘

國為敵，所以才寫出這樣的妙文。

民國初年，他受北京大學之聘，講英國文學，有些學生不是文學系的，也走去旁聽他的課。友人傅堅白君，在北大前後七年，他對於辜氏的軼事聞見甚多，從前他曾對我說過，我認為值得寫出來的。

辜鴻銘在北大教英文詩，用的是牛津大學出版社那本《世界古典文學叢書》*Oxford World's Classics*的*Golden Treasure*，講書之時，口講手指，吐沫橫飛。對於胡適之那種「國學」根底，一有機會，便加以諷嘲。有一次上課，他叫某學生答覆一問題，某生坐着答（當時新文化運動，北京大學學生主張師生平等，答老師的問，不必站起來），辜鴻銘一定要他站起身答，某生不肯。這次真把辜老頭子氣煞了，馬上走出課堂，不再踏入北大的校門了。

人家說他精通英、法、德、拉丁、希臘等文字，其實他對於英文是精通的，拉丁和德文都很好，其餘只略懂而已。因為他在愛丁堡大學畢業，起碼就要把拉丁或希臘文弄好的。第三國語文，他也得學通一種，所以凡在英國大學畢業的學生，古代及現代的語文都要精通一兩種的。他既精通英、德、拉丁文，因此就有人說他見到英國人故意和他說德文，碰到德國人，又故意對他說拉丁文。有一次，他到東城一家相熟的浴堂洗澡，有兩個教會的大學生見這個老頭子穿了一件舊長袍，拖了長長的辮子，老氣橫秋的脱衣服，他們就用英語對他嘲弄了一番。辜老頭一點都不生氣，待他們盡興了，跑入浴室後，他向茶房拿了一張紙頭，用拉丁文寫了一大堆字，然後又用中文寫道：「你們如不懂這些拉丁字，拿去北京大學請教辜鴻銘教授！」他一直等那兩人洗完澡出來穿衣服，便吩咐茶房拿給他們，他們接過一看，才知道是得罪了辜先生，一臉尷尬相，連忙拔腳飛跑了。

從前中國有些淺薄的「士大夫」一見了外國人就自自然然的生了一種自卑感，外國人放個屁都是香的。但辜鴻銘絕無此種心理，他見了外國人不止不和他們客氣，而且還輕視之。當時的達官貴人是最崇拜外國人巴結外國人的，他們見到辜鴻銘能輕視外國人，便對他另眼相看，怕他向他們的「太上皇」講他們的壞話。於是，有趣的事就來了。

袁世凱搞帝制時，辜鴻銘在北大上課，簡直不是講書，只是罵袁世凱，罵國民黨人（當時所謂民黨），罵議員政客，從上課一直罵到下課。後來袁世凱死了，北洋政府下令全國停止娛樂三天，辜鴻銘聽到了這個消息，怒不可遏，又大罵道：「袁世凱是甚麼東西，叛背國家的人，也值得如此嗎？」他馬上定了一班戲在家裏演唱，還請了六七十個客人來行樂。當值的警察聽到他的大門裏鑼鼓喧天，便入門干涉。辜鴻錄大聲罵道：「袁世凱死了，與我何干？他是人民的公僕，那見有僕人死了主人反而不能作樂的？」警察只得好聲好氣對他說：「辜先生，袁大總統死了，只停止娛樂三天，您老人家何不等待三天後才請客呢？」這麼一說，辜老頭更加生氣了。他說：「袁世凱死，我卻活着呢，今天是我生日，我不能不慶祝的！」警察見客廳內擠滿了三四十個外國人，知道辜老頭是不好惹的，只得退出去，一五一十，報告給警察總監。吳炳湘一聽是辜老頭的把戲，嚇得伸舌頭對下屬說：「這個人不好惹！京師外國使館林立，他的外國朋友又多，干涉起來，一定鬧出笑話，說不定外國人還會笑我們呢，罷休，罷休！」由得辜老頭在家裏請客唱戲鬧了三日三夜。

金梁說辜鴻銘喜作狹斜遊，在北大教書時，已近暮年，仍樂此不疲。有一次，他約金梁遊

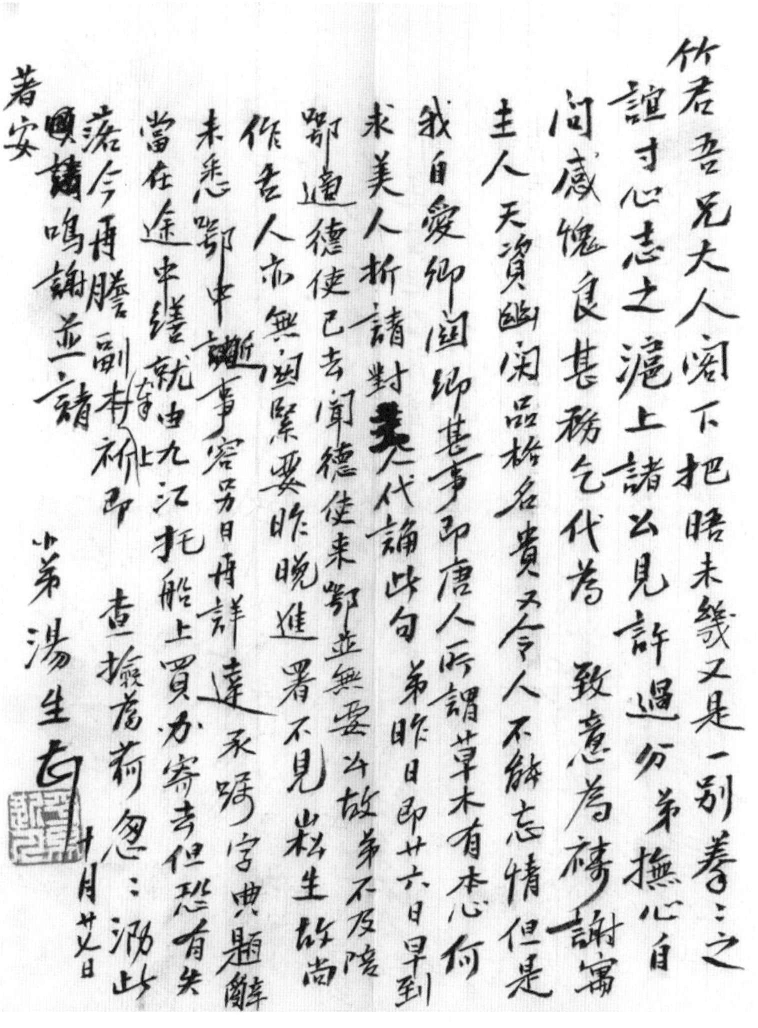
竹君吾兄大人閣下：把晤未幾，又是一別，拳拳之誼，寸心志之。滬上諸公見許過分，弟撫心自問，感愧良甚，務乞代為致意，為禱。謝寓主人天資幽閑，品格名貴，又令人不能忘情。但是我自愛卿，園卿甚事，即唐人所謂「草木有本心，何求美人折」，請對美人代誦此句。弟昨日即廿六日早到鄂，適德使已去閩，德使來鄂並無要公，故弟不及陪作吾人，亦無甚緊要。昨晚進署，不見紫生，故尚未悉鄂中近事，容另日再詳達。承囑字典、題辭、當在途中繕就，由九江托船上買辦寄去，但恐有失落，今再謄副本，祈即查撿為荷。匆匆，泐此，敬請著安。
小弟湯生 頓
十月廿七日

辜鴻銘致趙鳳昌函，中國國家圖書館藏。

公園，遇所識妓女，強拉之共飲，金梁欲避去，辜氏不肯，一定要他陪着。又說，他到八大胡同過夜之後，一定要向陪宿的妓女索取手帕一條以留紀念。這條手帕越是髒的他越歡喜，他說這樣才是真正的美人香澤。如妓女不肯給他，他也必千方百計偷到手為止。到他死去之日，有人開了他的書箱，裏面女人用的手帕有五六十條。他又喜歡嗅女人的小腳，某學生知道他這兩件色情趣事，特地寫了一張橫額「偷香逐臭之室」送給他，他也一笑受之。

辜鴻銘在一九二八年死於北京椿樹胡同私邸，他的太太名吉田貞子，是日本大阪人，生有一女。他雖然娶的是日本女子，但他不屑學日本。

榮德生被綁破案的經過

擄人勒贖，兩廣叫標參、拉參；江浙叫綁票。上海有租界的時期，一個月裏，不知發生多少次綁票案，因為那時的黑幫份子，捕房包打聽（偵緝），多和綁匪通同一氣，貓鼠團聚，人民被綁的固然容易，贖票的也很容易（只要有錢）。根據事實，在百年內全國各地被匪綁票，花錢贖出的，榮德生一案真是突破——歷來綁票案中最高額的買命錢。

榮德生，無錫人，經營麵粉棉紗起家，人們稱他為麵粉大王、棉紗大王。他創辦的商廠，在無錫、上海、漢口甚至海外，都有設立，是我國近代最大的民族資本家。所奇異的，抗戰以前，綁匪最猖狂時，他都安然無事，而在日寇投降，租界收回之後，才在上海被擄，不能不說是一件怪事。事情的經過是這樣的。

在舊日的社會人士看來，榮德生是最有錢的棉紗麵粉大商人。民國卅五年（一九四六年）四月廿五日的上午十時，他從住宅到總經理處辦公，在路上被匪擄去，等到五月廿九日晨一時，才安然回家，計被綁而至脫離匪窟，有三十五天。

榮案發生後，軍統局在上海的幾個特務機構，千方百計，尋找線索，企圖破案。這不是他們要為地方公共安寧的插入一手負起責任來，而是為了事實是全國聞名的大資本家，有巨額的財產所吸引，妄想從此撈一把油水，且可借此邀功，升官發財。但是按照通常的規定，刑事性質的綁

榮德生

票案，是由上海市警察局長辦，可是這一次的榮案，卻是例外。這時滬市警察局長宣鐵吾已辭去職務，升任上海警備司令。榮案便由警備司令部稽查處和警察局刑警處協作，四處搜捕。甚至駐無錫的第一綏靖區第二處處長毛森，他親到上海率領留滬工作的人員，深夜辦案。這三個部門都是軍統的系統，他們把普通綁票案件，作為政治案件處理，爭先恐後的去搶辦。可是到了六月中旬，距榮德生被綁將近兩個月，榮的歸家已有二十天左右，而此案還沒有一些線索。原因此案的主犯是上海幫匪神通廣大的匪徒，而榮家為了要命不要錢，已經消災免禍，不肯和軍警協作，致使破案工作增加了許多困難。

破案的經過，也出人意外的。六月下旬，有一天，毛森得部下某甲的密報，住在密報人樓上的房客黃紹寅（軍統特務，毛森舊部）最近精神變態，經常拔出手槍，作準備要射擊來訪的客人狀態。毛森得報，覺得話出有因，就在當天晚上把黃紹寅逮捕。審訊之下，知是榮案的要角。於是派人赴浙西拘捕劉瑞標（軍統特務，毛森舊部），招出榮案主犯是駱文慶（又名駱大慶），袁仲抒（又名袁仲書）等匪。同時有冒失鬼鄧伯源自投警察局，願意協同警方破案。在南市的鴉片煙案，招搖瞎說，被警備司令部稽查處捕獲，當場問鄧是否榮案主犯，鄧含糊其詞。因之外間喧傳榮案主犯經已逮捕。在逃的駱文慶以僥倖的心理，返回上海，到同黨的袁仲抒滬寓探聽消息而被捕。袁仲抒在杭州也落網了。

這一案子的主犯是上海幫匪首駱文慶和嵊縣幫匪首袁仲抒，都是犯案二三十起的慣匪，黃紹寅、劉瑞標是趙紹宗（主犯助手），吳志剛（匪方接洽人，華大企業兩合公司副主任）等，是由毛森捕獲的。宋連生（汽車司機），鄭連棠（接線），由警備司令部捕獲。朱戶生，是榮案內線，由警察局捕獲。其他還有幾個嫌疑被捕的，經查明後釋放。

榮德生的贖款，共是五十萬美金。這一個數字，可以說是中國歷史上擄人勒贖最高額的了。綁票匪實際得了四十萬美金，駱袁兩人攫了最多。而此五十萬美金，內有十萬元，由出面與榮家接洽的吳志剛所獨吞了。實際呢，綁匪只得了四十萬美金。但在榮家說來，除了付給匪徒五十萬美金之外，各處所用的活動費，也大有可觀。

榮案結束，南京國民政府下令犒賞毛森及其部眾五萬美元。榮家派人向上海警備司令部取回各特務機構抄獲的贓款，計美金三十九萬四千七百四十五元，另法幣一億零二百七十一萬五千二百元，黃金三百三十二兩九錢二分八厘。另有一些金飾手表等物，則由軍法處保留不發。榮家從追回贓款中取出美金三萬元，為酬謝警備司令部稽查處特務份子的慰勞金。於是參加榮案出力的軍警人員，都分得了美鈔來享用。

看了榮案的經過，便可以認識特務和匪徒的關係了。

（署名：大年）

南京政府的德國軍事顧問

自從滿清王朝垮台以後，中華民國建立，袁世凱做了第一任總統，他雖然有野心要做皇帝，用武力來鎮壓反對派，但他還不至於公開聘請外國軍事顧問，替他策劃屠殺中國人民的慘劇。到了段祺瑞、張作霖這批軍閥，他們就偷偷摸摸的用起外國軍事顧問了，所用的亦以日本人為多；或者是他們和日本訂約時，有個秘密協議，規定要聘用日本軍事顧問。後來孫中山聯俄容共，蘇聯更派有軍事顧問加倫和政治顧問鮑羅廷到廣州。一九二六年蔣介石率領國民黨軍北伐，在作戰方面，俄國顧問有很大的貢獻，故此，北伐軍出韶關後便勢如破竹，俄人之功「不可沒」。

一九二七年蔣介石的軍事力量到了上海，英美日三國大為震驚，想不到他以六個多月的時間，就摧毀了吳佩孚全部實力，又打垮了「五省聯帥」孫傳芳，吳、孫兩人都是和英美勾結的（孫傳芳以留英出身的名流、學者丁文江做淞滬督辦，走英國路線。英國在廣東曾支持陳炯明，以抵銷孫中山引俄國入粵的勢力。陳失敗，英國在粵的計劃也隨之失敗了），它們看見吳、孫無望，轉而利用一個新的「買辦」，以繼續保存其在華的「權益」。（吳、孫失敗後，並不曾與外人訂甚麼保護江蘇河南等「條約」，遠勝今日的蔣介石多矣！）

蔣介石的軍事行動發展得快到出乎他意料之外，但地盤越大，他的財政問題越艱難，海關抓在英國人手裏，關稅所剩的全部解給北洋政府的國庫（因為關稅是指定賠還外國欠款之用的，還一部分後，有剩的始歸中國，故曰「關餘」），北伐軍休想動用分毫。沒有錢怎樣打仗，於是蔣就找到新「老板」，把孫中山聯俄的政策棄而不用，轉而聯英美，當然要有所表現才能使「老板」相信，遂有四月十二日清黨之役，俄國顧問溜之大吉了。「老板」認為成績甚好，便把一部分「關餘」交給南方的國民政府（仍是偷偷摸摸的，因為它仍承認北京的中華民國政府），還借錢給它做軍餉。

國民政府於一九二七年四月十八日宣佈定都南京後，無論學術、軍事、工業、衛生等部門，都請有德國專家，而軍事部門的德軍事顧問尤為着重。（一九二七年八月，聘德國的鮑華爾 Oberst Bauer 上校草擬整理陸軍計劃書，並設計一大兵工廠。一九二八年一月朱家驊做浙江民政廳長時，成立浙江省衛生試驗所，連一個小小的所長都不許中國人做，一定要用德國羅珊博士 Dr. Rosa，亦可謂媚德之至！）因為俄國顧問既去，又不便使「老板」的身份太過暴露，用德國顧問可以混淆視聽，還可以對人說「德國陸軍世界第一」來掩飾行為。一九二七年十二月，鮑華爾到上海，由朱家驊帶他往南京見蔣介石，並由朱任翻譯。鮑華爾向蔣說明新軍器情形，特別介紹的是自動步槍和兩聲的平射砲。他又陳述飛機進步情形，還主張用空軍統一中國。

這個洋人的一番軍事道理，聽到蔣「龍心大悅」，立即下諭聘鮑為其軍事顧問。一九二九年三月蔣介石攻打武漢的國民政府時，鮑華爾扶病為他策劃軍事行動計劃。武漢既破，而鮑華爾亦於四月初旬病死，軍事顧問團團長一職，由德人克里伯（Oberst Kribell）代理。蔣介石失去左右手，急於要找個傑出的德國軍事人才來做他的顧問團團長，立刻召浙江民政廳廳長朱家驊進京，叫他盡快找個德國人來補充。朱對軍事是門外漢，就寫信去柏林請魯登道夫將軍（General

Ludendorf，為德國著名軍事學家，第一次歐戰時，英法吃過他的大虧的）介紹一個。魯登道夫生平以殺人為職業，又以打仗為最高藝術，他接到朱家驊的信後，「食指」大動，欲來華看看中國人殺中國人的把戲，還可以藏身幕後教中國人屠殺中國人。但他一想不妙，他的名頭太大，行動易為世界人士注意，並且德國受《凡爾賽和約》的限制，恐怕會引起外交上的困難，所以他推薦前任西戰場作戰局長弗采爾將軍（Genesal Wetzell）承乏。蔣介石馬上答應。

是年五月，弗采爾到中國就職，很為主人看重，主人「南征北討」鎮壓反對派，弗采爾能盡厥職，為草擬殺人計劃。一九三二年，朱家驊以「德國通」資格，向蔣建議，德國前國防部長薩克德將軍（General O.Von Secket）已退休，何不請來中國觀光，可以領教他的「殺人藝術」。蔣認為有理，就請弗采爾代邀。一九三三年一月廿七日，薩克德到上海，由「德國通」陪他到廬山見蔣介石。這位德國軍事家展開他的蓮花妙舌，暢論中國的軍事情形。他認為中國常備軍有六十個師就夠用，要是訓練得法，中國士兵可以練成勁旅。他們第一次談話中，薩克德就時時暗示他在練兵及辦兵器工業這些事情，他都可以幫忙。他又把他創立德國國防軍的經驗都說了，他建議先成立一個教導師，以後調各師來訓練，慢慢的將全國的部隊都革新了。

蔣介石聽了他的偉論後，高興到了不得，示意要請他擔任軍事顧問團團長一職。但這個德國人很會做戲，故意不肯，推三阻四，說他此行來華僅係遊覽性質，沒有打算做事，而且國內有很多工作未完，待將來有機會再圖報答知遇。於是草擬了一份「教導師的訓練書」送給蔣參考，連忙上北平遊歷去也。

薩克德走後，蔣介石念念不忘他的偉論，又再設法找人向他致意，一定要他擔任軍事總顧問

法堅豪

薩克德(塞克特)

一職，結果薩克德答應了，但他要帶兩個助手來華，一個是法潑爾將軍，另一個是法堅豪將軍。蔣當然一口答應。法堅豪本是事先由弗采爾聘請了的，所以弗采爾回國時，即由法堅豪暫代顧問團總顧問之職。

一九三四年三月，薩克德第二次到中國，正式接任德國軍事顧問團的總顧問一職，但他只幹了六個月，就因病辭職返國，推薦法堅豪將軍自代。據熟悉當年南京政府內幕的某君説，這些德國顧問參加了「剿匪」，討伐李白、馮閻以及廣東陳濟棠作亂各役，皆有「偉大的貢獻」。但可惜一九三七年抗日戰爭發生，日本軍閥向希特勒交涉，要他召回德國軍事顧問團，希特勒和日本是有勾結的，他在一九三八年六月，訓令德大使陶德曼立即向中國交涉此事。陶德曼於六月廿一日往謁外交次長徐謨，嚴重表示，要求同意德籍軍事顧問全體立即離華回國。蔣介石只得放人。從此德國顧問就不再在中國出現了。

一九三三年日本侵略軍攻取熱河後，又向關內推進，欲攫取華北整個地區，南京的國民政府派內政部長黃紹竑（廣西容縣人，字季寬，保定陸軍軍官學校畢業，歷任浙江、湖北省主席、廣西省綏靖主任，是一個文武兼備的大官僚，能詞，而且填得頗好，已於一九六七年逝世）北上指揮長城軍事。這時候，德國的總顧問弗采爾將軍也在北平擔任作戰的指導工作。一九四三年，黃氏年四十九歲，寫成《五十回憶》一書，第二四九頁「德國軍事顧問」一節，對這些顧問有很中肯的評論，今摘錄如左：

同我在北平擔任作戰的指導工作的，還有德國的顧問團總顧問弗而采（按：應譯作弗采爾始與音相近。——引注）將軍，是第一次世界大戰的老軍官。據説曾經擔任少將級的職務。他對於作戰上的規劃，並不見得有若何特別高超的見解，而都是我們可以見得到的戰略上或戰術上的一般原則。並且有好多地方因為他們不明白中國軍隊的情形，而在計劃上就與我發生參差的意見。……他們以德國的眼光來看中國的軍隊，也同德國的軍隊一樣來擬定作戰的計劃，就不免發生種種的錯誤。……隨後他回德國去了，中央又聘了一位德國鼎鼎大名的塞克特（即本文的薩克德的另一音譯。——引注）將軍為總顧問，他在德國當了很久的國防部長，他是凡爾賽條約後保育德國陸軍的慈母。有一次，在廬山蔣先生公館內相會，蔣先生提出很多問題來問，他的答覆，我覺得很是謹慎，也很平凡。談到對日的國防問題，他説：「最危險的是這條揚子江，必須沿江建築要塞，及設備很多的流動炮兵，否則一旦開戰，日本的艦隊部隊，就可直搗漢口，打擊到全國的心臟。」這種意見，難道我們都不懂的，而要一個德國的國防部長來當我們的顧問麼？所以我認為充實中國的國防建設，而請外國高級的理論顧問，實在有些不切實用。……

中國人會打仗起碼也有三千年的歷史，到了現代，自己廝殺，對付自己同胞，還要請外國人來幫忙，其實外國人那一套打仗理論，並不適合中國的軍士，又何苦花大筆金錢請外人來「指導」呢！

（署名：文如）

李滋然救康有為

康有為在戊戌政變被通緝以前，也發生過一件小小時文字獄，幾乎被革去舉人，甚至有被斬之虞，這件事的經過頗為曲折，世人知者不多，而為康、梁年譜所忽略的。現在照我所知的詳述於此。

據《康南海自編年譜》光緒二十年甲午三十七歲一條所載：

七月，給事中余晉珊劾吾惑世誣民，非聖無法，同少正卯，聖世不容，請焚《新學偽經考》，而禁粵士從學。沈子培、盛伯熙、黃仲弢、文芸閣有電與徐學使琪營救，張季直走請於常熟，曾重伯亦奔走焉，皆卓如在京所為也。以電文「伯熙」二字誤作「伯翊」，徐花農疑為褚伯約之誤也。時褚方劾李瀚章，而余之奏實鄉人陳景華賄褚為之，李畏褚，遂令自行焚燬，粵城謗不可聞。

康有為自言如此，他說梁啟超在北京奔走於沈曾植、盛昱等人之間，請其營救。丁文江的《梁任公先生年譜長編初稿》一書上冊第二十二頁說：「是年七月，南海先生的新學偽經考為余晉珊、安維峻等參劾，那時候先生在京，多方奔走，結束祇是奉兩廣總督諭令，自行焚燬。（其

康有為六十歲

詳見南海先生自編年譜及翼教叢編卷二。）」梁譜所説也很簡略。康所説的陳景華賄褚成博奏劾，也不盡可信。陳景華是光緒十四年戊子（一八八八年）舉人，是科正副主考為惲彥彬、褚成博（褚有曾孫某君，十五年前已來香港，今仍服務某報）。褚成博為人很有正義感，不是金錢所能動的。兩廣總督李瀚章（鴻章胞兄）諭令康祖詒燬去《新學偽經考》實出其本意，瀚章指派准補電白縣李滋然查辦此案，滋然呈覆，請「免予銷燬」的，瀚章老於官場，認為對言官方面也要給點面子，免使他們生氣又再興風作浪，所以令康祖詒自行燬板，李滋然是有大恩於康有為的。

一九三七年二月我到廣州省親，隔壁住的是表兄陳殿臣（他是光緒廿九年舉人，香港富商，又是太平紳士。一九三三年破產後。回到廣州居住）。我們的兩所房子興建於光緒十九年（一八九三年），當時殿臣只二十歲左右，在廣州求學，兩家的尊長派他就近督工。殿臣和我談到李滋然保全康有為功名性命的經過，據他説先君對此事也盡了一些綿力。原來我家的大廈築成入火之日，先君也請他的同年李滋然飲讌。（李是四川長壽縣人，王湘綺尊經書院的高足，戊子中舉人，下一年成進士，以即用知縣派往廣東，是為光緒十五年。是年秋闈鄉試，滋然奉派為房考官，梁啟超、李家駒出其房，稱李為房師。梁士詒亦以此科中式，出平遠縣知縣陳紹棠房。到光緒十九年鄉試，康有為中式，梁士詒之父知鑑亦中式，出李滋然房。二梁之考試故事此因緣也。）客散後，先君獨留李滋然夜談。李談及奉命查辦康祖詒事。先君就對他説，聞説康的學問很好，是廣東的有數讀書人，請李滋然為廣東留多一粒讀書種子。李説他本有此意，今經老同年這樣一説，他更應為康祖詒洗脱了。殿臣説，以上這一番話是戊戌後先君對他所説的，從未對他人説過。現在我把御史劾康祖詒一案的前前後後寫出來。

光緒十九年秋康祖詒中了舉人（康中舉後，不肯認座師房師，所以他的年譜中沒有説房師為誰，梁譜也沒有説李滋然是梁的房師），下一年甲午入京會試，因足疾臨時回廣東，到光緒廿一年乙未才中進士。如果他在光緒二十年被革去舉人，也許就沒有乙未公車上書一事，如果他被正法，也許更沒有戊戌政變一事了。甲午七月，御史安維峻奏請燬禁康祖詒的《新學偽經考》一書，有云：

康祖詒以詭辯之才，肆狂瞽之談，以六經皆新莽時劉歆所偽撰，著有《新學偽經考》一書，刊行海內，騰其簧鼓，煽惑後進，號召生徒，以致浮薄之士，靡然向風，從遊甚眾。康祖詒自號長素，以為長於素王，而其徒亦遂各以超回軼賜為號……

又説：

六經訓詞深厚，道理完醇，劉歆之文章，具在漢書，非但不能竊取，而實無一語近似。康祖詒乃逞其狂吠，僭號長素，且力翻成案，以痛詆前人。似此荒謬絕倫，誠聖賢之蟊賊，古今之巨蠹也。昔太公戮華士，孔子誅少正卯，皆以其言偽而辯，行僻而堅，故等諸檮杌渾敦之族。今康祖詒之非聖無法，惑世誣民，較之華士少正卯，有過之無不及也。

末後謂：

相應請旨飭下廣東督撫臣，行令將其所刊《新學偽經考》立即銷燬，並曉諭各書院生徒及各屬士子，返歧趨而歸正路，毋再為康祖詒所惑。至康祖詒離經畔道，應如何懲辦之處，恭候聖裁。

安維峻原摺措語甚重，他不但要燒燬康有為的書，還要請光緒帝下令誅其人，若李瀚章不替他洗脫，火上加油，列舉康祖詒種種離經畔道之實跡，大興文字之獄，康必被革斥，即不正法，也許會永遠坐牢的了。李瀚章復奏，文末謂：

> 揆諸立言之體，未免乖違，原其好學之心，尚非離畔。其書於經義無所發明，學人弗尚，坊肆不鬻。即其自課生徒，亦皆專攻舉業，並不以是相授受，雖刊不行，將自澌滅。似不至惑世誣民，傷壞士習。惟本非有用之書，既被參奏，奉旨飭查，自未便聽其留存，臣已札行地方官，諭令自行銷燬，以免物議。至該舉人意在尊崇孔子，似不能責以非聖無法，擬請無庸置議。

一場大風波，被李瀚章輕描淡寫平息了。軍機處寄諭李氏的文中，本有「革辦」字樣，如果他興風作浪，康有為殆矣！

瀚章奉到軍機處的寄諭後，即派李滋然查辦，其指令有「迅赴坊間調取康祖詒《新學偽經考》一書，有無離經畔道等情，詳悉查核，分別籤明稟覆，以憑革辦。」這個「革辦」字樣，就

日本井上圓了君為四聖堂

祀孔子釋尊項克制韓國

四像而屬為之讚

有室春夏秋冬軌道之行雖

東西南北地互為中時各

異本源之証則同光後聖之揆一

千萬里之心通薈諸哲心肝于

于一堂鎔大地粹英于一龕覿諸

山宅与天穹鬯美糒六見夢寐

相逢諸呈方寸儼然旦莫以待

來者之折衷

孔子二千四百五十三年壬寅冬

康有為題

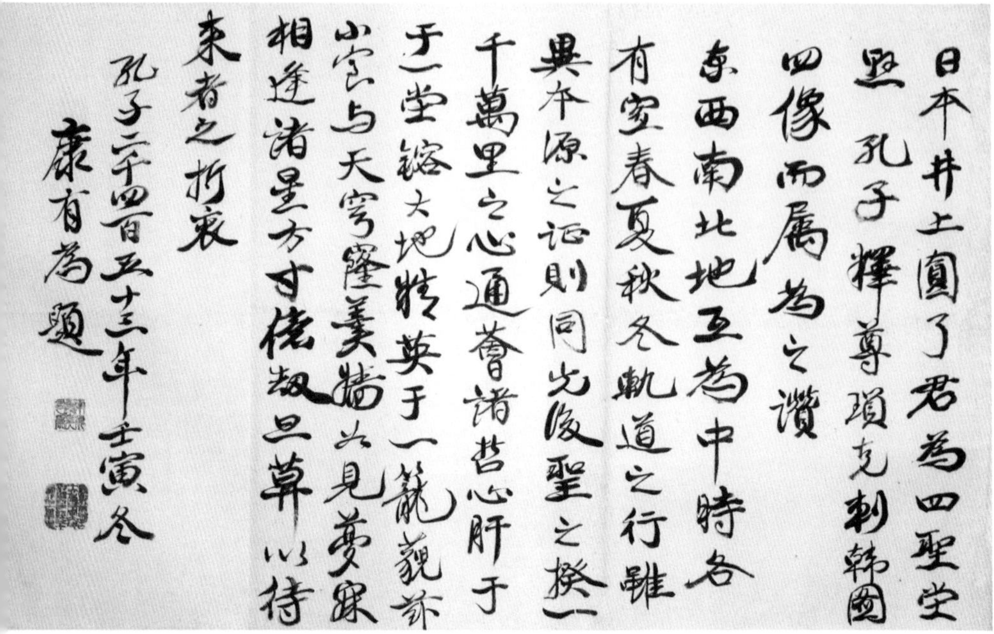

康有為書法

是李氏根據北京的寄諭而來的。李滋然本是四川人，以外省人而來暗中查辦此案，人地生疏。未必能詳知實情。但這件案子有關學術問題，李滋然邃於經學，精駢體文，家學淵源，為光緒朝名進士，他著有《周禮古學考》十一卷（宣統元年排印本），《四書朱子集注古義箋》六卷（光緒年排印本），《群經綱紀考》十六卷（宣統年在日本鉛字排印本），《四庫全書書目表四卷，附未收書目表一卷》（北京京華印書局排印本）。他的父親李曾白也是研究經學有素的，著有《爾雅舊注考證》二卷未成，由滋然補考，在光緒年間刻成。（曾白似係殉難職官，李滋然得到個雲騎尉世職的。俟再考。）李瀚章派他「詳悉查核」，自然勝任愉快的。滋然查後籤覆略云：

> 遵即親赴書坊，調取《新學偽經考》一書，詳加查核。此書大旨以尊崇孔子攻詰劉歆增竄六經為主。自命為二千年未有之卓識，全書據援之博，讎校之精，深思鋭入，洵可稱堅苦卓絕。但自信過深，偏見遂執，有不合己意者，則妄加竄改，反誣為古人所竄入，深文剖擊，不遺餘力，豈足為定論乎？今就全書詳加校閱，有不可據者十條，籤帖原文，恭呈大鑒。其立論雖主詆漢儒，其大旨猶為尊孔子。若律以離經畔道，則全書並無實證。伏讀聖朝功令，文人著書立説，其有詆譭程朱，顯違御案者，則應亟行》毀板，不可聽其刊行，如毛奇齡《四書改錯》之類是也。若漢魏諸儒，門戶是非，從古水火，今文古文，排擊聚訟，自漢迄今，責難數指，國朝閻若璩《古文尚書疏證》，王鳴盛《尚書後案》，孫星衍《尚書今古文注疏》，魏源《尚書古微》，皆攻古文尚書之偽；劉逢祿之《左氏春秋考證》，萬斯大之《春秋隨筆》，攻左傳之偽者也；魏源之詩古微，攻毛詩之偽者也。諸書皆經儒臣先後奏請

或收入《欽定四庫全書》，或採入正續《皇清經解》。雖提要所標詳，不無疵議，而聖朝寬大，類皆糾其誤而存其書。該舉人「偽經考」不過就各家所說，折衷己意而推闡之，細考全篇罅漏甚多，雖自命甚高，而著論無堅樸不破之才，立說尠灝周匝之筆，故刊板已行，而信之者少。若遽目以非聖無法，惑世誣民，不特該舉人罪不至此，即取全書之詞義以觀，亦斷不能到言偽而辯，行僻而堅之一境。即其書具存，亦不過一二門徒互相標榜而已。至謂其能煽惑後進，靡然向風，如是書之前後乖違，自相矛盾，尚未有此學力也。至該舉人以長素為字，已自童年，因其行一，故為長，粵中士人久知之，蓋取文選陶徵士誄「長實素心」之語，非謂長於素王也。又遍查全書，錄稱門人姓字者不一，實無「超回」「軼賜」等語，確係外間詆譭譁笑之言。謹據見聞所及，詳為述呈，可否免予銷燬之處，恭候憲裁。

李瀚章的覆奏，就是根據李滋然這一籤復增減而成的。疏上，康祖詒的一場文字風波就平息了。關於康有為門徒中有「超回」「軼賜」這種名字，市井所傳已久，故御史摭拾入諸章奏，即後來李伯元寫「文明小史」說部，也有這些名字，以「超回」影射梁啟超（啟超死於一九二九年，上海一個文人王均卿，雅善聯語，作聯八首輓之，其第五云：「軼賜超回，數遍康門人材，晚節克全終，草堂中尊此為弟子三千班首；變法蒙難，記否滿廷后詔，淫威縱大肆，蓬島外購不到我公十萬生頭。」王氏名文濡，吳興人，南社名士也。）戊戌後，康有為不用長素為字，改字更生，以記念重生之意，到一九一七年復辟失敗，又再改字更甡，則令人齒冷矣。

滋然久官廣東，先後為電白、曲江、揭陽、順德知縣。光緒三十年任曲江知縣，下車未久，即考試觀風，其告示以駢文出之，友人劉君筱雲，方在曲江授徒，尚記其中數語，日昨為余誦之云：「鐵馬金戈，碧血痛先人之烈……嗣驅帝京之馬，珥筆蓬山……」結句云：「共勉前修，好樹十年之木。特示。」可見他對於地方的文化很重視，但後來任順德知縣，卻被總督岑春煊劾他辦學不力，奏參革職。（所謂「觀風」，是舊日地方官到任後，欲知當地的文化水準如何，來一次考試之謂也。滋然曲江觀風題，劉君尚記得有〈曲江岡賦〉（古體），〈九成臺懷古〉（七古），〈擬盧仝月蝕詩〉，〈嶺南新樂府三十章〉，〈明樂府三十章〉等題。附記於此，以存地方文獻及李君軼事云。）光緒三十三年（一九〇七年）十月，他的門生李家駒為駐日公使，用他為隨員，不久獲起用，賞縣丞。宣統登位，皇帝要讀書了，滋然進呈他所著的那幾種書，得旨褒獎，賞主事銜，以學部小京官用。辛亥後，滋然不願出仕，回到故鄉，祝髮自號采薇僧。以遺老自待，著有《采薇僧集》，民國初年刻於四川。滋然字命三，他的門人都稱他為命三先生，死於何時我不大清楚，因為香港沒有四川的老輩文人可以詢問。

此案的經過情形大抵如此。假使李滋然是個風塵俗吏，不愛重讀書人，自可在其查辦後的覆呈中竭力說康有為的壞話，至少康也革去舉人，大則失去生命，非梁啟超等人在京營救所能為力的。因為清廷查辦外省案件，大都根據當地的大吏報告為準，案情重大的才派欽差前往查辦也。

呂碧城

女詞人呂碧城

今人龍榆生所編選的《近三百年名家詞選》（一九五六年出版），從明末的陳臥子起，到民國三十八年（一九四九年）陳曾壽死為止，而以民國三十二年（一九四三年）死於香港的女詞人呂碧城殿後。此書一共收詞家六十七人，女子的作品只收順治年間的徐燦（字湘蘋，陳之遴妻，即蘇州拙政園的主婦，著有《拙政園詩餘》）四首，民國年間的呂碧城五首，選擇不可謂不嚴了。（我覺得很奇怪，道光年間的女詞人顧太清也是一作家，何以落選。）龍榆生以呂碧城為殿，未必是以此人來結那一個時代的詞局，但他偏偏抬出一位六十年間罕見的才女來殿後，倒也是很有趣的。這位女詞人與以往的謹守深閨的女詞人大不相同，她不僅懂得外國文字，而且久居歐洲，晚年客死香港的，所以值得介紹一下。她中年時候嘗遊鄧尉，很喜歡香雪海的風景，大有死後埋骨於此之意，因作詩為卷，有：「青山埋骨他年願，好共楊花萬禩馨」之句（見《翠棉吟》詞自注）。可惜她不能如願，第二次世界大戰發生，她從瑞士取道美洲到了香港，初時住在山光道，後來移居東蓮覺苑，日寇侵略香港後，她閉門念佛，為世界人類祈禱和平，到一九四三年一月廿四日，以疾逝世，年六十歲。臨死時，神志清明，口占七絕一首，與世告別。詩云：「護首探花亦可哀，平生功績忍重埋。匆匆說法談經後，我到人間只此回。」她遺命將屍體火化，骨灰和麪搓成丸子，投入海中與水族結緣，她大概也憤恨當時的國民黨政府無能力驅逐倭

呂碧城

寇，不作鄧尉之想了。

呂碧城是生於清光緒九年（一八八三年）的，字遁天，號聖因，晚年因學佛之故，法號寶蓮，安徽旌德人，父親呂鳳岐（字瑞田）是光緒三年丁丑科庶吉士，散館授編修，曾放過山西省學政（下一科他們呂家又出多一個翰林呂佩芬，不知是呂碧城的甚麼人），所以她就是翰苑之家的一位小姐。她的文學天才極高，從小就精詩詞書畫，有「淮南三呂，天下知名」之稱。那是指她的長姊惠如，次姊美蓀和她而言（她還有一妹名坤秀，雖工詩文，然不如諸姊。時賢多言碧城為呂提學季女，誤。）林庚白自視甚高，輕易不許人的，但他的《孑樓隨筆》有一則曰：

余欲刊近三月以來所作詩詞及語體詩都為一集，而苦無以名之，偶見旌德呂碧城女士詩，有「早知弱水為天塹」之句，幾失此佳名。乃思以弱水名吾集。碧城故士紳階級中閨秀也，驚才絕艷，工詩詞，擅書翰。歲己酉（案：宣統元年，一九零九年），余年甫十三，讀書天津之客籍學堂，嘗私往窺伺，時碧城裁二十許，主女子公立學校，為時流所重，其詩頗有神似玉谿處。余尤喜天風及崇效寺看牡丹兩律……皆置諸義山集中，幾亂楮葉，而天風一首，竟似為余三年來寫照，讀之使人迴腸盪氣，有不能自已者。……

從這段記事，可見她的詩才一斑。（庚白於一九四一年十二月一日到香港，日寇占九龍後，庚白一日出門，為寇鎗擊斃命，他到香港只有八天就遇到戰爭，似乎沒有和呂碧城相見。他作隨筆時，乃一九三三年也。）

呂鳳岐逝世是光緒二十年甲午，那一年呂碧城才十二歲，她在天津依娘舅讀書，十五六歲時，她的詩詞文字就為老輩所推重，樊樊山是呂鳳岐的同年進士，呂碧城叫他做年伯的，樊山入北京時，拜讀她的作品，讚不絕口。過了幾年，傅增湘創設北洋女子公學，聘她做總教習，未幾升任監督（即校長）。光緒三十四年，嚴復應直隸總督楊士驤之聘到天津，是年七月呂碧城請他教授名學，據王蘧常《嚴幾道年譜》是年條下注云：「有女學生旌德呂氏（案名碧城），諄求授以名學，因取英人耶芳斯名學淺説排日譯示講解，經兩月成書。」這個時候，呂碧城的英文粗有根柢了，經嚴復的指導，譯成《名學淺識》這是她譯書的第一部。她先後所著的書有《呂碧城集》，《信芳集》，《鴻雪因緣》，《曉珠詞》，《歐美之光》，《文史綱要》，《香光小錄》，《雪繪詞》，《觀經釋論》等。

辛亥以後，呂碧城主持的那家女校停辦了，她奉母親住在上海，專心研究英文，在一九一三年到一九二零年這一段時期，她真是閉門下苦功，因此中西文都有極大進步。一九二零年七月，她自費往美國入哥侖比亞大學為旁聽生，研究文學，兼任上海《時報》特約記者。後來又轉去歐洲，漫遊英、法、意、瑞等國，寫有遊記，名《鴻雪因緣》，首先刊於周瘦鵑主編的《半月》雜誌。自一九二六年，她就卜居瑞士，致力於戒殺護生運動，曾以英金二十鎊資助英人福華德出版其所著護生之書。碧城早年才華艷發，二十以後迭經家難，兩個哥哥，一姊一妹先後死去，又和二姊美蓀因家產涉訟，種種不如意事，使她精神上大受打擊。有一年她寓居倫敦，偶然讀到印光和尚嘉言錄，她得到啟示，自此即潛心佛典，用英文來闡釋佛經精義，宣揚佛教，這時候她家散人亡，孑然一身了（她自視極高，一向未易求偶，以獨身終），她的浣溪紗詞云：

莪蓼終天痛不勝，秋風萁豆死荒塍，孤零身世淨於僧。老去蘭成非落寞，重來蘇季被趨承，不聞嬃詈更相凌。（余孑然一身，親屬皆亡，僅存一「情死義絕」不通音訊已將卅載者，其人一切行為，余概不預聞，余之諸事，亦永不許彼干涉。詞集附以此語，似屬不倫，然讀者安知余不得已之苦衷乎。）

所指「情死義絕」之人，似係呂美蓀，姊妹之間，因何事而致此不共戴天，真不可解，若說因家產之事，恐不如此簡單也。鄭逸梅先生所作的「味鐙漫筆」（此書刊於一九四九年六月，只印二百本分貽親友，非責品也），有〈呂碧城剛愎性成〉一則云：「……其姊美蓀，亦有詩才，惟不多見，或謂工力在碧城上。姊妹以細故失和，碧城倦遊歸來，諸戚友勸之毋乖骨肉。碧城不加可否，固勸之，則曰：『不到黃泉毋相見也。』時碧城已耽禪悅，空中懸觀音大士像，即反身向觀音禮拜，誦佛號南無觀世音菩薩。戚友知無效，遂罷。其執性剛愎有如此。」上面所引兩段文字，一是她的自記，一是別人所記，可見姊妹交惡之深，且有「不及黃泉」之誓，則其失和非因細故矣。

關於呂碧城的詞，我也要詳說一下的。她的詞集《信芳集》出版於一九二九年，到一九三七年，她又將近作與《信芳集》釐定為四卷，名《曉珠詞》，卷末附〈惠如長短句〉（惠如遺稿散失，只得廿五首，所以不能印專集，附印於後）。題《信芳集》者共三人，計：陳飛公（完），徐姜盦（沅），樊雲門（增祥）。陳完沁園春前小序云：

老伯大人尊前　敬肅者　茲承

代購股票並

先由　尊處內撥給十股　具微

長者厚誼　感激　八二所有　少平九兩三錢暨找正紅

股利自三十五兩六錢餘　總計合洋半五元六角

四分茲併呈上　�ﾟ

特致為荷　刻　燦　愚未能聞

台端啓行尚審佰此能遠送至二家姻

師範女校學淺材鈍時虞隕越餘惟諒校事輕兩

係直接歸學使主持此後洋務

悵憐尚慰

多加照拂是所企牽　專肅發達

屆矣

世愚姪呂碧城謹上

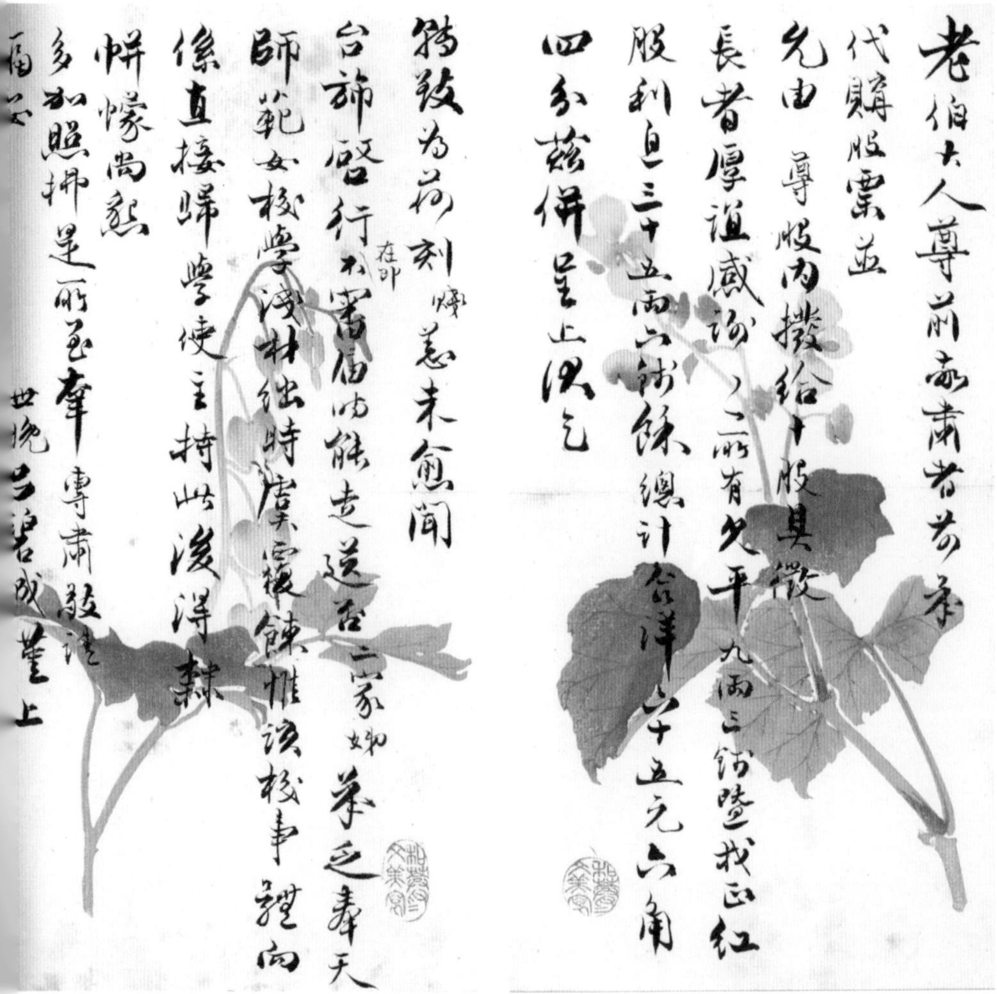

呂碧城致盧弼信札

昨與寒雲公子夜話，泛及當代詞流，公子甚贊旌德呂碧城女士……因以女士自刊信芳集見示。不慧尋覽一過，奇情窈思，俊語騷音，不意水脂花氣間及吾世而見此蒼雄冷慧之才，北宋南唐，未容傲牴，今代詞家，斯當第一矣。……

樊樊山除題金縷曲一首外，幾於每首皆有評語。浪淘沙一道，評以：「漱玉猶當避席，斷腸集勿論矣。」原詞云：「一寒意透雲幬，寶篆煙浮，夜深聽雨小紅樓，姹紫嫣紅零落否，人替花愁。臨遠怕凝眸，草膩波柔，隔簾咫尺是西洲，來日送春兼送別，花替人愁。」又前調一首，樊山評以「此詞居然北宋。」詞云：「百二莽秦關，麗堞迴旋，夕陽紅處儘堪憐，素手先鞭何處着，如此山川。

花月自娟娟，簾底燈邊，春痕如夢夢如煙，往返人天何處住，如此華年。」評〈清平樂〉一首云：「南唐二主之遺。」齊天樂一首云：「此等起句，非絕頂聰明人不能道。仙心禪理。」念奴嬌一首云：「鬆於梅溪，細於龍洲。」〈祝英臺〉近一首評云：「稼軒寶釵分，桃葉渡一闋，不得專美於前。」其他好評不勝枚舉，呂碧城可當之無愧的。我們從這些評語來看，可知她詞學造詣之深與天份之高了。

一九六零年五月一日

左起依次為：齊如山、梅蘭芳、吳震修、陳其采、姚玉芙、蕭星垣、程硯秋、許伯明、馮耿光。1920年，陳其采受邀來北京任中行總文書時的合照，地點是無量大人胡同馮宅。之所以有程祖應該是因為此時程正處在拜師梅蘭芳，受梅黨庇護捧場階段。用羅癭公的說法是「玉霜名日益高忌者日益眾，而孤潔自處絕不肯與闊人往還，吾又不屑為其拉攏闊人，此時仍藉梅黨之力以為援系耳………吾屢告誡玉霜對梅應當在不即不離之間。」

吳震修脫險記

我於一九三三年脫離中國銀行總管理處的職務，休息了一年左右，到南京外交部工作，當時做中國銀行南京分行的經理是吳震修（名榮鬯，江蘇無錫人，但他在中國銀行以字行，榮鬯之名少人知），我在中國銀行的職位本不甚高，沒有機會和這班「經理階級」人物來往，但這次到南京，因為尚未找到住所，恰巧中國銀行新行落成，備有宿舍，某君是我老友，便介紹我暫在宿舍住十天八天，吳震修聽說我在外交部當差，又有舊同事之雅，當然表示歡迎，待我如上賓了。我在中國銀行服務兩年多，也略知其中哪幾個是當權人物，哪一個和哪一派有甚麼關係，我早知吳震修和張群、黃郛等人有深厚交情，一九二七年國民政府的第一任上海市長是黃郛，秘書長就是吳震修，如非親信，不會給他做秘書長的。（黃郛只做了個多月市長，張定璠繼任。）

吳震修是早期的留日學生，光緒末年已在京師大學堂當日文教習，後來又在軍諮府當差（民國元年在參謀部任第六局局長，同年六月二日因病辭職），與馮耿光、黃郛都同過事，在政界中四面玲瓏，相識的人物極多，故亦有其勢力（張群做外交部長，要拉他這個「日本通」做次長，吳考慮後，不敢承乏，這是他聰明之處。當日的外交部工作，只有對日外交，部次長哪個不受日本的大使、總領事之氣），當他招待我吃晚飯時，座上所談的政界偉人故事多極了。我在他處作客九日，見過四、五次面，後來我遷居勵志社寄宿舍就沒有多大機會相見，只偶然在黃秋岳邀宴中見過一次，所以當他在一九四九年來香港暫住時，我也沒有找他，因為隔別十多年，他也不容易記起我了。

大約是一九五〇年吧，吳震修和馮耿光等人同回上海，他們在上海所過的生活還很寫意，終日聽歌，和梅蘭芳一班老友往還更密。馮耿光死於一九六六年（年八十六歲）、過多一年，吳震修也死了，享年八十一歲。

黃秋岳和吳震修在南京常有飲食征逐，一九三七年抗日戰爭發生，秋岳因賣國有罪，在南京被判槍決，吳震修聽到這個消息，為公為私，也慨嘆可惜一番。過了幾天，忽然有個國民黨中央黨部統計局的職員，拿着一個大老官的介紹名片到中國銀行求見吳經理。吳經理一看是「中統人馬」，大吃一驚，因為這個特務機關是人所共怕的，現在找到上門，必定凶多吉少，他平素和黃秋岳往來頗密，會不會受此案牽累，中統派人來「客氣」請他。正在驚懼萬分之際，中行的一個副經理汪某勸他切不可親往接見，快些改裝逃往上海，由他出去和中統的人馬接頭。吳震修連忙從後門溜走，往上海租界藏匿起來。自此之後，他一直就留在上海，後來汪政權接收中國銀行，派他做總經理，日寇投降後，吳震修因有宋某撐腰，既往不咎。其實那一次中統人馬找他，並非要抓他的，只是有一筆很大的款項要匯往某處，非與經理當面交代不可，而汪某則以為要抓人，力勸吳不可造次，快些逃之夭夭，這一「烏龍」固然誤了吳震修，但汪吳有此舉動，我們也不能深怪，他們久客南京，深悉政界種種黑暗情形，對於「中統」、「軍統」的大名久已如雷貫耳，一旦有魔王到訪，其不嚇壞肝膽者幾稀矣！

（署名：竹坡）

大阿哥溥儁

庚子義和團事變，到今年已五十四年了（一九〇〇——一九五四年），導演這次事變的人是西太后，但它的導火線卻是大阿哥溥儁。（清朝自雍正以後不立太子，皇子皆稱阿哥，大阿哥就是太子。）溥儁那時年紀還小，不懂得甚麼是政治，只是他的父親端郡王載漪想他早日登基，自己過過攝政王之癮，恨不得早日把光緒帝廢去，但外國人喜歡干涉中國內政，以致他的希望不能早日完成，所以他就痛恨外國人，才想出利用不怕鎗砲的義和團來扶清滅洋。

載漪早已死去了，溥儁現時還健存，今年七十一歲了。這個流產的皇帝，如果不是他的父親急於要抓權，再多等七年，西太后光緒帝逝世之後，他就可以安然穩坐龍廷三年，然後把「大清天下」交回中國人手上，後來的滿洲國就不會輪到溥儀做「皇帝」了。

一九四八年五月，《上海申報》載有禹壽先生的一篇《今猶未死的大阿哥》，現在摘抄一些如左：

西太后……為求和計，載漪勢在必懲，而溥儁之大阿哥頭銜，亦遂同時以明詔廢去。禹壽今年赴北平，聞人言，溥儁今猶健在，已六十四歲，（伯雨案：溥儁生於光緒十一年即一八八五年，至一九四八年足六十四歲。）兩目悉盲，生計窮蹙，惟寄食於什剎海畔某蒙古王府。客或與談五十年前事，輒引頸長號，謂太后待我恩如山岳重也。

大阿哥溥儁

這是禹壽先生一九四八年在北平聽到有關溥儁的一點消息。但這個消息太過簡略了，未能滿足我的好奇心，我寫信到北平託幾個朋友打聽大阿哥的近狀，請他們詳細寫一點給我，或把以前報紙刊載有關他的狀況的文字，不妨剪些來。但那時候華北的局面很緊張，一班文化人都沒心情，所以我等了大半年都沒有得到消息。七八個月後，北平已經解放了。（禹壽先生說大阿哥的名號在西太后懲辦端王時同時以明詔廢去，非是，其間經過尚多曲折，詳下文。）

一九四二年夏間，我曾致書北平某君，詢問故都一班朋友的近況，順便問到溥心畬和大阿哥溥儁（他們是從兄弟）。某君一直到一九四三年三月才有覆信，並附有故都某報署名瘦記者所作的一篇《大阿哥近狀訪問記》，訪問的時間是一九四二年九、十月間，現在摘抄如左：

> 記者特別在昨天的下午，抽出工夫來走訪這位已失明了的「大阿哥」……在我們分手的時候，就是連記者也在替他老人家感到一種莫明的辛酸，和「命運」的讓人捉摸不定。……迨兩宮回鑾至開封時，端王已因罪被譴矣，更以八國聯軍議和條件之求，大阿哥之封號遂取消……而大阿哥則於是時呈請出宮，另邀賢良，兩宮當即批准（伯雨案：事實並非如此，詳下文。）……大阿哥於回北京時，即住於瀛貝勒（伯雨案：載瀛係道光帝第五子奕宗之四子，即載漪之弟，載漪行二，封多羅貝勒）府中……尚有僕人六十……二十五歲時，大阿哥告假六月回安那善旗省親，亦於是年結親。民元返京，即住地安門外三座橋府夾這之達王府現址矣。是時生活已漸不裕……固定進項已絲毫皆無，更慘之命運遂迫目前，只有典當度日矣……大阿哥今年五十八歲，他的夫人小他一歲，膝前一子，任警界，收入頗尠，兒媳一，

孫子一。人口雖然不算繁多，可是說出來也許不會令人相信，他老人家每日的三餐，幾乎每日都不能獲得一飽了……大阿哥是一個瘦削的人，鼻高而中斷，兩顴亦奇高，手纖細而特長，腿亦似乎相反的特別短似的。據說他近年很少脫離病魔的纏繞，以致滿臉風霜，顯得特別老了。……在生活高壓之下，他日夕都為衣食問題所困，終於在去年（一九四一年）四月間，左目失明了……九月，右眼又失明……現在，大阿哥已經是一個與世隔閡的人了，對於日光、月光以及一切燈光，他老人家已經不能再看得見。坐在那個不知是龍床抑是鳳床之上，大阿哥以枯槁極端的手臂，扶住了床欄，用沉鬱的語氣，吐出了如下沉痛，令人酸鼻的話來：「現在我是一個房子地畝都沒有的人了，寄居在親戚家，可說是分文也沒有收入，她（指大阿哥之妻）每月從娘家拿回來的餑餑錢二十幾塊，也只好充作家用上了。可是這二十幾塊，怎麼能夠呢？……我們現在每日三餐的粗糧都不能夠飽了的。唉，一轉眼四十多年，宮中生活儼如昨日事，也許是當年享受太過所致罷？」語聲梗澀，令聞之者有一段同情憐憫而且荒涼的感情充塞在意識裏。「那麼，你的眼睛已經失明了，起居情形怎樣呢？」記者問。「唉！境遇如此，兩目又偏偏失明，這種苦不必說了。眼睛壞了以後，起居完全沒有準時間了，想到睡便睡，醒了便起來。先前眼沒有壞時，還可以出去散散步，近一年來因為一步路也走不得，一點運動的幸福失掉了，所以也就日見消瘦……」說時他老人家把袖子捲了上來，露出尚不如十歲幼童粗細的臂來，說：「你看，唉！」記者的淚都要掉下來了，多麼辛酸的一幕啊！（照原文及標點）

溥儁的晚景淒涼，確實令人可憐，但這班「龍子龍孫」，在得勢的時候只會享福，甚麼都不懂得，一到失了憑藉，就無法謀生了，他既然沒有為國家、人民盡過一點力，即使餓死，又有誰同情他呢。

這位瘦記者說大阿哥是光緒廿五年十二月廿三日進宮，年才十五歲，那是對的。義和團事變，是他的父親和西太后搞出來的，與他無干，但端王既獲罪，大阿哥的地位當然不能久存的。可是西太后並不想馬上就把大阿哥的名號廢除，自損面子，而滿廷大臣更不敢在這個時候說話，所以一直到下一年（光緒廿七年辛丑，一九零一年）回鑾時，到了開封才下詔撤去大阿哥名號，並非如瘦記者所說他自己呈請出宮，和是聯軍的要求條件之一的。

關於黜大阿哥名號一事的經過，很為曲折，現在參考若干有關此事的私家記載，略述如此。吳永的《庚子西狩叢談》是記載西太后出奔情形比較最可靠的一部書。吳永是浙江吳興縣人，曾紀澤的女婿。西太后道出懷來時，他正任知縣。因為接駕而獲西太后的歡心，便把他帶往西安服務。一九二七年，吳永把他在西安所聞所見的口述出來，由劉焜筆錄而成此書。關於廢大阿哥一事云：

余在湖北時（伯雨案：時為庚子九十月間吳永奉命到湖北催餉事），屢謁制府張文襄公……一日，忽談及大阿哥，公謂：「此次禍端，實皆由彼而起，釀成如此大變，而現在尚留處儲宮，何以平天下之人心？且禍根不除，尤恐宵小生心，釀成意外故事。彼一日在內，則中外耳目，皆感不安，於將來和議，必增無數障礙。此時亟宜遣出宮為要着，若待外人指明要求，更失國體，不如自動為之。君回至行在，最好先將此意陳奏，但言張之洞所說，看君有此膽量否？」余曰：「既是關係重要，誓必冒死言之。」曰：「如此甚善。」……（次年五月，吳永回到西安，仍伺應宮門差使）余憶及文襄所囑，念宿諾必當實踐。顧以事情重大，不敢冒昧。此時榮相（案：榮祿也）已至行在，仍為軍機首領……對余頗相契愛，乃先以此意叩之。榮時方吸煙，一家丁在旁裝送。聞余所述，但傾耳瞑目，作沉思狀，猛力作噓吸，煙氣捲捲如雲霧，靜默不語。吸了再換，換了又吸，凡歷三次。殆閱至十餘分鐘，始徐徐點首曰：「也可以說得，爾之地位分際，倒是恰好，像我輩就不便啟口，但須格外慎重，勿鹵莽。」余因是已決意陳奏。一日召見奏對畢，見太后神氣悅豫，余因乘機上奏曰：「臣此次自兩湖來，據聞外間輿論，對大阿哥不免有詞。」太后色稍莊，曰：「外間何言，與他有何關係？」余因叩頭奏曰：「大阿哥隨侍皇太后左右，當然無關涉於政治，但眾意以為此次之事，總由大阿哥而起，現尚留居宮中，中外人民，頗多疑揣，即交涉上亦恐多增障礙。如能遣出宮外居住，則東西各強國，皆稱頌聖明，和約必易就範。臣在湖北時，張之洞亦如此說，命臣奏明皇太后皇上，並言此中曲折，聖慮必已洞燭，不必多陳，第恐事多遺忘，但一奏明提及，皇太后定有區處。」太后稍凝思曰：「爾且謹慎勿說，到汴梁即有辦法。」余遂叩頭起立，默念這一張無頭狀子，已有幾分告准也。

張之洞託吳永覷機會奏陳處置大阿哥，這是他的取巧之處，殊失大臣風度。為大臣者，見到的事，不應該知而不言，當光緒廿五年（一八九九年）西太后欲廢立，曾詢之洞的意見，之洞竟學徐勸口吻說：「此陛下家事，何必問外人！」可見他的滑頭。後來西太后問江督劉坤一。坤一的學問雖不及之洞，但他為人卻有骨氣，陳奏中頗不以為然，有「君臣之份已定，中外之口難防」等語，因此西太后息了廢立之心，而別立大阿哥。之洞自己不敢言廢大阿哥，與榮祿正同一心理，可見西太后的心腹大臣，沒有一個說得是有大臣風度的。

吳永記其隨駕回京途中黜大阿哥一事云：

十月二十日，仍駐開封。是日上諭：「奉懿旨，溥儁着撤去大阿哥名號，立即出宮，加恩賞給入八分公銜俸，毋庸當差」云云。此事余前在西安面奏，太后曾有爾且勿說，到開封即有辦法之諭，余以為一時權應之語，事過即忘，至此果先自動撤廢，足見太后處事之注意。聞溥儁性甚頑劣，在宮時，一日德宗立廊下，彼從背後舉拳擊之，德宗至仆地不能起，以後哭訴太后，乃以家法責二十棍。……奉諭後，即日出宮，移處八旗會館。太后給銀三千兩，由豫撫松壽派佐什三員前往伺應，隨身照料者，祇一老乳嫗。出宮時，涕淚滂沱，由榮中堂扶之出門，一路慰藉，情狀頗覺淒切，宮監等均在旁拍手，以為快事也。

這是廿七年後吳永記他親眼所見的事，總比道聽塗說的可靠得多。

與西太后為死對頭的王照，著有《方家園什詠記事》（一九二八年鐫板印行，僅以贈親友，外間見者甚少）記梁鼎芬在西安時，也曾在西太后跟前請廢大阿哥事。詠云：「辛苦揮戈盼日中，談言微中狄梁公。那知陰蓄滔天勢，禍水橫流漢火終。」注云：「梁文忠以疏遜小臣，言人所不敢言，較狄仁傑更難也。」記事云：「……張文襄之以才堪大用薦梁文忠於行在也，實因文忠欲廢大阿哥之意。既得赴行在之詔，文忠由豫入陝……至西安召對……奏云：『……臣自南方來，聞洋人在上海已先議決，除殺端王外，尚有專條干涉大阿哥事。倘至洋人提出時，傷我中國體面太大，以臣愚見，不如我們先自己料理呀！』太后正陰懼洋人追索本身，聞此連連點頭。文忠默告榮、王諸大臣（伯雨案：榮祿，王文韶也），不數日而廢溥儁之議定。（此文忠最得意之事，丙午余至武昌，文忠為余詳言之，而世事多不知。）」梁鼎芬是張之洞最心愛的門生，鼎芬受薦赴行在，之洞必定也託他面奏黜大阿哥的。《抱冰堂弟子記》（託名弟子，實張之洞自作也）有記張之洞電行在樞垣，請辦某大事，也許就是告知諸大臣，等梁鼎芬面奏之後，要他們助以一臂之力。

吳永說溥儁頑劣，而各家筆記也都說他童昏無狀，獨費行簡的《慈禧傳信錄》說他的舉止雖佻撻，人有小慧。據云，溥儁的師傅高賡恩曾對他說過，溥儁喜為詞賦，而記憶力不強，讀過就忘記。當他在西安時，高賡恩嘗以「朔方十郡耕牧策」命對，溥儁即應曰：「秦中自古帝王州」，雖聲未盡調，而字義工整，時方西巡，言尤有當。所為雁字詩，有「聊將天作紙，揮灑兩三行。」亦工切。又望終南詩：「入夜宮中燭乍傳，簷端山色轉蒼然。今宵月露添幽冷，欲訪蒲台第五仙。」則斐然成章矣。宋伯魯說這是賡恩自作的，然費君見高詩甚多，頗拙重，無此流利也。其憶京師詩：「夢裏不堪聞北雁，覺來依舊說西安。」亦有意致。（伯雨案：費行簡寫的書多以沃丘仲子之名刊行，他是浙江吳興人，十五歲受學於王湘綺，生平精於史學。現任上海文史館館員，一九五六年已八十七歲。）

這也可以略見溥儁的文學一斑。他如果不是無故被捲入政治漩渦，或在廢黜之後，專心講求實際的學問，發奮做人，絕不憧憬於「舊王孫」那時的一段黃金般的生活，那麼，在最近的三四十年，他也許不至弄到無法生活，以至居人籬下的。

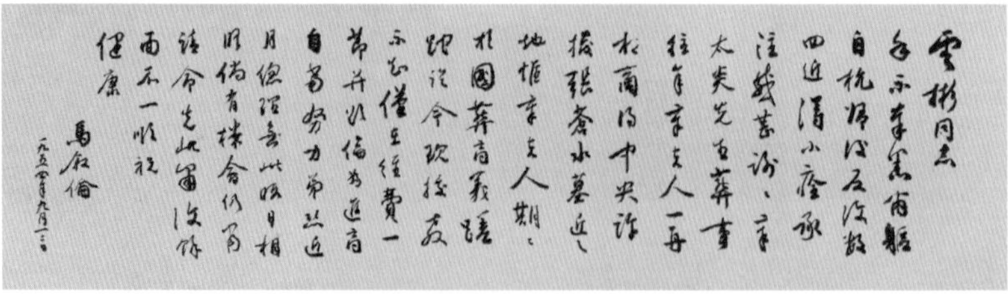

馬敘倫的信札

馬敘倫舊硯

詩人黃晦聞（節）死於一九三五年，死後不久，他的如夫人就急急將他的遺物賣盡去改嫁了。遺物中有大小端硯廿六方，她送到馬敘倫先生家中，請代覓買主。馬先生就轉送往陳伏廬處，由伏廬老人叫琉璃廠骨董商人估價。（伏廬名漢第，叔通之兄，久客北京，藏書畫骨董頗富。）

馬敘倫先生《石屋餘瀋》有〈黃晦聞遺硯〉一則云：

（晦聞遺硯）其中半月形一硯，本係余家舊物，乃晦聞鄉賢明代李雲谷所遺，有雲谷之師陳白沙隸書銘詞，屈翁山跋之。余昔為跋而乞陳弢庵、朱彊村、馬通伯、章太炎、楊昀谷、吳絅齋、諸貞長、馬一浮及晦聞題之。晦聞卒之前歲，乞於余，余舉以贈。不意晦聞遽下世，而此硯又流落人間。然余以避嫌，不敢取也。伏丈乃為復從肆賈購之。賈見其殘，亦喜即有受者，遂不偋價而復歸於余。蓋硯本規形，殘及半矣。

徐仲可有祭天神一詞題此硯云：

倚小樓江上聽疏雨，幾摩挲，片石韓陵差可語。淵襟自接嶠南，莫道儒冠誤。問而今剩水殘山誰是主。且缺守，文章府。試回首斜日湖濱路，人間世，桑海淚，鴝眼無今古。更何堪關河搖落，丘壑因循，老我天涯，硯北悲秋苦。

（署名：温大雅）

馬敘倫

周作人「賣文」一故事

知堂老人有一次在香港「賣文」幾乎引起一些小誤會。這件事發生在一九六一年，其經過頗為「有趣」。現在他逝世已三年多，我不妨寫出來給喜歡談文壇軼事的人做些資料。

一九六一年十月二十日，王季友兄嫁女，晚上九時在中國酒家宴客。我到達酒家大門等候電梯時，遇到某晚報的副刊主編方先生，便一同登樓，同坐一桌。方先生在我左邊，黃蔭普在右邊，其他同坐的人有區少幹、楊作甫、陳一峰諸君，都是極熟的朋友。我低聲問方先生近日的副刊有甚麼新花樣，他也低聲對我說：「我們不久就要連載周作人所寫的隨筆。」我聽後感到興趣，但立刻又覺得這是絕不會有的事。知堂老人住在北京，怎會「賣文」賣到一家毫不相識且被認為反動的報紙呢？我即向方君表示懷疑。他說是千真萬確的，全部稿件已交齊了。我又問：「是周先生直接和你接頭的嗎？」他說：「是他的一個學生。」我問：「有沒有得到周先生的同意。」方君說：「聽說是這批稿早已賣出給某人，稿費亦已付清了。我們在短期內就要發表的。」

這就不同尋常了。買了他的稿子的人不知是誰，當他賣出之時，買方是甚麼性質的刊物，雖說買主「有權」處置他買來的文章，但文章不同其他物件，如作者本人不同意買主轉賣到別處，是可以反對的。我便對方君說：「我和知堂老人通信頗密，未見他提過這件事。現在不管怎樣，

種豆南山下
艸盛豆苗稀晨興理
荒穢帶月荷鋤歸道狹艸
木長夕露沾我衣衣沾不足惜
但使願無違 淵明此詩題之鄉
周巴后亦足為治字方針字奉
福成世兄清賞 知堂

一盞盛來
琭珀光石花瓜味
最清涼新覓洋菜品
禁甚狹缺稀微海水香
壬寅三月十七日字光音雜
事計三一川應
仲輔世兄雅屬 知堂

周作人的書法

知堂老人

請老兄看我薄面，給我兩星期時間，待我寫信問問他。在此時期內，千萬不可刊登，以免引起誤會，使老人惹來麻煩。」方先生很夠交情，答應了。

十一月八日得周作人先生二日北京來信，說：

伯雨先生：

得廿六日手書，敬悉一一。辱承關注，甚為感謝，鄙人一向不曾為港報寫文章，亦無學生代理，只有聽曹聚仁君勸說，寫《藥堂談往》，已有廿萬字，尚未完了。據說擬登《大公報》系統之《新晚報》，詳情須問曹君方知。此外別無投稿。至於學生代給稿件，別無其事。關於此事擬託曹君設法代為處理，蓋弟之文章現只有他一處代為經理也。港地事甚複雜，弟因不甚明瞭，故一切甚為謹慎。總之身居祖國，決無亂投稿件之理，舊日學生甚多，近來亦久無往來，故所云云，其真實性殊亦難知也。專此致謝，即請近安。

周作人。十一月二日

收信後數日，我打電話問方君，他說為了不要使老人難過，現在決定放棄原定計劃，不登載了。這件事我從未公開過，只同幾位相知朋友偶然談過而已。

（署名：伯雨）

溥心畬的照相

《大華》第四期的封面畫是一幅溥心畬的騎馬照相，後來我在第六期有一短文說明這一照相的來源。大約過了一個多月罷，就先後接到幾位讀者來信，對這幅照相提出疑問。

首先是泰國曼谷一位何玉如先生，他和菲律賓李明先生所提的意見相同。他們的信說，這一相片並不是溥心畬，而是溥儀。他們的理由是：一九五七年二月，香港文宗出版社出版的《末代皇帝秘聞》下集（此書是北京大公報記者潘際坰訪問溥儀後寫成的），插圖中有一幅照片就和這幅溥心畬騎在馬背上的一樣，該圖右邊注明：「溥儀六歲時」，可見此像屬於「宣統皇帝」，而不屬於名畫家溥心畬。他們「齊聲」質問編者為甚麼這樣糊塗，張冠李戴？

不久後，為本刊寫「粵海政潮」的蒙穗生先生也有信給編者，亦以《末代皇帝秘聞》下集的照片為證，問我有沒有弄錯。接着，香港也有兩位讀者來信質疑。現在不能一一答覆，為了省事及澄清這一問題起見，我得再寫一篇「關於溥心畬的騎馬像」。

這幅相的來源，我在第六期已說得清清楚楚了。相下有英文說明：「王子溥儒，貝勒載瀅之子，恭親王之孫。」這部書出版於宣統二年，當時溥儀仍是合法的皇帝。溥儀六歲，溥心畬則十六歲，他們的年齡相差十歲。

《末代皇帝秘聞》下集何以把溥心畬誤為溥儀，我當然不知道，更不知道他們在甚麼地方

溥心畬騎馬

弄到這張照相。但讀者一定相信他們不錯的，因為讀者會直覺地認為：「不消說，這些珍貴的照片，當然是溥儀供給的了。」那還會有錯嗎？但請讀者仔細看一看《大華》第十二期的封面插圖罷，我現在再將這照片重登一次給讀者參證。溥儀童年時的面型是屬於「癸」的那一類，是尖瘦的，溥心畬則面如滿月，相當漂亮。其不相似，凡見過溥儀小時的相片的人，皆能辨之。

更有一有力的證明，《末代皇帝秘聞》下集說這是溥儀六歲的照相，他六歲那年，正是宣統三年，他還是一名皇帝，皇帝是沒有戴翎子的，但這幅照片中，他的帽子後面卻拖有花翎。（清制，皇帝不戴翎子，親王亦然，但特賜時，親王始能用。）溥心畬雖然是恭親王奕訢之孫，但他本身並沒有受甚麼爵位，那本英文書稱他為「王子」（Prince），當然是胡裏胡塗的。（《末代皇帝秘聞》上集的照片群中，有一幅題「溥儀和他的父親醇親王」，圖中的醇親王二撇鬚，手握羽扇，「溥儀」垂手侍立。看這個「溥儀」，年約八九歲。其實坐着的那個醇親王，是老醇王奕譞，侍立的不是溥儀，而是襲封醇親王的載灃，即溥儀的父親。該書的編者又一次張冠李戴。試思溥儀七、八歲時，已是「宣統皇帝」，怎會以「皇帝」之尊侍立在父親之旁同攝一相的？）

我現在又把溥心畬和他的父親載瀅同攝的一相影印於此，為了便於讀者欣賞，特地放得大一些才見得清楚。這幅相的來源與騎馬像同。相下有英文字注明：「已革貝勒載瀅（因為他主張重用拳匪）和他的兒子」。

載瀅是恭親王奕訢第二子。老恭王有四子，三、四兩子先他早死。長名載澂，無子，以載瀅長子溥偉為嗣，襲封恭親王。載瀅出嗣鍾郡王（道光帝第八子）為子，光緒廿六年（一九零零年），因為他在西太后面前大力稱讚義和團，後來竟然因此獲罪，將他的郡王銜貝勒革去，奪爵

西山逸士溥儒

歸宗。於是他又從鍾王府回到恭王府。（他歸宗後，西太后復於光緒廿八年，以載濤出嗣鍾郡王。載濤乃溥儀胞叔，今年七十多歲，仍在北京擔任公職。）

溥心畬的相貌很像父親，讀者中如果有見過溥心畬的，看見圖中之像，一定會說父子倆長得一模一樣。心畬的父親是宣統元年八月逝世的。因為他是一個革爵的貴族，但卻是宗室，清廷對他的身後飾終之典，也要略有點綴，以存溥偉的面子。於是諭內閣云：

監國攝政王面奉隆裕太后懿旨，載瀅現在病故，着加恩照貝勒例賜卹。欽此！

這也算是死後風光風光了。西太后晚年很憎恨老恭王，後來對小恭王溥偉也不喜歡，因此並不重用他，僅給予閒職。她對於載瀅本來頗有好感，但礙於洋人要懲辦捧「拳匪」的人，不得不把他革爵，終載瀅一生，未能復爵，也是吃了洋虧。

溥心畬名儒，生光緒廿二年丙申（一八九六年）七月廿四日，死于一九六三年十一月十八日，享年六十八歲。他名叫溥儒，還是皇帝所賜的。（《光緒朝東華錄》載：「郡王銜貝勒瀅第二子，賜名溥儒」。）他的夫人清媛，是前陝甘總督升允之女，一九四七年死於北平，一年後，溥心畬就離開北平，流落杭州、上海之間，再進一步跟着到台北了。他在一九五五年和董作賓、朱家驊等人應南韓之請，前往講學，後來一間不足重輕的大學贈他一個名譽法學博士的學位，滿足了他晚年的夢想，因此又有人稱他為溥心畬博士。

溥先生這幅相是光緒辛丑年（一九〇一年）在北京恭王府攝的。近日我在一本英國人所著的

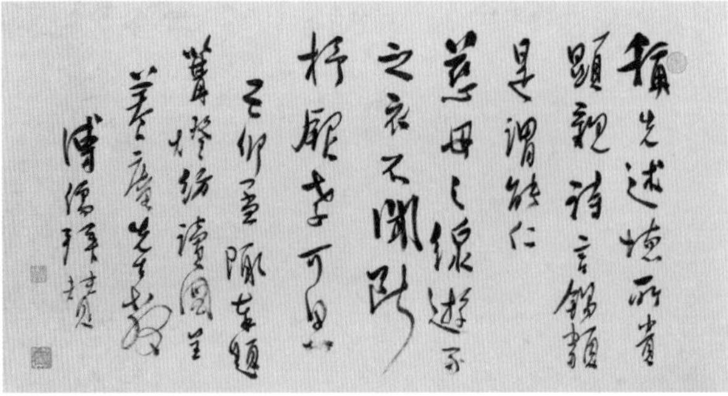

溥儒題鉤燈讀書圖

書中見有此相，所以拿來做封面圖。原相下面注明「王子溥儒，恭親王之孫」。我看後猛記起三十年前溥先生告訴我的一件事，如果不看這照相，就簡直忘記了。

一九三五年我在北平跟心畬先生學寫畫，有一次，司徒喬請我介紹他和溥先生相識，我就約了另一位精於攝影的朋友丘錦春同行，為我們拍了六七張相。拍後溥先生很高興，他對我說，他最早攝的相片是德軍到恭王府遊玩，給他拍的一張騎馬相，那一年他正是六歲。我請他找出來給我複製一張，但他找不到，日久也忘記了。不意三十年後我無意中發現了，並且有機會刊在我主編的刊物上，實在是一件快慰之事！

（署名：林熙）

遺老看重溥心畬

上海一位朋友，贈我四川人民出版社新近印成的《偽滿宮廷雜憶》。作者周君適，是滿洲國大員陳曾壽的女婿，因此周也跟隨岳丈在偽滿宮廷做科長，是屬於「紫禁城」裏頭的人物。陳曾壽一向為溥儀所重，而陳又是「皇后」婉容的教師，所以他在偽宮裏面見聞較真切，有很多事情是外間人不易知道的。周君今年已七十八歲，所記的事，難免有時不清楚。但大體上錯誤之處尚少，即有錯誤也是無關宏旨的，例如他把溥倫拉入了恭親王奕訢的一系，就是顯例。書的第一二〇頁有一段——

第一代恭親王奕訢，有三子，均早死，有孫溥偉、溥倫、溥儒。……奕訢逝世後，以溥偉承襲為第二代恭親王。……遺老們把溥儒比作明末的石濤，八大山人之流……溥倫和溥儒是兄弟，同屬於「天潢貴胄」。但在宗室和遺老之中，對兩人卻有絕對相反的看法，溥儒是最受尊敬的，而溥倫則是最受鄙視的。因為，袁世凱企圖當「洪憲皇帝」的時候，溥倫曾向他「勸進」。

按：道光皇帝共九子，長奕緯，早死，咸豐帝是第四子，溥儀的祖父是第七子，溥儒的祖父恭親王奕訢為第六子（書中作奕欣，原為便於讀者會讀出字音）。奕緯無子，以奕紀之子載治為

溥儒課徒：收高貞白為拜門弟子，1935年。

子。載治生五子，第四子即溥倫，字敍齋，五子溥侗，字厚齋，號西園（長二三均早死）。溥倫襲封貝子，溥侗封鎮國將軍。溥倫與溥儒為從兄弟，但不是胞兄弟。

遺老、宗室等人重視溥儒，鄙視溥倫。溥儒就是一九二八年以後蜚聲畫壇的溥心畬先生（號西山逸士，一九六三年病死台灣，年六十八），自民國成立，他就隱居西山的戒台寺，讀書習畫，山居十年，到民國十三年（一九二四年）才搬回恭王府，從不做民國官，所以遺老稱他為「石濤」、「八大」。他兄弟三人，長溥偉，早在光緒二十四年奕訢死後襲封恭親王，心畬行二，同母弟溥穗（字叔明）行三，去年才在北京逝世。溥倫之所以為遺老們鄙視，不在他「勸進」，而在他自民國成立，即與民國官吏作官式交往，民國四年，又當起參政院的院長，居然做起新朝的官了。

溥侗精戲劇，人稱侗將軍或侗五爺，梅蘭芳、俞振飛等無不向他學戲，他在舞台演出，藝名為紅豆館主，一九三四年我在南京勵志社看過他和梅蘭芳合演崑曲《奇雙會》。那時候他是國府委員，後來參加汪偽組織，換來兩年徒刑，出獄後於一九五〇年八月二日死在上海。

遺老們看重的「舊王孫」溥心畬先生，他沒有像溥倫那樣做民國的參政，更沒有像溥侗做國民黨的委員，所以對他特別愛重。（心畬「潔身自愛」，不向民國低頭，但對現實問題則不得不低頭。為了解決胞弟叔明的生活，一九三四年，他託前北平市長何其鞏，介紹叔明在北平政整會當一個科員。一九四六年，心畬又當起國民政府搞的國大代表。）更有，使遺老們最欣賞的是他忠於「王室」。以下一則故事是四十六年前一位最清高的遺老林貽書先生對我講的。

一九二四年（民國十三年）溥儀出宮後，短期間住在他的父親家裏，門禁森嚴，只有幾個重

溥儒繪篝燈讀書圖

要近臣能依時進見，其餘即王兄王弟王叔伯之類，也得經過批准。溥心畬時年已廿九歲，比「王弟」溥儀長十歲，他們之間是不常見面的，心畬請師傅陳寶琛替他辦好進見「皇上」，溥儀准他單獨談話。

溥儀對這位從兄是有印象的，出宮前一個多月的中秋節，溥儀在御花園就和他飲宴，慶賀佳節。現在「皇帝」落難，溥二爺一見到了就心酸，撲在地上磕頭，淚流滿面的說：「奴才現在身上帶有利器去行刺馮玉祥，效荊軻報國，特來向皇上訣別，請皇上保重，設法復興大業！」

十九歲的「皇上」聞言大驚，一把將溥二爺拉起，拖他到附近一個僻靜的房間，問道：「你拿甚麼東西去行刺？」溥二爺從靴中掏出一柄小小的裁紙刀，恭呈「御覽」。溥儀見了不禁撲嗤一笑，料不到這個比他虛長十年的哥哥，竟會這樣「唔臭米氣」。便對他說：「你忠心耿耿實屬可嘉，但馮玉祥手上有十萬大兵，圍在他左右的衞士，少說也二、三十人，就算你能蒙混過去，到了馮身邊，你伺機拔刀，恐怕你未動作前，已為馮某一手把你推倒地上了。你這個弱不禁風的書生，怎敵得過他是彪形大漢！」溥心畬聽了這番「聖訓」，不覺呆了一呆，然後說：「奴才只是一時激於義憤，不惜犧牲性命，為我大清吐一口冤氣，後果如何，倒沒有想到。」溥儀說：「你如此衝動，反誤大事，我如今寄人籬下，怎敢行差踏錯，你快些收起這個念頭，勿因一時之忿而貽君父之憂！」溥二爺才含淚而起，「皇上」就把他的小刀，交給「內務府」收藏起來。

（心畬自稱奴才，乃是滿洲規矩，蓋表示主僕身份也。清朝制度滿大臣對皇帝自稱奴才，漢大臣稱臣，親疏之別也。林貽書先生官至提學使，民國後不出仕，他的女兒是沈昆三夫人，居九龍多年，尚健在。）

袁克文粉墨登場

袁寒雲的岳父

我在上一期的《大華》那篇《袁世凱的妻妾子女》一文，提到袁克文的妻子劉梅真，有說：「到底她的父親是誰，現在還未能考知。」十一月七日接周志輔先生給我的信，解決了這問題，亦為讀《六君子傳》的讀者解決了一個小問題。周先生信說：

關於寒雲夫人之家世，茲特奉陳如下：其尊翁名劉尚文，與劉聚卿為遠房昆季。在陶庵薩文中云其為鹽商，頗富有，實不確（編者按：陶君文載本刊四至十期）。不過在項城督直時，以候補道居天津，寒雲見其女貌美，故遣人作伐以結褵云。寒雲之內弟為劉健伯，名懋貽，現在紐約，今年已七十有三矣。弟不知我對此層有所未悉，否則早應詳為貢獻矣。……

原來劉健伯就是周先生的表兄，所以知得詳細。我很感謝周先生給我這個珍貴的材料，不止補拙文之不足，即陶菊隱所作的《六君子傳》（一九四六年上海中華書局出版）謂寒雲「娶安徽人劉某之女（劉女善書畫），其丈人為了親事的關係，臨時捐了個候補道」陶君文中對於袁世凱的親家皆舉其名，獨寒雲的丈人，他只稱劉某，今可補正。又，劉梅真夫人已於廿年前往美國依其子，今尚健存。

（署名：温大雅）

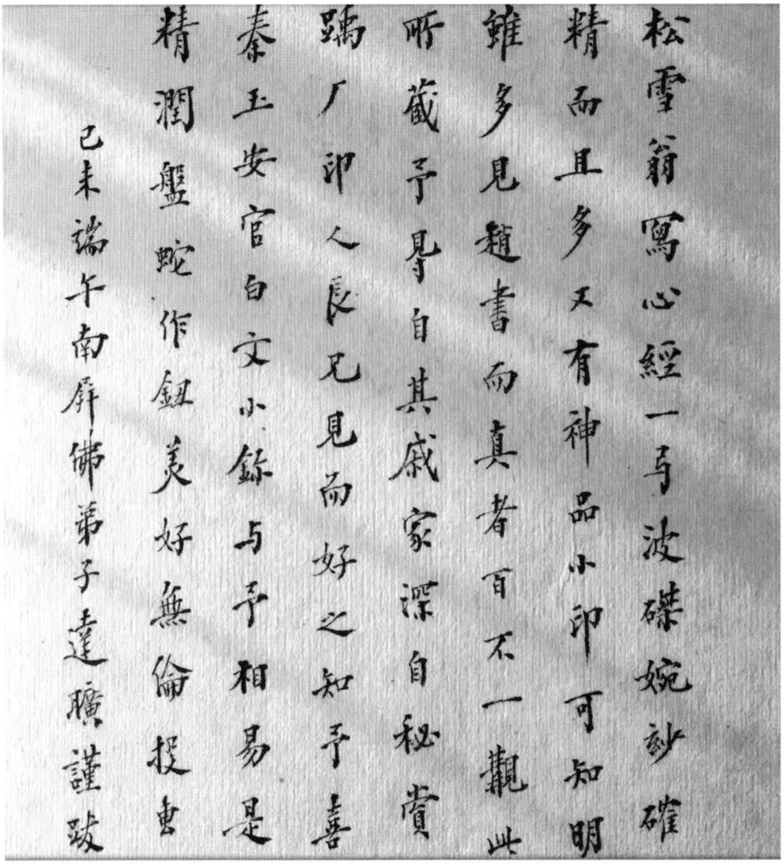

松雪翁寫心經一手波磔婉妙確
精而且多又有神品小印可知明
雖多見趙書而真者百不一覯此
所藏予得自其戚家深自秘賞
踽厂印人艮兄見而好之知予喜
秦玉安官白文小鉩与予相易是
精潤盤蛇作鈕美好無倫投叀
己未端午南屏佛弟子達曠謹跋

袁克文跋趙孟頫心經

袁克文救楊天驥

袁世凱時代有特務頭子陸建章，專替獨裁者殺人，國民黨時代又有一個特務頭子戴笠，殺人如麻，以作虐之久長和殺人之多少而論，陸建章遠不如戴笠，而「砌生豬肉」專門冤枉好人，則兩個魔王卻不相上下。故友楊千里在六十年前幾乎被陸建章陷害，幸袁家騮的父親寒雲設法赦免。這件事，楊千里曾和我詳談過。

楊天驥，字千里，二十多歲便加入孫中山領導的同盟會，他是江蘇吳江人，有蘇州才子之稱，詩、文、書法、篆刻都有很好的成就，早年在上海教書，曾教過胡適國文。民國二年（一九一三年）孫中山發動「第二次革命」，反對袁世凱獨裁，但不到幾個月便為老袁粉碎了。陸建章為袁效力，派爪牙捕緝國民黨人，抓到手就殺，給他殺害的無辜人士不知凡幾。恰巧楊千里於一九一四年初到北京謀事，陸知道他是老同盟會分子，準備動手，楊還不知已身入虎穴，終日在外交際。

陸建章人既兇殘，又好女色。當時天津有個女伶劉喜奎，色藝冠一時，陸對她存有野心，故意在家中宴客，請堂會戲，託袁寒雲把劉喜奎請到北京。袁寒雲和京津伶人有交情，劉喜奎雖明知陸建章醉翁之意，但礙於袁總統二公子的面子，不好推卻。

那一晚劉喜奎果然到了北京，登台唱了兩齣戲，陸建章為之大樂，連連拍掌稱讚不已。閉

楊天驥

袁克文書法

幕後，陸建章使人請劉喜奎到他的後堂一敘，喜奎是個生活很嚴肅的女伶，從來不喜歡獨個兒和人家周旋的，現在主人來請，只好婉拒。陸建章為了要博她好感，不敢使魔王脾氣，兩次、三次派人去催請，她一概不理。陸沒法，請袁克文出面，一定要劉喜奎賞個臉他才可以下台。克文沒奈何，只好叫喜奎的辦事人到跟前說：「陸處長只要你們的姑娘和他談談，並沒有別的意思，放心可也。」

喜奎知道陸建章的太太很兇，到後堂必為所辱，請到別的地方，陸答應。不久，劉喜奎和一班執事人等進門，坐在椅上，一聲不響，陸逗她講話，也不答，不到五分鐘走了。陸建章惘惘如有所失。客散後，他求袁克文託伶界的人做媒，要討劉喜奎做偏房。袁說，可以，只要你不抓楊千里，我即照辦。陸大喜，連忙寫了一張「免捕令」給袁，說：「請交楊千里，他有這護身符，沒有人敢動他的。」

其實袁克文不止沒有為他託人做媒，反而透個聲氣給陸的老虎乸。陸太大怒，罵老爺膽大包天，如敢娶那隻妖精進門，亂棒打死。袁克文和楊千里有深厚交情，所以才設此法救他免遭毒手。（陸建章是安徽蒙城人，時任軍政執法處長，後來任陝西督軍。）

袁克文的《洹上私乘》

洪憲皇帝的本紀

民國五年丙辰（一九一六年），袁世凱搞「洪憲」醜劇，到今日已是五十周年。他的第二子克文，寫有《洹上私乘》一書，對「袁皇帝」的家事頗有敘述，現在談一談該書內容。

袁寒雲（克文）在袁世凱死後，以名士身份客遊上海，曾作《洹上私乘》一書。據其自述，是庚寅（即光緒十六年，一八九〇年）生人，而書又有：「今文始三十，正有為之年，而天下囂攘，群以利征，寧甘亡恥，屈躬以求辱？溷此暫侶於煙霞，苟活於刀筆，豈得已哉？」數語，則此書必作於己未、庚申間，即民國八、九年，所謂暫侶於煙霞，等於自己供招寫此書於鴉片煙鋪上。

此書當然談不上甚麼史料價值，但是出於袁世凱的兒子手筆，倒有看看他怎麼措詞之必要。不妨先將全書總目鈔錄於下：卷一，先公紀；卷二，先嫡母、慈母，先生母傳；卷三，諸庶母傳；卷四，大兄，諸弟，諸妹傳；卷五，自述；卷六，養壽園志；卷七，遺事。

首先，看到「先公紀」三字，不覺令人想起陳壽《三國志》，雖然在各傳中提到涉及曹操的事跡，必云：「語在武帝紀」，但在標題上還只寫武帝，文帝，而不加本紀字樣。克文卻公然仍援正史於帝王稱紀之例，是已經足夠使人驚訝的了。

關於袁世凱一生事跡，大家所矚目的，一是戊戌變法所持的態度，二是戊申罷出軍機的原因，三是洪憲帝制的經過真相。袁克文既替他作「紀」，用甚麼口吻來敘述呢。關於第一點，請看他的原文。

戊戌政變之初，康有為以說惑景帝，帝沖幼無識，不辨其奸，遂重任之，設懋殿勤，奪軍機權。有為漸施離間，欲假先公之兵，謀危孝欽后，先授公以侍郎，繼使譚嗣同至小站，劫先公假帝詔，命先公囚孝后欽，殺榮祿。先公早識究謀，乃佯諾之，隱走告榮祿，祿倉皇請策，先公屬祿密詣頤和園請命於孝欽后。祿亟入覲，奏孝欽后從容返蹕，立禁帝於瀛臺，仍垂簾聽政，斬有為黨嗣同等五人及有為弟廣仁於市。有為先已避居沽口夷船中以覘成敗，及聞變，乃遁走日本，故逃於刑戮。

袁世凱出賣了康黨，破壞了維新運動，是歷史前進中的一股逆流，這本是盡人皆知的事，無論如何動筆，也是掩飾不了的。袁克文倒也不想蓋前人之愆，簡直就承認他父親是慈禧的忠僕，新黨的死敵。但這一段話，就連自命效忠於清皇室的士大夫也不肯這樣說的，除非滿族中極端頑固分子，擁護慈禧謀廢光緒的那班人，才會有這種口吻，戊戌之後一年，即己亥年，后黨宣稱光緒患病，立端王之子溥儁為大阿哥，準備實行廢立，正是戊戌政變的繼續。倒的確像袁克文所說的「密詣頤和園請命於孝欽后」，不過他們滿人口中必說：「非請咱們太后出來不可」罷了。

袁世凱就是這樣取得慈禧信任的，他非但一次出賣變法集團分子，而且辛丑以後又繼續為慈禧效鷹犬，打擊與戊戌變法有關人物，藉以鞏固自己權勢。即在辛亥以後，他的一貫作風仍是與進步分子為難，這都是有其歷史根源的。袁克文這段話也可算恰如其份地表述了他父親的思想感情。

然而這其間也有一種反復和矛盾，袁克文在敘述庚子一役時，有下列一段話：

載漪（即端王）聞先公厲行剿滅（指義和團），大怒，欲加罪討，嗣畏先公率有勁旅，乃止。先公諫疏數上，咸為載漪抑阻。先公知外釁一起，國必無幸，諫疏復不能上達，乃電聯兩江總督劉坤一，兩湖總督張之洞等，合力拒「匪」，使不得南。之洞初不敢發，得先公電言，坤一復同倡斯議，遂定聯拒合剿之策。

這樣說來，袁世凱在前一年附和載漪而反對光緒變法的，隔了一年，又是反對載漪而主張「剿滅」義和團的。這種反復和矛盾的揭露，其實不錯。不過他說載漪怕袁世凱「率有勁旅」，不敢「加以罪討」，這就逃不過懂得歷史的人的判斷，絕對可以說袁克文裝點的話太多了。因為當時清廷要罷免或調動一個疆吏，只須輕輕一道上諭，斷不會像唐朝的對付藩鎮要動武力還怕不能成功，何至於要「加以罪討」呢？

袁世凱在庚子夏間初奉清廷獎勵義和團的諭旨，原是持首鼠兩端態度的。一般都就官文書所發表的認為他和劉坤一、張之洞一同主持保護外人，而且他又是仇視義和團最積極的人。但據郭則澐（署名寵顧山人）的庚子詩鑑說：

袁克文

吳永《西狩叢談》謂袁奉獎舉毀教之詔，初尚躊躇，徐撫辰在幕府，以去就爭，乃決策保教。或云：袁初猶恐忤慈聖意，張安圃方為藩司，語之曰：公揣此類妖妄之徒古來有能成大事者乎？若稔其必敗，則宜早決大計，勿為所累。袁稱善者再，計乃決。

看這些記載，應該明瞭，事後裝點的話都是不足信的。實際上，當時的人對待當時的局勢不外三種態度，一種是久在長江下游的人，看慣了外人在中國的一切行為，出自衷心地不贊成仇洋。另一種是雖知仇洋派的辦法未必妥，但由於對外侮的積憤，也未嘗不對義和團寄予一些希望。還有一種，則是官僚們的一貫作風，觀望風色，暫時不作鮮明表示，以為投機取利張本。袁世凱不能不屬於第三種，也是勢所必至，理有固然，無足怪的。不過其他官僚僅僅能以保持兩面手法免於遭禍，他卻能在適當時期，利用機會，抬高自己身價，袁世凱的得意，在戊戌已經投機一次得中而奠下這基礎，這一次卻在已有的基礎上又大大發展起來了。

按照袁克文所說，彷彿所謂東南互保的局面是由袁世凱發動的，顯然是誇大之詞。此事是由南方的張謇、何嗣焜等人，首先說服劉坤一發動的。劉坤一在前一年為了反對「廢立」，發了「君臣之分已定，中外之口宜防」的一通有名電報，他站在擁護光緒，抑后黨的立場，早已十分鮮明，難於退卻。連張之洞都是在開頭還畏首畏尾的，袁世凱此時的資望不獨遠在劉坤一之下，也還不能與張之洞抗衡，其所以參預督撫聯名，主要還是因為山東一路電線未曾被毀，他以山東巡撫的地位，能起一些溝通南北消息之故。

關於戊申罷出軍機的問題，一般傳說是：攝政王載澧承光緒帝的遺志，原意要殺袁世凱，因為怕激起變端，委曲調停，就下了一道上諭，說某人現患足疾，着即開缺，這種離奇的公式文告，本身就說明其中是有內幕的。在光緒末年，袁世凱的活動，引起清廷內部矛盾已非一日。當時士大夫清流一派，以及效忠清室的臣僚，鑒於袁世凱手握軍權，勢燄日張，而與貪庸老悖的慶王密相勾結，所作所為都是輿論所不滿的事，沒有不想到清室會亡於兩人之手的。先是廷臣中有反對慶、袁而失敗的，既而疆吏中也有反對慶、袁而失敗，臺諫中以及外吏中彈章相繼而起，報紙中醜詆慶王父子的也無日無之。所以去慶去袁也是人人意中所有的事。袁克文記這一時期的事，倒不盡是虛構的。例如他說：

戊申八月二十日為先公五十壽，孝欽后賜銀二千兩，及金瓷諸珍器，且頒自畫三星圖巨幀，寵賚之厚，例雖親王亦無若是之隆重者，一時朝野多為側目。御史江春霖見壽帖中有慶王奕劻一聯，款書名焉，又有載振聯自署如弟某某，乃據以入奏，謂天潢之尊，例無書名，且有權臣煊赫將有不利於朝廷之語。疏留中不發。（按慶王不是近支王公，對大臣是應當稱名的，只有皇子親王才自稱某親王，不書名。所引江氏的話，是過甚其詞。）

至於宣統繼位和載灃攝政的經過，他說：

十月，景帝疾日亟，孝欽后亦患腹疾。及景帝大漸，孝欽后詔先公及奕劻，世續，鹿傳霖，張之洞詣寢宮密議。孝欽后問：帝將不諱，何人當立？之洞請以恭王溥偉繼位，孝欽后怫然不悅，先公與奕劻則請以醇王長子溥儀入承大統，孝欽后初尚遲慮，先公與奕劻力爭始定。及退出，先公與奕劻汗被重裘矣。奕劻顧先公曰：公真大膽也，之洞則面赤有怒色。景帝既崩，孝欽后悲痛，疾乃轉劇，臨終執溥儀手指載灃，顧先公及奕劻，世續等而泣曰：汝輩皆先皇老臣，今皇帝沖齡，雖有載灃攝政，亦惟汝輩巨輔是賴，復泣顧載灃曰：汝應拜諸老臣，汝年幼，惟諸老臣之言是用。載灃揮泣向先公及奕劻等拜，先公與奕劻同伏地泣不可仰。比退，孝欽后亦旋崩矣。溥儀嗣立，載灃攝政，之洞日奔走於載灃之門而媚事之，載灃用之洞讒，漸疏先公及奕劻、世續等，奕劻泣謂先公曰：先后先帝之骨未寒，而政象已紛擾，我等俟百日服滿，可掛冠去矣，先公亦覺之洞之相傾陷，累乞休，乃以顧命治喪之臣不可遽去，而百日未終，罷官之詔下矣。

這一段話中間有不可信的，細節中如載灃向大臣下拜，不但近支親王不能向大臣行禮，而且在廷殿中，任何人不得相互行禮，何況在殿內？這些禮節在滿族人是最諳練的。可是大體上卻將慶、袁二人合謀迎合慈禧食立幼王的內心盡情據實暴露了。同時說出張之洞主張溥偉的話也是相當有義的，溥偉平日反對慶、袁，人所共知，而載灃則與慈禧有內親，又以庸懦著名，袁世凱之所以力爭，惟恐他人之得登大位，自然是事實。（溥偉在辛亥起用袁世凱時曾向載灃力阻，袁世凱就內閣總理職，溥偉就出京赴青島，是明顯的事實。）

另外，袁世凱張之洞兩人之間的關係，袁克文在其書中之另一節有自相矛盾的說法。他又說：

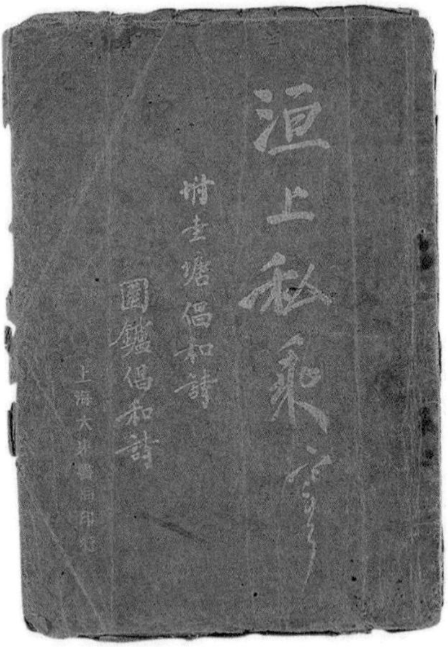
洹上私乘
增圭塘倡和詩
圖鐙倡和詩
上海大東書局印行

先公素無嗜癖，勤政之暇，輒使人譯世界大事而流覽之。亭午退朝，張之洞每邀先公同遊海王村，先公以之洞為世交長者，間遊雖非所願，然不敢卻，之洞時或強要先公購一二古物以為樂，先公則深苦之矣。先公罷政，或謂出於之洞之讒，或曰幸賴之洞之諫阻而免嚴譴，以文所知二者咸非是，蓋前者決非之洞所忍為，而後者則之洞是時亦與先公同其危懼也。

其所以自相矛盾，無非由於有意矯飾不顧事實所致。罷袁一事，當時傳說甚多，總之，去袁是清廷必行之舉，至於以何方式去袁，則強硬派卒屈服於穩健派，也是很顯然的。以載灃和張之洞平日之為人覘之，前者優柔畏葸，後者慣持兩端，張之洞在未老時，處戊戌、已亥、庚午三次風波中，尚且遲疑不敢擔當責任，此時已是暮年，其調停畏事更可想見。由此說來，連他主張溥偉一說恐怕也未必真出於其口。

袁世凱突然被罷免，不是他所甘心的。據說他曾微服到過天津和他的心腹直隸總督楊士驤有所計議，北洋系的軍人雖然有鼓噪之說，而北洋系的謀士們卻認為時機未至，而且預料清廷也不敢進一步對袁有所行動，所以袁才悄然回河南去了。關於這一節，袁克文沒有提起，但是他在鐵良督辦練兵處，提北洋各鎮歸清廷直轄時，有下列一段話：

時文雖幼，深自憤鬱。當兵符未解，亟陳於先公曰：竊聞太后用鐵良言，欲奪大人六鎮之軍，譬之軍。樹也，帥，巢於樹者也，施斧斤於下，樹木既斬而巢甯有不覆者哉？今符猶未解，諸將多憤然不能平，且共慮一旦柄移，將有弓藏之危。何如乘士氣未變，親率諸鎮，入清君側，斬鐵良諸奸頭？今海內群謀復漢，苟太后違逆，則驅胡虜而北之，以順民命，進可成王，退將免禍，千秋大業，乞大人毅然行之也。先公聞文語，怒目斥責曰：小子無知，敢妄語，族滅無日矣，乃禁文於內室者累月，恐言不慎將構禍也。

這自然又是事後裝點，但無意中透露了袁家確有陳橋兵變的企圖。清廷之有人料到袁氏將為曹操，以此，其不敢操之過急，亦以此，而畢竟在武昌起義時又不得不起用袁氏，亦未嘗非由於北洋軍人早已歸心袁氏，清廷無法指揮之故。

最後，洪憲稱帝這一幕戲，袁克文怎樣描寫，更是我們所希望仔細看看的，然而他卻惜墨如金，道：

開基之始，正爾有為，不幸悖亂之徒，妄冀大位，群奸肆逐？眾小比朋，如朱啟鈐、梁士詒、楊度、夏壽田、張鎮芳輩壽張擾攘，共濟宄謀，先公日理萬機。未遑察及禍之伏於眉睫也，大難既作，已莫或遏制矣

可想他下筆時很費苦心的，「開基」二字也可以暗含稱帝，意思好像稱帝並不錯，錯在悖亂之徒妄冀大位。誰能妄冀大位？自然不是指袁世凱本人，原來是指曹丕、曹植兄弟之爭，請看他自述中的一段：

乙巳……十一月，尊先公為皇帝，改元洪憲，忽有疑文謀建儲者，忌欲中傷，文懼，稱疾不出，先公累召不敢辭，遂陳於先公，乞如清冊皇子例，授文為皇二子，（按清亦無此冊為皇幾子之例）以釋疑者之猜慮，庶文得日侍左右而無憂顧焉。先公允之，文乃承命撰宮官制，訂禮儀，修冠服，疑者見文鈐皇二子印，笑曰：無大志也，焉用忌？

這就明白他並不是說不該稱帝，也不僅是諉過於籌安會和大典籌備處諸人，而是說乃兄袁克定想作太子，他卻以陳思王自命。

關於袁世凱的家庭，這本書裏有比較詳細的資料，也不妨看看。除他的正妻子氏以外，他究竟有多少姬妾呢？試列一表如下：

沈氏：江蘇崇明人，從天津的北里人家脱籍。
金氏：高麗人，克文生母，與以下二人都是在駐朝鮮時所納。
白氏
李氏
楊氏：天津人。
葉氏：鎮江人。
邵氏：山東濰縣人，婢女。
郭氏：浙江南潯人，天津妓女。
劉氏：天津人。

這些人多數都生有子女，所以袁世凱有十七個兒子，其名為克定、克文、克良、克端、克權、克桓、克齊、克軫、克久、克堅、克安、克度、克相、克捷、克和、克藩、克有。十五個女兒，其名為伯禎、仲禎、叔禎、次禎、季禎、籙禎、琪禎、環禎、玖禎、琮禎、璇禎、璣禎、琿禎、珣禎、玲禎。

既然有這些子女，就要娶婦嫁女。他的兒女親家，據克文所述，在民國作總統的有黎元洪、在清室遜位後還身為太保又作民國總統的徐世昌，在清代作尚書的有張百熙，做過總督的有端方、周馥、張人駿、楊士驤，做過巡撫的有吳大澂、陳啟泰、孫寶琦。其他不是達官便是豪富，不能一一數了。

這樣一個龐大複雜的家庭，其中的勃谿詬誶，鉤心鬥角，強者揚眉吐氣，弱者飲恨吞聲，也就可想而知，袁克文的自述有下列幾句話：

> 辛亥武漢變作，先公再起督師，命文守洹上。處四方危亂之中，得苟安焉。先公班師，文亦奉眷屬北上。國難方定，而家禍興，文不獲已走上海，未幾先公覺為宵人讒間，亟遣使召文歸。文感於先公之慈明，不復欲以不謹果先公憂，遂放情山水，不復問家國事。

這裏已經透露了袁氏骨肉間的矛盾，他還說：

> 昔先公居洹上時，曾自選窀穸，地在太行山中，邃而高曠，永安之所也。及先公殂，群議葬

事，文以太行山請，大兄獨不可，欲葬洹上村左，以其地適便祭掃也，文力爭不獲，彼且迫呃，使不可安處，遂遯走天津，先公之葬，竟不得臨，使文終天之恨而不可逭之罪。

袁世凱在戊申年罷官後，卜宅於安陽之洹上村，其地為京漢鐵路所經，其舊部及各方政客常川來往，無不接待，雖是郊居的私宅，儼然具有衙署規模，並養有衛隊，設有門禁。名為在野，實際上無日不與各方通聲氣，識者早知其野心未戢。據袁克文所撰《養壽園志》，這個園名就是根據慈禧所賜的養壽二字，園的正廳即名為養壽堂。另外一座謙益堂，也是如此，袁世凱自己寫的匾額，加有一跋云：「光緒辛丑季冬，皇太后御書謙益二字賜臣某，聖意深遠，所以勗臣者至矣，園居成，謹以名堂，俾出入瞻仰，用自循省。」聯云：「聖明酬答期兒輩；風月婆娑讓老夫。」袁世凱固然不把光緒帝看在眼裏，就是對慈禧的這樣做出忠心耿耿的面目，也無非是一種掩飾的手法罷了。

袁克文說：養壽堂的楹聯是吳江費仲深所集的龔定庵詩句，云：「君恩彀向漁樵說；身世無如屠釣寬。」但他沒有提到袁世凱本來請他的幕友閔葆之（爾昌）代擬，閔集杜詩：「一臥滄江驚歲晚；每依北斗望京華。」袁世凱看了，只說好極，卻並不用，畢竟用的是費所擬。這裏可以看出袁世凱的衷曲，因為他雖然也要做出愛君憂國的模樣，並不是他的本懷，老杜這種本份話，在他就嫌太老實了。龔詩儘管提出君恩二字，語氣卻兀傲不平，所以正中他的胃口，而且龔詩是不得意南歸時所作，袁也不肯不在這時表示一點不甘心之意。

袁世凱當然不是書家，據說他作總統以後，只替被刺的上海鎮守使鄭汝成親手寫過一副輓聯，是用破筆淡墨寫的。以字而論，倒並不庸俗，筆筆都往上挑，非常別趣。（按：《洹上私乘》初刊於周瘦鵑主編的《半月》雜誌，後來印單本，一九二七年國民革命軍打到上海，通緝袁克文，並禁此書流通，因此外間甚少見。克文死於一九三一年五月九日，年四十二歲。）

（署名：秦仲龢）

張伯駒與陸機平復帖

張伯駒是我國現代一個中年的文人，如果用甚麼家的稱號去尊稱他，他的「家」實在太多了，數起來，有好幾個。現在讓我來數一數。他是銀行家（北京鹽業銀行的經理）、收藏家、書畫家、書畫鑒定專家、詞家、票友。數起來已是六家了。

他是河南項城人，今年剛好是六十歲。他的父親張鎮芳是袁世凱的親戚，做過河南督軍，為袁世凱的心腹。張伯駒家裏很富有，一向過的是優裕的生活。他雖然出身紈袴，但沒有一點俗氣。他的嗜好，無一不雅，無一不與文藝美術有關。說起來他是一個了不起的人。

他是北方著名的票友大王，精於音律。自魏鐵珊死後，他就是此中的翹楚了，著名的京戲藝員如梅蘭芳、馬連良、余叔岩、程硯秋等人，沒有一個不去請教過他的。

說到他收藏的古代書畫，那真是了不得！他收藏書畫已有四十多年的歷史，一件美術品到他手上，只要他展開法眼，便可以鑑定他的真假，所以他的收藏品在北方是很有名的。從前日本的骨董家來中國蒐羅書畫，如果書畫裏有北方張伯駒，南方龐萊臣的收藏印，他們都很樂意花多一兩倍價錢去收買的。

現在讓我來談談他收藏的書畫精品。先說他收藏晉朝、隋朝的一書一畫罷。晉朝的大文豪陸機所寫的一封信，叫做《平復帖》（因為信的開首有「平復」二字，因此收藏家以「平復」命名）。

張伯駒和他致張牧信札

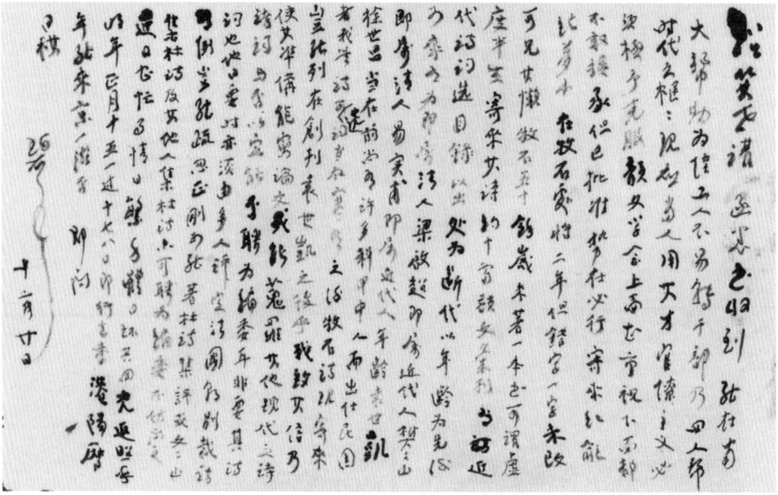

《平復帖》千多年來都經過著名的收藏家珍藏，到清朝初年，為梁清標所得，刻入秋碧堂帖，為一帖中的壓卷。後來到了乾隆朝，這個喜歡美術的乾隆皇帝極力蒐羅書畫，梁氏後人便把《平復帖》進貢給十全老人。乾隆帝大喜，刻為《三希堂法帖》，以《平復帖》列為首卷。因為陸機是西晉的人，王珣所寫的字還列其次（他是東晉人）。嘉慶年間，成親王的母親把陸機這幅真蹟賜給他。現在我們所見成親王寫的字，常蓋有「詒晉齋」一印，就是因為他的母親以晉人筆蹟賜給他，所以起了一個這樣的書齋名，以作紀念。後來此帖不知怎的又流入內府，到咸豐帝即位之後，就把《平復帖》和唐朝韓幹寫的馬《照夜白》，賜給御弟恭親王奕訢。奕訢死後，這兩件國寶仍藏在地安門外三座橋的恭王府。現代名畫家溥心畬（現居日本）是奕訢的次孫，早在二十年前，便以《平復帖》、《照夜白》押在北京某銀行，押了多少錢我不大清楚。我認識溥先生時，已經不能看見這兩件國寶了。一九三五年黃河水災，北京文化界開會籌款急賑，在中山公園舉行書畫展覽會，由溥先生商之銀行，借此二物出來陳列，看一看要買票一元。我就在這個時候有機會看到。《平復帖》是用禿筆寫的，純是枯鋒，的的確確是晉人的法度，不像王珣的那幅，是米南宮摹的。

抗日戰爭期間，大約是一九三九年罷，此二物的抵押期限已滿，如果不備款贖取，勢必為日本人所有。張大千聽到這個消息，很是着急，就商之於他的同鄉傅增湘，請傅先生轉告張伯駒。於是張伯駒以二萬元買下《平復帖》，另以三千元酬謝某君，以為介紹之勞。這件事是一九四〇年張大千在香港利園山上的袖海堂（主人是已故書法家簡琴齋）對我說的。《照夜白》已經給日本人買去，後來轉賣給英國的波斯富爵士，現藏波斯富中國美術基金委員會。這就是《平復帖》

的一段歷史。

至於隋朝展子虔的山水《游春圖》，是海內的孤本，現在已賣給北京故宮博物院的繪畫館，去年曾公開陳列的。此外張伯駒還藏有唐詩人杜牧之手寫的長詩，此詩是他贈給名妓張好好的。又有宋徽宗寫的山水《雪江歸棹圖》，宋朝大書家蔡襄自寫詩冊，黃山谷的《諸上座帖》等等，都是海內名蹟。

張伯駒的太太潘慧素女士，能寫巨幅山水，落手都是寫六、七尺以至一丈的。他們現在都在人民政府服務，每月得到相當的薪水，一九五四年二月，他們到杭州遊玩，轉入湖南衡山去實地寫生。

伯駒善填詞，現在我抄他題《稊園主人梅花香裏兩詩人圖卷》的一闋鷓鴣天如左：

和靖門前月老祠，飛來青鳥繫紅絲。天生嘉耦神仙侶，早有梅花暗裏知。肩比並，步參差，文江才調玉臺姿（明李梅公與遠山夫人有《文江唱和集》），月明林下雙雙影，畫向空山雪滿時。

稊園主人是交通界前輩南海關賡麟，今年七十七歲，現居北京。

趙叔雍筆下的「梅巧玲」

一九四二年，徐一士先生寫了一篇《談梅巧玲》登在《古今》半月刊（一九四二年十二月一日出版的第十三期），談梅蘭芳的祖父巧玲事甚詳備。徐先生後來將此文收入他的《一士譚薈》一書（一九四五年六月，上海太平書局出版），在文末兼錄趙叔雍所作的《〈談梅巧玲〉補遺》數語。今將趙叔雍全文錄左，以為讀《梅蘭芳戲劇生活》者參考。（趙文刊於《古今》第十四期，一九四三年一月一日出版。）

頃讀徐一士先生「壬午閒綴」談梅巧玲事，勝朝遺跡，為之神往。余生也晚，僅與文孫往還，初未嘗能涉開天之盛況，但幼侍庭闈，所習聞於先公之掌故至夥，茲撮其足以補本文之遺佚一二則，以為《古今》補白，兼就正於一士先生。

梅巧玲義舉，初非一事，先公官粵東時，輒與同官往返互述清苦。有銓粵之散館翰林李君，每告先公曰：食貧自守，固屬廉隅，此行並資斧亦付闕如，友生籌措，殊不足數。不得已以告之梅巧玲。巧玲假吾三百金，始治行裝。今來此半載，尚未及還，彌為悵歉，此後誠不知如何得了也。因此知巧玲豪俠，對於京朝士夫，每多佽助，各家傳說不一，實緣事而異，並非小節之不同也。

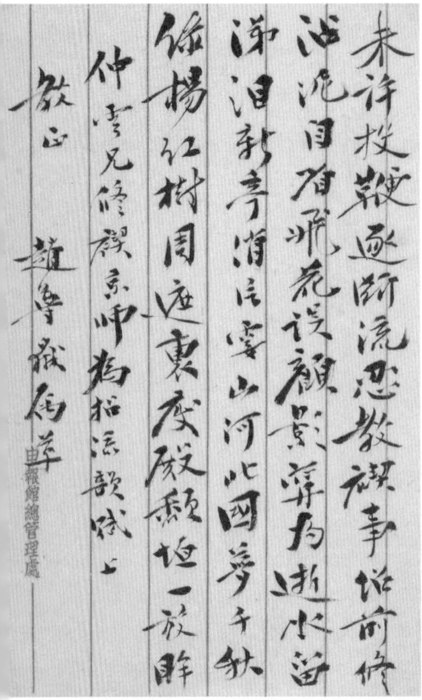
未許投鞭遂斷流
涕泪新亭消宴山河此國夢千秋
綠楊紅樹同遊裏
仲雲兄修禊京師為拈法韻試上
教正　趙尊嶽倚草
申報館總管理處

趙叔雍和他的詩稿

梅氏之死，與桑春榮前後無幾日，都人士為撰輓聯曰：「庚嶺一枝先折；成都八百同凋」。所以扣梅桑二字，不過工巧而已。先公述此聯時，並述別一聯：「趕三已死無京丑；李二先生是漢奸」。蓋趕三為北京名丑，與羅百歲齊名，其死時與李合肥同時。李以辛丑之役，憂勤致疾，卒於賢良祠，其所以保全國家於一髮千鈞之際者甚大，而都人士不為曲諒，輒致浮謗，號曰「漢奸」，因撰斯聯以辱之；實則庚子之變，若不得李之忍辱負重，則瓜分迫於眉睫，宗社早付丘墟矣。虛憍之氣，為國家之累者，匪伊朝夕，附記及此，又不禁懍懍以懼矣。

巧玲體肥碩，技則至精，所演盤絲洞作半袒妝，尤為都人士所劇賞，蓋宜於環肥之劇也。先公謂光緒五年在京，屢觀其盤絲洞、探親相罵（與趕三配，趕三騎真驢上台），及五彩輿諸名劇，轟動九城。其時宮中時時傳差演劇，慈禧太后及光緒均加殊賞。都人士以梅體碩，因稱之「胖巧玲」。宮中演劇時，帝后談及其名，亦以胖巧玲呼之。易實甫《梅郎曲》中涉巧玲事，有：「市人皆稱梅老板，天子親呼胖巧玲」。蓋記實也。

先公於光緒十四年再赴京師，其時梅年事已長，但掌戲班，夙已輟演，亦不應招赴讌會，惟吾鄉盛勗存（盛宣懷之父）與之至好，一日約先公杯酌，並邀巧玲至，且鄭重語先公曰：「梅老板久不外出應酬，特約來，俾一相見。」其時京朝風氣，伶工弟子多出預文酒之會：是日來者十餘人，均其後輩。迨巧玲至，諸子弟為之肅然與行請安禮。巧玲一一撫循，且問其師父近狀何如？班中營業何如？親切有味，子弟見其藹然之狀，又如對嚴親慈師。言次盛謂梅老板善八分書，何不乞其揮藻楹帖。先公因以屬之，旬日後即送一聯來，上款題某某先生，下款「梅芳」二字，饒有漢隸意味，惟甚拘謹耳。其日衣藍衫黑快靴，出言温恭得

和小山詞　珍重閣詞第一
武進　趙尊嶽　叔雍
臨江仙
凭徧曲闌十二碧城猶記相逢蓮房墜粉又秋風畫
嬾眉淺翠醉薄醺輕紅　澹月延簾遙夜清光乞與
君同誰知雁字解書空雲涯無限恨依約夢魂中
前調
樓外粉鱗雲淡尊前青眼花稀難消平子四愁詩綠
波春草路送別幾經時　傍柳記曾驄繫憐花臏有
鶯知海棠時節約來歸莫教分袂地紅雨泣空枝

和小山詞

體，舉止落落大方。盛極繩其掌班時厚遇同班及散財義舉，則唯唯不敢當。蓋其時風尚，伶官多好與名士達人往還，挾以增重，並不措意於饋遺，即欲覓資斧，亦輒取之於親貴達官，決不謀之於寒士。方其來往時，廝養均稱梅老板而不名，此易五詩之本事也。

畹華既以劇藝名世，方其南來謁先公時，因為述同光間事，畹華敬受而聆之。及其行也，先公命於舊篋中檢覓楹帖，越三日而不可得，蓋南船北馬，不知遺落何所，以稟先公，彌為扼腕，曰：「徜能得之，應屬畹華加一小跋，以誌三世論交之盛事也。」忽忽述此，蓋又幾二十餘年，先公謝賓客者亦已五載，日月居諸，滄桑變迭，秉筆雜記，誠不勝其「往來成古今」之感矣！

趙叔雍述他的老子所講梅巧玲事，頗有趣。但我懷疑他的父親趙鳳昌是否真的和梅巧玲相識，並請巧玲寫對聯之事。巧玲死於光緒八年壬午（一八八二年），叔雍說他的父親於光緒十四年「再赴京師」，盛勗存請他吃酒云云，如非謊言，即是白日見鬼！巧玲之死，李慈銘《越縵堂日記》記之極詳，徐一士先生文中明明有：「梅氏卒於光緒壬午十月十七日」一語，而趙叔雍做「宣傳部長」做到失魂落魄，替已死的老子「宣傳」竟出了漏洞，至為可笑！也許有人會說，所謂「光緒十四年」是筆誤，多一「十」字吧。但趙鳳昌在光緒八年以前簡直未到過北京。根據劉垣的《張謇傳記》九十三頁說：

趙鳳昌這個人很是奇怪，他是我武進縣親同鄉，與我是世交。他幼年失學，在某錢莊做學徒，常常到一個姓朱的家裏送銀錢。那時他年紀不到二十歲，人極機警，因為家貧之故，私自挪用了錢莊之款，被經理停職。他就向那姓朱的訴苦。姓朱的很有錢，就向他說：「看你人很聰明，你最好是讀書，可望上進。」鳳昌說：「我讀不起書了，還是請你薦一件事情吧！你家店鋪很多，我只想你薦我到鋪子裏當一個小夥計。」姓朱的說：「你不是當夥計的人，你既不願讀書，我索性多送你幾個錢，你去捐一個小官，到省候補，一定可以出頭。」於是這姓朱的不由分說，替他捐一個縣丞，並送了他旅費，分發到廣州。混了幾年，後來張之洞做兩廣總督，就很賞識他，讓他做總督衙門文案。……（《張謇傳記》作者劉垣，字厚生，已於一九六五年四月廿九日逝世。）

趙鳳昌出身貧苦家庭，既非讀書人，當然不會有入京求功名的事。張之洞於光緒十年升粵督，趙既為張賞識，則於光緒十至十四年之間，曾先後派他入京公幹是大有可能的。從這些材料來看，趙鳳昌似乎不會和梅巧玲相識，因為梅死之時，趙也許正在廣州。趙在光緒十年以前，也從未到過北京，則以其家境貧寒，無觀光京師之必要也。趙叔雍為了增加其與梅蘭芳的交情、關係起見，車大砲一輪來騙梅蘭芳！叔雍文中「帝后談及其名，亦以胖巧玲呼之」，及「其時宮中時時傳差演劇，慈禧太后及光緒均加殊賞」云云。按：巧玲死時，光緒帝年方十二歲，十二歲的小童，我們不能說不會欣賞戲劇，無奈光緒帝在二十歲以前深惡戲劇，宮中有戲，他只去應一應景就走開，對師傅翁同龢說：「我不喜歡戲劇！」（翁氏日記中屢記之，可供參考）又，所述「趕三已死無京丑，李二先生是漢奸」一聯，上聯與我所知者微有不同，係「楊三已死無蘇丑」是楊三而非趕三。楊三名明玉，行三，為崑曲著名丑角，生於嘉慶二十年（一八一五年）。至於劉趕三則死於光緒二十年（一八九四年）七月初十日，李鴻章死於光緒廿七年九月，相差七年，安能謂與李同時死也？

（署名：竹坡）

溥儀冊封「皇后」的笑話

溥儀所著《我的前半生》上冊（一九六四年四月，香港文通書店出版）一二七、一二八頁談到他的「大婚」。他說：

婚禮全部儀程是五天，十一月二十九日，巳刻，淑妃粧奩入宮。十一月三十日，午刻，皇后粧奩入宮。巳刻，皇后行冊立禮。丑刻，淑妃入宮。十二月一日，子刻，舉行大婚典禮。寅刻，迎皇后入宮。十二月二日，帝后在景山壽皇殿向列祖列宗行禮，十二月三日，帝在乾清宮受賀。

文中的日子，皆經作者溥儀從陰曆改為陽曆，原來樣子不是這樣的。「子刻」、「巳刻」都是原來的婚禮儀程中的文句，溥儀保留原樣不改，單單改陰曆為陽曆，以迎合潮流，甚有趣！（子刻是夜裏十一點、十二點；巳刻是上午九點、十點）溥儀文中的「十一月」、「十二月」，也沒有説明是那一年的十一、十二月。若以陽曆來計算，是民國十一年（一九二二年）的十二月，陰曆是壬戌年十月。他結婚的日期是「宣統十四年十月十三日」，陽曆為民國十一年十二月一日。關於溥儀「選后」一事，書中説得太過簡單。本來這種事最有趣味而為讀者所樂於一讀

婉容

的，但溥儀寫得太過保留了。現在摘該書第一二六頁所說「選后」的事如左：

最有趣的是我的兩位叔父，就像從前一個強調海軍，一個強調陸軍，在攝政王面前各不相讓的情形一樣，也各為一位太妃奔走。「海軍」主張選端恭的女兒，「陸軍」主張選榮源的女兒。為了做好這個媒，前清的這兩位統帥連日僕僕風塵於京津道上，匆匆忙忙出入於永和宮和太極殿。

這裏所說的兩個太妃，一個是敬懿太妃，是同治皇帝的瑜嬪；一個是端康太妃，是光緒皇帝的瑾妃（珍妃之姊），她住永和宮。溥儀說兩個叔父，一個是他的六叔載洵，一個是七叔載濤（今尚健存）。載洵在宣統元年主海軍，載濤主陸軍。事隔十年，載洵主張立端恭之女文綉，載濤主張立榮源之女婉容。到最後，仍須溥儀去「欽定」。他看照片來「選后」，隨便在一張比較順眼的照片上畫個圈兒，就算是選定了。書中說：

（選中的）這是滿洲額爾德特氏端恭的女兒，名叫文綉……這是敬懿太妃所中意的姑娘。這個挑選送到太妃那裏，端康太妃不滿意了，她不顧敬懿的反對，硬叫王公們來勸我重選她中意那個，理由是文綉家境貧寒，長的不好，而她推薦的這個是個富户，又長的很美。她推薦的這個是滿洲正白旗郭布羅氏榮源家的女兒。……

就這樣選定了榮源的女兒婉容了，同時又選端恭之女為妃，封為淑妃。榮源字仲泉，他的祖父是吉林將軍長順（字鶴汀，侍衛出身，光緒十四年任吉林將軍，三十年卒，謚忠靖。榮源娶貝勒毓朗之女為繼室，辛亥革命後，舉家住在天津，婉容立為「后」，他們才遷回北京帽兒胡同老家）。

溥儀文中說婉容是「郭布羅氏榮源家的女兒」。但當日小朝廷的「煌煌詔書」中，這個婉容竟是郭佳氏，而與其祖父的姓郭布羅（布或作博）氏不同。為甚麼「煌煌天語」中有此「烏龍」呢？我現在抄「內務府大臣」耆齡的《賜硯齋日記》給讀者一笑吧。壬戌年（一九二二年）二月初十日記云：

> 入直，隨醇邸及諸王貝勒至長春宮呈陽桑札布漢羅札布榮源之女照像，並三代清單。邸及艾老又詣養心殿請見。奉旨，十二日再定。

醇邸指醇親王載灃；艾老指溥儀的師傅朱益藩，字艾卿。敬懿太妃居長春宮，溥儀居養心殿。十二日日記云：

> 入直，召見養心殿，奉旨：「候選道，輕車都尉榮源之女郭佳氏，着立為皇后。候選同知端恭之女額爾德特氏，着封為淑妃。欽此！」散直過午，又至邸賀喜。……

婉容

溥儀與婉容

莊士敦的《紫禁城的黃昏》，也根據宮門抄登錄這一段「聖旨」。但「皇后」的姓氏仍作郭佳氏，這是錯的。為甚麼有此「烏龍」呢？耆齡的日記二月十六日云：

入直又同越千至長春宮見主位？……榮源謝恩，言其姓非郭佳，乃郭布羅氏，則前日載濤所交之三代門戶帖真荒唐矣！濤問之毓朗，朗為榮源妻父，何以不知其婿之姓？天地間竟有如此疏忽之事，怪怪！業奉明旨，何以能改？請示於邸，邸諭不必上陳，僅將行知宗人府咨文改正而已，真不成事！事前口口爭言知其家世，今並姓氏尚錯，他更可知，其欺罔之罪，百口何辯！推彼輩之心，不過欲借椒房聲息，以為將來希榮之地耳。小人肆無忌憚，何事不可為，此第嚆矢也。不勝杞憂！

載濤一力主張立榮源之女，但連女家姓甚麼都弄錯，以致「煌煌立后諭旨」，立了一個「郭佳氏」，此亦小朝廷中一笑柄。後來醇親王又吩咐耆齡不必將此事「上陳」，一定要蒙蔽溥儀，亦甚有趣。（按：溥儀「大婚」後一月，毓朗即謝世。）

溥儀「大婚」是十月十三日，婚後十三日，於昏夜中命「內務府」進百美圖，此亦一趣事也。耆齡日記十月廿六日云：

得電，上欲看百美圖。時已昏夜，何事亟亟？「可憐夜半虛前席，不問蒼生問鬼神」，雖漢文不免，吾復何言！

看看百美圖有何不可，耆齡這樣責溥儀，居然以真皇帝看待他，遺老之心可笑，試問溥儀當時還有「蒼生」可統治嗎？既無可統治，則蜜月中看看百美圖，亦人之常情也。

（署名：温大雅）

溥儀大婚

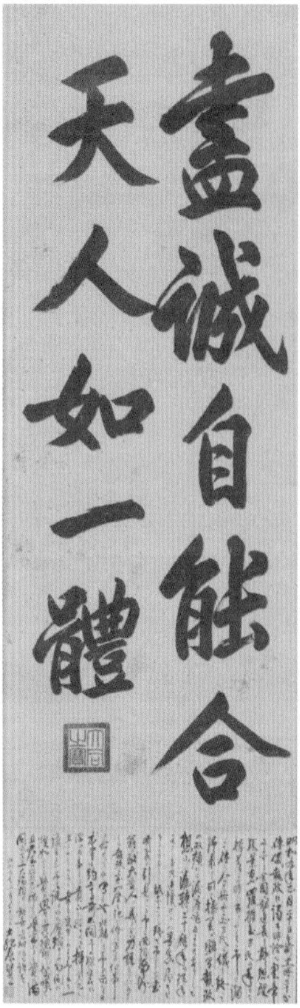

偽滿洲國皇帝溥儀和他大同元年寫給土肥原賢二的墨寶。題跋：昭和九年正月二十日午前十一時三十分，我在等候謁見執政溥儀，適逢鄭孝婿總理、張景惠、羅振玉三氏向執政呈遞全國支持皇帝登基之「勸進表」。三人覲見出來見到我在外等候、即對我説到，接過奏章瞬間，執政雙頰淚水橫流，想必是憶及過往顛沛流離二十餘載，歷盡苦難，感泣同仁榮辱與共，不離不棄所至。隨後，我被引見入書房。正在我向執政全力闡述西鄉隆盛公之「敬天愛人」大義時。執政忽然起身，吩咐隨從裏間將此軸取來，説此書之意乃二十日前無意中浮現於腦裏，為贈與我而揮毫寫就。我恭敬受之，展開一閱。字裏行間充滿了我欲游説之意。不禁驚嘆其大智大慧，完全具備了君王之質，實乃預示滿洲國前途之一大瑞相也，不禁欣喜記之。昭和九年一月二十二日 土肥原賢二

溥儀賜謚小考

滿清王朝最後一個皇帝溥儀，已於十月十七日逝世，當他幼年在紫禁城裏做「閉門天子」的時候，任人擺佈，做出了許多醜劇，而最醜怪又滑稽的事情，無過於賜謚了。「謚」是甚麼東西呢？這件三四千年的老古董，說來話長，原來自周朝起就有這種玩意，那是一個人死後，依據他生前的行跡，為他立一個號，其作用在勸善而表彰有德。謚之中，有好謚、惡謚，舊日封建的士大夫，對這個玩意非常注重的，因此，除了朝廷所踢的謚外，私人又有甚麼私謚、鄉謚等名目，一直到今日，某些地方還有人玩私謚，可見其毒中人之深了。

溥儀讀書到十二歲那一年，對於謚法已經懂得它的作用了，據他所作的《我的前半生》說：

那年奕劻去世，他家來人遞上遺摺，請求謚法。內務府把擬好的字眼給我送來了。按例我是要和師傅們商量的。那兩天我患感冒，沒有上課，師傅不在跟前，我只好自己拿主意。我把內務府送來的謚法看了一遍，很不滿意，就扔在一邊，另寫了幾個壞字眼，如荒謬的「謬」，醜惡的「醜」以及幽王的「幽」，厲王的「厲」，作為惡謚，叫內務府拿去？⋯⋯（結果還是南書房的翰林為擬一個「密」字，溥儀以為是惡字眼，照准了。）

辛亥革命後，新成立的政府，和清室訂下優待條件八條，第一款：「大清皇帝辭位之後，尊號仍存不廢，中華民國以待外國君主之禮相待。」這一條雖然訂得不十分妥當，但當日的革命黨只要滿清皇帝肯早日退位，讓出政權，甚麼都可樂從。在此款大體上而言，中國也不會吃大虧，待以外國君主之禮，亦猶有外國君主到中國，我們對他待以殊禮而已，至於「皇帝尊號」不廢這一層更無所謂，中國人民，一向對於貴族不十分崇拜，只崇拜實權，在滿清盛時，一個親王雖尊，如果他不是當權的親王，人民視之蔑如也。皇帝如無實權，亦一空頭貴族而已。人民見到隆裕皇太后所下的退位詔有：「皇帝但卸政權，不廢尊號」之語，就知道政權是實際的，尊號是虛榮的，可理，也可不理，所以我說中國沒吃大虧。

因為皇帝尊號不廢的規定，溥儀左右那班奴才就從這一句大做文章，於是有「宣統五年」的紀年在紫禁城裏出現，舊日大臣死後，溥儀也有賜謚之舉。溥儀既死，我就談談三十四年來溥儀在紫禁城和偽滿洲國予謚的趣事。我手頭蒐集的偽謚，只得六十四人，三十年間必不止此數，但這種材料一時不易收集，有遺漏的，留待將來補充。

現在先把所得偽謚的大臣，列表如後：（上欄是偽謚，下為得謚的人）

諡號			
文忠	梁鼎芬	文直	林紹年
	升允		伊克坦
	陳寶琛		朱祖謀
文端	陸潤庠	文節	劉廷琛
	世續		溫肅
文誠	陳若霖	文和	于式枚
	李文田	文通	高賡恩
	錫良	文恭	林天齡
	朱益藩	文良	陳伯陶
	吳郁生	文僖	李殿林
	景方昶	文敏	清銳
文貞	朱益濬	文恪	榮慶
	葉爾愷	文慤	孫詒經
文簡	唐景崇	文肅	王乃徵
	惲彥彬	文潔	李瑞清
文慎	瞿鴻禨	勤僖	慶恕

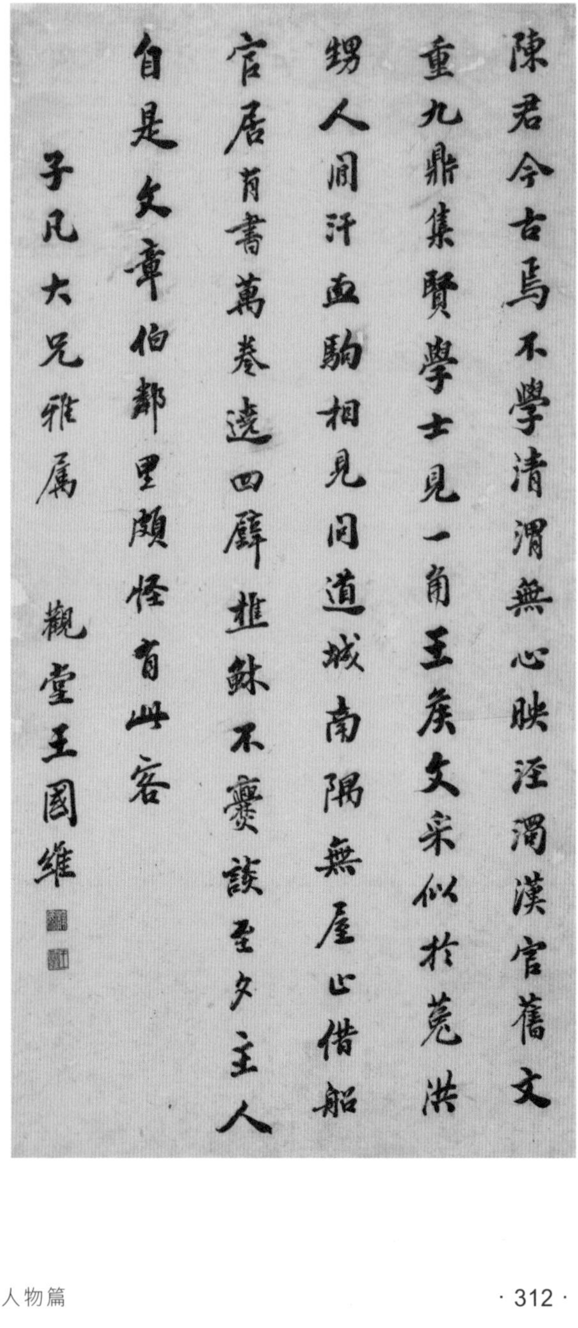
陳君今古焉不學清渭無心映涇濁漢宮舊文
重九鼎集賢學士見一角王侯文采似於菟洪
甥人間汗血駒相見同道城南隔無屋乜借船
官居有書萬卷遠四闢推鉥不褻談至夕主人
自是文章伯鄰里頗怪肖山容
子凡大兄雅屬 觀堂王國維

王國維書法

文厚	張亨嘉	慤慎	周馥
文安	郭曾炘	慤靖	奎俊
文敬	楊鍾羲	慤僖	色立亨
貞毅	袁大化	莊潔	江圖悃
貞愍	朱江	莊靖	鐵良
貞端	梁濟	簡慤	增祺
忠慤	王國維	簡慎	楊壽樞
忠勤	徐枋	恪敏	丁寶銓
忠襄	鄭孝胥	敏僖	俞廉三
忠恪	張彪	敬裕	沈瑜慶
忠武	張勳	武壯	張行志
忠愍	祥祿	通敏	桂蔭
果敏	萬繩栻	定直	毛鴻賓
果恪	崑源	和簡	鄧華熙
勤裕	芬車	威肅	魏光燾
節愍	玉春	恭敏	羅振玉

瞿鴻禨死於民國七年（一九一八年）溥儀諡為「文慎」，有人說，「慎」字是對瞿氏被劾獲譴的舊事，暗中為之昭雪也。光緒三十三年丁未（一九〇七年），瞿氏被西太后逐出政府，當時有惲毓鼎劾他「交通報館，授意言官」。事隔十年，諡日「慎」，猶言他在政府時並非不慎耳。這是有趣的一件事！

清朝制度，大學士及翰林之授職者，始准諡「文」字，非此而得之者，則為特典。（左宗棠本是舉人出身，但他是大學士，所以得諡文襄，此乃常例，非特典也）偽諡中，有翰林未經授職而得「文」字者，如于式枚死於民國四年，諡「文和」。式枚是光緒六年庚辰科庶吉士，由庶常散為兵部主事，例不得「文」。和于式枚同入翰林的郭曾炘（福建侯官人，字春榆，死於民國十九年）得諡文安，亦出「特典」。郭氏散館時，散為禮部主事，未獲留館授職。文安之諡，在清朝不過三人，其中二人，後皆追奪，不意偽朝中出一郭文安，亦可謂「特典」了。（清朝之諡文安者，只道光朝的何凌漢，紹基之父，李元度「國朝先正事略」何凌漢傳云：「國初有得此諡者，後皆追奪，二百年來，至公乃蒙恩特諡，異數殊榮，盈廷驚聳，始悟聖主知公之深，眷公之篤，迥越尋常。」李氏所謂清初諡此者，蓋指順治朝的王鐸、張端也。）

民國七年，梁濟（字巨川，廣西人，梁漱溟之父）在北京自沉於積水潭，陳寶琛見了大受感動，把這件事情告知溥儀，並為死者請諡，溥儀諡之為貞端。梁濟之死，是因為看不慣民國那班偉人的胡作胡為，和社會風氣日趨下流，立心一死以警國人，寫下遺書，從容自殺。這種消極的行動，很多人都不贊同，但他的一死勇氣倒可佩服。他在清朝是一名進士，官也並不大，入民國後，也在內務總長趙秉鈞手下做大官，後來辭職不幹。他既然做過民國的官吏，遺老資格已不存了，溥儀賜謚推及民國官吏，這是一大笑話！（據傳趙秉鈞死後，溥儀謚他為文恭，譏其逼宮時態度不恭不順也。此說似未可信。但葉昌熾的日記曾隱約言及。不過趙秉鈞係捐班佐雜出身，安能有「文」字之謚？）

有些在道光、光緒年間做過大官而未曾得謚的人，他們的子孫居然也請溥儀追謚。一個是陳寶琛的祖父陳若霖。他是乾隆五十二年丁未科庶吉士，散館改刑部主事，官至刑部尚書，例不得「文」，但溥儀因為這是「師傅」的祖父，於是破格賜謚文誠。另一個是光緒年間的戶部左侍郎孫詒經。他是咸豐十年庚申恩科庶吉士，散館授檢討，在毓慶宮教光緒帝讀書。他的兒子孫寶琦是民國的大員，做過國務總理，外交總長等職，他居然向他的故君為其父請謚，溥儀謚之為文慤。（辛亥革命時，寶琦任山東巡撫，奉命獨立）同時，另一個同治帝師傅林天齡，也因其子林開暮的關係，得謚文恭。天齡

王國維訃告

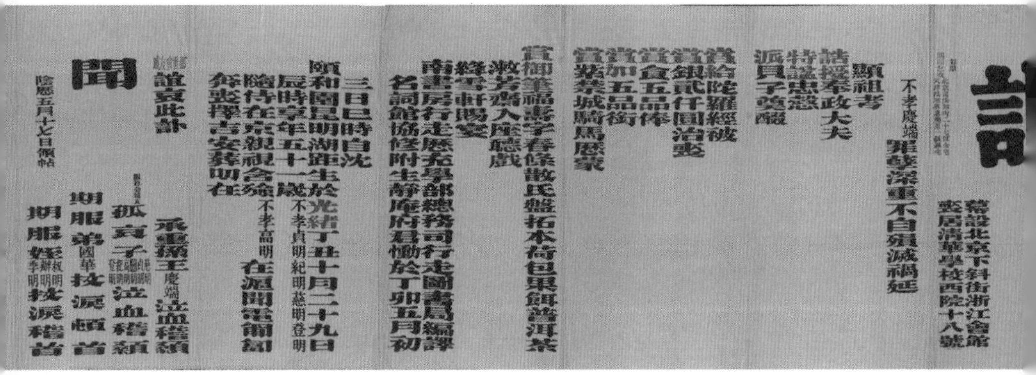
訃
寄設北京下斜街浙江會館
叟居清華學校西院十八號
不孝慶端 罪孽深重不自殞滅禍延
顯祖考
誥授奉政大夫
特謚忠慤
派貝子奠醊
賞給陀羅經被
賞銀貳仟圓治喪
賞食五品俸
賞加五品銜
賞紫禁城騎馬歷蒙
賞御筆福壽字春條散氏盤拓本荷包果餌普洱茶
敕芳齋入座聽戲
絳雪軒賜宴
南書房行走歷充學部總務司行走圖書局編譯
名詞館協修附生靜庵府君慟於丁卯五月初
三日巳時自沈
頤和園昆明湖距生於光緒丁丑十月二十九日
辰時享年五十一歲 不孝貞明紀明慈明登明
隨侍在京親視含殮 不孝高明 在滬聞電奔回
擇吉安葬叨在
誼哀此訃
承重孫王慶端泣血稽顙
孤哀子 泣血稽顙
期服弟國華拭淚頓首
期服姪 拭淚稽首
聞
陰曆五月十七日領帖

是福建長樂人，與孫詒經同年入翰林，授職編修，官至侍讀學士，只是個從四品的官員，不應有諡，但因為林開暮一直做遺老，溥儀也樂得賣人情了。

一九三八年（偽滿康德五年）三月，鄭孝胥病死長春，溥儀謚他為「忠襄」，並給款五十萬元為治喪費，群奸羨煞，以為既得上諡，又得厚卹也。在溥儀左右的遺老分二派，鄭孝胥、羅振玉等是主張藉日本人之力，組織政府，打入北京，恢復舊業的。陳寶琛則主穩健，認為保持皇帝稱號，永遠傳之無窮，不可與民國為敵。鄭派結果得勢，「九．一八」後，溥儀出關成立偽組織，孝胥有開闢土地之功，故死後得「襄」字美諡。根據清代諡法，「闢地有德曰襄，甲冑有勞曰襄，因事有功曰襄」。所以孝胥是適用這個「襄」字的。（咸豐三年，清帝曾面諭大學士、軍機大臣祁寯藻，文武諸臣，武功未成者，不得擬用襄字，因此清末的襄字諡極少，赫赫有名者只張之洞、左宗棠之文襄，劉錦棠、岑毓英之襄勤，而文襄尤可貴。）

一九四〇年六月，羅振玉死，溥儀諡之為「恭敏」，卹典亦甚優，但較諸鄭孝胥就差一些了。

總觀偽朝的諡號中，最怪而少見的是李瑞清的「文潔」（瑞清即清道人）和張亨嘉的「文厚」。李本無資格得諡，但因為他在上海充遺老，溥儀為了要鼓勵人擁護他，所以也破例賜諡。（一九四八年南京國史館編印的「國史館館刊」一卷四期，「碑傳備采」欄中，有瑞清傳，作者吳宗慈，文末有云：「卒年五十有四，清遜帝予諡文潔。予諡雖在法無據，瑞清當之自無愧云。」此種遺老思想的文字，竟見諸所謂「革命」政府的官家刊物中，亦咄咄怪事也！）

溥儀在北京故宮稱孤道寡時，於一九一八年陰曆八月，諭「內務府大臣」等人，凡三品以下文武官員，死後皆不必予諡，以重國家易名之典，大概他也看見諡得太濫，有點兒戲了。梁鼎芬死後，得謚「文忠」，於是有個前任廣西思恩府知府富察敦崇，見義勇為，呈請「內務府」代奏為光緒初年屍諫的吳可讀請謚，事雖不獲行，但在偽朝中可備一掌故，今將該呈文及覆文列左：

竊見三品京堂梁鼎芬出缺後，我皇上優禮節義，特謚文忠，聞者無不欽羨。因念光緒五年吏部主事吳可讀屍諫一事，雖蒙賜卹，例無請謚之條，至今闕如，可否查照前內閣侍讀梁濟成案，加恩予謚之處，伏乞代奏請旨，如蒙天恩俞允，則東陵陪葬者有一吳可讀，西陵陪葬者有一梁鼎芬，我朝養士之報，可以彪炳史冊矣。敦崇為表揚忠義起見，是否有當，伏祈鑒察。

「內務府」的復函，由「六臣」世續、紐英、耆齡署名，文云：

查予謚典禮，曾於上年八月間欽奉諭旨，三品以下文武官員，俱著一律毋庸予謚，並著該衙門不必代為懇奏，以示限制等因；欽此。執事所請予謚一節，礙難代奏，茲將原件奉還，即請查收可也。

案吳可讀官主事，只是正六品的部曹，照例不能予謚（凡京官三品卿以下，外官布政使以下，皆不予謚），但未嘗不可以破格例外，即如一九一八年自殺的梁濟，官階也是正六品的內閣侍讀，何以得謚「貞端」？如果以忠於皇室而言，吳可讀不更值得謚嗎？（吳之孫某君，今在此間銀行界服務，一九四八年，以美金二百元在上海向畫家姚虞琴購回其祖所書之「罔極篇」一卷，題詠者百餘人。又，吳可讀死後雖無諡，但有私諡曰忠閔。光緒六年張之洞題吳可讀遺書有云：「此卷檢題稱『準敕忠閔吳』者，去年四月日奉懿旨有以死建言，孤忠可憫八字。敬述玉音，以為私諡。」由此觀之，可讀死後已有私諡了。）

康有為也是忠於溥儀的，一九二七年死後，傳說有人建議於溥儀，諡之為「文忠」，但為左右所阻，因此沒有成為事實，否則偽諡中又多一康文忠了。據聞溥儀左右那班人討厭康有為直言，所以連他的易名之典也要阻撓了。（林紓亦為「南書房」的人所阻。）

民國與清室所訂的優待條件，只准許溥儀的皇帝尊號不廢，沒有承認他仍有君主之權，溥儀之賜諡賜壽等等舉動，自然是不合法理的，他的復辟，已成叛國罪證，當年不受國法裁判，已算萬幸了，一九一七年復辭以後的賜諡，更是偽上加偽，殊無價值司言，我作此短文雖曰聊備掌故，以為治史者的參考，但也要使曾受偽諡者的後人知有蓋惡之心，勿抱着偽證當寶貝，開口閉口就甚麼「文忠公」、「文良公」，肉麻當有趣，而張大千口中的「文潔公」，也可以收起了。

（署名：林熙）

溥儀與莊士敦

我每逢車經香港灣仔的莊士敦道，對於以前做過香港總督的那個莊士敦（莊士敦道之命名就是紀念他的）並不會聯想到，但是對另一個有趣的莊士敦，一想到了便微微一笑。

這個莊士敦是誰呢？說起來「此馬來頭大」，他是英國的爵士，而做到「帝師」，又是所謂「中國通」的。莊士敦的全銜應稱為芮因奴．菲林明．莊士敦爵士（Sir Reginald F. Johnston）。他怎會當起小朝廷中的「師傅」呢，說起來，其中有一段頗為有趣的歷史的。

溥儀坐在故宮關門稱孤道寡的時候，認為自己不懂得英文，不能和外國人交談，那是多麼不夠面子的事，何況他還有心想到外洋留學呢。在一九一八年他正當十三歲的時候，就想學英文了。他的「師傅」梁鼎芬、陳寶琛、朱益藩三人都認為「聖學」未成，不必學洋鬼子的語言文字。以「皇帝」之尊，接見外賓而操洋鬼子話，丟盡中國「皇帝」之臉，所以他們就極力反對，反對得最激烈的是梁鼎芬。他知道溥儀為人虛浮，以與外人交際為榮，他要學英文只是想會講流利的英語，出出風頭而已，並非存心研究學問的。因此梁鼎芬就幾次「犯顏進諫」。溥儀見他們反對得有理，就暫時息了此心。不久後，梁鼎芬死了，溥儀見那個反對得最兇的「師傅」逝世，便又舊事重提，遂於一九一九年由他的舊臣現任中華民國總統的徐世昌介紹莊士敦去做他的英文教師，並且隆其體制，待遇與毓慶宮諸「帝師」相同。這也是破壞「祖制」之一端，那班「師

溥儀與莊士敦

溥儀與莊士敦會見威林頓伯爵

傅」是很不高興的。因為有清二百餘年，只有教漢文的師傅待遇隆崇，就是教「國書」（即滿洲文）的師傅也不及。漢文師傅與皇帝並坐講學，滿洲師傅就要跪而進講了。此例始於順治入關時，足見滿洲統治者籠絡漢族士大夫之心。現在一個教英文的外國人，竟與諸帝師待遇相同，不止是有違「祖制」，而且對那班「師傅」也有點侮辱的。陳寶琛為此事力爭，溥儀認為莊士敦是外國人，他們是「天之驕子」，怎好待慢，還有，溥儀以為莊士敦是英國人，將來有甚麼事，通過這個「過氣」的英國官員，可以跟英國拉交情，自己多少都有點外援的。他便一意孤行，把聘書發出了。他們上課的地方就在故宮裏面的養性齋，溥儀因為學英文，便把此齋重新布置一番，擺些英文書籍和一些西式家具。

溥儀的中文很差，滿文更是不成，但他學英文的成績很好，他能讀，能說，能寫，寫的書法也很清秀。到一九二二年他「大婚」時，他招待外賓，居然也用英文致辭，有很多人羡慕他會講英語，出盡風頭，但他的師傅們卻認為他有辱國體。這個時期，溥儀醉心歐化，自己起了一個外國名叫亨利，又給他的「皇后」起了個伊麗莎伯之名，夫唱婦隨，日在深宮讀英文，致足樂也。

莊士敦做了「師傅」不久，溥儀又隆其體制，居然「賜」給他「頭品頂戴」。莊士敦高興到了不得，從此事事都摹仿前清派頭。有一年，貝勒載濤（光緒帝之胞弟，現在北京人民政府任職，又為人民代表。）生日，莊士敦親自跑去恭賀，所用的名刺是舊式的紅單帖，正面寫着莊士敦三個大字。背面又用木戳印着兩行「專誠拜謁，不作別用」的小字。這還不算奇，最可笑的是他的服裝了，看見他的人，無不捧腹大笑。他的腳上穿了一對洋皮鞋，身穿洋服褲，上身又穿着一件藍袍長褂，頭戴紅頂帽，胸縣朝珠，頸上仍圍了一條白色的硬領，成「清」英合璧的怪形

溥儀、潤麒、溥傑、莊士敦(從右至左)在御花園

狀。這使人想到清末福開森獲賞二品頂戴，常把紅頂佩掛胸前，有如寶石的奇事。（按：福開森是美國人，久居中華，掠去寶物不少，一九四五年在美國逝世。）

在溥儀左右的一班遺老，和莊士敦是不大合得來的。但莊士敦出入「宮禁」久了，對於溥儀是同情的，恨不得他早日能復辟，做起滿洲帝國的「天子」，所以他很和復辟黨來往。一九二四年溥儀被逐出宮，一九二五年七月三十一日，辦理清室善後委員會，在養心殿發見許多與復辟有關的重要文件，有康有為請莊士敦代奏遊說經過函件，日期是甲子年（一九二四年）正月十二日。康有為稱莊士敦的中國名為志道。又有一封是康有為的學生徐良（字善伯，廣東東莞人，徐勤之子，汪精衛在南京組偽府時，任之為駐日大使，一九四九年平津解放，釋出獄後，被解放軍槍斃，人心稱快。）致莊士敦請代奏康有為行蹤函。現在把原函錄出，以存這一段史料。

師傅鈞鑒：津滬上書，想均已登記室。良自送南海先生赴青島後，即旋香港，擬入桂省，將中國大局情形，告之林督，並一察其內幕，倘有機會，當力勸之出兵討孫。孫文一日不去，則中國永無寧日，而世界亦因之多事矣。前聞宮中大火，馳念無極。適温毅夫先生入京膺南書房行走，經即託其代請皇上聖安。此次損失若干，起火之由，此間言人人殊，公暇望示詳情，俾告諸同志為感。南海先生六月中旬乃能抵滬，良遊桂一月後可返，大約六月杪至七月初到滬。日本之行，刻未能定也。温毅夫先生此次入都，甚得此間商界盛譽，即何曉生亦優禮有加，人心趨向，於斯可見。諸節乞代奏皇上。專此敬請崇安。徐良謹肅。五月三十日

（外附一名片「徐良善伯」。信紙是用上海九華堂寶記製箋的）

徐良此信可以看出這班復辟黨人是怎樣仇視孫中山先生所領導的革命運動，他還自認親入廣西，游說軍閥出兵討孫，以為復辟之助。甚至一個小小的「南書房行走」的偽員溫肅（字毅夫，廣東順德人，一九三九年逝世）入京「供職」，竟然也會得到香港商界的盛譽（照我所知，香港有幾個自稱遺老的商人，如乾泰隆行的陳子丹，裕德成行的陳殿臣都曾設宴為溫肅餞行。他們在前清並未出仕，陳子丹只不過秀才，陳殿臣則舉人而已。他們對溥儀是具有好感的，溥儀「大婚」時，他們都各助大婚費用一萬元。以二人而代表香港商界，未免笑話！），甚至何東對溫肅「優禮有加」，便「人心趨向，于斯可見」，這簡直是夢囈！徐良此信雖沒有充份證據可以證明莊士敦和他們是同謀，但在養心殿發見的文件中，還有金梁的條陳，中有「借外交以定內亂」等語。辦理清室善後委員會於一九二五年八月十七日函外交部請照會英國公使，勒令莊士敦出境（三十年前，中國的無能政府，竟然無權驅逐一個外國人出境，多不像樣！）。函云：

逕啟者：本會於本年七月三十一日，點查養心殿時，發見有去年春夏間清室密謀復辟文件，由組長吳承仕提出，本會同人認為有圖謀復辟確據者。有「內務府大臣」金梁（案：梁字息侯，今尚存）四次條陳，及康有為請莊士敦代奏游說經過函等共五件。事關內亂，業送法庭檢察。惟莊士敦係屬外人，據康有為致彼之函，有特可注意之數點：（一）玉云：「各事已累令善伯面告。」則康之游說，每事必有報告與莊。康、莊間之接洽，不止一次。（二）又云：「望以所歷代奏先慰聖懷。」則康之游說，溥儀固知情，而為之傳遞消息者，莊也。（三）函本與莊，而發見乃在溥儀之養心殿，知莊已盡傳遞之義務矣。（四）此函之發見與金梁各摺同在一匣，則溥儀亦認此為密謀復辟要件，故同置一處也。（五）金梁條陳力言聯結外人之必要，有「借外交以定內亂」等語。今莊竟以外人參預清室復辟密謀，挑撥我政潮，擾亂我治安，照國際慣例，應即驅逐出境。茲特將原函抄送貴部查照，應否照會該國公使勒令莊士敦出境，希酌核辦理……此致外交部。中華民國十四年八月十七日。

結果，莊士敦還是安居在中國，依然做他的「師傅」。不久後，他的「師傅」職務解除了，一九二七至一九三〇年，英國政府委他做威海衛行政專員。莊士敦就任之前，先於一九二六年回英國一次，溥儀在天津的「行在」，設宴為他餞行，二人在平和樓內合拍一像，溥儀親筆題字其上云：「二十一歲在平和樓餞別莊士敦先生赴英。」

一九三一年莊士敦回國，即在倫敦東方語言學校為遠東語言文化部主任，一九三八年三月六日逝世，年六十四歲。他的有關中國的著作是：《中國戲劇》、《孔子與新中國》、《紫禁城的黃昏》等書。他出生於蘇格蘭，受教育於愛丁堡及牛津大學，一八九八年到香港做公務員，一九〇〇至一九〇二年任港督的私人秘書，一九一七至一九一八年任威海衛地方行政長官。

宣統皇帝的辮子

滿族的辮子是他們身體上一個極重要部分，如果沒有辮子，他們就會如喪考妣尋死覓活的大鬧一番。後來滿清王朝倒了，全國人民都把辮子剪去，但北京紫禁城裏以溥儀為首的那一班人，仍然腦後拖着一條豚尾，怪狀百出。到溥儀年紀較大，覺得有條辮子太過不合潮流了，才硬着頭皮把它剪去。而影響溥儀剪辮的人是他的英文教師莊士敦。據莊士敦所作的《紫禁城的黃昏》一書說，溥儀因為皇族中有很多人已剪辮，而他的叔姪中也多數沒有辮子了，所以他也想剪掉，但宮廷裏的人說，任何人都可以剪去，獨有溥儀剪不得，他是滿族人的主子，怎可以把祖宗三百年傳下來的傳統破壞了呢。溥儀聽了不出聲，某日傳見那個為他剃頭的太監，叫他將「皇上」的辮子剪去。那太監聽到「綸音玉旨」，嚇到面無人色，伏地請罪，他哀求「皇上」另叫別人，他不敢動手將「皇上」的辮子剪掉，這個罪名他是耽待不起的。溥儀見他嚇成這個樣子，便走到另一房間，拿起剪刀，將「御辮」剪去了。

莊士敦又說，自溥儀剪辮後，紫禁城裏的辮子紛紛失蹤了，本來有至少一千五百餘條的，現在只剩下三條，那是屬於三個「帝師」的，不久後，有一個師傅死去，只剩兩條了。（按：死去的師傅，是教滿洲文的伊克坦，他是一九二二年陰曆壬戌年八月初六日死去的。另兩個師傅為陳寶琛、朱益藩。莊士敦文中沒有說溥儀剪辮是哪一天，今查出係壬戌年四月初一日。）他們不肯剪去辮子，意在表示悲痛和抗議。「皇上」剪辮後數日，當他上中文課的時候，師傅們見他的辮子失了，便作七言詩一首，呈給「御覽」，大意說：洋鬼子無父無君，所以也沒有辮子，現在中國的辮子越來越少了，實在是痛心的事。

溥儀寫的《我的前半生》關於他剪辮一事，說得很簡略，不如莊士敦的詳細而有趣。溥儀說：

從民國三年起，民國的內務部就幾次給內務府來函，請紫禁城協助勸説旗人剪掉辮子，並且希望紫禁城裏也剪掉它，語氣非常和婉，根本沒提到我的頭上以及大臣們的頭上。內務府用了不少理由去搪塞內務部，甚至辮子可做識別進出宮門的標誌，也成了一條理由。這件事拖了好幾年，紫禁城內依舊是辮子世界。現在，經莊士敦一宣傳，我首先剪了辮子。我這一剪，幾天功夫千把條辮子全不見了，只有三位師傅和幾個內務府大臣還保留着。因為我剪了辮子子，太妃們痛哭了幾場，師傅們有好多天面色陰沉。後來溥傑和毓崇也藉口「奉旨」，在家裏剪了辮子。那天陳師傅面對他的幾個光頭弟子們，怔了好大一陣，最後對毓崇冷笑一聲，說道：「把你的辮子賣給外國女人，你還可以得不少銀子呢！」

溥儀把辮子剪掉，是懷着高興的心情去幹的，因為那時候他年紀還輕，有朝氣兼有些勇氣。但他的內務府大臣耆齡就和他大不相同了。耆齡聽説溥儀剪了辮，內心痛苦萬分，如果不跟着剪，實在對不起「皇上」，剪，又對不起祖宗。據耆齡的《賜硯齋日記》壬戌四月初六日云：

宣統皇帝溥儀和他剪下來的辮子

上（指溥儀）於初一日剪髮，我輩於義應爭，既已不及，則應隨之剪去。五十二年受之父母者，一旦棄去，實有不忍，此舉也，殊難委決耳。內事之不堪設想者何許，是不過一端而已。

這個內務府大臣因為五十二年來都有一條辮，現在要跟「皇上」剪去，實在痛心，不剪又不成樣子。

十二日日記云：

因剪髮事，不應再遲，而又不忍，胸中輪轉者盡日，覺世間無此感傷之事。人之事君，苟有涓埃之利，雖斷肢體何惜，況我之以此身許之者乎？今無端出此，何敢抗違。然五十年全受者而不能全歸，其茹痛當何如也！

十三日云：

入直，散頗早。午刻，遂同均兒剪髮。攬鏡自照，殊難為懷，妻孥亦含悲視之，互相勸解，此舉也，無異自滅矣。（按：耆齡字壽民，滿洲人，宣統元年，以內閣學士為馬蘭鎮總兵，兼內務府大臣。他的《賜硯齋日記》沒有印單行本。）

溥儀的辮子後來存在故宮博物院，廉南湖有一首詩記其見「御辮」云：「燕雀猶飛戀闕魂，

溥儀與其弟弟妹妹

九重忍掃歸巢痕。貞元朝士無人在，一髮千鈞未易論。」記事云：「點查故宮物品，清委員皆不到，甲子舊臈廿六日，余一次到會為監視，於端凝殿查見帽盒一個，原簽曰：『宣統十三年閏五月初三日，上交辮子一條。』」廉南湖此詩充滿遺老思想，自不足取，但他做過清朝的官，他是戶部郎中，官也不算小了（光緒三十二年，一九〇六年辭職的），對於清朝及故君，不無戀戀，此亦人之常情。但他的記事似乎有些錯誤。「宣統十三年」係民國十年辛酉（公元一九二一年），這一年並非閏年，沒有「閏五月」。下一年壬戌（一九二二年）有閏五月，溥儀於壬戌年四月初一日剪辮，閏五月初三日才將辮子交給他的奴才們保管。那麼，所謂：「宣統十三年」的「三」字，必係「四」字，廉南湖看不清，故有此誤。（按：辦理清室善後委員會，有監察委員，南湖亦其一，清室方面，耆齡亦其一。）

（署名：温大雅）

清宮瑣聞

從前我在北京會見過一個姓劉的旗人，常在報紙上登載些所寫的清宮掌故，倒也有些具體的資料，我以為總是內行的了。問起他的資歷，他說曾充侍衛。因此談起他的職務，他說，每逢引見官員，要由侍衛兩員左右挾持，以防行刺。他這樣一說，我就很懷疑他的知識，如果都像這樣，就等於「齊東野人之語」了。

清代皇帝接見臣下，有兩種形式。一是召見，從王大臣起，以至其他低級官員，凡是固定隨時報告本身職務的，或是皇帝指定要有所詢問或指示的，都屬於這一種。高級官員召見時，是沒有人陪伴的，太監只能在殿後或殿門伺候。低級官員可能由御前大臣帶領，特別在母后垂簾的初期。至於引見，是集體的進見，僅在殿門外排班行禮，口奏履歷。皇帝手執預先排好次第的綠頭籤，上面寫着銜名，他不過朝下看一看，並不問話，就依次退出。進來由帶班帶，退出由押班帶，都是熟練禮節的部員。此時主管的大臣侍立案旁，御前分左右排列直到階下，如同雁翅一般。這種御前大臣，當然都是親信，就是御前侍衛和乾清門侍衛也都是品級很高的，都還不能進殿。至於大門上侍衛等等，更不過在很遠的地方巡察而已。任何官私紀載都沒有由侍衛搜身之說，口頭上聽到在前清熟悉朝儀的人談話，也從沒有人談起這一點。而且在歷史上只有唐代的朝見是有御史監搜的，據唐文宗的詔書說，連宰相也不能免，但從他起，就廢除這種制度了。

慈禧皇太后

慈禧皇太后繪的山水

慈禧所繪牡丹

清代在嘉慶年間發生過林清襲擊宮城和成德謀刺嘉慶帝兩次事件，而以後對於門禁和警衛，絲毫也不見加緊。一直到最後，還是沿襲着古老的傳統，例如侍衛還是穿袍褂靴帽，佩一把有名無實的刀。這是清廷寬厚待人的表示嗎？其實不然，只不過說明其事事顢頇，落後於實際而已。

不但這些小節，就是軍國大事，也並不出之以鄭重。凡是每天發出的諭旨，當然是用皇帝的名義，但他既不簽名，也不蓋印，只由軍機大臣當面商量定了，下去擬好，交章京繕寫，交給太監呈上，看過沒有甚麼話，就這樣發表。內閣的值班人員，只要是在宮門口領了下來，就算是皇帝的諭旨了，真的假的，沒有誰來管，也從沒有誰考慮這個問題。直到光緒末年，才有軍機大臣署名的制度。清代許多掌故都是歷代沿襲下來的，內容與實際不符的不止一事。例如內閣是名義上最高機關，凡諭旨開頭必稱內閣奉上諭，卻沒有印信。軍機雖有印信，卻只用於對外省的廷寄。在封建統治之下，誰也不能也不肯認真負責，所以甚麼事都是糊裏糊塗混過去的。

辛丑和約簽字前夕，那時慈禧在西安，也知道這是喪權辱國的事，也是她個人大失面子的事。軍機大臣領班榮祿幾次接到李鴻章的電催，一向她提起，她總不肯說出批准的話，只是一天捱一天。榮祿心裏明白，她是不肯擔責任，再去和她說也無益，於是索性不和她說，下去擬好電旨，和平常一樣，交太監送去看過發下來，就算默認了。天大的事，就可以這樣兒戲出之，說穿了不駭人聽聞嗎？

外人不知，總以為在皇帝面前失禮，會犯上不敬之罪。其實皇帝何曾管得了許多？外省官員進京，更是特別誠惶誠恐的，必要逢人請教如何如何方不致失禮，於是傳說謝恩的時候要在地上磕響頭，磕得不響就是不敬，怎樣才能磕得響而又不把頭磕腫呢？那就要磕在適當的一塊甎上，藉着甎下的空洞可以提高響聲。這都是故神其說，其實所謂碰頭，不過是古時的免冠頓首，也就是文言所謂泥首，磕響頭三字本沒有絲毫根據，並不要求有響聲。這類的話可能是太監們造出來嚇唬外省官員，希圖得些犒賞的。

慈禧後來倚老賣老，在召見的時候，往往和家裏人一般談閑天，甚至於講笑話。軍機大臣鹿傳霖是個聾子，慈禧本來知道，也不大和他說話，有一天她忽然想起某人，是鹿所提的，就對別的軍機說：「你們問問鹿傳霖，他所說的那人叫甚麼名字。」這時他又不甚聾了，馬上摸一摸帽子，接口說道：「臣的翎子沒有掉啊！」惹得君臣都不禁失笑起來。慈禧的父親做過外省的官，所以她對外省官場的情形也頗有所知，接見臣下，往往談笑風生，並不是甚麼尊嚴若神的。

非但慈禧如此，咸豐年間有個歷任各省藩司的張集馨，有一部未刊行的年譜，其中記述咸豐帝召見時的問答，就很出人意表。張在圓明園候見，並不是在值房坐候，而是在道旁站班的，咸豐帝騎馬而來，左顧右盼，非常隨便。召見問了幾句公事以外，就閑談起來，他問張：你們外官參堂的規矩是怎樣的，張詳細陳述了。他又問：打躬是怎樣打法。（按：參堂是明代遺留下來的禮節，即長官正式公見僚屬。例如督撫坐在大堂的公座上，藩臬以下向上三揖，督撫離座答揖，低級官則不答揖，亦無坐位。後來如無大典即不行此禮。打躬即是作揖。滿洲習慣的半跪，俗名請安，即是漢人的作揖，事實上滿俗在官場中已漸普遍通行，外省屬員見長官，多半用請安形式。咸豐帝所以對參堂打躬等僅聞其名而不深知也。）隨後又問到張在京有無住宅，在甚麼胡同。有幾個妾，幾個兒子。又打聽一些南方的事，談話的時間很長。張的原稿雖不一定是準備刊行的，但即使藏之於家，也必不敢無中生有的亂說，所以應是可信的真實記載。

滿人擅長談吐詞令，帝王也不例外，同時他們講究外表規矩，也不僅是為了對皇帝的尊敬，不過對皇帝更加卑躬屈節罷了。例如向皇帝回話一定要跪下來，在原來的意思，本是敷設坐墊，為的讓臣下席地而坐，後來連席地而坐都不敢，本來可以坐的也改為跪。這是完全違反中國傳統的。在漢代，皇帝見宰相還要起立，雖以宋明兩代皇帝的專制，不以禮貌待臣下，還沒有一定要跪下回話的規矩。然而滿人的講究規矩，絲毫並不意味着紀律的嚴肅。每年春季舉行筵宴，皇帝剛一起身離坐，內務府的官員和太監們就紛紛攫取食物，捲而懷之，甚至爭奪鬥打，打碎碗盞，難道皇帝一定沒有聽見嗎？祭祀的時候，陪祭的並不到，到了也不能整整齊齊的排班，因為夜暗燈稀，看不清行禮的標誌，翁同龢的日記就有這樣記載。宣統登極的朝賀典禮，不候班齊就贊行禮，以致張之洞走不到一品班位就只好匆忙下跪。光宣間的朝官都是目覩的。

皇帝自己是看不見許多的，糾儀的御史看見，也無法指名參奏，即使參奏，也不過照例議處，誰也不怕。皇帝威令之不行，久矣乎非一日了。

保和殿是科舉時代舉行朝考、殿試的地方，欽命題目頒下來，要跪接的，參加考試的當然穿靴帽袍褂。然而他們背起桌子進去，並不按照位次去就坐，紛紛搬到光線充足的地方，爭先恐後，亂成一片。殿廷中是沒有廁所的，他們就在階下大小便起來，好在這種地方經年也沒有人走過，早已草深沒脛，增加些污穢也不在乎。所謂舉行大典的地方，尊嚴都不過如此。

至於稍為隱蔽的地方，例如乾清宮的兩旁，以及坤寧宮的後面，都有極矮極窄的小屋，是值班太監所住的，在裏面燒飯洗衣，其污穢凌雜，簡直難以形容，與外面的普通人家實在也沒有甚麼區別。皇帝住的內宮，所謂萬門千門，玉樓金殿，也不過如此。

紫禁城靠城牆內外的地方，更是平常人跡所不到。在明代，太監和宮人的人數較多，清代逐漸減少了，所以有些房屋就聽其長期封閉，淪於蔓草荒煙，無人過問。恐怕其中還有幾百年不曾經過打掃的灰塵，帝室皇居會有這種景象，是外人難以想象的。

（署名：林熙）

清代三元

明清科舉考試分三個階段，先考秀才，考中了就有資格考舉人，舉人第一名稱解元。有了舉人資格，可以入京應禮部考試（亦稱會試，天下舉人皆集中考試），中式後就是貢士，第一名的稱會元，再經殿試，第一名稱狀元。如能鄉、會、殿皆第一，就稱為三元，這是不容易得到的。三元之稱，自宋、明已有，清代開科一百十二次，得狀元一百十二人，只有三元二人而已，可見其為如何難得了。

清代兩三元，一為乾隆四十六年（一七八一年）辛丑科的錢棨，一為嘉慶二十五年（一八二〇年）庚辰科的陳繼昌。嘉慶朝以後即無復有三元，陳繼昌亦可謂結中國三元之局的人物。

錢棨，字振威，號湘舲，江南長洲人。乾隆四十四年（一七七九年）己亥恩科鄉試中式解元。這科的江南正考官是禮部侍郎謝墉（字崑城，浙江嘉善人，乾隆十七年壬申進士，散館授編修），副考官是著名書法、金石家翁方綱（字忠敘，一字正三，號覃谿，又號蘇齋，順天大興人，與謝墉同科進士，授編修，歷官至內閣學士，左遷鴻臚寺卿）。

解元到手後，錢棨並不是聯捷會元的，他中舉後，應該在下一年（即乾隆四十五年庚子恩科會試）入京會試的，但這一科他沒有去考試，再隔一年為辛丑正科，他應會試中了會元，接著殿試欽點狀元，於是成為清朝第一個三元了。

乾隆皇帝是中國一個既風雅又好大喜功的統治者，以後中國就沒有這樣的皇帝出現過。在他登基後四十年，忽然在他手上點出一個三元，該是多麼高興的事。吟詩作對是他優為之的，金殿傳臚之日，他寫了一首詩志喜云：

龍虎傳臚唱，太和曉日暾。
國朝經百載，春榜得三元。
文運風雲壯，清時禮樂蕃。
載洛申四義，敷奏近千言。
詎止求端士，所期進讜論。
王曾如可繼，違弼我心存。

錢棨本是康熙十八年己未（一六七九年）博學鴻詞科授職編修的錢中諧的玄孫。（中諧字宮聲，號庸亭，順天昌平籍，江南吳縣人。清順治十五年戊戌三甲第三名進士，以知縣應博學鴻詞科，取一等第十四名。遺著有《蓖裀集》、《湘耘篇》。）他本是單名一個起字，入學時，學政梁國治認為太過模仿古人（因唐詩人錢起，以湘靈鼓瑟得登上第），給他改作棨。

科學故事，傳臚後一甲一名進士，照例要把皇帝在傳臚時賜給的金花，轉送給國子監老師的。恰好錢棨的鄉試座師翁方綱正做著國子監司業，這朵御賜金花便歸翁方綱所得。翁氏既為國子師，又是新科狀元的鄉試師，一時傳為科舉盛事。（按：國子監是官署名，它的最高長官稱

「國子監祭酒」，清沿明制，增設滿缺一人，於是祭酒為二人，從四品。司業正六品，滿、漢、蒙古各一人。依照鄭玄所説「國子，公卿大夫之子弟。」周朝已有此稱。晉武根據鄭玄這句話，設立「國子學」，也稱「大學」、「國學」。唐代才改名國子監，其性質略如國立大學，但又不是平民可以入學，非公卿大夫子弟不收錄。）

翁方綱的鄉試門生得三元，在他是一件光榮而又快慰的事，他的《復初齋詩集》卷二十三，有〈三元喜讌詞四首為錢湘舲作〉和〈三元花歌〉，都是志一時盛事的，因與三元故事有關，錄給讀者參考。

三元喜讌詞四首為錢湘舲作

百年雨露洽儒紳，復旦光華照鳳麟。慶際日中聞喜讌，歡騰天下讀書人。扶搖九萬程兼到，禮樂三千筆有神。金榜蕊珠光一片，斗台直上徹星辰。

御詩勉勵繼王曾，倍切臣心矢戰兢。甲乙科連為世瑞，百千年內幾人能。一枝桂馥恩霑獨，三葉楊穿捷報仍。回首江城攢燭夜，蓬萊合作五雲蒸。

吳下科名盛接聯，侍郎學士敞華筵。狀頭未後祥逢丑，老輩彭家壽比籛。（謂芝庭先生）福祿文章諸郡羨，江湖詩話後人傳。湘舲不止湘靈句，一曲峰青又姓錢。（是日姜度香司寇、彭鏡瀾、褚筠心二學士偕吳郡諸公置酒）（按：原注的「芝庭先生」是彭啟豐，雍正五年丁未狀元，以會元獲上第，只差沒有解元，否則雍正五年已先出三元了。啟豐長洲人，官兵部尚書。他的祖父定求亦以會元中康熙十五年丙辰狀元。祖孫皆會狀。姜度香名晟，字光宇，江蘇元和人，乾隆三十一年丙戌進士，官至工部尚書。彭鏡瀾名紹觀，號容若，啟豐子，乾隆二十二年進士，授編修，官至侍讀學士。褚筠心名延璋，字左莪，長洲人，乾隆二十八年癸未進士，授編修，官至侍讀學士。）

曙光北闕瑞雲紅，東序南宮喜氣同。鐘鼓戟門槐葉雨，笙歌藝圃杏花風。金書宛委香添篆，碧樹珊瑚羽翩桐。分得一枝袍袖底，上林春在錦函中。（每科司成例分狀元花，今予以所得三元花，銘櫝藏之，併歌以紀。）

三元花歌

周官進士選俊造，樂正司業師司成，今甲乙科即此制，書升論秀於群英。大國三人獻三歲，射宮禮樂等有程，月舫燈毬到唐宋，看花紫陌爭光榮。元和始噪張三頭，光化進士琅邪評，袍笏祥符昉自宋，金花帖子稽咸平。脊令原上錦標接，龍虎榜唱知誥名，前則淳化後皇祐，元獻郊與文簡京。壬寅榜首得文正，王佐器早同時傾，莒公沂公兩宰相，科第照耀連台衡。閱四百年丑到丑，（宋皇祐己丑馮京，後直至明正統乙丑商輅）淳安太傅來登瀛，我朝文教邁前古，百年禮樂騰光晶，南宮或接芙蓉鏡，鰲頭或冠呦鹿蘋，帖經射策咸第一，獨難三試相合併。聖人道法備聲振，四庫謨典敷訓行。士抱實學方特達，所以期許尤不輕。今春上苑萬花氣，沐浴百寶含粹精，玉衡桃耶紅雲杏，桂林之桂瓊林瓊。錯采鏤金一枝出，玉堂天上

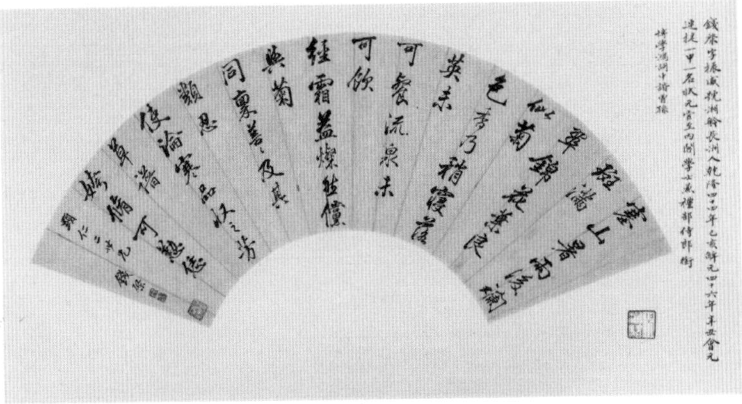

吳湖帆舊藏《清代七十二狀元書扇冊》中的錢棨所書扇面

香滿城，天下學人合讚誦，望其跗萼葉與莖。是日賤子忝司業，彝倫堂讌聽箎笙，回思前秋涉江採，紉襟敢詡為國楨。聖日光華五雲照，小臣不敢矜師生，適逢橋門摩石鼓，分得葩翠連朱櫻。錢郎東吳起寒素，我詩竊比芝庭彭，願勵丹誠矢葵向，更茂萋萋諧和鳴，此花雖是科名草，此根早向文字萌，芝草醴泉不世出，鳳凰麒麟應瑞呈。直恐莒公沂公輩，無此花賜詞垣賡，鐫銘貯篋拜稽首，佳日更酌錢郎觥。

李慈銘《越縵堂日記》說他藏有《國朝三元題詠》一冊，未說明輯者是甚麼人。這部書我未見過。他說錢棨中會元是出在第五房房師王增所薦（王增字方州，號西霞，浙江會稽人，李慈銘的鄉先輩，乾隆三十六年辛卯恩科第二人及第，授編修，因事降知縣，官至懷慶府通判），王增有和翁方綱那四首律詩，可惜未能鈔錄於此。

乾隆五十四年（一七八九年），錢棨在上書房教一群王子王孫讀書，因為偷懶，不按時到書房授課，得革職留任處分。四年後，即乾隆五十八年才擢升右贊善，翌年，充廣東鄉試副考官（正考官為刑部侍郎胡克家）。嘉慶四年（一七九九年），擢內閣學士兼禮部侍郎，上一年七月他派往雲南做學政，剛升內閣學士就逝世了。

清代第一個三元談過後，我想抄寫與錢棨同時的趙翼所談歷代的三元，因為自唐到清不過十七人，可見三元之可貴，然後再談結三元之局的陳繼昌。趙翼《陔餘叢考》卷二十八載：

《摭言》：唐大中中，張又新號張三頭，謂進士狀頭、宏詞敕頭、京兆解頭也。《說儲》又載：唐崔元翰京兆解頭、禮部狀頭、宏詞敕頭、制科三等敕頭，則並中四元矣。《宋史》列傳第七十六卷論，論宋進士自鄉舉致廷試皆第一者。王曾、宋庠為名宰相，馮京為名執政，是宋時中三元者共有三人。然《王巖叟傳》：以明經科鄉舉、省試、廷對皆第一，則亦一三元也。但明經非進士科耳。至《孫何傳》：舉進士，開封府、禮部俱首薦及第，又得甲科，則進士科三元又有孫何矣。《楊寘傳》：舉進士，京師試國子監、禮部皆第一，廷試時，仁宗臨軒啟封，見名喜動顏色，遂擢為第一，則寘亦三元也。（《宋史》論但稱王曾等三人，而何寘二人俱不及，蓋以何寘並未宦達耳，按何官至知制誥，掌三班院，而寘傳云：其友夢寘作龍首山人，寘自謂龍首我四冠多士，山人無祿位之樂，其終於是乎，已而果卒。）《金史．楊伯仁傳》：孟宗獻發解第一，伯仁讀其程文，謂當成大名。是歲宗獻府試、省試、廷試皆第一，時稱為孟四元。蓋金時尚多一府試也。（亦見《歸潛志》及《中州集》。）《輟耕錄》：元時三元一人，王宗哲字元舉，至正戊子科三元進士，為湖廣憲僉，後降于賊，有弔四狀元者曰：「四榜狀元逢此日，他時公論定難逃，空令太守提三尺，不見元戎用六韜。元舉何如兼善死；（泰不花死台州。）公平（李齊為高郵知府說張士誠，後被戮。）爭似子威高。（李黼死江州。）世間多少偷生者，黃甲由來出俊髦。」陶九成云：論優劣江州第一，台州次之，高郵又次之，憲僉不足道也。則王宗哲愧此三元矣。

《明史．商輅傳》：輅舉鄉試第一，正統十年，會試、殿試皆第一，終明之世，三試第一者，輅一人而已。然《雞窗剩言》記：黃觀，洪武甲子南京解元，辛未會試第一，廷對禦戎策，太祖擢置狀元。後殉建文之難，亦見傅維麟《明書．忠節傳》。則洪武中已有一人，不獨商文毅也（按《明史．黃觀傳》，但云以貢入太學，洪武二十四年會試廷試皆第一，而不言鄉試亦第一，又《選舉志》亦謂三試第一，明代惟商輅一人，則觀又似指會狀元而非三元。）本朝百餘年來，未有中三元者，乾隆四十六年辛丑科，蘇州錢棨以己亥解元，掇辛丑會狀，遂備玆盛事，蓋氣運鴻朗，久道化成，是以靈秀呈露，蔚為上瑞，於此可以覘文明之治也。（按：《聞見錄》歐陽修以監元、省元赴廷試，銳意魁天下，及唱名乃王拱辰第一。明人小說，王鏊以解元、會元赴廷試，人皆必其三元，會商文毅閱卷，不欲人與己同，乃置之第三。此皆兩元而不得狀頭者。）（伯雨按：商文毅即商輅，浙江淳安人，上引翁方綱詩提到他的。他在明宣宗宣德十年乙卯中解元，英宗正統十年乙丑會、殿試皆第一。科場中人以為商輅得三元後，浙江文風大盛，至清代不衰。商輅以狀元入相，七十生日，李東陽賀以聯云：「自古年華稀七秩；本朝才望重三元。」）

趙翼所舉的三元，從唐朝的張又新到明朝的商輅，一共十餘人，到他所見的錢棨為止，以後的陳繼昌，就不及列入他的書裏了。按：張又新是張鷟（字文成，能文章，遺著有《龍筋鳳髓判》、《朝野僉載》，陸澤縣人，即今日河北省的深縣）的曾孫。王曾字孝先，益都人，宋仁宗時累官同中書門下平章事（即宰相），卒謚文正。王巖叟字彥霖，山東清平縣人，官至端明殿學士。宋庠，字公序，湖北安陸縣人，與弟宋祁齊名，人稱大宋小宋，封鄭國公，謚元獻。馮京字當世，湖北江夏人。馮京的名字，為一般香港人習知，「錯認馮京作馬涼」這句話，幾乎人人都會講，但馮京是三元及第人物，就少人知了。以前見過宋人筆記談及馮京家貧，讀書山寺，久未得肉食，就和同窗朋友把和尚的狗宰了，烹而食之。和尚告到官府，縣官見馮京是讀書人，罰他寫一篇《偷狗賦》，其中警句有：「僧既可厭，犬誠可偷，輟琳宮之夜吠；充絳帳之晨饈。團飯引來，喜掉續貂之尾；索綯牽去，驚回顧兔之頭。」這個偷狗三元，也可謂斯文無賴了，縣官只講愛才，不重法律，恕他無罪。

孫何字漢公，河南汝陽人。楊寘，字審賢，合肥人，少時已能文，宋仁宗時，應國子監、禮部試皆第一，既試崇政殿，仁宗臨軒拆彌封，見楊名，喜動顏色，顧宰相曰：「楊寘也！」擢第一，遂為三元。授通判穎州，還未上任，就短命死了。

宋以前的三元，有文名的不過二三人，到清代那兩個，亦非突出的人物，不過擁有三元的銜頭，為一時的流俗所欽羨而已。

結三元之局的那個陳繼昌，是嘉慶十八年（一八一三年）癸酉解元，正考官孔傳綸（浙江錢唐人），副考官吳頤（江蘇長洲人），當時榜名守壑，並不叫繼昌。下一年會試，他沒有考中，一直隔了三科，才中嘉慶廿五年（一八二〇年）會元，殿試狀元，遂為清代第二個三元，也和錢棨一樣，並非聯捷的。

嘉慶皇帝臨宇已二十五年（七月逝世，宣宗繼位，明年改元道光），在他手上中個三元，足與他的老子媲美，欣喜之餘，步先王韻作詩志喜，可惜全詩已忘記，只記得「大清百八載，景運兩三元。舊相留遺澤；新英進正論」這幾句。「舊相」指已故大學士陳宏謀，繼昌是他的玄孫。

結三元之局的陳繼昌，字哲臣，號蓮史，廣西臨桂人，官至江寧布政使（繼昌一向身體不好，道光廿三年授甘肅布政使，未赴任改江寧布政使，廿五年以病免）。相傳他得三元後，曾刻「古今第十七人」一印，蓋言自唐張又新至今，三元共十七人，倒也給他說對了，自他高中後，歷道、咸、同、光四朝十餘科，竟未出過一個三元，信乎三元之可貴了。舊日蘇州和佳林，各有三元坊一座，是地方人士建立以紀念這兩位清代三元的，抗日戰爭期間，故友簡又文先生寓居桂林，歸來和我談陳繼昌故事。他說，陳得三元後，文名籍甚，有一年他放江南主考，江南為人文之區，凡來做主考的，大都是侍郎、學士，現在放個修撰，一班士人鄉紳都有意輕之。考試結束後，恰好江寧城中的關廟落成，士紳請主考題聯，繼昌早已風聞人家對他輕視之說了，乃題聯云：

匹馬斬顏良，河北英雄皆喪膽；
單刀會魯肅，江南文士盡低頭。

眾人讀後大驚，信乎陳三元乃才子也。這個故事頗有趣，但未必為事實，因為陳繼昌一生從未做過江南主考，只在道光二年壬午（一八二二年），一任陝西鄉試副考官，終其身亦未任學政，所傳關廟聯，恐係他的鄉人「張冠李戴」耳。

有關陳繼昌中三元的故事，梁紹壬《兩般秋雨盦隨筆》卷上，有一段很有趣的記載，今錄如次：

桂林相國陳文恭公，世居橫山村，築培遠堂。嘉慶丙子（一八一六年，即嘉慶廿一年），相邸不戒於火。五世孫哲臣（守壑），癸酉解元，嘗夢狀元名繼昌，遂改名，以庚辰領會狀，年甫三十。前明正德二年（一五七〇年），有雲南按察使副使包裕，遊還珠岩詩刻云：「岩中石合狀元徵，此語分明自昔聞。巢鳳山鍾王世則；飛鸞峰毓趙觀文。應知奎聚開昌運；會見臚傳現慶雲。天子聖神賢哲出，廟廊繼步策華勳。」後四句，陳公名字悉見，亦一奇也。相傳伏波岩下有石如柱，向離岩二尺許，讖云：「岩連石出狀元近」，則竟相連矣。狀元夫人為李侍郎宗瀚女姪，李寄詩云：「矯矯文公五世孫，南交科第奪中原。三頭掌故今雙絕；千佛名經有幾尊？獨秀高擎天極柱；一枝青出桂林村。相期位業齊王宋（按：指王曾、宋庠），培養貽謀屬相門。」「臚傳大宋已更名，世美家聲葉鳳鳴。剛道珠岩浮柱合；又傳石刻滿城驚。七千里外荒真破；三百年前識早成。聖代得人方共慶，肯教溫飽負平生。」「剝復天心未易量，祝融掃蕩亦嘉祥。重新上界神仙府；依舊平原宰相莊。人羨唐夫年始壯；我懷君子澤彌長。泥金漫說門楣喜，白叟黃童盡若狂。」先是，廣西貢院前大樓久圮，形家謂宜改建，甫落成而陳遂捷三元，制軍阮宮保（按：是時阮元方任兩廣總督）詩云：「文運原因天運開，一枝真自桂林來。聖朝得士三元盛；賢相傳家五世才。史奏慶雲合名字；人占佳氣說樓台。若從師友掄魁鼎，門下門生已六回。」注：近科狀元吳信中、洪瑩、蔣立鏞、吳其濬、陳沆、陳繼昌，皆余門下之門生也。」陳會試卷在第一房王楷堂比部廷紹所薦，薦之後，總裁黃左田宗伯鉞，夢有人持阮元名帖來拜。及定元，以廣西卷書榜，得兩元。大司農盧南石先生謂黃曰：「夢合矣。」楷常札述其備細於阮宮保。宮保答詩云：「第一房中曉鏡開，薦賢我亦夢中來。事從天定必成瑞；喜入人心真是才。魁首早知掄桂嶺；姓名端合借雲臺。憑君入格非常事，應有朱衣暗裏回。」

按：嘉慶二十五年庚辰會試，正考官戶部尚書盧蔭溥（字南石，山東德州人，乾隆辛丑進士）；禮部尚書黃鉞（字左田，安徽當塗人，乾隆庚戌進士）。副考官刑部右侍郎吳芳培（字雲樵，安徽涇縣人，乾隆甲辰進士），工部右侍郎善慶（字樂齋，滿洲正藍旗人，嘉慶壬戌進士）。至於薦陳繼昌的第一房同考官刑部員外郎王廷紹（字善述），則是順天大興人，嘉慶己未進士。

阮元詩注中近科六個狀元，除嘉慶甲戌的龍汝言外，皆聯翩而至，從嘉慶十二年戊辰（一八〇八年）起，至廿五年庚辰，十三年間那六個狀元：戊辰吳信中、己巳洪瑩、辛未蔣立鏞、丁丑吳其濬、己卯陳沆、庚辰陳繼昌，都是阮元的門下門生，事甚少見，無怪阮元引以為榮了。

《越縵堂日記》說過，士子得解元，又得會元，到了殿試時，讀卷官一定把狀元留待他，使他成為三元，一來向皇帝巴結，聖朝出了一個三元，二來亦成科場佳話，此說亦有相當道理。

清代最後一次會試幾乎出產一個三元來結束考試之局和三元之局。光緒二十九年癸卯（一九〇三年）是最後的鄉試，三十年甲辰，是最後的會試，以後不再有解元、會元、狀元這些名目了。福建的癸卯解元為閩縣人林志烜，下一年他入京會試，眾考官已定他為會元的了。如果他以解元得會元，則狀元必歸他所有，林志烜就成為清代第三個三元了。

林志烜本有此望，偏偏有個程咬金攔腰殺出，則譚延闓也。甲辰會試，正考官協辦大學士、兵部尚書裕德，副考官吏部尚書張百熙、左都御史陸潤庠、戶部右侍郎戴鴻慈。科舉故事，鄉會試的第一名，由正考官定取，如果由各房同考官薦到副考官處的，得元頗難。聞之老輩，林志烜一卷已由裕德取閱定將取為會元（是時尚未拆彌封，裕德亦不知林乃解元也），恰好譚延闓一卷有人薦到副考官張百熙處，百熙讀後，大為激賞，就向裕德力爭，以湖南卷為元，百熙對裕德說：「敝省三鼎甲都有了，單獨沒有出過會元，現在科舉將廢，此後更無希望，請成全敝省，這科的會元留給湖南好嗎？」

裕德雖以官職較尊而為正考官，但科第則稍後於百熙，翰林素重前輩（百熙同治十三年甲戌翰林，裕德光緒二年丙子翰林，後張一科），既然前輩搬出大道理，且持之甚力，很難推卻，細讀延闓一卷，文字亦佳，就以湖南一卷為元，林志烜就沒有三元了。（延闓顯貴後，對張百熙後人扶植頗力，人稱厚道。）

鄉、會、殿皆第一名，人稱三元，而縣、府、院皆有案首（第一名）則為小三元，也是很難得的。不過，三元是全國性的，小三元則是地方性，且一省之中可以同時出幾個小三元，與全國只出一個三元大不相同，如果有人得小三元，進而得三元，那就破天荒了。

一般人大都知道三元是甚麼，但小三元又是甚麼呢？似乎就少人知道了，既談過三元，少不免要略談一下小三元，並且介紹一下二十年前在香港逝世的一位小三元。

科舉時代，凡讀書人如要應政府的考試，不論你年齡老少，一律稱為童生，七、八十歲老公公和十二、三歲小童第一次應考時，都是童生，有些人從少年時代起，考到六、七十歲才考到秀才，從此童生之名才去掉。童生考試第一個階段叫縣試，由知縣主持，考取後，由縣官錄送被取人姓名，冊報本管知府，使參加府試。府試由知府主考，錄取後，由知府將錄取名冊，造送院試。院試由學台主持。（學台的正名為學政，三年一任，每省一員，由政府簡派大員充任，體制宛如欽差，與督撫平行，且可以專摺奏事。）

縣府取錄的第一名叫「案首」，院試時，如無重大過失，案首沒有不被取中為秀才的（秀才是俗稱，院試取中的人稱為「入學」，正式名稱為生員）。一個童生，如果縣試、府試、院試都得案首，就叫做「小三元」，以別於鄉、會、狀的「大三元」。

應考的人中了舉人，入京應會試，中了會元，只要他的字寫得出色，文章又能言之有物，切中時弊，再憑「運氣」，到殿試時，讀卷大臣沒有不成就好事，取他做狀元的。「小三元」卻沒有這麼便宜了。因為大三元最易過的是第三關（即殿試），而小三元最難過的是第二關（府試），能平安過了第二關，小三元穩穩到手了。

凡在縣府試得案首的人，到院試時，學台必取他入學，因為學台要顧全知縣知府的面子，以報他辦差殷勤盛意。童生縣試得第一名，到府試時未必就第一名，一府之中有很多個縣，每縣都有一案首，就有競爭了。知府要拔取人材，未必以縣案首為府案首。但有時也以縣案首為府案首，那是出於不得已，因為原本擬定的府案首，臨時發生事故。一經府試的案首，院試時，院案首就可操勝券，小三元便產生了。現在有一故事可以說明。

光緒廿五年己亥（一八九九年），江蘇常州府無錫縣，有童生某甲，一連三場都得到冠軍，府試案首，似非他莫屬了，而三覆試題為「吾不試，故藝」，某甲的文中忽然大談西學，中有聲

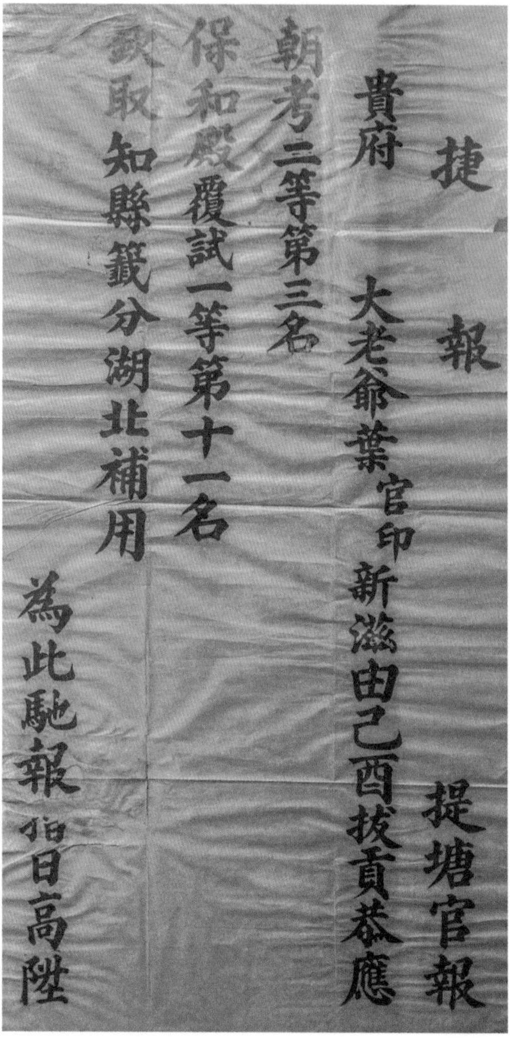
捷報
貴府 大老爺葉官印新滋由己酉拔貢恭應 提塘官報
朝考二等第三名
保和殿覆試一等第十一名
欽取知縣籤分湖北補用
為此馳報 指日高陞

清代科舉考試的捷報

光電化，生理血球等名詞，時當戊戌政變之後，對西學甚有顧忌，因被抑置第五。但以案首變更，恐外間有人誤以另有人賄賂奪取之，於是即以別一縣案首充府案首，以澄清謠言。

一九六〇年一月十三日，香港新界元朗，有一位小三元黃濬源先生，以八十二歲高齡謝世。黃君於民國廿三年（一九三四年），在元朗創辦鐘聲學校，自任校長，一九五三年退休（退休後，其令子黃劍白為校監，一九八一年五月廿一日，黃劍白先生逝世，報載年齡八十有餘，不知餘數多少也）。黃君入學時名鐘聲，字子律，廣東寶安縣二區沙頭鄉人。光緒廿七年辛丑（一九〇一年）科考，由知縣查鐵如錄取為縣案首，府考時由知府施典章取為府案首，院考時，由學政文治（字熙臣，滿洲人，同治四年乙丑庶吉士，授編修，官至兵部左侍郎）取錄為院案元，時年二十四歲。到光緒二十八年壬寅歲考，由學政朱祖謀取錄一等第四名。（朱祖謀即鼎鼎大名的詞人朱古微）

黃濬源是光緒四年戊寅（一八七八年）生的，死時八十二歲，如果他能活多一歲，到一九六一年辛丑，便可以在海外來個「重游泮水」的盛大紀念慶典了。黃君歿後，各方所送輓聯，亦有提到小三元的，例如華封學校教職員一聯云：「早歲捷足小三元，畢生盡瘁菁莪，方期樂育英才，大雅前驅長領導；今夏稱觴祝上壽，舉世正欽耋耄，詎竟倏歌薤露，旻天胡竟不憖遺。」（附注：院試分「科考」、「歲考」。學台先考已經中了的秀才，學台三年一次歲考，秀才必須參加，不能逃避。應歲考揭曉，其優劣可以多至六、七等，一等的升為增生，再考一等，可升廩膳生員」。「科考」是考童生的。學政三年兩考，即指「歲考」、「科考」而言。）

一九八一年八月十七日草成

清末京劇宮廷演出劇照

滿清帝后演戲記趣

清朝的皇帝，幾乎個個都喜歡看戲的。到了末年，慈禧太后更不惜違反「祖制」，招外間的名伶入宮演戲，以致人言嘖嘖，她老實不客氣的一概不理。至於那個可憐的光緒帝也會戀起伶人秦稚芬，甚至也會哼起皮簧來，據北京熟於清宮故事的某君說，有一年祭天壇，光緒帝在轎子裏低聲唱武家坡，生旦對答，聲調抑揚，隨行轎旁的侍衛都聽得很真切，可見末代的后帝對於戲劇是怎樣的愛好。

北京故宮現在還有好幾個戲台，一在寧壽宮倦勤齋前；一在重華宮漱芳齋前。前者在東，後者在西，自故宮博物院成立後，都開放給人遊覽。

寧壽宮地方很大，是乾隆帝晚年特地建來預備歸政後居住的。倦勤齋在貞順門之西，這個戲台也是乾隆年間所築，其規制甚小，僅可以容納少數伶人上演。

漱芳齋在重華宮之東，戲台在齋前。乾隆帝為皇子時，住在重華宮，晚年常在此處召集詞臣演戲酬唱，戲台前有他所寫的「風雅存之」的匾額，由此看來人們傳說乾隆帝曾在此台粉墨登場，似乎可信。這個戲台規模也很小，拿近代的戲台來比較，真如小巫見大巫了。

到光緒年間，中國在妖后那拉氏統治之下，國勢日衰，但她卻日事遊樂，不時在宮苑演戲。遇到她的甚麼五十、六十、七十等「萬壽」，更是鋪張揚厲，熱鬧非常。她的生日是十月初十，從初五日起就演戲設宴了。據光緒十年（是年有中法之戰）十月初六日以後，翁同龢日記，迭有記載。初九日云：

辰正二刻入座，申初二刻退，戲十齣，長三十刻一分。……自初五日起，長春宮日日演劇，近支王公內府諸臣皆與，醫者薛福辰、汪守正來祝，特命賜膳賜觀長春宮之劇也，即寧壽宮賞戲而中官擫笛，近侍登場，亦罕事也。此數日長春宮戲，八點鐘方散。（按：薛、汪二醫，曾於光緒八年醫好慈禧的大病，甚得她的寵遇，特破格獎敘。薛補授通永道，汪任天津知府，以外官而又非大臣，得入宮觀劇，亦榮遇也。）

初十日記云：

坐帳房，吃官飯，巳初三刻入座，戲七齣，申初三刻退，凡廿六刻。有小伶長福者，長春宮近侍也，極儇巧，記之，此輩少為貴也。滿洲命婦多報病，惟福錕、崧申、巴克坦布之妻入內，聞終日侍立，進膳時在旁伺候一切。

十一日記云：

戲十二齣，共長三十一刻五分，兩次到小寓，又食於懋勤殿，再以四金酬之，其實不堪下箸也。

清末京劇宮廷演出劇照

這是慈禧五十萬壽演戲的情形。六十萬壽因在中日戰爭期間，宮裏沒有怎樣大鋪張，但在頤和園也有演戲。

關於在頤和園演戲，坊間流行的筆記偶然也有敘述，但我想抄一段外人不常見的記載。清末直隸總督陳夔龍，於一九二四年著有《夢蕉亭雜記》，是木刻本，印成以贈親友，我也得到一部，其記頤和園觀劇一段很有趣。茲節錄如左：

予以外吏，兩次入京陛見，均值慶辰，恭逢鉅典，耳聆仙樂，不可謂非榮幸。癸卯（光緒二十九年，一九〇三年）六月，以汴撫入京，適值德宗景皇帝萬壽，在頤和園隨班行朝賀禮。先期傳令入坐聽戲。上駐蹕頤和園，即於園中德和園排演。臺凡三層，樓北嚮，規制閎崇。兩宮正殿坐南嚮，東西各楹諾王公大臣以次坐。

凡近支王、貝勒、貝子、公、滿漢一品大臣暨內庭行走者均預；在外將軍、督撫、提鎮適在京者亦預。其京中一品之各旗都統，及三品滿漢侍郎，均不得列入。東第一間近支王公，次軍機大臣、大學士、各部尚書，都察院左都御史等；西第一間御前大臣、次內務府大臣、南書房、上書房、翰林。將軍、督撫、提鎮之在京者居於西末一間，此其大較也。計獲觀盛典者五十餘人，由內務府大臣即時傳單知會，共湊集銀二千兩，為賞犒內監之需，人共派五、六十金，繳呈御覽後分給。辰九鐘，諸臣先到，各依次跪。少焉樂作，內監傳呼駕到。皇上在慈聖輿前步行，后妃公主福晉等隨輿後。慈聖下輿升殿坐，諸臣行三叩首禮，命脫補褂，去朝珠，賞賚雪藕冰桃瓜果等物，人各一黃龍盒，由內監親齋呈慈聖一一過目，始依次遞交，各敬謹領訖，行一叩首謝恩。內監承旨命張大幔二，一由北而東，一由北而西，名曰「隔坐」，三面各不相見，僅見北台上歌舞耳。諸臣可於其時休息談論，各適其適。兩宮體恤臣僚，無所不至。余居西第六間，同坐者為湖廣總督張文襄公之洞，安徽巡撫誠中丞勳。維時正演吳越春秋范蠡獻西施故事，當范蠡造太宰嚭府第時，投刺二次，司閽不之理，嗣用門敬二千金，閽者即為轉達。閱至此，文襄忽失聲狂笑曰：「太惡作劇，直是今日京師現形記耳！」聲振殿角，余亟以他語與周旋，免再發言，致徹天聽。時交午正，內監傳呼賜宴，宴設於仁壽殿東偏殿，凡八席，諸臣隨意飲啖，大官廚瓊漿玉粒，非復人間風味也。酉正撤幔，各大臣仍須衣冠如禮。未幾樂止，復朝北行三叩首禮，各趨出。翌日亦如之（皇上萬壽戲二日）。又四年丁未，升任川督，十月到京，恭遇慈聖萬壽（伯雨案：是年慈禧七十三歲，下一年就死了。）先期賞紫禁城騎馬，賞西苑門內騎馬，賞坐船隻，賜墊，並賞初九、初十、十一，三日聽鼓。時交冬令，即在西苑舉行慶典，於豐澤園左另製戲座，廣設帷幙，規制較淀園（伯雨案：頤和園也，地在海淀，所以人們簡稱它為淀園。）為狹，以其可禦嚴寒也。……

翁同龢陳夔龍是親歷其境的記載，讀之可見宮內、頤和園、西苑演戲的情形及其儀注，此實談清宮演戲的好資料。我又聽到熟於清宮故事的林貽書先生說，慈禧每逢聽戲，在開鑼之前，光緒帝照例要上戲台從台後出左門，立台上，行一週，然後走入右門，這是表示「戲綵娛親」之意。

清朝在國勢強盛時，常有外國派遣使臣來修好，清帝照例「賞」他們看看戲的。康熙三十一年（一六九二年），俄羅斯派使臣莪茲柏阿朗特義迭思來聘，（時在尼布楚和約訂立之後。）回國後，俄使著有日記記其事，由俄文館譯成中文，其中有記在北京看戲的情形很詳細。到高宗乾隆五十八年（一七九三年），英國想和我國通商，第一次派使臣馬爾戛尼來華，到熱河行宮覲見高宗。馬氏著有《乾隆英使詑見記》（民國初年上海中華書局出版，劉半儂譯）。其中有說到乾隆帝生日，賜他看戲，記云：

九月十八日，禮拜三。先是，余得華官通告，謂：「皇帝萬壽慶祝之典禮，雖已於昨日舉行，而今日宮中尚有戲劇及各種娛樂之品，為皇帝上壽。皇帝亦備有珍品多種，親賜群臣，且將以禮物贈諸貴使，貴使可仍於晨間入宮，一觀其盛。」至今日晨間，余如言與隨從各員入宮。至八時許，戲劇開場，演至午正而止。演時，皇帝自就戲場之前設一御座坐之。其戲場乃較地面略低，與普通戲場高出地面相反。戲場之兩旁，則為廂坐，群臣及吾輩坐之。廂位之後，有較高之坐位，用紗簾障於其前者，乃是女席，官眷等坐之，取其可以觀劇而不至為人所觀也。……

清宮演戲，跟着清朝垮台而停止。民國成立，溥儀在故宮關門做「皇帝」，居然也搭起架子，遇到甚麼高興日子，也「傳」外間名伶在漱芳齋前演戲。有一年瑜太妃（同治之妃）生日，名藝人譚鑫培，十三旦都入宮演戲報效，陳寶琛以「師傅」資格，亦蒙「賜」聽戲。唱完後，譚叫天十三旦得「賞」不過六十元，他們以從前曾受過慈禧太后的厚恩，現在見「大清」倒了，也不敢以為賞得太薄。溥儀被逐出宮後，故宮不再有封建式的演戲了。

明清公主選駙馬趣史

明朝的公主選駙馬，完全以平民為對象，不許文武大臣子弟有份兒，只要平民子弟年少貌美者，就有做駙馬的資格，（這是明朝中葉的事，明初及明末，不盡如此，駙馬亦有選自貴族子弟者。）過後還可以封侯。明孝宗弘治八年（一四九五年），德清公主要招駙馬，太監李廣受富人袁相的重賄，在孝宗面前極力贊袁相怎樣品貌兼優，這個皇帝信以為真，便選袁相做駙馬，結婚日期已經定好了，後來有一班御史查出這件事，紛紛向皇帝奏知，指出李廣受賄，皇帝降旨斥去袁相，另行再選，對於李廣則置而不問。這不算奇，最奇怪者無如那個昏庸絕頂的萬曆皇帝了。他的胞妹永寧公主將選駙馬，最為萬曆寵信的太監馮保受了北京大富翁梁某數萬金之賂，選其子梁邦瑞為駙馬。梁邦瑞是個癆病鬼，早晚要登仙界的，北京人聽到這個消息，無不為永寧公主可惜。這時候張居正當國，力主不可，但馮保在太后、皇帝跟前說得天花亂墜，事情就定了。到行禮那一天，夫婦合　交杯，梁邦瑞鼻血雙流，衣袂沾濕，狼狽不能成禮，那班太監還走去御前道喜恭賀，說是見紅吉兆、大喜也。公主結婚不過四十天，駙馬便一命嗚呼了，在此期間，公主並未享閨房之樂，守寡三年，抑鬱而死。這都是做母親做哥哥的胡塗，明朝諸帝大都寵信宦官，無不誤事。

明世宗嘉靖六年（一五二七年），以武宗的第四女永淳公主及笄，世宗加意為她選個好駙馬，時高中元年方十六，隨其父尚賢住在北京，中元風骨秀異，有璧人之目，因此也被列入預選。照明朝規矩，選駙馬時可以挑選三個人一齊入宮，作最後決定。當入宮時，那班宮女太監見到高中元，為之神眩目駭，以為駙馬之選老高無疑了。怎知皇太后看中了高中元的同鄉河南人謝詔。高落選後，回到故鄉，下一年中了舉人。

公主下嫁謝詔之後，因為駙馬的頭髮稀少，時為北京人士嘲弄，心中已大不高興（據明人沈德符的《野獲編》所載：「謝詔選後，京師人有十好笑之謠，其間嘲張、桂驟貴暴橫者居多，其末則云：『十好笑，駙馬換個現世報。』蓋謝禿少髮，幾不能綰髻，故有此譏，然詔直至嘉靖末年卒，享富貴者四十年」。）後來聽說高中元貌美才高，又中了舉人，不勝艷羨，過了幾年，高中元成進士，入翰林，有名詞垣，公主聽了更是懊悔不已，不時形之顏色，並且說：「早知嫁了他就好了！」謝駙馬聽到了真是惶懼無計，不知怎樣巴結公主才好。一日，駙馬想到了一計，佯對公主曰：「高中元是我的同鄉，公主既然喜歡他，我想在中元節那天請他來吃飯，公主在窗內窺看一頓，不是很好嗎？」公主大喜，准如所請。屆時，公主在窗內外窺，則見那個貌美才高的高中元已經是個身材高大滿臉鬍髯的河北傖父，不是江南的風神俊秀的璧人了，公主見了為之嗒然，夙慕頓盡，反而伉儷之間更增恩愛。人們都說謝駙馬能以小智回天人，亦非凡俗之流，宜其享福數十年云。

明清兩朝的公主與駙馬，有不少受制於「管家婆」的，這也是做父皇的胡塗。明帝多昏庸，只聽太監宮女的話，不知是哪時候起，公主下嫁，必定派一個年紀較大的宮女同到駙馬府，替新夫婦料理家務，甚至有時還要做「衛生顧問」。此舉本來無可非議，因為十五六歲的小夫婦，

上圖：三格格韞穎，溥傑，溥儀，二格格韞龢。下圖：末代公主韞龢

未必懂得處理家事，而人倫大禮也未必通曉，閨房中有個「顧問」，當然可以少些意外。無如管家婆到了駙馬府之後，倚仗宮中之勢，從中牟利，公主駙馬如果不拿出一萬八千來賞賜，休想諧魚水之歡。明人《野獲編》記管家婆事極有趣，今錄如左：

> 公主下降，例遣老宮人掌閤中事，名管家婆，無論蔑視駙馬如奴隸，即公主舉動，每為所制。選尚以後，出居於王府，必捐數萬金，遍賂內外，始得講伉儷之好。今上（按：指萬曆皇帝）同產妹永寧公主下嫁梁邦瑞者，竟以索鏹不足，駙馬鬱死，公主居嫠，猶然處子也。頃壬子（按：萬曆四十年，一六一二年）之秋，今上愛女壽陽公主（按：《明史》作壽寧公主）為鄭貴妃所出者，選冉興讓尚之，相歡已久。偶月色，公主宣駙馬入，而管家婆梁盈女者，方與所耦宦官趙進朝酣飲，不及稟白，盈女大怒，乘醉扶冉無算，驅之令出，以公主勸解，並詈及之。公主悲忿不欲生，次辰奔訴於母妃，不知盈女已先入膚愬，增飾諸穢語。母妃怒甚，拒不許謁。冉君具疏入朝，則昨夕酣飲宦官，已結其黨數十人，群捽冉於內廷，衣冠破壞，血肉狼藉，狂走出長安門，其儀從輿馬，又先箠散，冉蓬跣歸府第，正欲再草疏，嚴旨已下，詰責甚厲，褫其蟒玉，送國學省愆三月，不獲再奏。公主亦含忍獨還。彼梁盈女者，僅取回另差而已，內官之群毆駙馬者，不問也。

本來皇帝女，皇帝女婿，其貴無比，偏偏受制於太監宮女，這麼一來，做公主又有何好處，那個亡國之君崇禎皇帝臨自殺前以刀揮其女長平公主，斷其臂，曰：「你們生生世世不可生帝皇家！」其實早距此數十年壽寧公主也該自說了。沈德符是萬曆時人，他所記的大都可信，同時有謝在杭（萬曆三十年進士）者，萬曆四十年前後，恰在北京做京官，他的《五雜俎》也有記冉駙馬梁盈女的事情，與沈氏所記大有出入，現在也鈔出來給讀者參閱。

國朝駙馬尚主皆不用衣冠子弟，但於畿輔良家，或武弁家，擇其俊秀者尚主之，後即居甲第，長安邸中，錦衣玉食，與公侯等。其父封兵馬指揮文林郎，母對孺人而已。駙馬雖貴為禁臠，然出入有時，起居有節，動作食息，不得自由而孺母□□之老者，威震六宮，掌握由己，都尉反俛首受節制，凡事務結其驩心，稍不如意，動生讒間，近日如冉都尉興讓，可鑑也。冉都尉所尚主，乃皇貴妃之女，上素所鍾愛者，伉儷甚篤，無閒言。孀媼梁盈女恃其威福，每事動行節制，冉不善也。又恃宮中愛婿，時與齟齬。一日，漏下二鼓，都尉自外入，傳呼開邸中門。故事，中門非孀媼不開，盈女不時至，都尉排闥而入。有頃，盈女至，出誶語，都尉乘醉擊之，翌日入朝奏聞，盈女率其黨數十人伏闕下，要而毆之幾死。上不知也，且怒都尉狂率，冉遂棄衣冠，從間道歸里。上益震怒，遣緹騎跡之，奪其父母爵祿，廷中大小臣工力諫，俱不報。冉既自歸，上怒不解，謫羈太學習禮，自壬子冬至今半載，尚未得與公主相見也。時論以冉固未得善處之方，而孀媼一老宮婢，遂能煬灶蔽明，熒惑主聽，一至於此！蓋床第之言易入，浸潤之譖難防……

沈謝兩人都是萬曆年間的人，兩人皆有文名，留心故事，而所記的卻有很大差別，可見書不可盡信，要信時，不妨多參考一下呢。明宮這種黑暗制度，滿洲人入主中國後，立即接收過來了。公主下嫁，那個管家婆也利用權威，干涉到閨幃之事，公主如有宣召駙馬侍寢，每次都要納通行費若干，才能直入閨房，通行無阻，否則管家婆就說少年夫妻要謹慎閫房，善保玉體那一番大道理，說出來何等冠冕堂皇，公主駙馬都是面嫩的青年，怎敢回駁一句？等到錢財到手，又是另一番話了。因此清朝的公主多不能享家室之好，即有兒女，也是妾媵所育的居多。（據清宮一老太監對我說，皇帝大婚之夕，例有管家婆在床帷後暗中照顧，怕弄出意外，帝后皆不知也。他說光緒帝大婚，數日後，管家婆聞皇后在龍床上唉聲歎氣曰：「注定你家福薄，沒有兒女！」據一般人推測，同治光緒皆孱弱之輩，多不能生育云。）

道光年間，傳說有個公主下嫁符珍，因未能滿足管家婆之欲，符珍不能入內者三閱月。公主忍無可忍，回宮中問父親道：「爸爸到底將孩兒嫁與誰人？」道光帝帶笑道：「傻孩子，你的駙馬不是符珍麼？」公主道：「既是符珍，為甚麼孩兒三月來未見他一面呢？」道光帝還不算胡塗，立即徹查此事，將管家婆召回，並下詔以後不許有此例。可惜自道光以後，想有此例也不行了，因為咸豐帝只有一男一女（女早死），同治帝一無所出，光緒帝亦福薄，「注定沒有兒女」，溥儀今年五十四歲了，未聞有一男半女，愛新覺羅一家，竟然應了那拉氏床中的歎息，真是有趣的事。

一九六〇年五月六日

丙午談往

五大臣出洋被炸

五大臣出洋的形形色色，據筆者所聞，也可以附帶略述一二。他們上上下下那是拖着辮子，於是帶了不少的薙髮匠，他們又因為穿着袍絝，又要帶裁縫，他們怕喫不慣西菜，各人又口味不同，還各自帶廚子。這還不去管它，到了外國，在輪船火車上，旅館中，架起爐灶來燒菜，就使人頭痛了。此時兩個老留學生伍廷芳，唐紹儀都已官居侍郎。事前和他們再三再四討論指點得無微不至，可是臨到了外國，還出了些岔子。他們出發的時候，還是秋季，到歐洲已經時屆寒冬，外國是無一處不升火爐的，他們穿了皮衣，進屋裏熱得受不住，出門又經不起砭骨的風霜，大感為難起來。翻譯隨員就出個主意，叫跟來的裁縫，學西服的樣子，趕製大衣，裁縫不是西服店出身，誰又會做呢？只得把外絝略改一下，不中不西的，權充大衣一用。為了裁衣，又不得不把行程延誤些日子。有一次他們走進一家大旅館，那大門是裝有軸心的，每扇只容一人推進去，前一人出來，後一人就必須緊跟着進去，端方是個講究儀表的旗人，他老先生不知這個訣竅，被前後兩人夾在當中，弄得進退維谷起來，惹起旅客們一番大笑。諸如此類，不一而足。然而他們回國以後，卻都帶了一些洋派回來。舉端方為例，他曾在北京的私宅中演放電影，膠捲着火，引起一場火災。又在直隸總督任內，允許攝影師拍攝慈禧太后的葬禮，被認為大不敬而革職。這都算有

五大臣出洋被炸

被炸毀的車廂

以別於頑固舊派的舉動了。

筆者曾經認識一人，上輩當過鐵路委員，據說這次炸彈案看得最真切。因為他是照料這節花車的，他在車廂中聽得載澤已到，就要登車，意思想下車去行個禮，誰知前面已經有幾個人手提行李，擁塞在過道中，一時出不去，只得退後一點，想從後頭的車門下去。忽然覺得來的人當中有一個不很自然。因為京城裏王公府第的護衛聽差的服飾舉止，另有一套，一望可知，不是他們一幫，就會覺得生硬不入眼。就是各衙門的差役，以及達官的家人等，也各有各的特徵，在京城住久了，都能心領神會，不過說又說不出來罷了。（乾嘉中王芑孫的文集裏有下列幾句話：「士大夫之來自軍機者，衣冠語笑，望而可識。」意思說軍機處的人另有一種作風態度的特徵，其實不止於此，翰林不同於司官，漢員不同於滿員，內務府的滿員更不同於其他滿員。是哪一類的人，都可以從外表推測的，外省來的官員，京城的人尤其容易看出。）此人頭戴金頂，身穿單袍褂，很不像載澤身邊的人，除非是隨員，然而隨員又不應該直入花車放行李。正想上前問問，還未舉步，此人又把皮包提起，好像又要下車，就在這個當兒，轟然一聲，就出事了。幸而所站的地方稍遠，又靠車座擋着，只受了一場虛驚。那些大人先生正在車旁寒暄，不過被飛出去的彈片及玻璃片所傷，也並沒有流血。而在車上轟斃的只有刺客自己。當時一片紛亂，不言可喻，許多紅頂花翎的人都被嚇得有的縮做一團，有的倒在地上，飛奔逃命的還算有機智的人。

以上便是那場事變的片段縮影。本文原是談丙午年的事，卻把前一年五大臣出洋考察這件事敘了許多，似乎是在題前作文了。要知丙午年的要事是官制改革，官制改革是幾千年舊制度崩潰的開端，出洋考察，就是改官制的張本，因果關係是不能不點明的。

三年一次的京察

丙午這一年開頭一件事是三年一屆的京察。所謂京察，是沿自明代的一種制度而稍加變通。而一般在京官吏，經主管考核，吏部審查，分別等第，如係翰林及各部司官，京察一等，可以記名外放。事實上，有升無黜，不過虛應故事而已，最可笑是屆期要在吏部搭蓋彩棚，繕寫許多名冊，官員親到，一揖而退，名為過堂，這種戲劇性的舉動，不過替書吏開一需索之門，至於高級主官，則是由皇帝親裁，用上諭發表的。上諭照例有幾句話，無非是：「三載考績為國家激揚大典，茲當京察屆期，吏部開單奏請」，底下便分別將某某幾人加幾句褒揚的話，交部議敘，另將某某幾人加幾句不滿的話，或是原品休致，或是開缺。而不滿的話也沒有甚麼嚴重的，無非是年力就衰，才具平庸等等的話頭。所以，高級官員倒是有被黜可能的，而所謂交部議敘，倒不過是一紙空文，並沒有實際好處，在這道上諭中所能起的作用，只是說明凡交部議敘的大員必是清廷所最倚任的。例如丙午的京察，議敘的是軍機大臣慶王奕劻、鹿傳霖、瞿鴻禨、榮慶、徐世昌、鐵良、大學士王文韶、孫家鼐，直隸總督袁世凱、兩江總督周馥、湖廣總督張之洞、兩廣總督岑春煊，大約一品大員中露頭角的就這幾個人了。

罷黜的則有協辦大學士禮部尚書徐郙（字頌閣），工部右侍郎李昭煒，這兩個人的罷黜都另有原因。先是光緒二十八年壬寅十二月，山東學政尹銘綬，奏稱去年七月補考優貢，有高唐州生員郝祖修持徐頌閣私函干謁。上諭將徐交部議處，又說尹銘綬事隔年餘姑行舉發，跡近報復，也一併交部議處。結果吏部議復的是一個革職，一個降調，上諭卻說因為徐在南書房當差多年，改為革職留任，尹銘綬考試尚能認真，改為降三級留任。後來不久徐就開復了，而尹銘綬則無下文，尹的官不過編修，雖然降調比革職好看些，若真的降三級也就幾乎無官可調了，所謂降三級調用，等於降而不用，尹的官運也就此完結。可見小官終敵不過大官。尹與譚廷闓為郎舅至親，其名也不甚彰著。

徐頌閣這次的休致卻也不甚好看，聲名不佳，與上述一案也不無關係。向例官階到了協辦，是不輕易入察典的。尤其他是狀元宰相，南書房翰林，不知自己告退，未免有戀棧之譏了（徐是同治元年狀元，江蘇嘉定人）。至於李昭煒這人，知道的人非常少，也實在找不出甚麼事跡。但知道庚子聯軍入京時，他已經官至侍郎，為了住宅附近發生了觸犯洋兵的事，被洋兵抓去打了一頓，京城的人紛紛指目。而他還作了六年的侍郎，旅進旅退，替他想也實難過，不知道何以也不肯見機而作。徐頌閣的協辦缺是瞿鴻禨補的，瞿是同治十年翰林，比徐晚兩科。此時漢大學士是王文韶、孫家鼐，兩人都是年高屢次求退的，而且王文韶為了堅決反對廢科舉，宣稱以去就爭，清廷之所以一再挽留，是為了表示優遇。從左宗棠、李鴻章死後，漢大學士就是他兩人佔據得最久。大學士滿漢各有二缺，一向苦於不敷分配，乾隆中雖然添設協辦各一缺，無奈資深的大臣都希望得此為榮，即如張之洞，科分比徐只晚一科，而資望遠過於徐，多年不得登「黃閣」，一直到瞿於次年丁未開缺，才補了協辦，接着王文韶告老，又升了大學士。此是後話。大學士不過是一種榮銜，與政治責任沒有關係，可以不必多談。現在談到丙午的政治波動，要點還要放在軍機大臣身上。

三年一次的京察

中樞的重要人物

清代在形式上是採取獨裁集中制的，其所以要設立軍機處，而軍機處大臣又兼任重要部務，就是為了皇帝每日和他們商議處理一切公文，發出指示，進退官吏，近在內廷，不怕洩露機密。而軍機大臣不止一人，又沒有專斷之可能，不致產生歷史上的權相。當初創立這個名稱，本是雍正帝為了軍事時期的便宜，以後發現是便利獨裁的最好辦法，就無論如何不肯改了。庚子以後，老的軍機大臣榮祿、王文韶，相繼退出舞台，新加入的鹿傳霖、瞿鴻禨也逐漸衰病，不能應付日益繁雜的新政，奕劻雖是親貴領班，實際是個貪庸不職的，不得不引進一些新人，重整陣容。所以丙午前一年加入了榮慶、鐵良、徐世昌，榮慶是學務大臣，鐵良是兵部尚書，徐世昌是巡警部尚書。同時就有六個軍機大臣，差不多要算溢額了。因為人多，就暗中生出派別。現將他們幾個人分析一下：鹿傳霖是北方人，與張之洞為郎舅，為人唯唯否否，無甚主張，是個典型官僚；瞿鴻禨是南方人，寒士出身，沒有背景，因榮祿的引薦，由於廉潔謹慎，被慈禧契重，他極不滿慶王的貪污，袁世凱的專擅；榮慶是蒙古人，生長四川，與南方人接近，自命理學；（榮有日記，由他的門生恩華保存，恩華也是蒙古族，銀江駐防。從日記中可以看出他不肯與慶、袁同流合污。）鐵良原是練兵處大臣，在前一年考察南方各省軍政，清理財政積弊，號稱是敢作敢為的，他看出袁世凱有篡奪清政權的野心，主張將北洋新編的三鎮陸軍提歸中央直轄，這對袁世凱是個沉重的打擊。所以瞿、榮、鐵三人是氣味相投的。而徐世昌則完全是袁世凱的私人，依靠慶袁的勾結，打進了軍機處，當然是要替袁作坐探，六個軍機，同床異夢，其必醞釀爭端，自不待言。慶袁與反慶袁兩派的暗鬥，到丙午改官制一舉，就揭開序幕了。

1911年5月8日，內閣由13人組成，計有：內閣總理大臣奕劻(皇族)、內閣協理大臣那桐(滿)、內閣協理大臣徐世昌(漢)、外務大臣梁敦彥(漢)、民政大臣善耆(皇族)、度支大臣載澤（皇族)、學務大臣唐景崇(漢)、陸軍大臣蔭昌(滿)、海軍大臣載旬(皇族)、司法大臣紹昌(滿)、農工商大臣溥倫(皇族)、郵傳大臣盛宣懷(漢)、理藩大臣壽耆(宗室)。

慶王貪黷是有口皆碑的，人們不禁要問，他貴為親王，還怕沒有錢用，為甚麼如此貪得無厭呢？須知清皇室中人都是些紈絝，吃喝玩樂是會的，居家度日，一點兒都不會打算。他們有遠遠超過做官的俸銀，還有莊田，可是王府裏的排場不小，收入是被下人侵吞了，開支是毫無限制，面子還一點不能放下，慶王本是遠支，由貝勒而升郡王、親王，在他沒有當權的時候，頗也受盡當窮差使之苦，一旦發跡，自然想多弄兩個，經不起躁進求榮之輩，四方八面來以利誘，胃口就越來越大了。甲辰年三月，慶王入軍機還不過剛剛一年，御史蔣式瑆就參奏他說：

> 風聞上年日俄宣戰消息已通，知華俄銀行與正金銀行之不足恃，乃將私產一百二十萬金，送往匯豐銀行存放，該銀行明其來意，多方刁難，月息僅給二釐。該親王自簡授軍機大臣以來，細大不捐，門庭如市，上年九月，參奏在案，該親王會不自反，但囑外官來謁，一律免見，聊以掩一時之耳目，而仍不改其故常，是以伊父子起居飲食，車馬衣服，異常揮霍不計外，尚能儲此巨款。

這話絕對不是假的，但清廷又怎肯承認呢？於是想出一個對付蔣御史的辦法，派兩個大臣，一滿一漢，叫他們帶同該御史往匯豐銀行確查，試問銀行又怎肯拿內部賬目給人看，還不是一推了事？然而御史可以風聞言事，是清代的官制，又不能直接說他不是，上諭只好說：「名節攸關，豈容任意誣衊」，將蔣斥回原衙門行走。（御史部是由翰林及各部司官保送考取記名傳補的，回原衙門行走就是不許作御史，再回去當翰林或司官。這是對御史最輕的處分，當時慶王也

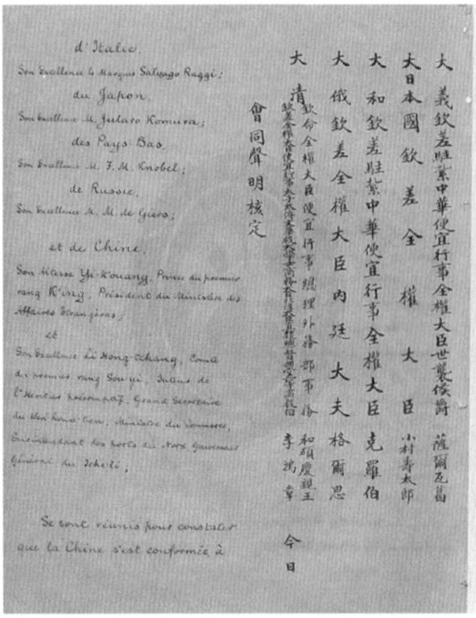

d'Italie
Son Excellence le Marquis Salvago Raggi;
du Japon
Son Excellence M. Jutaro Komura;
des Pays-Bas
Son Excellence M. F. M. Knobel;
de Russie
Son Excellence M. M. de Giers;
et de Chine
Son Altesse Yi-K'ouang, Prince du premier rang K'ing, Président du Ministère des Affaires Etrangères;
et
Son Excellence Li Hong-chang, Comte du premier rang Sou-yi, Tuteur de l'Héritier présomptif, Grand Secrétaire du Wen-houa-Tien, Ministre du Commerce, Surintendant des ports du Nord, Gouverneur Général du Tcheli;

Se sont réunis pour constater que la Chine s'est conformée à

大義欽差駐紮中華便宜行事全權大臣世襲侯爵 薩爾瓦葛
大日本國欽差全權大臣 小村壽太郎
大和欽差駐紮中華便宜行事全權大臣 克羅伯
大俄欽差全權大臣內廷大夫 格爾思
大清欽命全權大臣便宜行事總理外務部事務 和碩慶親王 李鴻章
會同聲明核定 今日

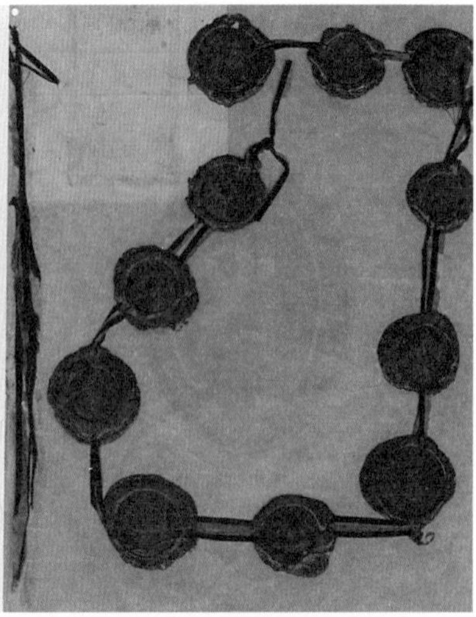

《辛丑條約》由奕劻和李鴻章
為全權代表與十一國簽署

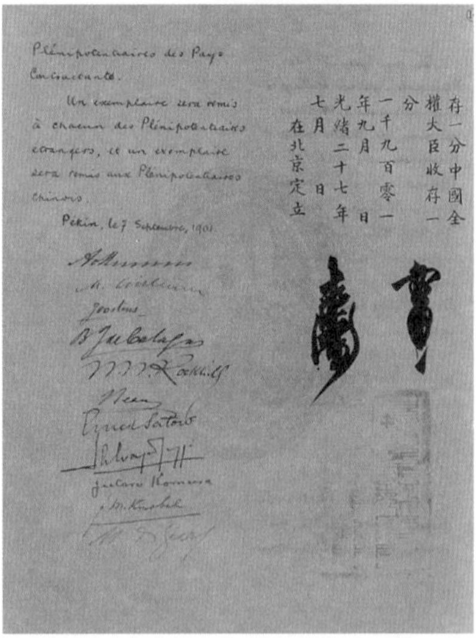

Plénipotentiaires des Pays Contractants.
Un exemplaire sera remis à chacun des Plénipotentiaires étrangers, et un exemplaire sera remis aux Plénipotentiaires Chinois.
Pékin, le 7 Septembre, 1901.

存一分中國全權大臣收存一分
一千九百零一年九月 日
光緒二十七年七月 日
在北京定立

知道人言可怕，自己心虛，不敢過分壓制公論，但他的劣跡實在太厲害，到丙午的第二年，又引起一次大參案。）由甲辰到丙午，又有了三年，慶王的私囊又不知增幾許了。既然御史參他不倒，與袁世凱的勾結更是肆無忌憚了。

革命過程走過一半

距今六十年，前一個丙午，也算是歷史上具有相當關鍵性的一年，值得回憶一下。前清光緒三十二年丙午，即公元一九〇六年，上距辛丑條約的簽訂是五年，下距辛亥革命的爆發也是五年，恰恰是最後一個封建王朝回光返照的時期一半。似乎可以這樣想象，沒有辛丑條約，革命可能不一定發生在辛亥。辛丑到辛亥是一個日益高漲的革命過程，丙午年就等於革命過程剛剛走過一半了。

丙午為甚麼成為革命過程走過的一半？這就不能不從前一年乙己說起，日俄戰事伏恨於甲午一役，醞釀了十年，中間又有一個庚子的插曲。在西方列強看來，帝俄的野心咄咄逼人，確實是眼中刺，而日本的野心卻還認為不足介意，於是日本抓住這個國際形勢有利的機會，發動了對俄的戰事。甲辰年開始，乙己年勝利結束。這一役勝利卻給中國人以極大的興奮鼓舞，全國上下，無論新舊人物，都一致認為這是自強的好榜樣。日本一個小國，變法維新不過四十年，已經可以戰勝俄國這樣一個龐然大物，我們還不應該趕快學嗎？這個時候，真是學日本的熱潮熱到極點了。請看陳三立的幾句詩吧！

SEIN MIN CHOONG BOU
P.O. Box 255
YOKOHAMA
JAPAN
新民叢報
第壹號
光緒二十八年元月一日
明治三十五年二月八日
●本號要目
拿破侖像 俾士麥像
新民說一
近世文明初祖二大家之學說(上)
新史學一
地理與文明之關係
論教育當定宗旨
論學術勢力左右世界
軍國民篇
飲冰室自由書
新智識之雜貨店
劫灰夢傳奇
二十世紀太平洋歌
每月二回朔望發行
3293

《新民叢報》創刊號

……立國何小大？呼吸見強弱。稍震邦人魂，酣夢徐徐覺，……攜取犬和魂，佐以萬金藥，曰舉國皆兵，曰無人不學。

他的意思正是上面所說的熱潮的表現，而又把日本之所以能戰勝歸功於練兵和興學。這種看法，是當時稍有頭腦的舊式士大夫所共同持有的，報紙上是一片這樣的氣氛，到處都是這種議論，連詩人的詩也不要甚麼溫柔敦厚了，和講壇上大聲疾呼的演說差不多了。

立憲呼聲震天地

這一驚天動地的呼聲震撼了清皇朝的統治者。此時排滿革命的鋒芒已經鮮明地從劍鞘中露了出來，他們驚慌之餘，以為亡於排滿革命，還不如真的學日本，不學它別的，單學它那萬世一系的君主立憲就很有利。慈禧太后別的是不懂的，君主神聖不可侵犯這句話頗為中聽，滿族中除開十分老朽的人以外，也認為趕快定出君主立憲的憲法是個保障。至於練兵興學，壬寅以後，早就成立了練兵處、學務處，並不是不練兵、不興學呀！雖然他們並不真懂得立憲是怎麼一回事，立憲也變成口頭禪了。

立憲的呼聲是從日本來的，梁啟超所主持的報刊，從《新民叢報》起，在庚子以後早已普遍傳播於國內的知識界。禁自禁，看自看。尤其是庚子以後派去日本的留學生，官費和自費的，大量紛紛回國了，他們無非還是在政界中活動，更進一步把日本的言論風氣移到國內來。這些就是丙午前的一般形勢。

五大臣出洋

戴鴻慈像

筆者在一個朋友家中發見一包舊信札，還夾着些賬單、便條、日記之類，翻了一翻，看出一個年月線索是光緒三十二年，正是六十年前的東西，觸動了我的興趣，於是一樣一樣替它排起隊來，然而文件的性質不同，來源非一，終是一鱗半爪，殘缺不全的。這也不管它吧，就採取其可能採取的資料，歸入「丙午談往」這個總題，作為漫談也好，作為隨筆也好。

五大臣出洋考察

丙午前一年的秋天，派去考察各國政治的五大臣，這五人是：皇室近親公爵載澤，管印務的徐世昌、戴鴻慈以及湖南巡撫端方，還有一個旗人紹英。在八月二十六日那天，他們從北京前門車站出發，正待開車之際，突然一聲炸彈，載澤和紹英受了微傷，去不成了。以後將徐世昌和紹英撤出，改由尚其亨和李盛鐸補充。尚其亨雖是漢人姓名，實是漢軍旗人，據説就是清初鎮守廣東的尚可喜之後。李盛鐸是江西翰林，曾出使日本，後來以藏書出名。這些都是大家知道的事，在這裏不過略一交代而已。

現在採錄一封信如下，雖然有日而無年月，從內容可以斷定是這一時期的，至於寄信和收信的人，既不可考，也沒有考之必要了。

自台旌出都後，大致情形固皆如昔，然見聞所及，亦頗有日異月新之感。弟素不嗜葷腥，公所稔知也。昨以友人招邀之殷，到前門外廊房暗條勉食洋菜一頓，席間即覺胃納不甚容受，同人勸姑飲洋酒一小鍾，久之方復常。席間詹兄談及近日番菜館、洋貨店之生意大盛，

載澤、戴鴻慈、端方、尚其亨、李盛鐸在歐洲

即如此地，已一再增添雅座，猶有人滿之患，聞他處接踵新開者尚難一二數。坐客因之議論紛紛，某君曰：據聞北洋以所陳時務未能盡見施行，輒以京朝大僚不諳外情為言，密請簡派一二品大員分赴東西各國考察，以祛其錮蔽。此事允行與否，雖未可知，然逆料派出之人必是年力較富、資望較高者，除年逾六十之大僚自問難勝此任外，其現任尚侍督撫中自有躍躍欲試、亟願入選者，亦有深慮風濤之險以不入選為幸者。此所以出洋之聲洋洋盈耳。即非大僚，夠不上派，亦願在奏調參隨之列，以遂登龍，此輩固亦資繁有徒。萬一見明文，則須即日整裝。此所以競學食洋菜也。聞某某大老已招聘洋廚在邸中備洋飯洋點，並由外部某司員代為佈置洋飯廳，指點宴會一切儀節。此公素性安靜，所聞若確，殆係朝議已定矣。弟則以與己無關，漫聽而漫應之。我公相去雖較遠，彼空見聞素稱靈通，或異於僕之道聽塗說耶？此外亦難一一瑣及，惟五城已奉明文裁撤，學上海租界設巡捕，當已見到邸鈔矣。……

再：正擬封函，潞安來談，云聞之樞曹某君，出洋領銜，當屬諸博望，此亦可謂先後輝映矣，乞姑秘之。

這一封信所透露的就是丙午前一年派五大臣出洋的醞釀。所說由袁世凱建議一節，頗可信。袁氏原意很可能是想借此排擠他所不樂意的人，給以考察政治的名義，就可以開去這人的差缺，至於以後怎樣位置，是另一回事了。何以證明其可信呢？因為原已派定的徐世昌，在炸彈案發生後，已將徐的名字撤去了，而徐又並沒有受傷。不但不出洋，反而將他從侍郎升作新設的巡警部尚書。徐是從袁小站練兵時當幕僚起家的，以資淺的內閣學士入軍機，還不過幾個月，明明是袁

清末的北京

安排在清廷內部的一着棋子。派徐出洋，一定出於袁意料之外。所以袁雖建此議，卻不同意所派的這幾個人。他意中所想擠出的，必另有其人。

這封信追加的一段，所謂博望，顯然是指姓張的，因為漢代奉使西域的張騫封博望侯，恰可與出洋考察相比，所以說先後輝映。這位姓張的是誰？不難推測，不是張之洞便是張百熙了。當時只有他二人有此資望，但張之洞年近七十，恐怕不會，還是張百熙的可能性大些。張百熙雖是歷主衡文的翰林，又是南書房文學侍從之臣，而自辛丑以後就一手經辦學務，為人素稱通達，為一般知識界所推重。年齡雖也近六十，畢竟不算袁老。但後來發表出來的到底不是他。大約其中又有鉤心鬥角的內幕了。

北京的五城

信中提到「五城已奉明文裁撤」的話，頗值得解釋。原來京城是沒有市政機關的。只有一個街道廳，由都察院及工部會同管理，仍是有名無實的。街道永遠是所謂無風三尺土，有雨一坑泥。北方氣候乾燥，沙漠吹來的風又猛烈，車轍馬跡又把乾土輾得粉碎，即使不遇大風，也要撲到臉上，面目全非的。幸而北京下大雨的時候很少，不然，一腳下去就會陷進尺來深。不但前清，北洋政府時代，有些不會修馬路的地方也未嘗不如此。至於街面之被侵佔，大小便之不擇地，以及下水道之淤塞，每逢開溝的時候，臭氣騰天，種種惡狀，記載中也數見不鮮了。這是屬於工程和市容方面的。至於治安方面呢，則有所謂五城的機構。五城者，中東南西北。五城的機構又有兩種，一是巡視五城的御史，他們可以處理地區居民的糾紛，出來巡城的時候，有皂隸帶着板子，可以當街打人。然而權力僅於此，還不及一個縣裏的縣官威風那麼大。雖然也養一批練勇，不過充看守街門之用而已。另外就是五城兵馬司，這就更加可笑了，名為兵馬司，實在沒有一兵一馬，其主官卻稱為指揮副指揮，彷彿很大，品級卻只有六七品。而且無論甚麼機構都有滿人參加，只有這兩缺是規定專補漢人的，因為其職務太無聊了，只有出了命案管相驗這一件事。

這信中所說學上海租界設巡捕，也是有原因的。庚子年聯軍佔了北京以後，分界管理，例如日本管北城，英法分管東西城，而德美則分管南城。在軍事管制之下，外國人也覺得市政和警察還須要用中國人，維持地面，保護商民。說起來可痛得很，那時已經沒有政府，政權已經中斷，從何產生中國的機構？即使勉強產生，又何能行使職權呢？於是當地的官紳出面組織一個協巡公所，自己募了巡了，巡邏街道，設立路燈、公共廁所等等，這都是以前京城所沒有的。協巡者，協同美國兵之謂也。當時唯一留在北京的巡城御史，只有陳璧一人，他又利用五城的名義，出面正式擔任此事。陳氏後來飛黃騰達，幾年就做到尚書，就是為此出了風頭之故。

這是美國所管外城地區，至於內城，尤其是旗人貴族所聚居的北城，原歸日本管理，日本人川島浪速參用新法訓練巡警，略採市政工程之意稱為工巡局，日軍撤退後，由肅王善耆接管。善耆又派貝勒毓朗偕川島赴日本考察警政，回國後即以毓朗任工巡局總監。這一年的七月，確有上諭，大意云：巡警為方今要政，內政現辦工巡局，尚有條理，亟應推行，所有五城練勇，着即改為巡捕。這封信所謂裁撤五城，即指此事。

不過一個月工夫，即發生炸彈案，接着就發表設立巡警部，以徐世昌為尚書，毓朗、趙秉鈞為左右侍郎的上諭。不久又根據內外城的原有規模和歷史關係，分設內外城巡警總廳，以榮勳、朱啟鈐分任廳丞。信中提到這一點，正好暗示與五大臣出洋有草蛇灰線的關係也。

一封談炸彈案的信

我在另一封信又獲得有關炸彈案的一段記載，因為看發信人的口氣，是親身在場的，縱使所見未必真切，所記也不全面，也不失為可珍貴的資料。照錄於下：

> 近日交派事件頗繁，中有不易着手有，亦只得竭智盡能而為之，幸可因此少值園班，（按此謂帝后每年自春及秋皆住頤和園，各衙門在國外均設有公所，派員常川值班。）不然，更將筋疲力盡矣。車站一案，想早見諸報端，真輦轂下創見創聞之事也。是日弟接知會，云五大臣出京，應前往車站站班恭送。弟豈願以奔走為樂者，然事在必去，姑往應差耳。比乘敝車贏馬趕至前門，已是車如流水馬如龍之景象。入站已萬頭攢動，無立足之隙地，只得逐一魚貫，推輓而前，過站門進至月台，始稍鬆動，已不暇覓友，但就一鐵柱旁依立稍憩，前後左右並無一相識者。此時不解何故，只覺心悸汗出，如欲嘔吐，不得已把定鐵柱，閉目攝神，勉強支持，亦不知閱時幾何，忽聞有吆喝之聲，將眾人推至兩邊，留出中間一道，弟本立在稍後，前後左右，肩背相抵，幸軀幹稍長，略一企足，望見無數紅頂花翎之人靴聲橐橐而來，澤公在前，是弟曾瞻風采者，似有顧盼自豪之意。其餘則見其穿行裝，知為行客，不穿行裝，即知是送客之人。距澤公稍遠，即笑語紛紛，大約皆各部院要人與各參隨，雜以戴紅纓帽之當差人等，手攜行李，雜沓而來。方謂行客登車，車一開行，我輩即可作鳥獸散，

未必尚須趨至車旁，照章京例，行屈一足禮也。心中正如此作想，忽然聽得一聲六爆炸，伸頸前望，略見白煙。爆炸過後，轉覺寂然，一剎那間，又見前面一群紅頂花翎之人，踉蹌倒退，神色驚惶。又有無數護衛及當差等飛奔而過，口中大呼，亦不解所謂，繼見荷槍之新軍，及帶刀之巡警，亦奔馳而入。斯時與弟此肩而立之人早皆奪路而逃，惟弟兩足無力，只好趁人稍散走，席地暫坐，卻因此看出澤公已面無人色，被從人攙扶簇擁出站。霎時之間，所有紅頂花翎之人大概已散盡，只餘警兵及鐵路員工往來奔忙，弟正欲支持上前，探詢究竟，被一巡官攔阻詰問，幸靴頁中帶有公事及銜名片，（按前清公服無衣袋，身邊所攜文件，皆用小皮夾塞入靴筒中，名為靴頁。）巡官扶余出站，有家丁在此等候，得以平安歸寓。距出事時已約三刻鐘之久矣。此家丁頗慧黠，據云：在站外聞爆炸聲，知有變故，即往鐵路公事房探聽，亦正接到站內電話，矚即轉電法國醫院醫生遠來救護，此後即電話紛馳，應接不暇，詢諸出站之人，知有不少人受傷，澤公亦在內，但仍能扶行出站，登馬車而去。至究竟因何爆炸，仍不詳悉。直至夜飯後，始得諸素與交民巷洋員稔熟之同寅某君，云：澤公等五大臣正與送行者寒暄將畢，預備登上花車，即在車門旁突起一炸彈，不僅炸死數人，車廂亦被損裂，其猛烈可想，此炸死數人中查出姓名以外，尚有一人面目已不可辨。據洋人稱此人即係刺客，炸彈未及拋擲，已身與彈同殉之故。又據巡官查問當時情形，因入站之從人，一律戴紅纓帽，無從辨識屬何衙門，此人係混充搬送行李入花車者，各官所帶行李紛紛上車，故無人能辨其真偽。澤公及紹英均已住醫院，除電話陳明樞邸（按指慶王奕劻）外，已飛摺入奏矣。嗣後聞東朝（按指慈禧太后）得知此事，為之掩泣，蓋以時局益可危也。已有加緊園居門禁之舉，環列宿有虎旅，諸用事大臣官邸派有衛兵，並有帶衛隊出入者。斯為京師所未經見之舉動。又步軍統領衙門、工巡局均終日皇皇，四出偵察，弟於數日後見其所照已死刺客之像，肚腸露出，體無完膚，僅具面目而已，觀之怵人心目。

政務處和軍機處

按這個刺客不久就證明了是桐城吳樾烈士，他的義舉是要給清廷一個警告。雖然如此，清廷還是只看到一方面，以為立憲就可以挽回已失的人心，就是立憲也還是口是心非，只作暫時搪塞之計，所以五大臣仍然不久又繼續出發了，一面由政務處設立考察政治館，以為制定方案準備。有人問政務處與軍機處有何區別，這一問的確是必要的。因為若不明瞭清末的實際情況，單從字面來看，一定有許多誤會。辛丑以後，慈禧太后也知道要保持自己的政權，不能不有相當的改革，所謂改革當然也不過是些有名無實的新政，連這些有名無實的新政也是舊衙門所辦不來的，因此才挑選幾個稍通時務的官僚作為政務大臣，軍機大臣都兼政務處大臣，而政務處大臣不一定兼軍機大臣。立憲這件事就變成政務處的專責了。但是政務處大小官員也未必懂立憲，所以又不能不設考察政治館，讓留學回國的法政學生去翻譯各國憲法以及各種行政規章制度等。留學生的出路，以前大致都在外交和鐵路方面，現在則打進政治一門了。

京西海淀一帶，不少明代豪家所營別墅。在清代都歸入圓明園的範圍。皇帝每年大部分時間在圓明園居住，王公大臣以及各衙門辦事人員，就不得不也在園的附近各自安排住處。其中最親近的人，還受到賞賜佔用一所獨立的園林。這種獨立的園林，有兩所是特別對立的，一名清華

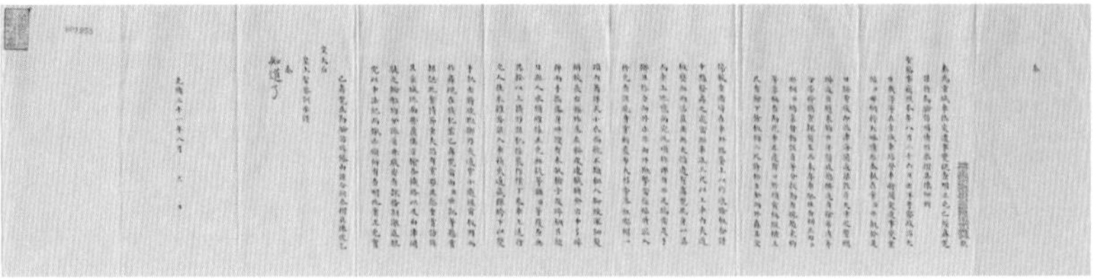

袁世凱、載澤為五大臣出洋被炸給光緒皇帝的奏折

朱啟鈐、袁世凱與張百熙

園，一名朗潤園，清華大學就是在清華園的舊址上建立的，因此，大家對這個名稱比較熟悉。至於朗潤園，則其歷史意義差不多已被人忘懷了，談到六十年前的丙午，就不能不將朗潤園提一下。

朗潤園是賜給老恭王的園子，老恭王死後，襲爵的恭王溥偉不得慈禧的歡心，一直沒有給他重要的差使，所以這所園子冷落下來。卻正因為冷落，倒還顯得有些山林幽趣，其中有真山真水，佈局是不俗的。當然規模遠不能與頤和園相比。然而頤和園幸虧是清漪園的底子，大致還不錯，至於後來的點綴加工，則出於光緒年中那班內務府的庸夫俗子之手，處處充滿匠氣，彷彿是個暴發戶的花園。朗潤園雖小，畢竟像個舊家的樣子，在久住京城的人，看厭了金碧樓臺，到此地倒覺得為之精神一爽。所以丙午年的改革官制會議就選定了此地方為會所，朗潤園會議也成了一個歷史上的名詞。

改革官制是由考察各國政治大臣回國後建議的，是預備立憲的張本。丙午七月，下了一道決定「仿行憲法」的上諭，其中的警句是：「大權統於朝廷，庶政公諸輿論。」然後說：「廓清積弊，明定責成，必從官制入手，亟應先將官制分別議定，次第更張。」在此以前，還經過一次特別的廷臣會議，在外務部公所舉行，參加者為醇王載灃、軍機六臣、政務處大臣、大學士及直隸總督袁世凱。先將考察政治大臣請宣佈立憲的奏摺傳觀一遍，由慶王奕劻徵詢大家意見。當時主張急進最力者為張百熙、徐世昌，主張緩進最力者為孫家鼐、榮慶。袁世凱與鐵良則提出立憲前所當預備之事，互相辯駁。瞿鴻禨則折衷諸人之說，提出預備立憲當以整頓吏治為要義。大致對於立憲只有緩急兩種意見而無不贊成。會議後即聯名上奏，隔了幾天，就發表了上述的上諭。據說這道上諭是瞿鴻禨親手擬定的，其中字句都含有深意。例如廓清積弊，就是他所提的整頓吏治的要點，分別議定，次第更張，就是折衷緩急兩說，預留伸縮餘地。在這一年中，實行了兩件差強人意的事，即停止捐官及定禁絕鴉片年限，而在議定官制後又有所釐訂，並未全部實行，都是這道上諭中所謂廓清積弊及次第更張兩句話預為暗示的。

上諭發表後，立即於次日再下一諭，派載澤、世續、那桐、榮慶、載振、奎俊、鐵良、張百熙、戴鴻慈、葛寶華、徐世昌、陸潤庠、壽耆、袁世凱編纂官制，並令各總督派員來京參議。又派慶王、孫家鼐、瞿鴻禨總司核定。這些成員之中，有王公旗員，有各部尚書，而總督則只有袁世凱一人。形勢很明顯，袁是慶的靈魂，大家承慶的意旨，實際上就是受袁的指使。這些王公大臣是不能動筆的，真正負責辦事的還要看編制館（即後來的憲政編查館）館員是如何分配的。提調二人為孫寶琦、楊士琦，起草課委員為金邦平、張一麐、曹汝霖、汪榮寶，評議課委員為鄧邦述、熙彥，考定課委員為吳廷燮，郭曾炘、黃瑞麒，審定課委員為周樹模、錢能訓。楊士琦、張一麐、曹汝霖都是袁系的人，周樹模、錢能訓依附徐世昌，間接也是袁系的。清廷的立憲本來取法日本，所以留日派的金邦平、曹汝霖、汪榮寶又是骨幹中的骨幹。

改定官制首要問題在設責任內閣。草案就是本着這項原則擬訂的。在袁世凱的心目中，自然也知道自己還沒有當總理大臣的資格，第一任總理仍然要屬於慶王，而協理（草案中稱左右副大臣）也無非現任軍機大臣改任。這是事實問題，當局的人心中當然有數。草案經指派的十四大臣全體同意，再由慶王等三人覆核，覆核結果，慶王是無可無不可的，孫、瞿二人表面上也同意草案，只在名稱上略有更定，在朗潤園最後一次會議，就算無異議通過了。可是在慶王等三人的覆奏中輕輕帶上了一筆，說：「如以議院甫有萌芽，驟難成立，所以監督行政者尚未完全，或改今日軍機大臣為辦理政務大臣，各部尚書均為參預政務大臣。」這番理由非常動聽，意思是暫以軍機大臣行總協理大臣的職權，避免責任內閣因無議會監督而產生專擅的流弊。表面上並沒有違反共向議決的草案，而草案的中心卻已經暗暗轉移了。據說這篇奏摺是孫、瞿二人的主張，孫氏自己是舊內閣首席大學士，雖無實權，畢竟是最高的官位，不願另有新內閣出現。瞿氏素來是與慶袁不合作的，不願慶以總理大臣的名義再提高權勢。及至上諭發表，果然是軍機處一切規制照舊，責任內閣一筆勾銷，除改定一些名稱外，只有廢除各部尚書侍郎滿漢分缺是對舊制度的顯著改革，新設的資政院、審計院走舊制度所無，所謂憲政基礎，如此而已。

朗潤園官制會議就此結束，這班辦事人員歸入憲政編查館，又另有一番活動，那是後話。就朗潤園會議本身說來，不問其有無成績，應該肯定是幾千年封建制度淪於瓦解的第一道里程碑。在清代，過去雖然也有交給大學士六部九卿會議的成例，大都是關於皇室典禮或者皇帝交論的事件，而不是國家大計的重要問題。所謂會議，也只是片紙上的形式，由少數人主稿，大家附和連署。持有不同意見的，不過單銜具奏，並不能折衷一是，雖議而等於不議。朗潤園會議不採取近代形式，設一張長桌，聯席並坐，由慶王領頭發言。出席的都是便衣，並不穿公服，這雖是小節，也表現了舊習慣的動搖。（附帶說一句，清代衙署的辦公人員一定要穿袍靴，戴紅纓帽。清代新設的衙門才有穿便衣坐人力車進署的，外官儀節尤其繁重，清末也漸漸廢除，鳴鑼開道，坐綠呢四人轎的等等排場，這都說明封建制度在形式上的漸趨消滅）至於因會議而開館，由館員負責起草，並且由外省派員參加，這也都是以前成例所無的。（朗潤園會議有紀錄，並且曾照像作紀念，這也是從前所無的事，東方雜誌曾採取紀錄作成憲政紀聞專篇。）

官制大綱一經上諭宣佈，隨即飭原任軍機大臣的鹿傳霖、榮慶、徐世昌、鐵良都退出專管部務，而留慶王及瞿鴻禨仍為軍機大臣，另添一個滿大學士世續，共為三人。暗中安排一個親王領班，而佐以一滿一漢，似乎與草案的總理及左右副大臣的形式沒有甚麼兩樣。但是繼續又將廣西巡撫林紹年調京，派在軍機大臣上學習行走，於是又挽回到軍機處的舊規模，而且以兩滿兩漢維持均勢。這種人事上的調度，較之制度上的改變，在袁世凱看來，是更值得注意的。慶王不做總理，原也無甚出入，可是藉口軍機大臣不兼部務，將他的心腹徐世昌排斥出來，還準備一個林紹年為重用地步，這分明是遏制袁世凱伸張權勢的一種部署。他深深感覺到對自己的不利形勢，立即也開始反攻。半年以後，就爆發了所謂丁未政潮，出現封建制度瓦解的第二道里程碑。

他知道內閣制之所以不能實行，就是由於瞿氏企圖運用軍機處的權力遏止慶袁的擴張，而林氏之擢用完全出於瞿氏的推薦。首先必須激起慶瞿衝突的表面化才能達到去瞿的目的。次年四月，慶受袁囑託以段芝貴署黑龍江巡撫，而段以十萬金行賄，並以歌妓楊翠喜獻給慶之子載振的跟事被御史趙啟霖舉發，一時的輿論譁然。慶父子惱羞成怒，知道趙是受瞿的指使，袁乘機代慶佈置，買出參摺，反噬瞿氏。向慈禧密報瞿與南方新黨暗通聲氣，使向來最得慈禧信任的瞿氏受了致命傷，罷官而去。連帶將瞿系的要人岑春煊、林紹年逐一排斥，慶袁勾結，從此就更肆無忌憚。這是一般比較熟悉的事，而且事在丙午的次年，所以不在多參談。但從官只能就原有的人員酌量派差，不能在以外引用自己的人。至於庚子以後新設的部，則都是平地起樓台的，所以自左右丞，左右參議以下，都由堂官延攬推薦，高級的請簡，次級的調用。這才在用人之權上發生衝突。而且舊制度中的堂官遷調無常，大家都存五日京兆之心。像唐紹儀則除外務，郵傳兩部而外，更調別部的機會幾乎是沒有的，所以更加對用人之權不肯放鬆。他兩人竟至互相揭參，此時清廷很難以處置，也就是對雙方都難於作左右袒，於是以同時一併申飭了事。問題仍然沒有解決，不過過了幾天，又因有人奏參郵傳部右丞陳昭常，右參議施肇基，上諭指明唐紹儀引用的人，加以訓斥，算是替張伯熙挽回一點面子。然而張氏到底因此鬱鬱致病，不久就逝世了。

這樣一來，又引起了一系列的風波。郵傳部尚書出缺，正在物色替人，恰逢岑春煊新授四川總督，入京陛見，向慈禧面陳朝政腐敗情形，自願留京幫助整頓，慈禧頗為動容，就叫他繼任郵傳部。他還沒有到任，就參劾左侍郎朱寶奎革職（也是唐系的人，留美學生，此時唐已出任奉天巡撫，朱即繼唐任），這又是對袁世凱勢力進攻的一種姿態，瞿岑結合是眾所周知的，很可能將岑引入軍機，則慶袁地位都會動搖，又恰逢趙啟霖參劾慶王父子，從四方八面前因後果關係看來，伏根就在有關朗潤園官制草案的暗鬥，袁世凱在第一回合失敗了，所以有第二回合的反擊。

在晚清政局中有一種內容是不易覺察的。庚子以前是滿漢對立的局面，滿人常處於優勢。庚子以後，滿人頑強的舊勢力大不如前，又不能產生多數開明活動分子，事實上是抵不住漢人的進攻。但漢人為了便於取得實權，都採取拉攏宮廷親貴的策略，袁世凱以慶王為靠山，盛宣懷則通過載澤接近隆裕，岑春煊則直接慈禧，都是很明顯的。事實上滿人與漢人之間的矛盾為漢人內部之間的矛盾所代替了。

丙午年發生郵傳部尚書張百熙與侍郎唐紹儀公開衝突這件事也是前所未有的。張百熙與瞿為湖南同鄉，唐紹儀則屬於袁系。兩人因各有所援用的人，以致相持不下。張說唐所薦的人不符

五大臣在歐洲

眾望，唐則說交通事業必須專門人才，不能限於舊資格。這又是新舊兩種類型人物的對立。張本是維新運動中一分子，在舊派看來是新派，但畢竟由於出身關係（張是同治甲戌翰林，比瞿晚一科）所接觸的多是舊知識分子。唐雖也算相當老的官僚，而洋氣很重，看不起舊知識分子。兩人所走的路線是有根本差別的。為甚麼說尚書、侍郎公開衝突是以前所未有的事呢？在舊制度中，部中司員額缺是有規定的，其來源也都根據一定的資格，堂官只能在原有的司員中選派差使，卻不能在此以外援引私人。光緒末年新設的部是無前例可援的。司員都由堂官在京外各官中奏調，高級的左右丞、左右參議雖由特簡，其實也是根據堂官的保奏。這就是引起尚書、侍郎在用人上的爭執。以前的六部，每部滿漢共六個堂官，有時還加上親王或大學士管部，並不會聽說有甚麼特殊的糾紛。此時新設的部只有三個堂官，卻反而不能一致了。以後鬧到特頒諭旨，加以嚴厲申飭。可以說是新官制頒行後首先發生的一件不光彩的事。

據舊人傳說，張百熙在領旨的時候，被太監侮辱了一頓，氣忿成病，因而不起，其實事情沒有這樣簡單，張氏雖不是軍機大臣，卻是資格最老的南書房翰林，可以隨時進見，慈禧對他也還相當信任。只因他在學部和榮慶不協，不能展布，希望外放總督，又沒有適當機會。不得已屈就郵傳部，以為路電郵航四政，都有可以發展的前途，不料又被唐紹儀一系把持，不容他插手。張氏在當時的廷臣中，是最有新頭腦、熱心做事的人，弄到內而尚書外而總督，都沒有他立足之地，其抑鬱不平，由來久矣。張唐兩人雖同受申飭，不到一個月，又有翰林院侍讀馬吉樟出名奏參郵傳部右丞陳昭常、右參議施肇基不孚眾望，諭旨又將唐紹儀訓飭了一頓，總算替張氏挽回一點面子。次年張氏逝世，唐氏也隨徐世昌出任奉天巡撫，這樁公案，就此了結。

張唐之爭，表面上，雖是個人意氣用事，骨子裏仍是瞿袁兩系的暗鬥，儘管張袁結了兒女親家，儘管張瞿之間也並不完全融洽，但張瞿畢竟臭味相同，因此之故，袁氏蓄意去瞿，也認為張是瞿的羽翼，不能不連帶予以打擊。可是袁氏不料瞿的另一羽翼又來咄咄逼人了。郵傳部尚書出缺，尚未補人，岑春煊於赴四川總督新任之便，突然入京陛見，向慈禧痛陳時局種種積弊，自願留京效力。慈禧很受感動，就叫他補了張的遺缺。他一面謝恩，一面參劾左侍郎朱寶奎，說是此人聲名惡劣，不去掉他不能到部辦事。向例一二品大員不是有人具摺奏參，查辦屬實，不輕予處分的。現在憑岑春煊口頭幾句話，就發表諭旨將來革職。不由得人人膽戰，個個心驚，無不說岑三猛子可怕（岑是雲貴總督岑毓英第三子，因其膽大手辣，綽號岑三猛子）。為甚麼岑和朱這樣過不去呢？據說朱和唐紹儀是同期的留學生，原在盛宣懷手下辦電報，袁世凱從盛手中奪去電報權，是朱私下獻的地圖，由此盛恨極了。岑盛在上海也是有密契的，所以這一舉動也是袁的政敵聯合向袁進攻的鮮明表示。在這種局面之下，袁當然意識到瞿在軍機，盛在上海暗中呼應，岑則準備上北洋的任，不甘於做一個郵傳部尚書。於是立即起而應戰，加緊與慶勾結，由慶走內線，散佈空氣，破壞慈禧對瞿岑的信任。畢竟漢人敵不過滿人的親信，瞿岑終於失敗，而慶袁則更加明目張膽，狼狽為奸了。

在此以後，親貴專政的局面確立了下來。表面上是鞏固了皇朝的統治，事實上這些親貴仍是當傀儡，更加促成清朝的覆滅，其轉折點也在丙午這年。

（署名：林熙）

《申報》和洪憲紀元

民國五年丙辰，袁世凱自稱皇帝，國號「中華帝國」，年號叫「洪憲」。袁世凱手下一班爪牙，興高采烈，替他籌備大登殿，擇定吉日，准於民國五年元旦登基，但因為蔡松坡將軍雲南起義，袁世凱嚇壞了，迫於延期舉行，只通令改元洪憲，民國五年稱「洪憲元年」。內務部令各地的報祇，自民國五年起，報頭上不得再用民國紀元。京津的報館，近在咫尺，懾於惡勢力，不敢不照辦，獨有日本人在北京的《順天時報》置諸不理，袁世凱也無如之何。

上海的報館，多開設在租界內，它們奉到部令後，本可以相應不理的，但內務部卻有一招，警告它們，如果不聽話，郵政局就不遞寄它們的報紙，因此報館就着了慌。上海的報紙單靠租界一隅之地的銷路是有限的，《申報》、《新聞報》的銷路最廣，遠達各省和海外，給袁世凱這樣一搞，它們的生意就大受影響了。上海的報紙有做公會的，公會為了這件事特別開會一次，請會員想應付辦法。《申報》是老大哥，生意攸關，主張忍痛奉行部令。各報唯有馬首是瞻，一致通過遵奉部令了。但《申報》又心有不甘，於是要個花招，將民國紀元改為西曆紀元，更於西曆之下，用極小的鉛字印「洪憲紀元」四字，這四個小字比現在報紙常見的六號字還要小，略比芝麻大一些，如果不留心是看不清楚的。

我藏有「洪憲元年」二月十九日的《申報》報頭一張，報頭高十一英寸，寬三英寸，《申報》二字直排，每字大二英寸左右，是南通張狀元的大手筆。（史量才和張狀元的關係極深，民國初年，張到上海，史量才在新蓋成的住宅中招待他，張詫為建築環麗，為滬上之冠。見張氏手書日記）報名下排日子，在「舊曆丙辰正月十七日」一欄下，用細字排「洪憲紀元」四個字，讀者是不會注意到的，這樣對官廳就有所交代了。《申報》兩字之上一格，印「中國郵政局特准掛號」字樣，其中也有文章的。本來是「中華民國郵政局……」的，但《申報》不甘改中華民國為「中華帝國」，只好取巧，改稱「中國郵政局……」了。

《申報》為舊日中國銷路較廣而有相當力量的報紙，袁世凱手下那班人馬，當然是要向它打主意的，初時想利用金錢收買它的言論，但未能如願，此路不通，便另想方法，他們在北京翻印《申報》，把它反對帝制的言論、新聞，一律改為擁護，然後送給袁皇帝過目。袁看了，以為真的人民擁戴，為之大樂。（據說，當時翻印的報紙，不僅《申報》，還有北京的《順天時報》和上海的《時報》。）袁世凱讀翻印《申報》，還是趙爾巽無意中替他拆穿的。某日，趙爾巽（時任清史館館長）入總統府見袁，袁有公事，未即出見，他在茶几上隨手檢起一份《申報》閱讀，覺得和自己所定的《申報》有些不同。正在狐疑間，袁出來了。袁見他對《申報》似乎有無窮興趣，便問他緣故。趙不知這是翻版改造的東西，便說這兒的《申報》和他所定閱的不同，不知是否有兩種。袁也覺得奇怪，便叫人去趙家拿來一看，看出兩份報的日子雖相同，但內容卻大有差別，袁才知上當，不覺「龍顏」大怒，一疊連聲叫籌安會的辦事人來臭罵了一頓。

袁世凱和各國使節的合影

從上至下：1914年冬至日黎明時分，身穿制服的袁世凱被八擡大轎送來，準備換上祭典長袍。

在「文武百官」的簇擁下，袁世凱低着腦袋徐步前行。

袁世凱擊鼓，標誌着中國歷史上最後一次祭天大典正式開始。

從上至下：由頭戴羽毛的兒童組成的祭天儀仗隊。

圜丘壇修繕一新，每個欄桿旁都站着身穿制服、頭插羽毛、手持長矛的士兵。

楊度是洪憲復辟的始作俑者，他曾經的好友梁啟超稱其為「下賤無恥、蠕蠕而動的嬖人」。

上右：梁士詒，慫恿袁世凱稱帝的罪魁禍首。

上中：內務總長朱啟鈐。

上左：袁世凱登上祭壇。

中：祭天時所用的犧牲。

下：袁世凱走下祭壇。

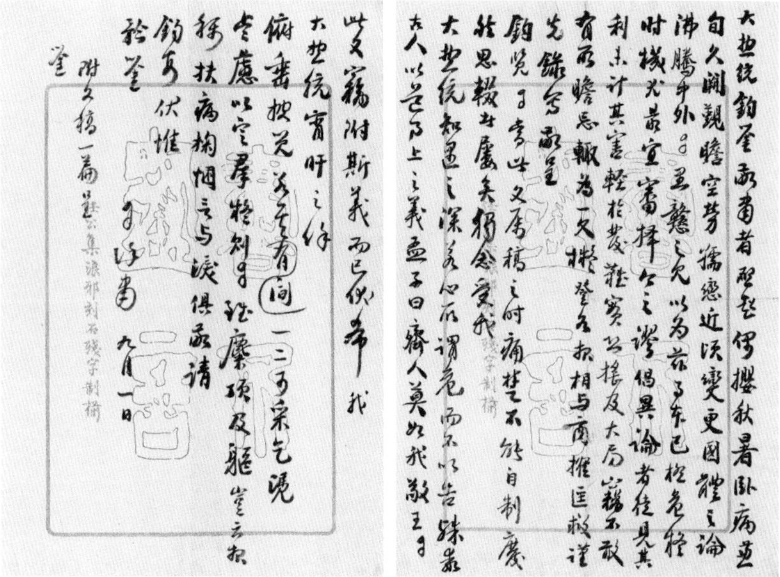

一九一五年袁世凱改元「洪憲」，公開打出帝制旗號。梁啟超與蔡鍔商議作篇文章，迅速打出鮮明的反袁旗幟，切實掌握輿論主動權，並力爭通過推心置腹的規勸，促袁世凱自行停止帝制。並由蔡鍔秘密聯絡雲、貴舊部和各方反袁勢力，以便規勸無效時，得以立即發動軍事討袁。八月二十一日，梁啟超連夜寫成了《異哉所謂國體問題者》一文，交湯覺頓帶京登報。這篇文章發表前所經受的各方面的壓力非常大，先是籌安會打電報給他，直言「勿將此文公佈」；繼而袁世凱又親派內使夏壽田趕津，賄以「二十萬元，令勿印行」；都被他嚴詞拒絕。九月一日，他呈明袁世凱：「竊不敢有所瞻忌，輒為一文，擬登各報，相與商榷匡救，謹先錄寫，敬呈鈞覽」。